Brigitte Blobel • Tanz ins Glück

Brigitte Blobel
ist in Hamburg geboren und aufgewachsen. Nach dem Abitur heiratete sie und bekam zwei Kinder.
Später studierte sie in München Politik und Theaterwissenschaft und arbeitete nebenher als Journalistin. In dieser Zeit entstanden ihre ersten Kinderbücher.
Mit ihrem zweiten Mann hat Brigitte Blobel über zehn Jahre am Starnberger See gelebt. Vor ein paar Jahren ist sie wieder nach Hamburg gezogen. Sie reist als Journalistin und Reporterin für namhafte Zeitschriften um die Welt. Außerdem schreibt sie Drehbücher für Fernsehfilme – und natürlich Bücher für Jugendliche und Erwachsene. Im Egmont Franz Schneider Verlag sind außerdem die Reihen *Gefühlssachen* und *Starke Mädchen* von ihr erschienen.

Brigitte Blobel

Tanz ins Glück

Die Deutsche Bibliothek – CIP-Einheitsaufnahme

Ein Titeldatensatz für diese Publikation ist bei
Der Deutschen Bibliothek erhältlich

Dieses Buch wurde auf umweltfreundlich
hergestelltes Papier gedruckt.

Der Schneider Verlag im Internet:
http://www.schneiderbuch.de

Erstmals erschienen unter dem Serientitel: Ballerina
Band 1: Sarahs Traum (1994)
Band 2: Die Traumtänzerin (1994)
Titelfoto: Bildagentur Getty
Herstellung: Gabi Lamprecht
Satz: Ludwig Auer GmbH, Donauwörth, 11' New-Baskerville
Druck: Clausen & Bosse, Leck
Bindung: Conzella Urban Meister, München-Dornach
ISBN 3-505-11757-9

02 03 / 8 7 6 5 4 3 2 1

INHALT

Sarahs Traum

„Hast du es ihnen endlich gesagt?“

Die Straßenbahn rumpelte über die provisorischen Gleise, die auf dem Promenadeplatz gelegt waren. Der Schaffner drückte auf die Klingel, um die Fußgänger von den Schienen zu jagen. Wie immer waren die Leute, die von der Bahnhofstraße auf den Promenadeplatz kamen, schwer bepackt mit Einkaufstüten. Sarah fuhr diese Strecke jeden Tag von der Schule nach Hause, und jeden Tag rannten zahllose Menschen schwer bepackt über den Platz.

Irgendwann, dachte Sarah, müssen die doch mal etwas anderes im Kopf haben, als immer nur kaufen, kaufen, kaufen.

In ihrem Kopf ertönte leise Klaviermusik, ein Rondo von Chopin. Sie lehnte das Gesicht an die Scheibe der

Straßenbahn und stellte sich die Schrittfolge vor: vierte effacé, à droite, glissade, dann arabesque. Die Arabeske, dachte sie, muss ich noch besser hinkriegen. Madame Béjard hat Recht. Ich habe das gestern im Spiegel kontrolliert: Meine Arabeske hat keinen Ausdruck. Aber wie bekomme ich den Ausdruck hin? Die Armhaltung – ich muss an der Armhaltung arbeiten. Mein Standbein muss sicherer werden. Manchmal wackeln die Knie. Das merke ich selbst. Aber ich habe immer gedacht, Madame Béjard sieht es nicht. Schöne Musik …

„Sarah! Hörst du mir überhaupt zu?"

Sarah wandte ihr Gesicht Christine zu, die neben ihr auf der Bank saß. Christine war ihre beste Freundin, vor ihr hatte sie keine Geheimnisse. Nicht ein einziges. Sie besuchten seit vier Jahren zusammen das Wilhelm-Tell-Gymnasium in der Neustadt. Christine war klein, blond und ein bisschen pummelig. Sie hatte ein fröhliches Gesicht und Millionen von Sommersprossen auf der Nase. Sarah liebte Christines Sommersprossen. Besonders im Sommer. An einem einzigen Nachmittag im Schwimmbad kamen mindestens drei Millionen hinzu: auf den Armen, am Busen, auf dem Rücken. Überall.

Sarahs Haut veränderte sich nie. Sarah hatte eine weiße, zarte Haut, und sie cremte sie immer mit einem hohen Lichtschutzfaktor ein, der keinen einzigen UV-Strahl durchließ. Ihre weiße Haut stand in merkwürdigem Kontrast zu ihren langen, schwarzen Haaren und ihren blauen Augen.

Christine hatte ihr immer gesagt, sie sei schön wie ein Engel. Aber Sarah hatte gelacht: „Engel sind immer blond. Blond wie du. Engel haben Rauschgoldhaare."

„Aber sie bewegen sich so anmutig wie du. Ich wünschte“, hatte Christine gesagt, „ich könnte auch so tanzen. Dann wäre ich nicht so plump und ungelenk. Neben dir komme ich mir immer wie ein Nilpferd vor.“

Sarah lächelte. Sie schüttelte die Haare aus der Stirn. „Was hast du eben gesagt?“

„Ich habe dich was gefragt. Sag mal, träumst du eigentlich den ganzen Tag?“

Sarah schüttelte den Kopf. „Ich hatte nur gerade an etwas gedacht.“

„An was?“

„Nicht wichtig.“ Sarah beugte sich vor, um ihre Schulmappe aufzuheben, die sie zwischen den Knien hielt. „Also, was hast du gefragt?“

„Ob du es deinen Eltern endlich gesagt hast!“

Die Straßenbahn bremste, und die beiden Mädchen schlugen mit den Köpfen nach vorn.

„Au, verdammt“, fluchte Christine. „Ich krieg bestimmt eine Beule.“

Sarah legte ihre kühle Hand auf Christines Stirn. „Du kriegst keine Beule. Dickschädel wie du können gar keine Beulen kriegen.“ Die beiden schauten sich in die Augen. Sarahs Wimpern zitterten.

„Ich habe es ihnen noch nicht gesagt“, murmelte sie. „Aber heute. Heute mach ich es bestimmt.“

„Es ist nur noch eine Woche!“, rief Christine. Sie schob Sarahs Hand weg. „Du kannst es ihnen nicht einen Tag vor der Abreise sagen! Heute ist der zwanzigste März! Weißt du das überhaupt? Und am neunundzwanzigsten März ist die Aufnahmeprüfung!“

Sarah lehnte die Stirn an das Wagenfenster. Sie fuhren

jetzt an der Konditorei *Sprüngli* vorbei. Es war ihre Lieblingskonditorei. Man bekam dort einen Café Melange in einer schönen großen, weißen Porzellantasse, dazu ofenfrische Croissants. Sie sprang auf. Dabei rutschte ihr wieder die Schulmappe von den Knien. „Komm!“, rief sie. „Ich lade dich ein.“

„Einladen? Wozu?“ Christine erhob sich schwerfällig und folgte ihrer Freundin durch den Gang.

„Zu Melange und Croissant. Ich lade dich ein.“ Sarah lachte. „Ich habe einen wahnsinnigen Hunger. Ich glaube, ich hab seit gestern Mittag nichts mehr gegessen.“

„Und wieso nicht? Ich habe inzwischen mindestens fünf Pfund zugenommen.“

Die Straßenbahn hielt, die Türen öffneten sich, und Sarah sprang auf die Straße. Sie wartete, bis auch Christine ausgestiegen war. „Ich konnte nichts essen vor lauter Panik“, sagte sie, während sie neben Christine an den Schaufenstern der internationalen Buchhandlung vorbeiging. „Ich war immer drauf und dran, es meinen Eltern zu erzählen, aber dann habe ich es doch nicht geschafft. Außerdem gibt es mal wieder Ärger wegen Felix.“

„Sag bloß, dein Bruder bleibt sitzen?“

Sarah nickte. Sie gingen an der Bank vorbei, einem vornehmen Prachtbau, der innen ganz aus Marmor war. Sie hörten das Plätschern des Springbrunnens. Heute, am Frühlingsanfang, waren in der ganzen Stadt die Springbrunnen eingeschaltet worden.

„Er bleibt ganz bestimmt sitzen. Er ist ja auch stinkfaul. Er hat schon wieder die schlechteste Mathearbeit geschrieben.“ Sie lachte. „Kannst du dir vorstellen, was für eine Katastrophe das für meinen Vater ist?“

Christine nickte. Sie wusste, dass Sarahs Vater Ingenieur war und im Raumfahrtzentrum arbeitete. Irgendetwas Hochkompliziertes.

Sie stießen die Tür auf, die zu dem kleinen Café führte. In einer Nische mit lederbezogenen Hockern war noch Platz. Sarah steuerte auf den Tisch zu, der gerade von der Kellnerin abgewischt wurde. „Ist hier noch frei?“, fragte sie, während sie ihre Tasche auf einen leeren Hocker legte. „Wir hätten gern zwei Café Melange und zwei Gipfeli.“

Die Kellnerin nickte und verschwand. Christine zog ihre Jacke aus und ließ sich aufatmend auf dem Hocker nieder. Sie schaute zu, wie Sarah den langen Seidenschal abwickelte, den sie kunstvoll um den Hals geschlungen hatte. „Ein schöner Schal“, sagte sie.

„Hat meine Mutter mir geschenkt.“ Sarah legte den Schal zärtlich zusammen. „Wenn sie wüsste ...“ Sie beendete den Satz nicht. Der Kaffee kam.

„Deine Eltern“, sagte Christine, „trifft bestimmt der Schlag, wenn sie das hören.“

Sarah nickte. Sie umklammerte die große Tasse mit beiden Händen. Ihre Hände waren immer kalt. Im Winter sahen sie richtig blaugefroren aus. Sie hatte sehr lange, schlanke Finger, an denen schmale Silberreifen glänzten. Sarah liebte einfache, schlichte Schmuckstücke. Einen dieser Ringe hatte Christine ihr im letzten Herbst zum vierzehnten Geburtstag geschenkt.

„Nachher geh ich zum Bahnhof und kaufe eine Fahrkarte“, sagte Sarah plötzlich. „Kommst du mit?“

Christine starrte sie an. „Du willst die Fahrkarte kaufen, bevor du mit deinen Eltern geredet hast?“

Sarah hob die Schultern und atmete tief durch. „Eigentlich nicht. Eigentlich wollte ich erst mit meinen Eltern reden. Aber es ist ja auch egal. Ich fahr sowieso. Und ich muss einen Platz im Liegewagen reservieren, sonst ist vielleicht alles ausgebucht." Sie lächelte tapfer. „Weißt du, dass man von Zürich nach Hamburg mehr als zehn Stunden mit der Bahn braucht?"

„Es sind ja auch bestimmt tausend Kilometer", sagte Christine. Sie brach ein Stück von ihrem Croissant ab und schob es in den Mund. „Wie viel kostet denn die Fahrkarte?"

„Mehr als zweihundert Franken", antwortete Sarah.

Christine verschluckte sich. „Zweihundert Franken? Woher hast du das Geld?"

„Von meinem Sparbuch." Sarah öffnete die Schulmappe und zog ihr Portmonee heraus. Sie ließ Christine einen Blick auf die Scheine werfen.

Christines Augen weiteten sich. „Wenn das deine Eltern erfahren ... Das Geld solltest du doch sparen ..."

„Hab ich ja auch." Sarah klappte das Portmonee wieder zu. „Bis jetzt. Ich zeig dir noch was." Geheimnisvoll kramte sie in ihrer Schultasche, schob die Englisch- und Biobücher, die Hefte und das Federmäppchen zur Seite, eine Theaterzeitschrift und ihren Talisman, ein kleines Lämmchen aus Schafwolle, an dem lauter Glöckchen bimmelten. Dann endlich hob sie triumphierend ein rotes Büchlein hoch.

„Was ist das?", fragte Christine.

„Mein Pass." Sarah legte ihn vor Christine auf den Tisch.

Ehrfürchtig nahm Christine ihn in die Hand und schlug ihn auf. „Der ist ja ganz neu!"

„Eben.“ Sarah lächelte stolz. „Ich habe ihn vor drei Tagen bekommen. Ich hab ganz schön gezittert, ob er rechtzeitig fertig wird. Meine Eltern haben für Felix und mich einen eigenen Pass bestellt, weil wir doch in diesem Jahr auf ein Sommercollege nach England fahren sollen.“ Sie nahm Christine den Pass wieder weg und betrachtete ihr Foto. „Na ja, jetzt muss Felix allein nach Oxford. Das ist ja klar.“

„Und wieso ist das klar?“

Sarah schaute auf. „Wenn ich die Aufnahmeprüfung bestehe, dann kann ich schon am fünfzehnten Mai anfangen. Du glaubst doch nicht im Ernst, dass ich dann noch nach England fahre!“

Christine starrte sie an. Aber Sarah bemerkte es nicht. Sie strahlte vor Zuversicht. „Wenn ich die Aufnahmeprüfung bestehe, dann werde ich in Zukunft nur noch tanzen.“ Sie beugte sich vor und blickte Christine in die Augen. „Morgens, mittags, abends. Immer nur tanzen, tanzen, tanzen.“

Christine sagte nichts. Versunken biss sie in das Croissant.

„Und ich werde die Prüfung bestehen“, sagte Sarah einfach.

„Und woher weißt du das so genau?“

„Ich fühle es.“ Sarah lehnte sich zurück. Sie hob ihre Arme und strich die langen Haarsträhnen aus der Stirn. Christine beobachtete immer genau jede ihrer Bewegungen. Sie waren so anmutig, so grazil. Sarah hatte ihr einmal erklärt, dass man beim Ballett genauso viel Wert auf die richtige Bewegung der Arme legte wie auf die Bewegung der Beine. „Die Arme“, hatte sie gesagt, „machen den Ausdruck des Tanzes aus, das Gefühl, die Dramatik. Die Beine verkörpern die Kraft. Aber in den Armen liegt die Eleganz."

„Und die Schule?", fragte Christine.

„Die Schule! Die Schule!" Sarah fuhr sich mit beiden Händen in ihre Haare und zog sie hoch über den Kopf, während sie unbekümmert lachte. „Was glaubst du, wie egal mir die Schule ist! Ich werde später sowieso tanzen. Ich werde als Balletttänzerin in eine Compagnie an irgendeinem Theater gehen." Sie ließ die Haare fallen und breitete die Arme aus in einer alles umfassenden Geste. „Irgendwo auf der Welt. Wen kümmert es da, welchen Schulabschluss ich habe."

Christine starrte Sarah an. Sie kannte Sarahs Eltern. Sie kannte das Haus, in dem Sarah wohnte, und die Vorstellung, die ihre Eltern von der Zukunft ihrer Tochter hatten. Sie wusste, es würde eine Katastrophe geben.

„Deine Eltern kriegen einen Schlag, Sarah", sagte sie leise, aber eindringlich. „Du musst es ihnen sagen. Und zwar bald. Du darfst die Fahrkarte nicht vorher kaufen."

Sarahs Augen sprühten. „Und wieso nicht?"

„Weil es nicht fair ist ihnen gegenüber. Du hast so tolle Eltern."

Sarah lachte grimmig. „Mit der einzigen Ausnahme, dass sie sich nicht für Tanz interessieren."

Sie stand auf und ging zur Theke, um zu zahlen. Auf dem Rückweg nahm sie Christines Jacke vom Garderobenhaken und hielt sie ihr hin. Ihr Gesicht war plötzlich ganz verschlossen. „Du musst nicht mitkommen zum Bahnhof, wenn du zu feige bist", sagte sie kühl. „Ich gehe allein. Es macht mir wirklich nichts aus."

„Sarah!“

Sarah schaute ihre Freundin an. Ihr Gesicht war wie aus Stein. „Ihr seid alle gleich“, sagte sie. „Mami, Daddy, die Lehrer in der Schule, du. Alle gleich. Ihr denkt, das Tanzen ist für mich nur eine Freizeitbeschäftigung, so eine Art Hobby wie Tennis spielen oder Telefonkarten sammeln oder Liebesbriefe schreiben, was?“

„Sarah! Das denke ich überhaupt nicht.“

„Doch. Das denkst du. Aber ich sage dir …“ Sarah schob Christine energisch durch die Tür. Draußen blies ihnen ein kühler Frühlingswind entgegen. Auf den Bergen lag immer noch Schnee. „Ich sage dir …“ Sarah legte den Kopf in den Nacken und schaute den schnell dahinziehenden Wolken nach. „… ihr könnt mich nicht festhalten. Niemand kann mich festhalten. Niemand.“

Sarah schloss die Wohnungstür auf und lauschte.

Alles war ruhig. Die Türen zum Wohnzimmer und zum Arbeitszimmer ihres Vaters standen auf, und die Nachmittagssonne warf ein diagonales Muster auf den Parkettfußboden. Nicht einmal aus dem Zimmer von Felix am anderen Ende des Flures kam ein Geräusch.

„Hallo?“, rief Sarah. „Keiner da?“

Ein leises Miauen ließ sie zusammenfahren. Unbemerkt hatte Samson, der große weiße Angorakater, sich angeschlichen. Er strich mit steil aufgestelltem Schwanz um Sarahs Beine.

„Na, Struwwelpeter." Sarah bückte sich und kraulte den Kater zärtlich. „Ganz allein? Wo ist denn die family?"

Samson legte sich auf die Seite und schnurrte. Er wartete, dass Sarah ihn am Bauch kraulte. Sarah stellte die Schultasche ab und hockte sich neben den Kater. „Du bist ein verschmustes Tier", murmelte sie zärtlich. „Was wirst du bloß machen, wenn ich nicht mehr hier bin?"

Samson richtete sich auf. Er fuhr mit seiner kleinen rosa Zunge über die schneeweißen Pfoten. Dann hob er den Kopf und schaute Sarah mit seinen Bernsteinaugen an. Die Iris war nur ein senkrechter, dunkler Strich. Sarah fand, dass Samson den Gesichtsausdruck einer ägyptischen Sphinx hatte: unergründlich und geheimnisvoll. Außerdem bewegte er sich genauso lautlos und geschmeidig wie ein Tänzer. Das mochte Sarah besonders, das hatten sie gemeinsam. Wenn sie ihre Gymnastikschuhe trug und durch die Wohnung tanzte, hörte man nicht das geringste Geräusch. Die Musik war dann nur in ihrem Kopf. Das heißt, wenn sie wollte. Manchmal drehte sie die Musik allerdings auch so laut auf, dass die alte Frau Vögeli aus dem ersten Stock mit ihrer Krücke gegen die Zimmerdecke schlug.

„Ich geh weg, Samson", murmelte Sarah, während sie dem Kater über den Rücken strich. Samson rekelte sich zufrieden unter ihren Händen. „Ich fahre nach Hamburg, in das berühmteste Ballettzentrum von Deutschland. Stell dir vor: Ich werde dort vortanzen." Sie legte sich auf die Seite und spielte mit Samsons Schnurrhaaren, was sich der Kater ein bisschen widerwillig gefallen ließ.

Sarah lächelte. „Gefällt dir das nicht? Komm, lauf nicht

weg. Bleib hier. Bleib bei mir, schönes Tier. Du, ich werde dich vermissen. Weißt du das?"

„Sarah? Bist du es? Bist du da?"

Sarah zuckte zusammen. Das war die Stimme ihrer Mutter. Sie richtete sich hastig auf, gab Samson einen zärtlichen Schubs und stellte sich auf die Füße. „Hallo, Mami", rief sie, „wo bist du?"

„Im Schlafzimmer." Die Stimme ihrer Mutter klang müde – oder traurig.

„Geht es dir nicht gut? Ist etwas passiert?" Schnell zog Sarah ihre Schuhe aus und lief auf Socken über den Flur. Die Tür zum Schlafzimmer war angelehnt.

„Komm rein", sagte ihre Mutter matt. „Ich liege im Bett."

Vorsichtig stieß Sarah die Tür weiter auf. Ihre Mutter lag in dem großen Doppelbett, sie hatte die Kopfkissen übereinander geschichtet, sodass sie mehr saß als lag. Die dunkelgrünen Taftvorhänge waren vorgezogen. Im Zimmer war es kühl und dämmrig.

Sarah lief zum Bett, beugte sich über ihre Mutter und wollte ihr einen Kuss geben, aber Frau Goldstein wandte den Kopf weg und hob abwehrend die Hand.

„Nicht, Mäuschen", murmelte sie schwach. „Sei so lieb, setz dich nicht aufs Bett. Jede Erschütterung ist wie ein Messerstich durch meinen Kopf."

Sarah holte tief Luft. Dann fragte sie besorgt: „Migräne?"

Ihre Mutter nickte matt. „Es ist zum Verrücktwerden."

„Die letzte Migräne ist erst zwei Wochen her", sagte Sarah, „und dabei sagst du immer, dass nur jeden Monat, wenn du deine Tage bekommst …"

„Ich habe das nicht gesagt. Der Doktor hat das gesagt.

Der Doktor hat keine Ahnung, ich kenne mich besser. Es ist alles seelisch. Der kleinste Ärger ist schon zu viel." Sie drehte den Kopf langsam zurück. „Sei so lieb, mach mir einen kalten Waschlappen, ja? Und hol die Olbas-Tropfen aus dem Bad. Du weißt ja, wo sie stehen."

Sarah nickte. Sie lächelte ihrer Mutter tröstend zu und huschte aus dem Zimmer. Samson, der sich gerade hereinschleichen wollte, wurde weggescheucht. „Mami hat Migräne", flüsterte Sarah. „Lass sie in Ruhe, Samson."

Der Kater kniff den Schwanz ein und trollte sich.

Sarah stand am Waschbecken und ließ kaltes Wasser über die Hände laufen. Sie starrte in den Spiegel, während das Wasser immer kälter wurde.

Mami hat Migräne, dachte sie, so ein verfluchter Mist. Ausgerechnet heute. Wieso hat sie schon wieder Migräne? Die Mütter meiner Freundinnen haben nie Migräne. Immer muss man Rücksicht nehmen. Immer die kalten Waschlappen, die Olbas-Tropfen, auf Zehenspitzen durch die Wohnung huschen. Eine leichte Bouillon mit Eierstich machen, den Fernsehapparat auf Flüsterlautstärke stellen.

Das Wasser war so kalt, dass es am Puls wehtat. Aber so liebte es ihre Mutter.

Okay, murmelte Sarah. Sie holte einen frischen Waschlappen und hielt ihn unter den Wasserstrahl. Dann wrang sie ihn aus, nahm das Fläschchen mit den Tropfen und ging ins Schlafzimmer zurück.

Ihre Mutter lag da mit geschlossenen Augen.

Zaghaft kam Sarah näher. „Mami?", flüsterte sie. „Schläfst du?"

Ihre Mutter öffnete die Augen. Sie schaute Sarah an. „Wie kann ich schlafen, wenn ich solche Schmerzen habe! Ihr könnt euch das alle nicht vorstellen, was ich durchmache. Ihr habt einfach keine Ahnung. Wo ist der Waschlappen?"

„Hier." Sarah streckte die Hand aus.

„Danke, Mäuschen." Das Gesicht ihrer Mutter verzog sich zu einem gequälten Lächeln. „Ich habe schon auf dich gewartet. Ich konnte nicht aufstehen, weißt du. Wenn ich aufstehe, wird der Schmerz noch schlimmer. Dann wird mir so übel ... so übel ..."

Sarah kannte das alles. Ihre Mutter sagte das jedes Mal bei einem Migräneanfall.

Frau Goldstein ließ ein paar Tropfen von dem Heilöl auf die Fingerkuppen laufen und rieb damit die Stirn ein. Dann legte sie den eiskalten Waschlappen auf die Stirn. Dabei sog sie tief die Luft ein, als würde sie vor der Kälte erschrecken. „Wieso kommst du so spät? Die Schule war doch schon um ein Uhr aus."

„Ich war noch mit Christine bei *Sprüngli*", sagte Sarah, „wir haben eine Melange getrunken und ein Gipfeli gegessen."

Ihre Mutter schloss die Augen. „Sprich nicht vom Essen. Da wird mir sofort schlecht."

„Entschuldige, Mami." Sarah stand linkisch neben dem Bett, die Hände vor dem Körper ineinander verschränkt.

„Und dann?", fragte ihre Mutter. „Ihr habt doch nicht zwei Stunden im Café gesessen."

Sarah wandte sich ab. Sie ging zum Fenster, schob die Taftgardinen einen Spalt auseinander und spähte nach draußen. Das Schlafzimmer führte nach hinten, auf einen großen Hof, in dem es eine fünfzig Jahre alte Kastanie gab und ein paar Schuppen, in denen ein Restaurator alte Möbel aufarbeitete. Jetzt waren die Schuppen alle verschlossen. Auch an den Zweigen der Kastanie zeigte sich noch keine einzige Knospe.

„Ist es kalt draußen?", fragte ihre Mutter.

„Ja." Sarah zog die Gardine ein bisschen weiter zurück. „Aber schön. Fast immer Sonnenschein. Nur ein paar weiße Wolken. Sie sagen, es soll bald wärmer werden." Sie lächelte. „Mami, bald ist Frühling. Im Frühling geht es dir immer gut, das weiß ich. Da hast du nie Migräne."

Ihre Mutter lächelte und streckte die Arme aus. „Es geht mir schon ein bisschen besser. Wenn du da bist, geht es mir gleich besser. Komm zu mir, nimm dir den kleinen Sessel und setz dich da hin. Erzähl mir was."

Zögernd trug Sarah den kleinen Sessel ans Bett. Sie hatte das schon hundertmal während der Migräneanfälle ihrer Mutter gemacht, sie kannte das alles. Ihre Mutter war zufrieden, wenn sie die Tochter ganz nah bei sich hatte. Wenn sie sich etwas erzählen konnten, ließen die Kopfschmerzen allmählich nach, und irgendwann würde sie aufstehen, ihren Morgenmantel anziehen und wie ein Gespenst durch die Wohnung schleichen, hier etwas aufräumen, dort etwas umstellen, so lange, bis es Abend war und ihr Mann nach Hause kam.

„Was soll ich erzählen?", fragte Sarah. „In der Schule ist nichts passiert, absolut nichts."

Ihre Mutter verzog das Gesicht. „Von der Schule möchte ich auch nichts hören. Ich weiß, wovon ich die Migräne habe: Dein Bruder ist schuld. Mit seinen schlechten Zeugnissen macht er deinen Vater ganz verrückt.

Wieso strengt Felix sich nicht an? Wenigstens seinem Vater zuliebe? Wir wissen doch, dass er intelligent ist."

Sarah hob die Schultern. Über Felix äußerte sie sich nicht. Felix war ihr Bruder, und sie liebte ihn. Aber sie und er hatten nicht viel gemeinsam. Felix war zwei Jahre jünger als sie, und seine Freunde waren richtige Rabauken. Raufbolde, die heimlich Bier tranken, rauchten und im Park alte Leute erschreckten. Sarah wusste das, aber sie redete nicht mit ihren Eltern darüber. Es ging sie nichts an. Irgendwann würde Felix älter werden und das Problem sich von ganz allein lösen.

„Du bist ganz anders." Frau Goldstein streckte ihre Hand aus und streichelte Sarahs Arm. „Du machst uns so viel Freude. Du gibst uns nie Anlass, uns zu ärgern. Warum ist dein Bruder nicht wie du?"

„Keine Ahnung." Sarah wurde das Gespräch allmählich unangenehm. Sie holte tief Luft. „Außerdem ist ja nicht gesagt, dass ich immer so bleibe."

„Wie?"

Sarah schaute ihre Mutter ruhig an. „So brav."

Ihre Mutter reagierte nicht. Sie lag ganz ruhig da und wartete.

Sarah wollte eigentlich nicht weiterreden, aber das Schweigen ihrer Mutter zwang sie dazu. Sie räusperte sich und blickte verlegen auf ihre Knie. „Manchmal passiert das ganz automatisch", sagte sie, „dass man etwas tut, was den Eltern nicht gefällt. Auch wenn man das eigentlich nicht möchte." Sie lächelte entschuldigend. Sie fühlte sich unbehaglich. Der Blick ihrer Mutter wurde aufmerksamer, forschender.

„Na ja ..." Sarah zögerte. „Wenn man sich zum Beispiel

entscheiden müsste, ob man etwas tut, was den Eltern gefällt, oder etwas, das man selber sehr gerne möchte ..." Sie schluckte. „Dann ist das manchmal schwierig, sich zu entscheiden."

Ihre Mutter richtete sich auf. Sie schob die Kissen weiter in den Rücken. Dabei verrutschte der Waschlappen, und sie musste ihn an der Stirn festhalten.

„Irgendetwas ist mit dir los", sagte sie, während sie Sarah anschaute. „Ich spüre das schon eine Weile. Irgendetwas verheimlichst du uns."

Sarah merkte, wie sie einen heißen Kopf bekam. Sie wandte sich ab. „Ich kann nicht darüber reden, wenn du Kopfschmerzen hast." Energisch stand sie auf und stellte den Sessel an seinen Platz zurück. Sie holte tief Luft und lächelte ihre Mutter an. „Wenn du mich brauchst – ich bin in meinem Zimmer. Ich muss für die Französischarbeit lernen."

Ihre Mutter sagte nichts. Sarah ging vorsichtig, als wartete sie jeden Augenblick darauf, dass ihre Mutter sie zurückhielt, zur Tür.

Aber ihre Mutter rief nicht.

Erleichtert ging Sarah in ihr Zimmer. Sie schloss die Tür, stülpte sich die Kopfhörer über und lauschte dem Rondo von Chopin. Sie blieb mitten im Zimmer stehen, mit geschlossenen Augen. Sie zählte die Takte. Eins und zwei und drei und vier und fünf und quatrième und en avant und arabesque ...

„Die Arabeske", murmelte Sarah, „ich muss sie besser hinkriegen ..."

Das Abendessen verlief schweigend. Felix spielte den reuigen Sünder und saß brav, mit nass gescheiteltem Haar am Tisch, tief über seinen Teller gebeugt.

Der Fernseher lief, irgendeine politische Sendung. Sarahs Vater schaute nie etwas anderes an als politische Sendungen. Offenbar ging es um einen Riesenskandal. Sarah hörte nicht hin. Sie strich Kräuterquark auf ihr Knäckebrot und dachte: Ich muss es ihnen sagen. Ich muss es ihnen jetzt gleich sagen.

Sarahs Mutter trug einen riesigen, blassblauen Kaschmirschal um die Schultern. Sie war nicht geschminkt und sah blass und leidend aus.

Frau Goldstein hatte ihrer Tochter die weiße Haut vererbt und die schwarzen Haare. Aber nicht ihre Nase. Sarah hatte die Nase von ihrem Vater, zu groß und zu gerade, wie sie fand, und außerdem war sie mit ihrem ganzen Gesicht nicht zufrieden. Aber wer war schon mit seinem Aussehen zufrieden …

Die Fernsehdiskussion war beendet. Sarahs Mutter presste die Finger gegen die Schläfen und flüsterte: „Bitte, Peter, mach es aus. Es ist unerträglich."

Peter Goldstein stand sofort auf und schaltete den Fernseher aus. Er lächelte zaghaft. „Musik? Möchtest du ein bisschen Musik hören? Oder ist das auch zu viel für deinen Kopf?"

„Ich weiß nicht. Vielleicht ein bisschen Mozart."

Felix hob den Kopf und schaute seine Schwester an. „Mozart!“, stöhnte er. „Warum wird in diesem Haus eigentlich nie eine anständige Musik gehört?“

„Was ist denn für dich anständig? Techno? Oder Heavy Metal?“, fragte Sarah.

„Techno!“, entrüstete sich Felix. „Ich und Techno. Kannst du dir vorstellen, dass deinem Bruder so eine absolut bescheuerte Musik gefällt?“

Miriam Goldstein schloss die Augen. „Kinder“, flüsterte sie, „bitte keinen Streit. Nicht wegen solcher Lappalien.“

Peter Goldstein hatte eine CD ausgesucht. Er wartete auf den ersten Ton, um die Lautstärke einzustellen. Er lächelte erwartungsvoll. „Das gefällt euch allen“, sagte er.

Felix verdrehte die Augen. „O nein. Nicht schon wieder Tschaikowsky.“

„Doch.“ Peter Goldstein regulierte den Ton und setzte sich wieder zu den anderen. Er nickte Sarah zu. „Immer, wenn ich Tschaikowsky höre, muss ich an eure schöne Aufführung denken: meine Tochter als Elfe. Entzückend.“

„Daddy.“ Sarah knüllte die Serviette zusammen. Ihre Augen sprühten vor Zorn. „Ich war keine Elfe, sondern eine Fee. Und zwar eine böse Fee. Wieso geht das nicht in deinen Kopf?“

„Weil böse Feen nicht so wunderschön tanzen können“, sagte Peter Goldstein. „Wirklich, ganz entzückend.“

Auf Sarahs Stirn bildete sich eine senkrechte Falte. Wenn der Vater versuchte, über ihren Tanz zu sprechen, ging es immer schief. Immer. Sarah wusste genau, dass ihr Vater sich überhaupt nichts aus Ballett machte.

„Madame Béjard ist eine sehr gute Ballettmeisterin“,

sagte Sarahs Mutter. „Die Aufführungen am Ende des Jahres sind immer ein wirklicher Kunstgenuss."

Sarah schloss die Augen. Ich muss es ihnen sagen, dachte sie. Ich muss es ihnen jetzt sofort sagen!

Sie gab sich einen Ruck.

„Mami", sagte sie leise, „Daddy, ich habe …" Sie stockte.

Ihre Mutter sah sie mit großen, erschrockenen Augen an. „Ja?", fragte sie.

„Lass ihr doch Zeit, Miriam", sagte Peter Goldstein. „Immer, wenn Sarah uns etwas erzählen will, denkst du, der Himmel stürzt ein."

Sarahs Mutter lächelte müde. „Das ist Unsinn. Aber Sarah hat heute Nachmittag schon so eine Andeutung gemacht. Hat es etwas mit Madame Béjard zu tun? Geht es um die Stunden? Gibt es da Probleme?"

Sarah schüttelte den Kopf. „Nein, nein."

„Falls Madame Béjard dich überreden möchte, noch mehr Stunden zu nehmen", sagte Frau Goldstein, „musst du unbedingt ablehnen. Du weißt, du kommst in die neunte Klasse. Da hat man für Hobbys und Spielereien nicht mehr so viel Zeit."

Sarah war kreidebleich geworden. Sie spürte, wie ihre Stirn feucht wurde. Immer, wenn sie sich aufregte oder Angst hatte, bekam sie eine feuchte Stirn. Sie umklammerte die Tischkante. „Mami", sagte sie. „Daddy."

Felix erhob sich. Er nahm seinen Teller, das Glas und die Serviette, um alles in die Küche zu tragen. „Ich glaube, ich bin hier überflüssig", sagte er cool. „Diese Unterhaltung macht mich fertig. Ich gehe in mein Zimmer."

Seine Eltern nickten. Sie starrten Sarah an. Sarah zerknüllte die Papierserviette in den feuchten Händen.

„Mami hat mich gefragt, wo ich heute Nachmittag gewesen bin", begann sie stockend. „Ich habe gesagt, in der Konditorei. Mit Christine. Aber das stimmt nicht ganz. Ich war auch noch am Bahnhof."

Peter Goldstein hob ruckartig den Kopf. „Am Bahnhof? Was hat meine Tochter am Bahnhof zu suchen? Weißt du nicht, dass die Typen, die dort rumlungern ..."

Miriam Goldstein legte ihrem Mann die Hand auf den Arm. „Lass sie, Peter. Lass sie doch ausreden."

Sarah holte tief Luft. Ihre Gesichtsmuskeln waren vor Anspannung so verkrampft, dass sie wehtaten. „Ich habe eine Fahrkarte gekauft", sagte sie. „Nach Hamburg."

Sie schaute ihre Mutter an. Das Gesicht ihrer Mutter spiegelte blankes Entsetzen wider. Dann schaute sie ihren Vater an.

„Nach Hamburg?", fragte er tonlos. „Was soll das? Wovon redest du? Was erzählst du uns da überhaupt?"

Sarah schluckte. „Ich weiß, ich hätte früher mit euch darüber reden sollen. Ich habe mich für die Prüfung der Ballettakademie angemeldet." Sie richtete sich auf. „Und ich habe eine Einladung zum Vortanzen bekommen."

Je länger sie redete, desto mutiger wurde sie. Sie konnte beinahe schon wieder lächeln. Sie stand auf, lief um den Tisch herum und umarmte ihre Mutter. Sie presste ihr Gesicht gegen das warme Kaschmirtuch. „Sie haben mir vor einer Woche geschrieben, Mami. Am neunundzwanzigsten muss ich vortanzen. Dann ist die Prüfung vor der Kommission." Sie lachte, weil sie ihr Glück selbst noch nicht fassen konnte. „Und die Leitung hat Sergej Uljanow. Mami! Daddy! Ihr wisst doch, wer das ist?"

Miriam und Peter Goldstein schauten sie an. Keiner

sagte ein Wort. Sarah fuhr sich mit der Zunge über die trockenen Lippen. Sie lief wieder um den Tisch herum und umarmte ihren Vater. „Er ist der größte Ballettmeister Deutschlands! Er ist ein Star! Er hat die wunderschönsten Choreographien gemacht! Und er ist ein Tänzer." Sie lachte, lief zu ihrem Platz, nahm das Glas und trank das Mineralwasser in einem Zug aus. Dann wischte sie mit dem Handrücken über die Lippen. „Ich hol euch den Brief. Ich zeig euch den Brief!"

In der Tür drehte sie sich noch einmal zu ihren Eltern um. Sie war selig, dass es bis jetzt so gut gelaufen war. Ihre Eltern hatten nicht ein einziges Mal widersprochen! Sie hatten es ihr bis jetzt noch nicht verboten! „Ihr wollt den Brief doch sehen?"

Peter Goldstein räusperte sich. Er schaute seine Frau an, als erwarte er von ihr Hilfe. „Allerdings, meine Tochter, allerdings", sagte er streng. „Ich hätte diesen Brief auch gerne schon vor einer Woche gesehen."

Sarahs Mutter hob den Kopf. „Ich frage mich, was du dir dabei denkst, so lange ein Geheimnis vor uns zu haben. Wir sind deine Eltern! Wir sind eine Familie, Sarah! In der Familie hat man keine Geheimnisse voreinander!"

Sarah zögerte. Sie lächelte hilflos. „Ich ... ich hol den Brief", flüsterte sie und verschwand.

Sie rannte den Flur entlang. Als sie an Felix' Tür vorbeikam, hörte sie Musik. Sie stieß die Tür auf und keuchte: „Felix, du musst mir die Daumen drücken! Bitte!"

Felix lag auf dem Bett und kraulte den Kater, der sich auf seinem Bauch zusammengerollt hatte. „Worum geht es überhaupt?", fragte er mit einer leichten Kopfbewegung. „Ich kapier gar nichts."

„Es geht um Leben und Tod“, flüsterte Sarah. Dann schlug sie die Tür wieder zu, rannte in ihr Zimmer, zog die oberste Schublade auf und wühlte sich durch die Briefe und Hefte bis auf den Grund. Da lag der Brief.

Sie drückte den Briefumschlag an die Lippen. „Bitte“, flüsterte sie. „Bitte, es muss klappen.“

Als sie das Zimmer verließ, stand Felix im Flur. Er lehnte im Türrahmen. Samson hatte sich beleidigt davongemacht. „Was redest du für einen Unsinn?“, fragte Felix mit gerunzelter Stirn. „Um Leben und Tod? War das ein Witz oder was?“

„Kein Witz.“ Sarah schob ihn zur Seite, als er ihr den Weg versperren wollte. „Lass mich durch, Felix. Aber drück mir die Daumen.“

Sie huschte davon.

Miriam und Peter Goldstein blickten ihrer Tochter stumm entgegen.

Sarah stellte fest, dass ihr Vater die Gelegenheit ergriffen hatte, sich einen Whisky einzuschenken. Er schwenkte das Glas mit den beiden Eiswürfeln, als brauche er etwas, woran er sich festhalten konnte.

Ihre Mutter hatte das Wolltuch noch enger um die Schultern gezogen. Sie sah ganz schmal aus. Schmal und alt, dachte Sarah plötzlich. Und erschrocken. Ihre Mutter hatte oft diesen erschrockenen Ausdruck. So, als könne sie die Welt, in der sie lebte, nicht verstehen.

Sarah schwenkte den Brief. „Hier“, rief sie. „Hier ist er.“ Sie schaute von einem zum anderen. „Wer will ihn zuerst lesen?“

„Dein Vater“, sagte Miriam Goldstein, „ich kann ohne

Brille und mit diesen Kopfschmerzen sowieso nicht lesen."

Peter Goldstein streckte stumm die Hand aus. Sarah legte den Brief hinein.

„Er ist sogar unterschrieben", sagte sie, als ihr Vater den Umschlag aus dem Kuvert zog. „Von Marie Schickedanz. Sie ist die Leiterin des Internats."

Stumm las Peter Goldstein den Brief.

Tanzakademie der Staatsoper
Sergej Uljanow
An der Alster
Hamburg

Liebe Sarah Goldstein,

wir freuen uns, dir mitteilen zu können, dass du herzlich zum Vortanzen eingeladen bist. Die Jury unter dem Vorsitz von Sergej Uljanow nimmt die Wertung vor. Die Prüfungen erstrecken sich über vier Tage. Für eine Unterbringung in unserem Internat können wir leider nicht sorgen. Mitzubringen sind Gymnastikanzug, Gymnastikschuhe, Spitzenschuhe.

Falls du die Prüfung bestehst (allerdings gibt es sehr viele Bewerber in diesem Jahr), könntest du am 15. Mai als Schülerin in unserer Tanzakademie beginnen.

Mit freundlichen Grüßen
Marie Schickedanz

Peter Goldstein hatte den Brief halblaut vorgelesen. Sarah hing dabei an seinen Lippen. Sie lächelte glücklich.

„Das kommt nur, weil Madame Béjard mir so ein tolles

Empfehlungsschreiben geschrieben hat. Sie hat mich ja förmlich angepriesen. Ich glaube, Frau Schickedanz hat diesen Brief gelesen." Sie holte tief Luft. „Aber die anderen Bewerber werden ja auch solche Briefe mit beigelegt haben. Was meint ihr?"

Langsam faltete Sarahs Vater den Brief wieder zusammen, schob ihn ins Kuvert und steckte ihn in die Jackentasche.

Sarah streckte erschrocken die Hand aus. „Daddy", flüsterte sie. „Bitte. Das ist mein Brief."

Peter Goldstein nahm einen Schluck Whisky. Er stellte das Glas wieder ab und trat hinter den Stuhl von Sarahs Mutter. Dann legte er die Hände auf ihre Schultern. „Sarah, wie alt bist du?", fragte er mit sanfter Stimme.

Sarah runzelte die Stirn. „Vierzehneinhalb. Das weißt du doch."

„Genau. Vierzehneinhalb. Und du glaubst, dass das das richtige Alter ist, um allein Entschlüsse über deine Zukunft zu fassen? Ohne deine Eltern zu fragen? Ohne überhaupt mit deinen Eltern darüber zu reden? Du glaubst das im Ernst?"

Sarah bekam einen heißen Kopf. Sie schluckte.

„Setz dich", sagte ihr Vater.

Lautlos schlich Sarah zu ihrem Stuhl. Sie setzte sich kerzengerade ohne sich anzulehnen.

„Natürlich", sagte ihr Vater bestimmt, „fährst du nicht nach Hamburg."

Sarah hielt die Luft an. Sie riss die Augen auf, dass es schmerzte. „Nicht?", flüsterte sie.

„Wie ich sagte."

Sarah sprang auf. „Ihr könnt mir das nicht verbieten!",

rief sie schluchzend. „Ich lass mir das nicht verbieten! Ich hab die Fahrkarte doch schon gekauft!“ Sie stürzte aus dem Zimmer.

Im Flur stand Felix. Er machte ein besorgtes Gesicht, als Sarah ihm in die Arme fiel. „Es ist schlecht ausgegangen, was?“, murmelte er mitleidig.

Die Tränen stürzten aus Sarahs Augen. „Ich hasse sie!“, flüsterte sie. „Ich hasse sie! Sie verstehen überhaupt nichts von mir und meinem Leben! Mein Leben interessiert sie gar nicht! Sie wollen bloß, dass wir brave, liebe Kinder sind, die keine Probleme machen. Sie erlauben uns überhaupt nicht, richtige Menschen zu werden. Nur Roboter. Ja“, sie schluchzte herzzerreißend, „nur brave Kinder-Roboter dürfen wir sein.“

Felix tätschelte den Rücken seiner großen Schwester. Er wirkte sehr unbeholfen. Sein Gesicht war ganz klein vor Mitleid. „Arme Sarah“, murmelte er tröstend, „arme Sarah. Du hast ja Recht. Du redest meinen Text. Ich sage immer, hier in der Familie darf man nichts. Nichts. Überhaupt gar nichts. Wenn du wüsstest, was meine Freunde und die anderen Kumpels, mit denen ich beim Skicamp war, was die alles dürfen …“

Sarah machte sich los. Sie wischte sich die Tränen aus dem Gesicht. Ihre Lippen zitterten. „Felix“, flüsterte sie, „ich hau ab.“

Felix ließ die Arme sinken. „Was?“

Sarah nickte. Sie wirkte ruhig und vollkommen entschlossen. „Wenn die Eltern mir nicht erlauben, nach Hamburg zu fahren, dann hau ich ab. Das können sie nicht verhindern. Dazu haben sie überhaupt nicht die Möglichkeit.“ Sie schaute ihren Bruder an. Dann trat sie einen Schritt zurück. „Kannst du ihnen das bestellen?“

Felix zuckte zusammen. „Ich?“, fragte er entsetzt. „Wieso sagst du es ihnen nicht selbst?“

„Weil ich nicht mehr mit ihnen rede“, sagte Sarah. „Ich rede nie wieder mit ihnen. Sie sind so gemein, so gemein!“

„Aber, ich weiß nicht …“ Felix wand sich unbehaglich. „Von mir wollen sie das bestimmt nicht hören. Du weißt doch, was sie von mir halten nach der letzten Mathearbeit. Ich finde, du musst es ihnen selber sagen. Ich habe keine Lust, mir den ganzen Zoff anzuhören.“

Sarah schlang die Arme um den Hals des Bruders. „Bitte! Ich geb dir auch Geld für eine neue CD. Ich schenk dir eine neue CD, wenn du es tust.“

„Echt? Hast du so viel Kohle?“ Felix’ Augen leuchteten.

Sarah nickte. „Wenn ich es sage, ist es so. Also?“ Sie streckte die Hand aus. „Du sagst es ihnen?“

Felix schlug ein. „Abgemacht. Ich sage ihnen, dass du abhaust, wenn sie dir nicht erlauben, nach Hamburg zu fahren.“

„Genau.“ Sarah strich die Haare aus der Stirn. Sie starrte gegen die leere Wand. „Ganz genau. Das werde ich auch tun.“

Als Sarah am nächsten Morgen ihre Bücher und Hefte zusammensuchte und in die Schulmappe packte, kam ihre Mutter ins Zimmer. Sie schaute Sarah ruhig an. „Guten Morgen."

„Guten Morgen, Mami." Sarah quälte sich ein Lächeln ab. „Wie geht es deinem Kopf?"

„Merkwürdigerweise viel besser." Ihre Mutter setzte sich auf das ungemachte Bett und strich das Kopfkissen glatt. „Seltsam ... Nach allem, was passiert ist, hätte ich eigentlich eine grauenvolle Migräne haben müssen."

Sarah schlug die Schulmappe zu. „Na, umso besser. Ich habe keine Zeit zum Frühstücken. Ich kauf mir in der großen Pause was an der Milchbar." Sie warf ihrer Mutter eine Kusshand zu. „Ciao."

Ihre Mutter stand sofort auf. „Dein Vater bringt dich zur Schule. Du hast genug Zeit zum Frühstücken."

Sarah blieb stehen, mit dem Rücken zu ihrer Mutter. „Wieso bringt Daddy mich?", fragte sie. „Er muss doch in eine ganz andere Richtung."

„Heute Morgen scheinbar nicht." Miriam Goldstein drehte ihre Tochter an den Schultern herum. „Ich dachte, du willst dich vielleicht entschuldigen. Für gestern Abend."

Sarah spürte, wie sie zitterte. Aber sie versuchte ihre Stimme ganz ruhig zu halten. „Okay. Ich entschuldige mich."

„Ist das alles?“ Forschend schaute ihre Mutter sie an. „Felix hat gesagt, du willst dich unseren Anordnungen widersetzen.“

Sarah schwieg. Sie wich dem Blick ihrer Mutter aus.

„Stimmt das?“

Sarah hob die Schultern. „Ihr braucht mich nur nach Hamburg fahren zu lassen, dann ist alles in Ordnung.“

Ihre Mutter ließ sie wieder los. „Dieses Ballett hat deine Seele vergiftet“, sagte sie traurig. „Seit du tanzt, bist du vollkommen verändert.“

Sarah erwiderte nichts. Sie blickte aus dem Fenster. Draußen in der Dachrinne zankten sich zwei Spatzen. Wie wir hier drinnen, dachte Sarah. Immerzu zanken sich die Leute. Dabei könnte alles so einfach sein.

„Ich wünsche mir manchmal, wir hätten diese Madame Béjard nie kennen gelernt. Dann wäre das alles nicht passiert.“

Sarah riss den Kopf hoch. „Was passiert? Was ist denn passiert?“, rief sie hysterisch. „Worüber regt ihr euch eigentlich so auf? Es ist überhaupt nichts passiert. Außer, dass mir Tanzen so viel Spaß macht. So viel Spaß ...“ Sie stockte.

Ihre Mutter nickte. „Viel zu viel Spaß. Das ist ja das Problem. Du interessierst dich für nichts anderes mehr. Du bist wie besessen von dieser dummen Tanzerei.“

Sarah schaute ihre Mutter an. „Deshalb kann ich nicht mit euch reden“, sagte sie eisig, „weil ihr es eben nicht versteht. Wieso habe ich ausgerechnet solche Eltern? Wieso ausgerechnet ich?“

Ihre Mutter reagierte nicht. Sie zuckte nur mit den Achseln und ging einfach an Sarah vorbei durch den Flur.

Sarah sah, wie sie die Diele durchquerte. Ein Lichtstrahl fiel auf den goldenen Drachen, der in ihren Kimono gestickt war. Dann hörte sie die Stimme ihres Vaters, aber sie konnte nichts verstehen. Ihre Mutter antwortete, und dann war Stille.

Jetzt liest er Zeitung, dachte Sarah. Wenn er Zeitung liest, kümmert er sich wenigstens nicht um mich. Zögernd ging sie in die Küche.

Sarah saß neben ihrem Vater im Wagen. Es war ein großer, teurer Wagen mit Funktelefon und Stereoanlage. Der Motor lief fast geräuschlos, während ihr Vater den Wagen durch den Berufsverkehr lenkte.

Sarah hatte sich ganz an die Außenseite des Sitzes gepresst. Sie blickte starr durch die Windschutzscheibe auf den Verkehr.

Sie waren schon zehn Minuten gefahren, und immer noch hatte ihr Vater kein Wort gesagt.

Die Ampel an der Brücke schaltete auf Gelb. Peter Goldstein gab Gas, aber dann wechselte die Ampel auf Rot, und er machte eine Vollbremsung. Sarah wurde nach vorn geschleudert, aber sie war angeschnallt.

Ihr Vater atmete tief durch. „Entschuldige“, murmelte er. „Ich habe nicht damit gerechnet, dass die Ampel so schnell umspringt. Ich war mit meinen Gedanken ganz woanders.“

„Macht doch nichts“, sagte Sarah.

„Hat es dir wehgetan?“, fragte ihr Vater.

Sarah schüttelte den Kopf. „Ich war doch angeschnallt. Wie soll man sich bei so einem kleinen Rumser wehtun.“

Dann schwiegen sie wieder. Als sie vor der Schule hielten, fragte Herr Goldstein: „Wann ist die Schule zu Ende?“

„Ich weiß nicht“, murmelte Sarah. „Ich glaube, nach der sechsten Stunde.“

„Du glaubst? Wieso weißt du das nicht?“

„Unsere Kunstlehrerin ist krank. Wenn sie immer noch krank ist, haben wir schon nach der fünften Stunde aus.“ Sie schaute ihren Vater herausfordernd an. „Wieso willst du das so genau wissen?“

„Weil ich dich nach der Schule wieder abhole“, erwiderte ihr Vater ruhig, „und weil ich keine Lust habe, hier eine Stunde zu warten.“

Sarah war sprachlos vor Empörung. „Du willst mich wieder abholen?“, rief sie, während sie die Wagentür aufstieß. „Was soll das? Ich bin doch kein Baby! Ich finde den Weg nach Haus auch alleine!“

„Das glaube ich“, sagte ihr Vater. „Aber deine Mutter möchte trotzdem sichergehen.“

Sarah stieg aus. Wütend schlug sie die Tür zu. Ihr Vater drückte auf den automatischen Fensteröffner und beugte sich zu ihr hinüber. „Wir reden heute Mittag, Tochter“, sagte er. „Lern fleißig.“ Dann surrte das Fenster wieder hoch, und der Wagen glitt davon.

Sarah starrte ihm hinterher. Ihre Augen waren blind vor Tränen.

„Hallo, Sarah. War das eben dein Daddy?“ Christine stand plötzlich neben ihr und schaute dem Wagen nach. „Dann hättet ihr mich ruhig abholen können. Wieso bringt dich dein Daddy zur Schule?“

Sarah drehte sich zu ihrer Freundin um. „Ich hasse

ihn“, flüsterte sie mit tränenerstickter Stimme, „ich hasse sie alle!“

Christine starrte sie an. Dann stellte sie ihre Schultasche auf den Boden und umarmte Sarah. Die anderen Schüler drängten sich an ihnen vorbei durch das Schultor.

„Du hast es ihnen gesagt?“, fragte Christine.

Sarah nickte. Sie wurde von Schluchzern geschüttelt.

„Und?“

Sarah hob den Kopf. „Sie haben es verboten“, flüsterte sie.

„O Gott.“ Christine ließ Sarah los. Sie wusste, was das für ihre Freundin bedeutete. Seit Wochen sprach sie von nichts anderem als von der Tanzakademie und von der Chance, dort vorzutanzen. „Du Arme, wie schrecklich.“

Sarah schluckte. „Aber ich lasse es mir nicht verbieten. Ich finde einen Weg, das verspreche ich dir. Ich schleich mich heimlich davon.“

Christine starrte sie erschrocken an. „Das kannst du nicht machen!“

Sarah lächelte unter Tränen. „Du hast ja keine Ahnung, was ich alles machen kann.“

„Sie wollen mich einsperren! Kannst du dir das vorstellen?“

Sarah und Christine saßen auf der Schulhofmauer, ließen die Beine baumeln und tranken Buttermilch. Zwischen ihnen lag eine Tüte Gummibärchen, Christines Lieblingsspeise.

Nachdenklich stopfte sie ein Gummibärchen nach dem anderen in den Mund. „Das werden sie nicht durchhalten“, sagte sie.

Sarah nickte grimmig. „Du kennst meine Eltern nicht."

„Oh, ich kenne deine Eltern gut!" Christine lachte. „Weißt du noch, wie wir eine Woche zusammen im Engadin in der Almhütte waren? Kannst du dich noch an das idiotische Gewitter erinnern, als dein Vater uns mit einem Traktor vom Bauern gesucht hat? Wir hatten eine Wahnsinnsangst. Der ganze Himmel war voller Blitze. Wie wir uns da unter den Baum gekauert hatten ... Weißt du noch? Und dann tauchte auf einmal dein Vater auf."

Sarah hatte die Geschichte fast vergessen. „So sind meine Eltern", sagte sie, „immer voller Sorge. Ich glaube, die machen sich um mich und Felix noch Sorgen, wenn wir hundert sind."

„Wenn ihr hundert seid, sind die hundertvierzig, das klappt wohl nicht ganz." Christine grinste. „Es sei denn, inzwischen wird so eine Pille erfunden, die unsterblich macht."

Sarah wühlte in den Gummibärchen. „Hast du die gelben alle schon aufgegessen?"

„Nimm einen orangen. Die schmecken auch toll."

Sarah steckte sich ein Gummibärchen in den Mund. Gedankenverloren starrte sie in das Gewusel auf dem Schulhof. Oben im Lehrerzimmer stand ihr Biolehrer am Fenster und blickte mit verschränkten Armen hinunter. Die Pausenaufsicht stapfte streng zwischen den verschiedenen Schülergruppen hindurch auf zwei Jungen zu, die sich gerade rauften.

Aus einem der Grüppchen löste sich ein Junge und kam auf die beiden Mädchen zu.

„Ossi ist im Anmarsch", stellte Sarah fest. „Ich hab echt keine Lust, mit dem heute zu reden." Sie ließ sich von der

Mauer gleiten, nahm die Milchtüte und winkte Christine zu. „Ciao, bis später."

Ossi, ein Junge aus der Parallelklasse, schaute Sarah nach, während er sich neben Christine an die Schulmauer lehnte. „Was ist mit Sarah los?", fragte er.

„Was soll mit ihr los sein?"

„Keine Ahnung. Wieso geht sie weg, wenn ich komme?"

„Frag sie doch selbst." Christine schob ihm die Gummibärchen hin. „Bedien dich."

„Ich hab sie zu einer Klassenfete eingeladen. Letzte Woche hab ich sie schon gefragt, aber sie hat mir immer noch nicht gesagt, ob sie kommt."

„Vielleicht weiß sie es noch nicht."

Ossi starrte Christine an. „Na hör mal!", rief er empört. „Seit wann braucht ihr Mädels eine Ewigkeit, um euch zu entscheiden? Das ist doch eine ganz klare Frage. Kommst du mit zur Fete, oder nicht? Wenn sie ja sagt, ist es okay, wenn sie nein sagt, ist es auch okay."

Christine lächelte amüsiert. „Dann ist es überhaupt nicht okay. Du bist doch verknallt in Sarah."

Ossi wurde rot. Er kickte mit dem Schuh einen Kieselstein weg.

„Sarah hat aber keine Lust darauf, einen Freund zu haben, das weißt du doch."

Ossi hob die Schultern. „Das ist echt bescheuert. Wieso hat sie keine Lust, einen Freund zu haben?"

„Weil sie anders ist."

Ossi schaute Christine an. „Du verstehst das offenbar, oder? Klar. Du bist ja auch ihre Busenfreundin. Ich bin wirklich ein Idiot, dass ich Sarah überhaupt gefragt habe wegen der Klassenfete."

„Sarah hat zur Zeit Probleme“, sagte Christine. „Große Probleme. Echt. Das verstehst du nicht.“

Ossi schwang sich auf die Mauer. „Kann ich mal von deiner Milch trinken?“ Ohne die Antwort abzuwarten, nahm er Christines Tüte in die Hand. „Dann erzähl doch mal, was das für Probleme sind.“

„Sie will weg“, sagte Christine.

Ossi wäre beinahe die Tüte aus der Hand gerutscht. „Sie will weg? Wie denn, weg? Was heißt das?“

„Tanzen. Sie will nicht mehr zur Schule gehen, sondern nur noch tanzen. Du weißt doch, dass sie seit drei Jahren Ballettunterricht nimmt.“

Ossi nickte. „Klar weiß ich das. Sie redet ja von nichts anderem.“

„Siehst du. Und jetzt hat sie eine Einladung, in Hamburg in der Tanzakademie vorzutanzen.“

Ossi starrte Christine an. „Echt? Vortanzen? Richtig vortanzen? Ist ja Wahnsinn. Ist sie denn so gut?“

„Das ist doch nur die Aufnahmeprüfung für die Ballettschule. Aber wenn sie die besteht, dann zieht sie nach Hamburg. Dann geht sie in das Ballettinternat.“ Christine seufzte. „Für mich ist das ganz schön blöd. Sarah ist meine einzige richtige Freundin. Wenn sie weggeht, wird es öde.“

Ossi schwieg. Er presste die Hände zwischen die Knie und starrte vor sich hin. „Zu mir hat sie davon nichts gesagt.“

Christine hob die Schultern. „Sie hat es ja nicht mal ihren Eltern gesagt. Wieso soll sie dann mit dir darüber reden? Ihre Eltern sind natürlich wahnsinnig wütend. Sie haben verboten, dass sie nach Hamburg zum Vortanzen fährt." Christine beugte sich zu Ossi und dämpfte ihre Stimme. „Sie bewachen sie jetzt rund um die Uhr. Kannst du dir das vorstellen: Ihr Daddy hat sie zur Schule gefahren, und er holt sie auch wieder ab."

Ossi lachte ungläubig. „Sarahs Eltern? Die sind doch okay. Die machen so was nicht. Ich glaube es einfach nicht. Das phantasiert sie sich zusammen. Die Sarah hat sowieso so was Dramatisches – immer zwischen himmelhoch jauchzend und zu Tode betrübt."

Einen Augenblick schwiegen sie. Dann ertönte der Schulgong. Ossi sprang von der Mauer. Er schaute sich suchend um, stellte sich auf die Zehenspitzen und blickte über die Köpfe der Schüler hinweg, die zur Eingangstür strebten.

Plötzlich entdeckte er Sarahs Gesicht. Es war weiß und ernst. Ihre langen, schwarzen Haare hatte sie mit einem Haarreifen aus der Stirn gehalten. Sie trug drei Pullis übereinander, weil sie immerzu fror, ein Pulli größer als der andere. Um ihre Handgelenke hatte sie zu Zöpfen geflochtene Stoffbänder gebunden, die Enden flatterten hinter ihr her und bewegten sich im Wind bei jeder ihrer Gesten.

Ossi folgte ihr. Er war fasziniert von Sarahs Gang. Vom ersten Augenblick an hatte ihre geschmeidige, anmutige Art zu gehen ihn in ihren Bann gezogen. Außerdem hatte Sarah etwas Unwirkliches, Entrücktes. Ossi hatte oft das Bedürfnis, sie an den Schultern zu packen, zu schütteln und zu rufen: „Hier bin ich, hier! Auf der Erde. Und du auch. Merkst du das nicht?"

Er beschleunigte seine Schritte. Sarah ließ sich von der Masse immer wieder zurückdrängen. Das war auch typisch für sie. Sie kämpfte nie. Mit den Ellenbogen schon gar nicht.

Er legte seine Hand auf ihre Schulter. Sein Mund war ganz dicht an ihrem Ohr. „Ich habe gehört, es gibt Probleme."

Sarah zuckte zusammen. Sie drehte sich um. Ein gequältes Lächeln huschte über ihr Gesicht. „Ach, du bist es, Ossi."

„Christine hat mir die Kiste mit deinen Eltern erzählt. Echt heavy. Dabei sind die sonst so nett."

Sarah lächelte. „Ja. Genau so lange, wie man brav ist und tut, was sie wollen."

Sie ließen eine Jungengruppe vor und stiegen langsam die Stufen zum Portal hoch. „Stimmt es, dass dein Vater dich bewacht?"

Sarah nickte.

„Wenn ich dir irgendwie helfen kann, Sarah ..." Ossi baute sich vor ihr auf und schaute sie an. „Ich tu alles, was du willst. Ehrlich. Ich verstehe, wie du dich fühlst."

Sarah schüttelte den Kopf. „Das kann keiner verstehen. Ich fühle mich ... so leer. Vollkommen leer, weißt du. Ich habe überhaupt keine Lust mehr zu leben."

Erschrocken starrte Ossi sie an. „So was sagt man nicht."

„Nein?" Sarah schob ihn lächelnd zur Seite. „Aber ich. Ich sag das. Ich sag, was ich will." Sie ging weiter. Als sie merkte, dass Ossi wie angewurzelt stehen geblieben war, drehte sie sich zu ihm um. „Danke. Danke, dass du mir helfen willst."

Sie nahm die fünfte Position ein, die Arme über dem Kopf. Die Bänder an ihren Handgelenken streiften dabei über ihr Gesicht. Sie lächelte plötzlich. Sobald sie vom gewöhnlichen Gehen in einen Tanzschritt oder eine Tanzhaltung fiel, fühlte sie sich besser, wie verwandelt.

Sie ließ die Arme sinken und wandte sich zum Gehen, aber Ossi lief hinter ihr her. „Wegen der Klassenfete …“, keuchte er. „Du hast mir immer noch nicht gesagt, ob du kommen kannst.“

Sarah blieb stehen. „Wann war das?“

„Donnerstag, nächsten Donnerstag.“

Sarah überlegte. Plötzlich lächelte sie. „Okay, ich komme.“

Ossis Gesicht leuchtete auf. „Wirklich? Echt? Kann ich mich darauf verlassen? Du kommst ehrlich?“

„Wenn ich sage, ich komme, dann komme ich.“ Sarah sah sich um. Der Flur hatte sich geleert, im Schulgebäude war es still geworden.

„O Gott, die Stunde hat schon angefangen!“ Erschrocken lief sie los.

In der Stunde nach der großen Pause hatten sie Geographie. Frau Dr. Müller stand schon an ihrem Pult und beobachtete mit stummer Verzweiflung das Gedränge und Hin- und Hergeschiebe der Schüler, das Scharren der Stühle, das Aufklatschen der Bücher auf den Tischen. Sie seufzte und schaute zur Tür.

„Sarah Goldstein!“, rief sie. „Was stehst du da rum? Brauchst du eine besondere Aufforderung? Die Stunde hat begonnen.“

Sarah lächelte scheu und huschte an ihren Platz. Vor der Geographielehrerin hatte sie großen Respekt. Frau Dr. Müller war eine nüchterne Frau, die fast nie lächelte und niemals ein privates Wort fallen ließ. Außerdem gab sie sehr strenge Zensuren.

Sarah schlug das Buch auf Seite 198 auf. *Die Probleme Afrikas,* stand da, *am Beispiel von Somalia.*

Frau Dr. Müller rief einen Jungen an die Tafel. Er solle die Umrisse des afrikanischen Landes an die Tafel malen. Es war wie immer: Der Unterricht begann mit einer Zeichnung an der Tafel, die dann doch niemand anschaute. Und dabei stellte Frau Dr. Müller Fragen an die Klasse: „Wie viele Einwohner hat Somalia? Wovon leben die Menschen? Gibt es Industrie dort? Wie ist das Schulsystem? Welches ist die Amtssprache?“ Und so weiter und so weiter.

Sarah hatte angefangen, an den Rand des Buches kleine Strichmännchen zu malen, so wie sie im Ballettbuch der russischen Tänzerin Waganowa vorkamen, ihrem Lieblingsbuch. Sie hatte das Buch fünfmal gelesen und kannte es in- und auswendig. Sarah konzentrierte sich. Sie wollte eine Figur zeichnen, die eine Arabeske ausführte. Sarah kannte den Text dazu auswendig. Sie begann mit einer gestrichelten Linie für den Boden und einer durchgezogenen Linie, die die Stange darstellen sollte. Dann malte sie das Gesicht im Profil, eine schwarze Frisur mit Knoten im Nacken. Dann die Schultern, das war schon schwierig. Aber erst die Arme …

Frau Dr. Müller lehnte am Fenster neben der Tafel und begann ein Gespräch mit Rüdiger, der gleich vorn am ersten Tisch saß. Rüdiger hatte einen Film über Somalia gesehen. Er wollte über den Einsatz der UNO im Jahr 1993 sprechen. Rüdiger fand immer eine Gelegenheit, um über Soldaten, Krieg und Waffen zu reden. Sarah hasste ihn dafür. Sie hörte nicht mehr zu.

Sie malte. Dabei gingen ihr die Sätze zur Arabeske durch den Kopf, wie die Waganowa sie beschrieben hatte: Man steht auf einem Bein, halbe Spitze. Das andere Bein ist ausgestreckt mit einer Höhe von nicht weniger als 90°. Die Richtung des Beines ist effacé. Der dem gehobenen Bein entgegengesetzte Arm ist nach vorn ausgestreckt, der andere zur Seite, die Handflächen nach unten, als stützten sie sich auf die Luft. Der Körper ist nach vorn geneigt, die Schultern, wie bei jeder Arabeske, in der Höhe. Der entscheidende Faktor bei der Arabeske ist der Rücken. Nur wenn der Rücken gut gehalten wird, kann eine schöne Linie erzeugt werden …

„Was soll das sein?“ Frau Dr. Müllers Schatten fiel auf das Buch.

Sarah spürte ihren warmen Atem im Nacken und den Geruch eines süßen Parfums. Sarah hasste süße Parfums.

„Soll das ein somalischer Krieger sein? Oder die Darstellung eines Fruchtbarkeitstanzes?“

Ein paar in der Klasse kicherten. Sarah wurde feuerrot und verdeckte die Zeichnung mit den Armen.

„Nein, lass ruhig sehen.“ Sanft schob Frau Dr. Müller Sarahs Arm weg und hob das Buch auf. „Sehr interessant“, sagte sie. „Wirklich. Nur auf einem Bein zu stehen ist sicher schwierig.“ Sie schlug das Buch so heftig zu, dass Sarah zusammenzuckte. „Ich weiß nur nicht, liebe Sarah, ob es im Leben nicht ein paar wichtigere Dinge gibt als die Kunst, auf einem Bein zu stehen.“

Sarah hielt den Kopf gesenkt. Sie atmete ganz flach. Sie hasste es, wenn ein Lehrer so nah hinter ihr stand, dass sie seinen Atem spüren konnte. Außerdem hatte Frau Dr. Müller irgendwann Knoblauch gegessen.

„In der Welt", sagte Frau Dr. Müller, „gibt es Millionen Probleme. Kannst du mir vielleicht eines nennen, Sarah Goldstein?"

Sarah hob den Kopf. Sie starrte an die Tafel. Die Umrisse von Somalia sagten ihr nichts. Aber ihr fielen plötzlich die Bilder von den ausgemergelten Gestalten wieder ein. „Hunger", sagte sie.

Frau Dr. Müller legte das Buch auf den Tisch. „Und sonst? Was fällt dir noch ein?"

„Es gibt zu viele Menschen", sagte Sarah.

„Richtig. Es gibt zu viele Menschen. Und was folgt daraus?"

Sarah wandte sich langsam zu der Lehrerin um. „Ich … ich verstehe die Frage nicht."

„Was folgt aus der Tatsache, dass es zu viele Menschen auf der Welt gibt? Das ist doch eine einfache Frage."

Sarah nagte an ihrer Unterlippe. Sie fand die Frage bescheuert. Dass die Welt eines Tages im Müll ersticken würde, wusste doch jedes Kind. Aber war das der Satz, den die Müller hören wollte?

„Ich warte", sagte die Lehrerin. Sie lehnte an der Tischkante und verschränkte die Arme, wobei sie Sarah kalt musterte. Ihr Blick blieb an den geflochtenen Armbändern hängen.

„Der Müll", sagte Sarah.

„Was?", fragte die Lehrerin. „Kannst du dich vielleicht etwas genauer ausdrücken? Du wirfst mir die Brocken hin, wie einem alten Hund einen Knochen. Steh bitte auf." Ihre Stimme wurde strenger. Hastig stand Sarah auf.

„Meine liebe Sarah Goldstein", fuhr die Lehrerin fort, „wie ich schon sagte: Es gibt Millionen Probleme auf diesem Globus, die gelöst werden müssen, aber du malst Strichmännchen in ein Buch, das Eigentum der Schule ist. Ich werde deine Eltern darüber informieren. Du malst Menschen, die auf einem Bein stehen, und, da bin ich sicher, auch Pirouetten und Luftsprünge. All die überflüssigen Sachen, die man in einer Ballettschule lernt."

Sarah straffte sich. Sie blickte die Lehrerin herausfordernd und trotzig an. „Was ich nach der Schule mache, ist doch wohl meine Sache!"

Frau Dr. Müller schnappte nach Luft und bekam einen roten Kopf. Sie hasste vorlaute Bemerkungen der Schüler. Abrupt drehte sie sich um und ging zur Tafel, mit hochgezogenen Schultern und sehr steifen Knien.

Sarah wartete. Ihr Herz klopfte zum Zerspringen. Christine hatte sich zu ihr umgedreht und lächelte ihr mitleidig zu. Aber Sarah reagierte nicht.

„Nun gut. Dann machen wir es eben einmal anders. Damit alle deine Klassenkameraden wissen, womit du dich während der Freizeit beschäftigst und wie wichtig das für die Allgemeinheit ist …"

Christine sprang auf. Sie war kreidebleich. „Frau Dr. Müller, das ist gemein. Sarah hat doch ihre Fragen beantwortet. Warum lassen Sie sie nicht in Ruhe?"

„Setz dich wieder hin, Christine. Auf deine Frage werde ich später antworten!"

Christine blieb stehen. „Man ist doch schließlich nicht verpflichtet, in seiner Freizeit immer etwas für die Umwelt zu tun", rief sie. „Wenn es nach Ihnen ginge, müssten wir ununterbrochen Kröten von der Straße aufsammeln, damit sie nicht überfahren werden, und als freiwillige Helfer bei Terre des hommes ..."

„Du sollst dich setzen, hab ich gesagt. Ich rede mit Sarah." Jemand, der neben Christine saß, drückte sie energisch auf ihren Platz.

Frau Dr. Müller winkte Sarah zu sich heran. „So. Du hast diese Zeichnung in das Buch gemalt, das der Schule gehört. Was bedeutet die Zeichnung denn nun wirklich?"

„Eine Arabeske", brummte Sarah mit schmalen Lippen.

„Ah, eine Arabeske. Das ist ja sicherlich höchst interessant. Würdest du uns das einmal vormachen?"

Sarah starrte die Lehrerin fassungslos an. „Jetzt?"

Frau Dr. Müller verschränkte die Arme. Sie lächelte. „Ja. Jetzt."

„Aber ... warum?", stammelte Sarah.

„Weil die Arabeske ja offensichtlich zu unserem Unterricht gehört, denn sonst hättest du sie ja nicht auf der Seite über Somalia ins Buch gemalt."

Sarahs Kopf glühte. Sie hasste die Lehrerin. Sie hasste die ganze Klasse, die mit offenen Mündern dasaß und zuhörte.

„Wir warten", sagte Frau Dr. Müller.

Sarah holte tief Luft. Dann suchte sie sich einen Platz zwischen Tafel und Wandschrank und stellte sich in die dritte Position. Sie begann mit einem plié.

Ihre Beine waren ganz steif. Sie hatte zwei Tage nicht getanzt, und in der Klasse war es kalt.

„Ist das eine Arabeske?", fragte die Lehrerin.

„Nein", knurrte Sarah, „aber es ist eine Vorbereitung

dazu. Man kann eine so schwierige Figur nicht einfach aus dem Stand vollführen."

Sie schloss die Augen, stellte sich auf das rechte Bein, ging auf die halbe Spitze. Das war nicht einfach in den Schuhen, die sie trug. Sie schwankte etwas und suchte Halt an der Wand – nur mit zwei Fingerspitzen, bis sie das Gleichgewicht gefunden hatte. Dann machte sie ein, zwei battements, um die Sehnen zu strecken.

„Alles Vorbereitung?", fragte Frau Dr. Müller süßlich. „Wie spannend."

Sarah sagte nichts. Sie streckte den rechten Arm nach vorn aus und den linken nach hinten. Ihre Knie waren sehr weich, sie schwankte immer noch etwas. Aber trotzdem streckte sie es genau neunzig Grad nach effacé und wandte den Kopf, wie sie es gelernt hatte.

„Das ist es?", fragte die Lehrerin.

„Ja", presste Sarah hervor. Sie wollte die Arabeske schulmäßig beenden, aber der Schuh löste sich von der Ferse, und sie fand keinen Halt mehr. Sie taumelte gegen die Wand und rutschte ab.

„Gehört das immer noch dazu?", wollte die Lehrerin wissen.

Sarah hätte sie ermorden können. Sie rappelte sich auf und zupfte an ihrem Schal, den sie mehrfach um den Hals geschlungen hatte. „Natürlich nicht, das wissen Sie doch. Ich bin ausgerutscht. Ich habe die falschen Schuhe an."

„Natürlich, die falschen Schuhe. Man vergisst ja immer wieder, dass Balletttänzer besondere Schuhe brauchen. Und zwar nicht nur ein Paar, sondern viele Paare. Es gibt Ballerinen, die haben in ihrem Schrank Dutzende von seidenen Spitzenschuhen. Ist es so, Sarah?"

Sarah durchbohrte die Lehrerin mit ihrem Blick. „Wenn Sie es wissen, warum fragen Sie dann?"

„Ich finde es nur interessant. Gerade in einer Schulstunde, in der wir über ein Land sprechen, wo höchstens die Hälfte der Bevölkerung ein einziges Paar Schuhe besitzt, ist es doch lehrreich zu hören, dass eine Balletttänzerin Dutzende von seidenen Schuhen hat. Du kannst dich wieder setzen, Sarah."

Sarah schlich an ihren Platz zurück. Verschämt strich Jessica, die auf der anderen Seite des Ganges saß, über ihre Hand. „Nicht ärgern", flüsterte sie. „Du kennst sie doch. Sie ist unerträglich."

„Stimmt", murmelte Sarah. Sie setzte sich, die Hände brav auf dem Tisch gefaltet.

Frau Dr. Müller öffnete das Klassenbuch und hob den Füllfederhalter auf. Betont langsam schraubte sie den Deckel ab. Ohne aufzusehen, sprach sie weiter, während sie schrieb. „Ich habe letzte Woche mit deiner Mutter telefoniert, Sarah, und ihr gesagt, dass du dich in der Schule nicht konzentrierst. Ich habe deine Mutter gewarnt, dass du große Schwierigkeiten bekommen wirst, wenn das so weitergeht. Deine Mutter hat mich um einen Rat gebeten." Sie schaute auf. „Möchtest du wissen, was ich ihr geraten habe?"

Sarah schwieg. Ein dicker Kloß saß in ihrem Hals. Aber sie hielt sich gerade: die Schultern, den Hals, den Kopf.

„Ich habe deiner Mutter gesagt, das Beste wäre, du würdest dir dieses Ballett aus dem Kopf schlagen. Dann hättest du endlich wieder mehr Zeit und Konzentration für die wirklich wichtigen Dinge im Leben. Wie zum Beispiel für den Unterricht hier."

Die Feder kratzte noch ein bisschen über das Papier. Dann schraubte die Lehrerin den Füller wieder zu.

Sarahs Herz klopfte so sehr, dass sie es überall spürte.

Ihr Vater wartete tatsächlich vor der Schule. Er hatte sein Auto schräg auf dem Bürgersteig geparkt, sodass die Radfahrer nur mit Mühe an ihm vorbeikamen, aber das bemerkte er gar nicht. Es sah aus, als wolle er seiner Tochter den Fluchtweg abschneiden.

Sarah kam mit einer Gruppe von Mitschülern heraus. Als sie ihren Vater an das Auto gelehnt sah, blieb sie stehen. „Das darf nicht wahr sein“, flüsterte sie.

„Was?“, fragte Iris. Iris hatte gerade eine Story über den Mathelehrer zum Besten gegeben. „Das mit den Algebra-Zahlen?“

Sarah schüttelte den Kopf. Sie ging langsam weiter. Ihr Vater hatte sie erkannt. Er hob den Arm und winkte. Sarah winkte nicht zurück.

„He, Sarah, da steht dein Daddy!“, rief Tim, der mit seinem Fahrrad Slalom um sie herum fuhr. „Toll, einen Chauffeur zu haben.“

„Wie man's nimmt“, murmelte Sarah.

Als sie ein paar Meter von ihrem Vater entfernt war, trennten sich die anderen von ihr. „Ciao, Sarah.“

„Ciao, ciao“, sagte Sarah, ohne zu lächeln.

Sie blieb einen Meter vor ihrem Vater stehen. „Ich hab's nicht geglaubt“, sagte sie.

Ihr Vater lächelte. „Hallo, Kleines." Er sagte immer „Kleines" zu ihr, wenn er besonders nett sein wollte. „Also doch schon nach der fünften Stunde. Die Lehrerin ist immer noch krank?"

Sarah nickte. „Ich hab's echt nicht geglaubt, dass du das bringst, Daddy. Bin ich jetzt eure Gefangene, oder was?"

Ihr Vater lächelte. Er wollte seinen Arm um sie legen, aber Sarah wehrte ihn ab.

„Deine Mutter macht sich Sorgen", sagte Peter Goldstein. „Du kennst sie doch."

„Es gibt überhaupt keinen Grund, sich Sorgen zu machen!", erwiderte Sarah.

Plötzlich wurden sie von einer schrillen Fahrradklingel erschreckt. Es war Ossi. Er trug eine Schirmmütze falsch herum auf dem Kopf und dazu eine Sonnenbrille mit rotem Gestell. Er sah wie immer ein bisschen verrückt aus. Klein, muskulös und immer zu einem Witz bereit. In der Schule nannten ihn alle nur „der Faxenmacher".

„Hallo, Herr Goldstein", rief Ossi fröhlich. Er streckte Sarahs Vater die Hand hin. „Ist etwas passiert?"

„Hallo, Ossi. Nein, es ist nichts passiert." Peter Goldstein lächelte ein bisschen verlegen. „Warum?"

„Ich dachte nur, weil Sie Sarah von der Schule abholen." Er schaute Sarah an. „Ich kann dich auch vorn auf den Lenker nehmen. Ist zwar nicht so bequem, aber für Frischluftfanatiker ideal."

„Sarah fährt mit mir", sagte Peter Goldstein knapp. „Wir haben etwas zu bereden." Er schob Sarah in den Wagen auf den Beifahrersitz und schlug die Tür zu.

Sarah sah, wie Ossi verstohlen ein Siegeszeichen machte. Sie lächelte schwach.

Ihr Vater stieg ein und fuhr los. „Wir holen Mutter ab“, sagte er, „und dann fahren wir zusammen zu Madame Béjard. Wir haben uns angemeldet.“

Sarah erschrak. „Zu Madame Béjard? Warum?“

„Um mit ihr zu reden, selbstverständlich.“

Sarah verkroch sich in ihren Sitz. Sie kaute an den Fingernägeln und starrte mit blinden Augen durch die Windschutzscheibe. Der Himmel hatte sich zugezogen, alles war auf einmal grau in grau. Und immer noch waren keine Blätter an den Bäumen und keine Blumen auf den Wiesen und in den Parkanlagen. Trostlos. Sarah fröstelte. Sie schlang den Schal ein weiteres Mal um ihren Hals.

„Ist dir kalt?“, fragte Vater.

„Mir ist immer kalt“, antwortete sie.

„Ich kann die Heizung aufdrehen.“

„Das nützt nichts.“

Ihr Vater warf ihr einen prüfenden Blick zu. Aber Sarah blickte stur geradeaus.

Sie fahren mich zu Madame Béjard, dachte sie. So eine Gemeinheit. Sie werden Madame Béjard sagen, dass ich keinen Ballettunterricht mehr nehmen darf, weil meine Zensuren zu schlecht sind. Weil diese schreckliche Frau Dr. Müller sagt, das Tanzen sei nicht gut für mich. Was weiß die schon vom Tanzen. Was weiß die überhaupt.

Ihr Vater hielt vor dem Haus. „Du kannst gleich im Wagen bleiben“, sagte er, „ich sage nur eben deiner Mutter Bescheid.“

Sarah reagierte nicht. Sie rieb ihre klammen Finger. Ihr war ganz übel.

Ihre Eltern kamen gemeinsam aus dem Haus. Ihre Mutter sah elegant aus wie immer. Sie trug ein Kostüm und darüber einen von ihren riesigen, geliebten Kaschmirschals, sehr lässig drapiert. Sie hatte sich geschminkt und ihre Haare aufgesteckt. Sarah fiel plötzlich ein, dass ihre Mutter vor der Ehe Schauspielerin gewesen war. Sie hatte zwar nur an kleinen Theatern gespielt und in zwei oder drei Filmen eine kleine Rolle gehabt, aber sie war damals auch noch sehr jung gewesen. Als sie dann Peter Goldstein kennen lernte, heirateten sie sofort und dann war sie schwanger. Aus der Traum vom Theater, hatte Miriam Goldstein einmal gesagt. Na ja, wie das Leben so spielt …

Sarah beobachtete ihre Mutter. Sie sah sehr schön aus, vielleicht ein bisschen dramatisch mit ihrer weißen Haut, den dunkelrot geschminkten Lippen und dem schwarzen Haar. Immer hatte sie tiefe Ringe unter ihren riesigen, dunklen Augen. Und wie zart sie war! Irgendwie hatte man das Gefühl, man müsse sie beschützen.

Auch jetzt legte Peter Goldstein zärtlich und behütend den Arm um ihre Schultern, und sie lehnte den Kopf bei ihm an. So gingen sie zum Auto.

Sarah wandte den Kopf und schaute wieder geradeaus.

„Hallo, Mäuschen", sagte ihre Mutter, als sie hinten im Wagen einstieg. „Ich dachte, du hast bis zur sechsten Stunde."

„Die Ehle ist krank", sagte Sarah. „Ich hab's Daddy schon erzählt. Willst du lieber vorne sitzen?"

Ihre Mutter legte eine Hand auf Sarahs Schulter. „Ist in Ordnung so, bleib nur sitzen, wo du bist. Wir fahren jetzt zu Madame Béjard, hat Daddy das schon gesagt?"

Sarah nickte stumm.

„Sie erwartet uns im Studio", sagte ihre Mutter.

Das Ballettstudio war in einer stillgelegten Fabrik im

Westen der Stadt, ein alter Klinkerbau mit Fenstern, die bis zum Boden reichten. Die Tür war so groß wie ein Scheunentor, und darauf prangte ein riesiges Messingschild:

Ballettstudio Véronique Béjard
Ballettmeisterin
Ehem. Mitglied der Ballettcompagnie
der Staatsoper Bern.

Vor der Halle parkten mehrere Autos. Von innen erklang Klaviermusik. Sarah erkannte das Stück sofort, ein Adagio, das sie oft zum Aufwärmen an der Stange spielten, für die ersten glissades und pliés.

Sie hörte die hohe, immer etwas exaltierte Stimme von Madame Béjard: „Die Arme, Kinder! Denkt doch bitte einmal an die Haltung eurer Arme! Ihr seht aus wie Mehlsäcke! Es ist schrecklich! Nein! Nein! Schluss!“

Das Klavier hörte abrupt mitten im Takt auf.

Peter Goldstein lächelte verlegen. Er drückte die Klinke herunter. „Also, dann in die Höhle des Löwen.“

Sarah wartete, bis ihre Mutter durch die Tür gegangen war. Dann folgte sie. Ihr war immer noch kalt. Ihre Finger fühlten sich an wie abgestorben, und in ihrem Bauch rumorte es. Hoffentlich wird mir nicht schlecht, dachte sie.

Sie richtete sich auf, atmete tief durch, wie sie es gelernt hatte, straffte die Schultern und nahm den Kopf zurück.

In diesem Augenblick fiel der Blick der Ballettlehrerin auf sie. Sie winkte lächelnd zu ihr herüber. „Ich bin in einer Minute bei euch! Setzt euch bitte in mein Büro.“

Sarahs Vater blieb an der Glastür stehen. Regungslos

verfolgte er den Ballettunterricht. Eine Gruppe von zehn oder zwölf kleinen Mädchen trainierte an der Stange. Sie trugen alle rosa Gymnastikanzüge und dicke Wadenwickel.

„Wir versuchen es noch einmal!“, rief Madame Béjard. Sie ging zum Tonband und schaltete es ein. „Wir beginnen auf acht. Zweite Position. Zweite Position habe ich gesagt. Vera, wo hast du deinen rechten Fuß? Bitte schau genau hin. Das ist nicht die zweite Position.“

Die Klaviermusik setzte ein. Angespannt und mit tiefem Ernst warteten die Mädchen auf ihren Einsatz.

„Und den linken Arm heben!“, rief Madame Béjard. „Nicht ruckartig. Nein! Nein! Schluss!“ Sie stellte das Tonband wieder ab.

Sarah seufzte. Es langweilte sie, Anfänger beim Training zu beobachten. „Müssen wir hier noch lange rumstehen? Madame Béjard hat gesagt, wir sollen in ihr Büro gehen.“

Peter Goldstein schaute seine Tochter an. „Hast du auch so angefangen?“

Sarah hob die Schultern. „Natürlich. Alle fangen so an. Aber ich war schon elf, als ich angefangen habe. Ich war die größte in unserer Gruppe.“

„Dann bist du aber schnell in die nächste Gruppe aufgestiegen“, ergänzte ihre Mutter.

„Genau.“ Peter Goldstein nickte. „Und dann hast du Privatstunden genommen, weil du besser warst als die anderen.“ Er verzog das Gesicht. „Jedenfalls hat Madame Béjard es behauptet. Aber es war auf jeden Fall ein wirksames Mittel, einen armen Mann aus mir zu machen. Diese Privatstunden kosten ein Vermögen.“

Sarah presste die Lippen zusammen. Sie wusste, dass die Privatstunden teuer waren. Aber schließlich gab sie für sonst nichts Geld aus, sie wünschte sich auch nichts zu Weihnachten und nichts zum Geburtstag. Wenn sie überlegte, was Felix alles bekam …

„Peter", sagte Sarahs Mutter vorwurfsvoll, während sie ihn zum Büro zog, „so arm sind wir nun wirklich nicht, dass wir das nicht bezahlen können."

Das stimmt, dachte Sarah, als sie ihnen folgte. Daddy fährt ein Riesenauto, wir haben eine Wohnung, in der drei Familien leben könnten, und Mami kauft sich einmal in der Woche was zum Anziehen.

„Trotzdem", beharrte ihr Vater. „Diese Ballettstunden kosten ein Vermögen."

„Reg dich nicht auf, Daddy", sagte Sarah kühl, „jetzt ist ja sowieso damit Schluss."

Ihre Eltern wandten sich ruckartig zu ihr um. „Wie meinst du das?", fragte ihr Vater.

Sarah zuckte mit den Achseln. „Ich weiß doch, weshalb wir hier sind. Ihr wollt Madame Béjard erklären, dass das Tanzen nicht mit der Schule zu vereinbaren ist. Dass ich aufhören soll." Sie lächelte grimmig. „Aber vielleicht darf ich wenigstens einmal in der Woche beim Gruppentraining mitmachen. Dann bin ich in zehn Jahren noch nicht so weit, dass ich in einer Compagnie tanzen könnte."

Ihre Mutter starrte sie an. „Ist das wirklich dein Wunsch, Sarah? Willst du ernsthaft Balletttänzerin werden?"

Sarah lehnte sich im Büro an das Plakat von der Dornröschen-Aufführung der Zürcher Staatsoper. Es war ein wunderschönes Plakat: die Balletttänzerinnen in weißen

Seidencorsagen und weißem Tutu, mit einem Kranz aus weißen Röschen im Haar. Sarah liebte das Plakat.

„Das ist nicht dein Ernst", rief ihr Vater empört, „Balletttänzerin ist doch kein Beruf!"

„Wieso ist das kein Beruf?", fragte Sarah patzig.

„Weil es eine brotlose Kunst ist, Mäuschen. Ballett ist etwas für die Mädchenjahre, um eine anmutige Haltung zu bekommen, ein Gefühl für Musik …"

„… und um Disziplin zu lernen", fügte Madame Béjard hinzu. Sie war unbemerkt ins Büro gekommen. Sie ging zuerst mit ausgestreckten Händen auf Sarah zu und küsste sie auf die Stirn. „Guten Tag, meine Sarah, du siehst blass aus."

Sarah lächelte. „Ich sehe doch immer blass aus, Madame Béjard."

Madame Béjard schüttelte ihre silbernen Löckchen. „Blasser als sonst." Sie schaute Sarah forschend an. „Und trauriger. Ist etwas passiert?"

Peter Goldstein räusperte sich. „In der Tat", sagte er, nachdem er sich höflich verbeugt hatte, „es ist etwas passiert. Wir haben gestern unser Waterloo erlebt, Madame Béjard."

Madame Béjard runzelte die Stirn. „Ihr Waterloo?", wiederholte sie. „Was für ein merkwürdiger Ausdruck."

Sarahs Mutter lachte nervös. „Wir haben etwas Wichtiges mit Ihnen zu besprechen, Madame Béjard. Und wir haben Sarah mitgebracht, damit sie nicht denkt, dass wir hinter ihrem Rücken Entscheidungen treffen."

Madame Béjard schaute stirnrunzelnd auf Miriam Goldstein, dann lächelte sie Sarah zu. „Das wäre ja auch schrecklich, wenn Eltern so etwas täten. Mit vierzehn ist man schließlich eine Persönlichkeit. Da können Eltern doch nicht mehr über den Kopf hinweg entscheiden, da muss man doch gemeinsam diskutieren."

Sarah atmete auf. Es war gut, bei Madame Béjard zu sein. Sie verstand. Sie verstand alles. Sie wusste, dass Sarah immer wieder um die Stunden kämpfen musste. Dass die Eltern Angst hatten, alles andere würde zu kurz kommen. Vielleicht ahnte sie auch schon, worum es ging ...

„Bitte ..." Sie breitete einladend die Arme aus. „Dies ist zwar kein Salon, aber Sitzgelegenheiten gibt es genug. Nehmen Sie doch Platz. Und erzählen Sie von diesem Waterloo."

„Waterloo", begann Peter Goldstein, „das ist nur so ein Begriff ..."

„O ja, ich weiß", unterbrach Madame Béjard lächelnd. „Damit bezeichnet man eine persönliche Niederlage, nicht wahr?" Sie setzte sich hinter ihren Schreibtisch und legte die Hände flach auf die Tischplatte. „Ich höre."

Während der Unterhaltung schwieg Sarah. Dafür redete ihre Mutter wie aufgezogen. Sie wurde immer lauter, immer schriller. Manchmal warf ihr Vater einen Brocken in die Unterhaltung. Madame Béjard stellte nur kurze, forschende Zwischenfragen. Nie schauten die Eltern zu Sarah hinüber. Nur die Augen von Madame Béjard hafteten manchmal auf ihr, nachdenklich und mitfühlend.

Sarah saß auf der Stuhlkante, die Beine fest zusammengepresst, den Boden nur mit den Zehenspitzen berührend. Ihre Finger spielten mit den Enden der geflochtenen Bänder. Sie war sehr nervös. Aber sie hielt sich gerade, mit durchgedrückter Wirbelsäule und aufgerichteten Schultern. Sie wusste, dass Madame Béjard es nicht leiden konnte, wenn man sich lässig in einen Stuhl oder Sessel fläzte.

Ihre Mutter war endlich bei dem Brief angekommen – und bei Sarahs Drohung, auch dann nach Hamburg zu fahren, wenn ihre Eltern es ihr verbieten würden.

„Wie finden Sie das?“, rief Miriam Goldstein aufgebracht. „So etwas sagt uns unsere Tochter ins Gesicht!“

„Ich habe es euch nicht ins Gesicht gesagt.“ Zum ersten Mal meldete Sarah sich zu Wort. „Felix hat es euch erzählt.“

„Was macht das für einen Unterschied!“ Empört sprang ihr Vater auf und lief in dem kleinen Büro hin und her wie ein gefangenes Tier. Plötzlich drehte er sich zu Madame Béjard um. „Sie haben uns das eingebrockt. Sie ganz allein.“

Madame Béjard ließ sich zurückfallen. Ihre Augen wurden riesengroß. „Ich?“, fragte sie.

„Jawohl, Sie. Bevor Sarah hier zu Ihnen in die Ballettstunden kam, war sie ein braves, folgsames Mädchen, das sich in allem nach uns gerichtet hat.“

„Und ihr denkt, das geht das ganze Leben so weiter?“, fragte Sarah grimmig.

„Nein, nicht das ganze Leben. Aber wenigstens bis zu deinem Abitur.“

Sarah schloß die Augen. Sie zitterte. „Bitte, Madame Béjard, bitte, ich möchte doch nichts anderes, als einmal in Hamburg vortanzen! Ich möchte doch nur wissen, ob ich begabt bin oder nicht! Erklären Sie das meinen Eltern! Wenn ich es sage, verstehen sie es nicht.“ Sie erhob sich vom Stuhl, lief zu Madame Béjard und kauerte sich neben ihren Sitz. Sie schlang die Arme um die Knie der

Ballettmeisterin. Sie kämpfte mit den Tränen. „Ich möchte doch nur wissen, ob ich begabt bin. Ob sich die ganze Schinderei überhaupt lohnt."

Madame Béjard streichelte zärtlich Sarahs Haare. Sie schaute Frau Goldstein an. „Ihre Tochter ist begabt. Dazu braucht sie eigentlich nicht nach Hamburg zu fahren. Das habe ich ihr schon gesagt. Man weiß natürlich nie, ob diese Begabung wirklich ausreicht, um einmal in einer erstklassigen Compagnie als Mitglied aufgenommen zu werden."

„Außerdem", fügte Sarahs Mutter spitz hinzu, „weiß man nicht, ob ihr Körper das mitmacht. Sie braucht sich nur einmal eine Fußverletzung zu holen ..."

Madame Béjard nickte. „Natürlich", sagte sie ruhig, „das Risiko besteht immer. Besonders bei Mädchen, die noch nicht voll entwickelt sind. Wie Sarahs Körper sich schließlich einmal formen wird, wissen wir noch nicht. Ob ihre Knochen und Sehnen stark genug sind, um die Belastungen auszuhalten, jeden Tag eisernes Training, manchmal vier, fünf Stunden lang. Das kann keiner sagen." Sie strich ganz ruhig über Sarahs Rücken. „Aber es ist nun einmal der große Traum Ihrer Tochter zu tanzen."

Sarah hob den Kopf. „Es ist mein einziger Traum", flüsterte sie. „Sonst will ich nichts. Gar nichts."

Madame Béjard lächelte versöhnlich. „Warum wollen Sie Ihrer Tochter den Traum nicht erfüllen? Wollen Sie, dass Sarah ihr ganzes Leben lang das Gefühl hat, sie hätte ihre eigentliche Berufung verpasst? Wissen Sie, was dann passiert?" Sie machte eine dramatische Pause. „Ihre Tochter wird Sie hassen. Sie beide."

Peter Goldstein, der zum Fenster gegangen war und auf

den Hof hinausgestarrt hatte, fuhr herum. „Das ist unglaublich!“, rief er.

Madame Béjard lächelte fein. „Ich weiß, wovon ich spreche. Mir haben meine Eltern damals das Tanzen verboten. Ich habe mit sechzehn Jahren mein Elternhaus verlassen und mich allein durchgeschlagen. Fragen Sie nicht, wie das gegangen ist, es war furchtbar. Aber ich kann Ihnen sagen, wie mein Verhältnis zu meinen Eltern war: Ich habe nie wieder mit ihnen gesprochen.“

Sarah rührte sich nicht. Ihr Herz schlug wie verrückt. Sie hätte gern ihre Mutter angeschaut, ihren Vater. Aber sie traute sich nicht. Sie hörte, wie ihre Mutter nervös das Schloss ihrer Handtasche auf- und zuschnappen ließ.

Eine endlose Weile sagte keiner etwas, dann räusperte sich Miriam Goldstein und sagte mit dünner, hilfloser Stimme: „Also sollen wir sie fahren lassen? Ist das Ihr Ratschlag?“

Madame Béjard nickte stumm.

Peter Goldstein seufzte. „Aber sie fährt nicht allein. So viel ist sicher.“

„Natürlich nicht, mein Lieber“, sagte seine Frau. „Ich werde selbstverständlich mit ihr fahren.“

Vorsichtig, ganz vorsichtig hob Sarah den Kopf. Verstohlen musterte sie ihre Mutter. Miriam Goldstein lächelte. Ein bisschen unsicher, aber immerhin, es war ein Lächeln.

„In Ordnung, Mäuschen. Du hast gewonnen“, sagte sie.

„Dann kannst du jetzt ja wohl auch deine Lehrerin loslassen“, knurrte ihr Vater. „Du benimmst dich wie ein Kind, das Angst vor Strafe hat.“

Sarah stand auf. Sie zog ihren Pulli und den Schal

zurecht. „Mir ist immer noch ganz schlecht“, flüsterte sie. „Darf ich mal in die Waschräume?“

„Natürlich, Kind“, sagte Madame Béjard, „du weißt ja, wo sie sind.“

Sarah rannte in den Waschraum, beugte sich unter den Wasserhahn und ließ lauwarmes Wasser über ihr Gesicht laufen. Auch die Schläfen wurden nass, das Wasser tropfte vom Kinn auf den Pullover, aber das störte sie nicht.

Nach einer halben Ewigkeit hob sie den Kopf und schaute sich im Spiegel an. Sie war wirklich aschfahl. Ihre Augen glitzerten wie Bergkristalle.

„Sarah“, sagte sie laut zu ihrem Spiegelbild, „Sarah, du hast es geschafft! Du darfst nach Hamburg! Wahnsinn!“

Sarah war noch nie in einem Schlafwagen gereist. Natürlich hatte ihre Mutter die Liegewagenkarte sofort umgetauscht. „Mit sechs Menschen in einem Abteil die Nacht verbringen“, hatte sie gemeint, „das halte ich nicht aus.“

Das Abteil hatte zwei übereinander liegende Betten. Es war ganz und gar holzgetäfelt, und im Wandschrank befanden sich ein kleines Waschbecken, eine Wasserkaraffe und Gläser zum Zähneputzen. Die Betten waren schneeweiß bezogen, und der Schaffner wirkte freundlich wie ein Hotelpage, als er ihre Koffer oben im Gepäckfach verstaute.

„Wo soll’s denn hingehen, meine Damen?“, fragte er fröhlich. „In den hohen Norden? Ins kalte Deutschland?“

„Ach“, sagte Miriam Goldstein, „so viel kälter als in Zürich ist es in Hamburg bestimmt auch nicht.“

„Nach Hamburg. Ah so. Hamburg, das Tor zur Welt. Und da werden Ferien gemacht, was?“ Er schlug die Bettdecken zurück und legte frische Handtücher aus.

„Jetzt sind keine Ferien“, klärte Sarah ihn auf, „wir bleiben nur eine Woche.“

„Meine Tochter muss dort eine Prüfung machen“, sagte Miriam Goldstein.

Der Schaffner schaute Sarah neugierig an. „Eine Prüfung? Sie sieht noch so jung aus, die Dame. Was wird denn da geprüft?“

Sarah errötete. „Ballett“, sagte sie.

Der Schaffner pfiff leise durch die Zähne. „Ballett. Na so etwas.“ Er verbeugte sich und verließ rückwärts das schmale Abteil. „Darf es denn morgen früh für die Ballettratte ein ganz normales Frühstück sein? Brötchen, Orangensaft, Confitüre, Kaffee oder Tee? Oder müssen Tänzerinnen eine besondere Diät essen?“

Sarah setzte sich auf das Bett und streifte die Schuhe ab. „Ein ganz normales Frühstück“, sagte sie. „Kaffee mit heißer Milch bitte.“

„Für mich auch.“ Miriam Goldstein schaute durch das regennasse Fenster. Sie hielten immer noch auf dem Bahnsteig. „Der Zug hat hoffentlich keine Verspätung?“

„Keine Angst, meine Damen, wir fahren pünktlich ab.“ Der Schaffner zwinkerte Sarah zu. „Wir sind doch hier in der Schweiz. Und die ist berühmt für ihre Uhren, oder etwa nicht?“ Er tippte mit der Hand an den Mützenrand und schloss die Tür.

Sarah ließ sich auf das Bett fallen. „Der ist nett.“

„Muss er auch“, sagte Miriam Goldstein, während sie ihre Kostümjacke auszog und auf den Bügel hängte. „Bei dem Trinkgeld, das ich ihm gegeben habe.“

Sarah richtete sich auf. „Du hast ihm ein Trinkgeld gegeben? Warum?“

„Weil das so üblich ist, Kindchen.“

Draußen hasteten noch Reisende vorbei, die meisten mit eingezogenem Kopf. Ein Elektrokarren mit Anhängern kurvte zwischen den Bänken herum.

„Endlich“, flüsterte Sarah, als sich der Zug in Bewegung setzte. „Endlich.“

Sie richtete sich halb im Bett auf, schob das Rollo des Fensters ein bisschen hoch und schaute hinaus. Der Zug gewann schnell an Fahrt.

Sie fuhren durch die Züricher Vorstädte, erleuchtete Straßen, Fenster, in die man hineinschauen konnte, wartende Autoschlangen vor den geschlossenen Eisenbahnschranken, eine endlose Kette weißer und roter Lichter.

Miriam Goldstein nahm ihre Perlenkette ab und legte sie vorsichtig in den Aschenbecher. „Erinnere mich bitte morgen früh an die Kette“, sagte sie. „Ich vergesse doch immer alles.“

„Dann leg sie in die Handtasche“, schlug Sarah vor. „Oder lass sie gleich um.“

„Das geht nicht, weil sie dann reißen kann. Möchtest du das obere oder das untere Bett?“

„Mir völlig gleich“, meinte Sarah unbekümmert. „Ich finde beide total gemütlich.“

Ihre Mutter runzelte die Stirn. „Gemütlich?“, fragte sie schaudernd. „Diese schmalen Kojen sind der Tod für meine Wirbelsäule. Dieses Rattern nachts, wenn man über die Weichen fährt. Da bekommt der Rücken jedes Mal einen Schlag. Na, du wirst es merken."

Sarah war aufgestanden und zog sich lächelnd aus. „Also? Welches Bett?"

„Das obere", entschied ihre Mutter. „Dann muss ich keine Akrobatik vollbringen."

Zehn Minuten später knipsten sie die Lichter aus. Sarah hatte das Rollo einen Spalt offen gelassen. Wenn sie sich aus dem Bett neigte, konnte sie die Telegrafenmasten vorbeirasen sehen. Manchmal hörte sie Stimmen auf dem Gang. Der Schaffner war immer herauszuhören. Er sprach Schweizerdeutsch mit dunkler, weicher Stimme.

Sarah verschränkte die Arme hinter dem Kopf. Sie schaute lächelnd auf die Abteildecke, über die manchmal Lichtstreifen huschten.

Der Zug rollte durch die Nacht. Es war, als sänge er eine Melodie: „Sarah darf tanzen, Sarah darf tanzen."

Am nächsten Morgen um neun Uhr würden sie in Hamburg sein, dann mit dem Taxi in die Pension fahren, in der ihre Mutter ein Zimmer gebucht hatte, die Koffer abstellen und sofort zum Ballett-Internat fahren.

Sarahs Herz schlug, als sie sich vorstellte, was das wohl für ein Haus sein würde, wie die Leiterin wohl sein würde und die Ballettmeister und die anderen Schüler. Sie hatte nicht einmal ein Foto von der Schule gesehen. Sie wusste nur, wie Sergej Uljanow, der Leiter der Ballettschule, aussah. Er war ein wunderbarer Tänzer. Groß, dunkelhaarig, mit leuchtendblauen Augen und einem traurigen Mund. Irgendjemand hatte erzählt, dass Sergej eine tragische Kindheit gehabt hatte. Sarah fand, dass man das seinem Tanz anmerkte. Er tanzte mit so viel Ausdruck, so viel

Seele und Gefühl. Sie hatte zwei Filme mit ihm gesehen, einen im italienischen und einen im schweizer Fernsehen. Diese Sprünge! Die sissonnes! Diese tours! Sechsunddreißig Umdrehungen schaffte er.

Einmal war er mit seiner Compagnie und einer neuen Choreographie zu Händel-Musik nach Zürich gekommen, zu einem dreitägigen Gastspiel. Sarah hatte stundenlang vor der Vorverkaufsstelle in der Schlange gestanden. Ein eiskalter Wintertag war es gewesen, und sie hatte schon nach wenigen Minuten völlig gefühllose Füße gehabt. Sie hatte ausgeharrt, aber ihr Durchhaltevermögen war nicht belohnt worden.

Schade, dachte sie, als der Zug durch die Nacht rollte, schade, dass ich Herrn Uljanow nicht sagen kann: Ich habe sie schon einmal in Zürich tanzen sehen. Ich habe ihre Choreographie studiert.

Wahrscheinlich würde sie gar nichts sagen können. Nur einen roten Kopf bekommen vor Verlegenheit und steife Beine haben vor Angst.

Ganz sicher würde sie steife Beine haben. Und nicht eine einzige Arabeske würde ihr gelingen.

In dieser Nacht träumte Sarah, dass sie auf der Bühne tanzte. Ganz allein. Die anderen Tänzer warteten hinter den Kulissen auf ihren Auftritt. Sie sollte ein Adagio tanzen und auf dem rechten Bein Pirouetten drehen. Zehn Pirouetten en suite. Sie schaute in die Gesichter des Publikums und begann die erste Pirouette. Als sie den Kopf zum hinteren Bühnenteil drehte, sah sie, wie einer der Tänzer ihr die Zunge rausstreckte. Wieder zum Publikum. Und plötzlich begann ein Gelächter, ein schreckliches, hämisches Gelächter, das anschwoll und anschwoll:

„Sarah kann nicht tanzen!“, schrien die Leute und klatschten in die Hände. „Sarah kann nicht tanzen!“

Schweißgebadet fuhr Sarah hoch.

Der Zug fuhr schlingernd in eine Kurve. Ihr war heiß. Sie fürchtete, dass ihr übel werden würde. Sie bekam kaum noch Luft.

Behutsam legte sie die Hand auf die Brust. Ruhig atmen, dachte sie, du musst ganz ruhig atmen, Sarah, du hast das nur geträumt. Es war ein Traum, sonst nichts.

Und der Zug raste weiter durch die Nacht.

Um elf Uhr am nächsten Tag verließen Sarah und ihre Mutter die Pension und stiegen in ein Taxi.

Sarah hatte noch nichts von Hamburg gesehen. Sie waren in strömendem Regen vom Hauptbahnhof durch verstopfte Straßen in eine Villengegend gefahren, durch Baumalleen und vorbei an altmodisch verschnörkelten Hausfassaden mit großen Messingklopfern an den weiß lackierten Holztüren.

Vor dem hässlichsten Haus der Straße hatte der Taxifahrer gehalten, sich umgedreht und gesagt: „Das ist die *Pension Elfriede.*“

Ein alter Mann, der offenbar hinter der Tür gestanden hatte, war mit einem Schirm herausgekommen und hatte ihnen das Gepäck abgenommen. Dann hatte er ihnen ein Zimmer gezeigt, das auf einen Hinterhof führte und mit antiken Möbeln voll gestopft war. Sie hatten sich die Hände gewaschen und waren mit demselben Taxi gleich weitergefahren.

Sarah trug einen schwarzen, bodenlangen Baumwollrock, ein schwarzes T-Shirt, darüber einen naturfarbenen

Schlabberpulli, rosa Wollsocken und weiße Turnschuhe. Ihre Haare hatte sie, wie immer zum Balletttraining, mit Kämmen und Nadeln zu einem Knoten im Nacken zusammengesteckt. Zitternd saß sie vorn neben dem Fahrer.

Ihre Mutter saß hinten, die Hand auf dem Sportsack, in dem Sarahs Gymnastiksachen lagen, und schwieg.

Der Taxifahrer warf ab und zu einen neugierigen Seitenblick auf Sarah und dann in den Rückspiegel, um das Gesicht von Miriam Goldstein zu studieren.

„Sie kommen wohl zum Vortanzen?“, fragte er schließlich, als er die Stille nicht mehr ertrug.

Sarah schaute ihn fassungslos an. „Woher wissen Sie das?“

Der Taxifahrer lächelte triumphierend. „Das ist reine Menschenkenntnis. Sie sind so nervös.“

„Ich bin überhaupt nicht nervös“, protestierte Sarah. „Ich habe mich doch überhaupt nicht gerührt.“

„Eben“, sagte der Taxifahrer. „Das ist es ja. Und die Frau Mutter“, er schaute wieder in den Rückspiegel, „die sagt auch nichts.“ Er nahm die Hand vom Steuer und legte sie Sarah flüchtig auf den Arm. „Wird schon schief gehen, Mädel. Nur Mut.“

Sarah lächelte schwach. Sie presste die Knie fest gegeneinander und schob die Hände unter den Pulli. Vielleicht sieht er, dass meine Hände zittern, dachte sie.

Der Taxifahrer setzte den Blinker und bog in eine schmale Straße ein. „Ich hab’s gestern in der Zeitung gelesen“, sagte er, „dass es diese Woche wieder losgeht beim Uljanow. Da kommen sie dann aus aller Welt, die jungen Damen und Herren, und träumen davon, einmal auf der Bühne der Staatsoper zu stehen. In Spitzenschuhen.“

„Die Männer tragen keine Spitzenschuhe“, sagte Sarah kühl.

Der Taxifahrer lächelte. „Weiß ich doch. Hab schon oft Ballett gesehen. Im Fernsehen, NDR 3. Für uns hier oben im Norden von Deutschland ist der Uljanow ein Star. Ein richtig berühmter Mann. Ich habe den schon mal gefahren.“

„Ach ja?“ Sarah wandte ihm ihr Gesicht zu. Sie bekam sofort einen roten Kopf. „Und wie war er?“

„Na ja“, sagte der Taxifahrer. „Schweigsam.“ Sie bogen jetzt in eine Straße ein, die direkt an der Alster vorbeiführte. „Aber als er ausstieg, hat er mich gefragt, ob ich gerne Musik mag. Und ich habe gesagt: ‚Aber ja, Herr Uljanow. Besonders Tschaikowsky.‘ Und da hat er mich angesehen, gelächelt und gefragt: ‚Sie kennen mich?‘ ‚Wer kennt Sie nicht‘, habe ich gesagt.“ Der Taxifahrer lächelte. „Und da hat er mir die Hand gegeben und mir einen schönen Tag gewünscht.“

Sarah lehnte sich zurück. „Ich glaube, er ist nett. Er muss einfach nett sein.“

Frau Goldstein schaute neugierig aus dem Fenster. „Ist das die Alster?“, fragte sie. „Sehr schön, aber nicht so groß wie der Zürichsee.“

„Ich habe keine Ahnung, wie groß der Zürichsee ist, gnädige Frau“, sagte der Taxifahrer, „aber uns genügt die Alster. Im Sommer können wir segeln und Ruderboot fahren und im Winter Schlittschuh laufen und Eishockey spielen. Das ist dann immer eine große Party.“

Sarah schaute auf das Wasser. Eine Entenfamilie watschelte am Ufer entlang. Überall gab es Bänke, aber weil es regnete, sah man keine Spaziergänger.

Der Taxifahrer bog in eine Toreinfahrt ein und hielt vor einer großen, schneeweißen Villa.

Sarah und ihre Mutter starrten das Haus an. „Ist es hier?“, fragte Miriam Goldstein.

Der Taxifahrer lächelte stolz. „Sieht nobel aus, was? Ja, wir Hamburger lassen uns unser Ballett etwas kosten. Wir sind eine kunstbegeisterte Stadt.“

Sarah stieg aus und schaute an dem Haus empor. Sie war ganz benommen. Das Haus war riesig, wie eine Art Schloss mit Erkern und Türmen und Veranden. Viel konnte man von der Vorderseite nicht sehen. Aber man ahnte, dass es ein imposantes Gebäude war.

Ihre Mutter hatte gezahlt und war ebenfalls ausgestiegen. Sie hängte Sarah den Sportbeutel über die Schultern und berührte mit ihren Lippen ganz leicht Sarahs Ohr. „Na, mein Liebling“, flüsterte sie, „das haben wir uns anders vorgestellt, nicht?“ Sarah nickte benommen.

Nebeneinander stiegen sie die Treppen hoch. Ein großer Messinglöwe diente als Türklopfer. Unter der Klingel war ein großes Schild: *Tanzakademie der Hamburgischen Staatsoper. Leiter: Sergej Uljanow. Eine Stiftung des Förderkreises.*

Miriam Goldstein drückte auf die Klingel.

„Was ist das, ein Förderkreis, Mami?“, fragte Sarah, die immer noch das Schild und die vielen Namen studierte, die angegeben waren.

„Das sind Menschen, die eine Sache finanziell unterstützen. Einfach aus Idealismus.“

Der Summer ertönte, und Miriam Goldstein drückte das schwere Portal auf.

Sie standen in einem Vorraum, der durch eine altmodische Glastür von der Halle getrennt war. Wieder warteten sie. Schließlich näherte sich eine Gruppe junger Leute.

Einer schaute zufällig zu ihnen herüber. Es war ein großer, blonder Junge, der ein weißes T-Shirt und aufgekrempelte graue Jogginghosen trug. Er öffnete die Tür und schaute sie freundlich an. Als er Sarahs verlegenes Gesicht sah, lächelte er. „Ah, vortanzen, stimmt's?"

Sarah lächelte. „Stimmt."

Der Junge deutete den linken Gang entlang. „Du musst dich vorn bei Marie melden. Marie Schickedanz ist die Leiterin." Er zwinkerte ihr zu. „Unser Hausdrachen. Aber sie speit nicht richtig Feuer." Er legte Sarah die Hand auf den Arm. „Viel Glück."

Sarah wurde glühend rot. „Danke", flüsterte sie.

Die anderen waren schon weitergegangen. Ein Mädchen drehte sich um und rief: „Komm schon, Moritz, wir haben Kostümprobe."

Sarah war fasziniert. Sie versuchte, alle Eindrücke in sich aufzunehmen. Der Junge, der Moritz genannt wurde, schien das zu spüren. Er beugte sich zu ihr und murmelte: „Ich bekomme ein Kostüm wie ein spanischer Ritter: kurze Pumphosen und ein goldenes Wams. Sieht sehr fesch aus." Er zwinkerte ihr zu.

Sarah konnte kaum sprechen. „Das glaube ich", flüsterte sie.

Moritz winkte, verbeugte sich flüchtig vor Sarahs Mutter und lief den anderen hinterher.

Miriam Goldstein schaute ihm nach. „Wie der sich bewegt", sagte sie träumerisch, „das müsste dein Vater mal sehen. Dein Vater hat einen Gang, als wenn seine Beine Kartoffelstampfer wären."

Sarah lachte. „Mami, in seinem Alter ist das doch egal."
„Aber er hatte diese Beine schon, als er jung war." Miriam Goldstein schaute Moritz immer noch hinterher. „Ich wollte mich immer in einen schönen Jungen verlieben, einen Tänzer oder Schauspieler. Und was habe ich gemacht? Ich habe einen Ingenieur geheiratet." Sie schaute Sarah an. „Ist das nicht schrecklich?"

Sarah lachte. Sie ging neben ihrer Mutter den langen Gang entlang. Von innen sah das Haus noch größer aus als von außen. Aber Sarah fühlte sich auf einmal gar nicht mehr fremd.

Als ihnen eine junge Frau entgegenkam, die einen Stapel Akten auf dem Arm trug, lächelte Sarah.

„Hallo", sagte die Sekretärin, „kann ich Ihnen helfen?"

„Wir wollen zu Frau Schickedanz", sagte Miriam Goldstein.

Die Sekretärin, die einen stark französischen Akzent hatte, deutete mit dem Kopf die Richtung an. „Die letzte Tür auf der linken Seite. Aber vorher anklopfen. Frau Schickedanz wird schrecklich böse, wenn man einfach hereinplatzt."

Plötzlich begann irgendwo Klaviermusik. Und dann hörten sie, wie jemand mit einem Stock auf den Boden schlug, immer im Takt. Türen wurden zugeknallt, und auf einmal jagte ein etwa zwölfjähriges Mädchen an ihnen vorbei und schrie: „Non! Non! Laisse moi tranquille, Véronique!"

Ein anderes Mädchen folgte ihr. Offenbar veranstalteten die beiden gerade eine Art Wettrennen im Haus.

„Hier geht es ja munter zu", sagte Miriam Goldstein. „Das hatte ich mir anders vorgestellt."

„Wie denn anders?"

„Keine Ahnung." Sarahs Mutter hob die Schultern. Sie schaute zu der schneeweißen Stuckdecke empor. Wunderschöne Kristalllampen hingen von den Stuckrosetten. „Das ist ein richtiger Palast", sagte sie. Sie schaute ihre Tochter an. „Könntest du dich hier wohl fühlen?"

Sarah dachte an Moritz' freundliche Augen, als er zu ihr gesagt hatte: „Viel Glück." Sie lächelte. Dann nickte sie. „Ja, ich glaube schon."

Marie Schickedanz residierte in einem tollen Zimmer mit Parkettfußboden und einer Terrassentür, die in den Park führte. Die Wände waren tapeziert mit Fotos und Plakaten von Tänzern und Tänzerinnen der Hamburgischen Staatsoper. Sarah hatte ihre Augen überall. Es gab weiße Sitzmöbel und der Schreibtisch von Frau Schickedanz war aus Glas und Chrom. Alles sah sehr edel und schick aus. Sarah spürte, dass es ihrer Mutter gefiel. Frau Goldstein wurde auf einmal sehr viel verbindlicher, geradezu liebenswürdig. Sie ging mit ausgestreckten Armen auf Marie Schickedanz zu.

„Ich hoffe, wir kommen im richtigen Augenblick, Frau Schickedanz", sagte sie. „Wir sind angemeldet. Das ist meine Tochter Sarah Goldstein. Wir kommen aus Zürich."

Marie Schickedanz war eine etwa sechzigjährige, winzig kleine und sehr zarte Dame, deren Körper nur aus Sehnen und Knochen zu bestehen schien. Sie hatte ein vogelartiges Gesicht, einen kleinen, sehr spitzen Mund und eine große Nase. Ihre grauen Haare waren in Wellen sehr eng an ihren Kopf gelegt, sie trug ein graues Kleid aus fließendem Stoff, das bis zum Boden reichte.

Mit einem Blick hatte sie Sarah gemustert. „Ich weiß", sagte sie. „Das ist die Kleine, die Véronique Béjard uns schicken möchte." Sie nickte Sarah zu, ohne dass ihr Gesicht sich zu einem Lächeln verzog.

Sarah bemerkte, dass sie sehr hohe, ausgeprägte Wangenknochen hatte. Ihr Gesicht war wirklich imponierend, aber zugleich ein bisschen erschreckend. Die Stimme war kühl, etwas zu hoch und zu laut. Sarah war nicht sicher, ob sie Marie Schickedanz mochte. Sie blieb unsicher neben dem Schreibtisch stehen, die Hände vor dem Bauch verschränkt, die Füße in der dritten Position. Sie lächelte verlegen.

„Madame Béjard hat ja geradezu das Hohelied auf dich gesungen, Sarah", sagte Marie Schickedanz. „Wenn es nach ihr geht, bist du eine große Begabung."

Sarah wurde feuerrot.

Frau Schickedanz räusperte sich. „Wir hier in der Tanzakademie haben allerdings die Erfahrung gemacht, dass gerade die Schüler mit den meisten Vorschusslorbeeren nachher die schlechtesten Chancen haben."

Sarah spürte, wie ihre Knie weich wurden. Auch ihre Mutter runzelte die Stirn. „Wollen Sie dem Kind schon jetzt Angst machen?", fragte sie. „Lassen Sie sie doch erst einmal vortanzen."

„Oh, natürlich. Selbstverständlich wird sie vortanzen. Und dann eine Woche in der Gruppe arbeiten, für die sie eingeteilt wird. Aber ich glaube, es ist vernünftig, wenn ich sage, dass wir in diesem Semester nur fünf neue Schüler aufnehmen. Nur fünf. Das ist sehr wenig."

Sarah räusperte sich. „Und wie viele haben sich beworben?"

Die Augen von Frau Schickedanz ruhten auf ihr. „Willst du es wirklich wissen?"

Sarah nickte.

„Siebenundvierzig."

Sarah musste sich an der Tischkante festhalten. Sie starrte die Frau an. „So viele?", flüsterte sie. „Das ist ja schrecklich!" Sie wandte sich an ihre Mutter. „Mami, dann habe ich bestimmt keine Chance."

Marie Schickedanz lächelte. Sie schob die Papiere auf ihrem Schreibtisch hin und her. „Deshalb sagte ich ja: Macht euch nicht zu viele Hoffnungen, Kinder. Dann ist die Enttäuschung später, wenn Meister Uljanow den Kopf schüttelt, nicht so groß. Ich habe schon so viele Tränen gesehen. Mein Gott, was glaubst du, Sarah, wie viele Menschen ich hier schon habe weinen sehen." Sie reckte den Kopf, schaute hinaus in den Garten und fügte hinzu: „Aber es bewerben sich eben auch zu viele Schüler, deren Begabung nicht ausreicht. Sie sollten lieber zu Hause bleiben, nachmittags in ihrer Ballettschule ein bisschen herumhopsen und später einen anständigen Beruf erlernen, als so viele Flausen im Kopf zu haben."

Sarah und ihre Mutter starrten Frau Schickedanz an. Die Spannung im Raum konnte man förmlich spüren.

„Möchten Sie, dass wir gleich wieder nach Hause fahren?", fragte Miriam Goldstein gefasst. „Ist es das, was Sie von uns erwarten?"

Sarah warf sich ihrer Mutter in die Arme. „Mami!", rief sie. „Nein! Nein! Ich will vortanzen! Ich will es wenigstens versuchen!"

Marie Schickedanz drehte sich um. Streng sagte sie: „Ein bisschen mehr Haltung, Sarah. Bitte. Es gibt überhaupt keinen Grund, jetzt schon hysterisch zu werden. Natürlich sollst du jetzt nicht gleich wieder nach Hause fahren. Wozu hättet ihr die teure Reise unternommen? Außerdem hat die Jury sich nun einmal auf eine anstrengende Woche eingerichtet." Sie seufzte. „Für mich und die Organisation des Hauses ist es allerdings eine Katastrophe. Alles gerät durcheinander. Man könnte verzweifeln."

Miriam Goldstein atmete tief durch. „Es tut mir Leid, dass Sie so viel Arbeit haben", sagte sie so distanziert wie möglich. „Aber könnten wir trotzdem einen Zeitplan haben? Wann muss Sarah zum ersten Mal vortanzen?"

Frau Schickedanz schaute auf die Uhr. „Morgen früh", sagte sie, „um zehn Uhr. Leider kann ich Ihnen nicht anbieten, hier in der Kantine zu essen. Die Compagnie probt heute und morgen und wird hier essen. Und die Compagnie braucht absolute Ruhe und Konzentration. Es geht einfach nicht, dass die Anfänger dann überall herumlaufen."

„Ich würde nicht herumlaufen", sagte Sarah. Sie hätte für ihr Leben gern einmal das Ballettensemble beobachtet.

„Es geht nicht", sagte Marie Schickedanz kurz. „Für siebenundvierzig Bewerber hätten wir ohnehin keinen Platz." Sie schaute Miriam Goldstein an. „Und wenn dann auch noch alle mit ihrer Mutter kämen …"

Schweigend wandte sich Sarahs Mutter zur Tür. Sarah folgte ihr mit einem zaghaften, versöhnlichen Lächeln. „Morgen früh sind wir wieder hier“, sagte sie.

Marie Schickedanz nickte und wandte sich wieder ihren Papieren zu.

Sarah und ihre Mutter saßen in einem kleinen, verräucherten Café, das sie nach langer Suche im Regen endlich gefunden hatten. Sie hatten beide einen Maissalat bestellt und ein Mineralwasser. An den anderen Tischen saßen Leute, die offenbar aus den umliegenden Büros mittags hierher kamen.

Sarah kaute langsam.

„Diese Frau ist schrecklich“, sagte Miriam Goldstein erbost, während sie die Zitronenscheibe aus dem Glas fischte. „Wirklich, ein Drachen. Warum ist sie so unfreundlich? Warum will sie uns schon wieder wegjagen, bevor wir überhaupt richtig da sind?“

„Keine Ahnung“, murmelte Sarah. „Vielleicht habe ich ihr nicht gefallen.“

„Unsinn. Sie kennt dich doch gar nicht.“

„Vielleicht hat sie gute Menschenkenntnisse. Vielleicht kann sie an irgendetwas erkennen, dass ich nicht begabt genug bin.“

Ihre Mutter schaute sie empört an. „Das ist doch Unsinn. So etwas kann man nur sehen, wenn man tanzt. Und du hast stocksteif und voller Panik dagestanden.“

„Das war's wahrscheinlich“, sagte Sarah. Sie schob ihren Teller zurück. „Ich hab keinen Hunger, Mami. Mir ist das alles irgendwie auf den Magen geschlagen.“

„Am liebsten“, sagte ihre Mutter grimmig, „würde ich

gleich wieder nach Hause fahren. Eine würdelose Prozedur."

Sarah sagte nichts. Sie starrte mutlos vor sich hin.

„Aber du möchtest bleiben, nicht wahr?", fragte ihre Mutter.

Sarah schaute auf. „Klar", sagte sie. „Ich bleibe."

Ihre Mutter nickte. Sie atmete tief durch. „Okay. Wir bleiben also."

Sarah und ihre Mutter schliefen in einem Doppelbett. Sarah wälzte sich unruhig hin und her. Sie war es gewohnt, allein zu schlafen. Der unregelmäßige Atem ihrer Mutter, die Wärme, die ihr Körper ausstrahlte, und das leise Stöhnen, das tief aus ihrem Bauch kam, ängstigten sie.

Sarah rollte so nah wie möglich an die Bettkante, ihr schafwollenes Lämmchen im Arm. Die Glöckchen um seinen Hals bimmelten leise, wenn sie sich bewegte. Sarah hatte das Gefühl, einen Talisman zu brauchen, und sie presste das Stofftier fest an sich.

Dabei lauschte sie auf die Geräusche, die von der Straße hereindrangen: das Schlagen von Wagentüren, das Anspringen eines Motors. Dann fiel unten die Haustür ins Schloss. Schritte auf der Holztreppe, das Knarren von Stufen. Eine Tür wurde aufgeschlossen, und wenig später hörte Sarah das Rauschen einer Wasserleitung.

Sie schloss die Augen. Sie versuchte sich noch einmal das Gesicht des Jungen vorzustellen. Viel Glück, hatte Moritz ihr zugeraunt und sie angelächelt.

Ob Moritz zur Compagnie gehörte? Oder ob er auch erst Schüler war? Sarah schätzte ihn auf siebzehn oder achtzehn. Er sah sehr gut aus. Er hatte die typischen starken Halsmuskeln eines Tänzers, tolle blonde Haare, und er trug einen kleinen, goldenen Ring im rechten Ohr.

Sarah stellte sich vor, wie es wäre, mit ihm im Ballettsaal einen Pas de deux zu tanzen. Sie hatte noch nie einen Pas de deux getanzt. In der Ballettschule hatte es überhaupt keine Jungen gegeben, die Unterricht nahmen. Außerdem hatte sie zuletzt ja nur Einzelstunden gehabt.

Sie träumte, sie trüge ein Kleid aus flaschengrünem Chiffon, weiße Seidenstrumpfhosen und weiße Spitzenschuhe und Moritz einen schwarzen, eng anliegenden Gymnastikanzug. Er fasste ihre Taille, hob sie hoch und ließ sie über seinem Kopf schweben. Eine schwierige Hebefigur, bei der sie zuerst das Kreuz durchdrücken und steif wie ein Brett werden musste, um sich dann langsam zusammenzufalten, bis sie leicht und weich auf seinen Schultern ruhte, Kopf und Beine nach unten hängend. Viel Glück, flüsterte Moritz, während die Musik zu einem Crescendo anschwoll und die Lichter aus den Kristalllüstern über ihr flimmerten. Viel Glück, Sarah.

Jemand klopfte an die Tür. Laut und energisch.

Sarah fuhr hoch und riss die Augen auf. Sie wusste nicht mehr, wo sie sich befand.

Ihre Mutter saß zitternd da. „Was ist los?“, flüsterte sie.

„Es hat geklopft“, sagte Sarah.

„Wer ist da?“ Ihre Mutter knipste die Nachttischlampe an und schaute auf ihren Reisewecker. „Halb zwölf Uhr nachts.“

Es klopfte wieder. „Frau Goldstein!“, rief eine männliche Stimme. „Telefon für Sie! Frau Goldstein! Bitte wachen Sie auf! Sie werden dringend verlangt!“

Miriam Goldstein schaute ihre Tochter an. In ihren Augen flackerte Panik. „Es ist etwas passiert“, murmelte sie. „Ich weiß es. Ich hatte so einen schrecklichen Traum.“

„Ich mach auf.“ Sarah schlüpfte aus dem Bett und lief zur Tür. Sie öffnete sie einen Spalt.

Draußen stand ein Mann im Bademantel. Er lächelte entschuldigend. „Bitte, verzeihen Sie. Ich wollte gerade ins Bett gehen, da kam dieser Anruf.“ Er wandte sich an Sarahs Mutter, die hinter ihr auftauchte. „Ihr Mann, Herr Goldstein. Er muss Sie dringend sprechen.“

Sarahs Mutter wurde kreidebleich. Sie nickte und griff nach dem großen Kaschmirschal, der über dem Stuhl lag. Sie schlang den Schal um das Nachthemd.

„Das Telefon ist unten, neben dem Schlüsselbrett“, sagte der Mann. „Ich mache überall Licht.“

„Danke“, flüsterte Frau Goldstein.

Sarah schaute ihr nach, wie sie langsam die Treppe hinunterstieg. Ihre Mutter wirkte klein und schutzbedürftig. Ihre zarten weißen Hände umklammerten das Treppengeländer. Arme Mami, dachte Sarah, sie hat immer so viel Angst. Aber vielleicht ist ja gar nichts passiert.

Miriam Goldsteins Großeltern waren im Konzentrationslager ums Leben gekommen. Nur ein Foto von ihnen hatte Miriam Goldstein retten können, das Verlobungsfoto. Da saß eine sehr schöne Frau in einem weißen Korbstuhl neben einer Palme, und ein Mann in langen, weißen Tennishosen und einem Pulli, den er über die Schultern gelegt hatte, beugte sich zu ihr herunter.

Miriams Mutter war damals noch ein kleines Mädchen gewesen. Sie hatten in Berlin gelebt, in einer alten Villa, und eines Morgens hatte es an der Tür geklopft, und ihre

Eltern waren abgeholt worden. Miriams Mutter hatte ihre Eltern nie wiedergesehen.

Sarah hatte sich nur ein einziges Mal getraut, ihre Mutter nach diesem schrecklichen Abschnitt ihrer Familiengeschichte zu fragen. Miriam Goldstein war total durcheinander geraten und hatte mit Kopfschmerzen auf die Fragen ihrer Tochter reagiert. Seitdem hatte Sarah es nicht noch einmal gewagt, ihre Mutter an das vergangene Entsetzen zu erinnern.

Sarah schaute über das Geländer. Sie sah die weiße, zarte Hand ihrer Mutter, die plötzlich verschwand.

„Gehen Sie wieder ins Bett", sagte der Besitzer der Pension, „Sie erkälten sich ja in dem dünnen Nachthemd."

Erschrocken schaute Sarah an sich herunter. Sie nickte und schlug schnell die Tür zu.

Sarah saß aufrecht im Bett, die Knie eng an den Körper gezogen und wartete – ihre Mutter war mindestens schon zehn Minuten weg. Sie schob das Kissen fester in den Rücken. Draußen hielt wieder ein Auto, Türen schlugen. Von unten drangen gedämpfte Stimmen bis zu ihr ins Zimmer. Ihr Herz schlug bis zum Hals.

Wieso kommt sie nicht wieder, dachte Sarah. Wieso bleibt sie so lange?

Plötzlich ging die Tür auf. Ihre Mutter stand da, schneeweiß im Gesicht. „Sarah", sagte sie, „wir müssen sofort nach Hause."

Sarah zog die Decke bis ans Kinn. „Nein", flüsterte sie, „nein, Mami, bitte nicht."

Ihre Mutter lehnte am Türrahmen, als müsse sie sich festhalten. „Felix hatte einen Unfall. Mit dem Fahrrad." Miriam Goldstein zitterte so, dass sie kaum sprechen konnte. „Er ist im Krankenhaus, Peter ist bei ihm. Er wird noch operiert.“ Sie presste die Hände an die Schläfen. „Ich muss sofort den nächsten Zug nehmen.“ Sie lief zum Schrank, nahm die Kleiderbügel heraus und warf sie aufs Bett.

„Aber Mami! Jetzt mitten in der Nacht geht doch kein Zug!“

Miriam Goldstein schaute ihre Tochter an. „Nein? Kein Zug?“ Sie schluckte. „O Gott, was mach ich, was mach ich nur?“

Sarah schlüpfte aus dem Bett. Sie nahm den Koffer ihrer Mutter, klappte ihn auf und begann ruhig zu packen. „Du nimmst ein Flugzeug“, sagte sie. „Bestimmt geht morgen früh ein Flugzeug. Daddy ist doch auch immer nach Hamburg geflogen, wenn er hier etwas zu tun hatte.“

Sarahs Mutter nickte. „Das ist es. Ich muss sofort telefonieren. Ich muss Flüge buchen.“ Sie lief zur Tür.

„Mami!“, rief Sarah.

Ihre Mutter drehte sich um. „Ja?“

Sarah lief zu ihr und umarmte sie. Sie küsste ihre Mutter und begann zu weinen. „Mami, muss ich wirklich mit? Kannst du nicht allein fahren? Ich meine, ich kann doch auch nicht helfen. Wie ... wie schlimm ist es denn mit Felix? Was ist denn verletzt?“

„Sein Bein“, murmelte Miriam Goldstein. „Das rechte Bein.“

Sarah streichelte ihre Mutter. „Ach, es gibt doch so tolle Kliniken in Zürich, die besten Ärzte. Bestimmt geht alles gut. Bestimmt machst du dir viel zu viel Sorgen, Mami.“

Ihre Mutter schüttelte den Kopf. „Ich muss zu ihm.“

„Natürlich musst du zu ihm, Mami.“ Sarah küsste ihre

Mutter. „Aber kann ich nicht hier bleiben? Wenn ich jetzt nicht hier bleibe, bekomme ich vielleicht nie wieder eine Chance. Mami, Mami!" Sarah nahm die Hände ihrer Mutter und legte sie auf ihre Schultern. „Hörst du mir überhaupt zu?"

Miriam Goldstein schaute sie an, mit einem Blick, der von ganz weit herkam. „Du willst hier bleiben?", flüsterte sie.

Sarah nickte und lächelte unter Tränen. „Ich könnte ja doch nicht helfen. Ich könnte doch gar nichts tun. Die Ärzte …"

„Du liebst deinen Bruder nicht?"

Sarah schloss die Augen. „Mami. Natürlich liebe ich Felix. Aber wir sind doch heute erst angekommen. Ich habe noch nicht einmal den Ballettsaal richtig gesehen! Wir haben bloß Formulare ausgefüllt und Fragen beantwortet. Ich habe keinen einzigen Tanzschritt gemacht!"

Ihre Mutter schwieg. Sie schaute zum Koffer, dann zum Fenster. Sie fuhr mit der Hand über die Stirn. „Du hast kein Herz", sagte sie leise.

Sarah erstarrte. „Was?"

„Du hast einfach kein Herz. Du denkst nur an dich, nur an deine Tanzerei. Ich verstehe dich nicht. Wie kannst du so sein? Es gibt nichts Wichtigeres als die Familie."

Sarah schluckte und wischte die Tränen aus den Augenwinkeln. „Ich finde die Familie wichtig, Mami. Sehr wichtig sogar", rief sie verzweifelt. „Aber versteh mich doch! Bitte! Wenn ich allein hergekommen wäre, dann hättet ihr mich bestimmt auch nicht zurückgeholt."

„Wir hätten dich nicht allein fahren lassen, das weißt du genau." Miriam Goldstein ging mit schleppenden Schritten zum Bett und setzte sich. Sie schlug die Hände vors Gesicht. „Ich weiß nicht, was ich tun soll“, flüsterte sie. „Ich weiß es nicht.“

Sarah setzte sich stumm und aufrecht neben sie.

Schließlich, nach schier endlosem Schweigen, seufzte Miriam Goldstein. „Vielleicht hast du Recht. Vielleicht sollte ich dich hier lassen. Bist du sicher, dass du allein zurechtkommst? Allein hier in der Pension? Bist du sicher, dass du keine Angst hast?“

Sarah lachte. „Mami, ich werde fünfzehn.“

„Okay.“ Ihre Mutter nickte. „Ich lass dir Geld hier, du nimmst morgens ein Taxi und abends ein Taxi. Gut. Und du rufst jeden Abend an. Ich verlass mich auf dich, mein Schätzchen.“ Sie seufzte tief. „Hoffentlich werde ich das nicht eines Tages bereuen.“

Sarah schlang ihre Arme um die Mutter. „Mami, ich verspreche dir alles, was du willst.“

Miriam Goldstein verließ am nächsten Morgen um sieben Uhr die Pension. Sarah wartete, bis der Portier ihren Koffer hinuntergetragen hatte. Sie stand am Fenster und schaute zu, wie ihre Mutter ins Taxi stieg, ohne noch einmal zu winken, und davonfuhr.

Dann atmete sie tief durch und legte die Hände aufs Fensterbrett. Sie machte einige pliés in der dritten Position. Dann nahm sie die zweite Position ein, das rechte Bein mit aufgesetzter Fußspitze. Sie übte nacheinander ein paar schnelle battements und frappés. Sie trainierte mit ernstem Gesicht und schaute dabei aus dem Fenster. In der Baumkrone, die noch völlig ohne Blätter war, hockten ein paar Krähen mit aufgeplusterten Federn.

Sarah legte das rechte Bein mit durchgedrücktem Knie auf das Fensterbrett und beugte sich vor. So weit, bis sie ein starkes Ziehen im Oberschenkel spürte. Sie nahm die Hände über den Kopf und legte sie dann leicht auf die Fußspitze.

„Werde wieder ganz gesund, Felix", flüsterte sie. „Bitte."

Sie wechselte das Standbein und legte das linke Bein ausgestreckt mit dem Fuß auf den Fenstersims und beugte sich zurück. Dabei bekam sie oft Rückenschmerzen. Madame Béjard hatte ihr eingetrichtert, stärkende Rückengymnastik zu machen, aber Sarah war immer zu faul gewesen.

Jetzt fuhr ihr wieder ein Schmerz wie ein elektrischer Schlag durch die Wirbelsäule. Hastig nahm Sarah das Bein runter. Sie bückte sich, um die Höhe des Fenstersimses abzuschätzen. „Zu hoch", murmelte sie. „Das sind mehr als neunzig Grad für die Beine. Kein Wunder."

Sie ging ins Bad. Ihre Mutter hatte alle Cremetöpfe, Pinsel und Tuben eingesammelt. Es war schön, ein Badezimmer ganz für sich zu haben. Und es war schön, ganz allein in einem Pensionszimmer zu leben. Wie eine Erwachsene. Sarah lächelte, als sie sich auf den Badewannenrand setzte, um das Wasser einlaufen zu lassen. Nachher würde sie ganz allein in das Frühstückszimmer gehen, sich ganz allein an einen Tisch setzen, einen Jogurt, Milchkaffee und Brötchen bestellen und frühstücken wie eine Erwachsene, die beruflich unterwegs ist. Der Gedanke gefiel ihr. Tänzelnd kehrte sie ins Zimmer zurück.

Sarah hatte ihren weißen Bodystocking angezogen und darüber einen weißen Chiffonrock. Als Oberteil trug sie eine karierte Baumwollbluse, die eigentlich Felix gehörte, und eine leuchtend rote Weste. Sie hatte die Haare mit einem roten Stirnband zurückgehalten.

So betrat sie den Frühstücksraum.

Ein junges Mädchen im schwarzen Kleid mit weißer Schürze kam auf sie zu. „Du möchtest frühstücken?"

Sarah nickte.

„Wie viele Personen?", fragte die Kellnerin.

„Eine", sagte Sarah.

Die Kellnerin erstarrte vor Erstaunen. „Ganz allein?"

Sarah lächelte. „Ja. Meine Mutter ist heute Morgen abgereist. Sie ist nach Zürich zurückgeflogen."

Die Kellnerin zeigte ihr einen kleinen Tisch unter einem Bild, das eine Jagdszene darstellte. „Das habe ich mir früher auch immer gewünscht", sagte sie, „ganz allein in einem Hotel zu wohnen. Ich habe mir das toll vorgestellt."

Sarah lächelte. „Es ist auch toll."

Die Kellnerin deckte den Tisch: Tasse, Teller, Besteck, Salz und Pfeffer. „Deshalb bin ich von zu Hause abgehauen. Mit sechzehn."

Sarah schaute sie fasziniert an. „Ehrlich? Und wie ist es?"

„Furchtbar", sagte die Kellnerin. „Schrecklich. Schau mich an, ich wollte eigentlich Modedesign studieren. Aber ich habe die Schule nicht geschafft, immer in Wohngemeinschaften gelebt und immer gejobt. Das hier ist mein vierzehnter Job, seit ich von zu Hause weg bin." Sie lächelte. „Was willst du trinken?"

Sarah gab die Bestellung auf.

Die Kellnerin verschwand und kam mit dem Kaffee zurück. „Und du?", fragte sie. „Weshalb bist du hier?"

„Weil ich mich in der Tanzakademie beworben habe“, sagte Sarah. „Eine Woche Probetanzen. Heute fängt es an.“

Die Kellnerin starrte sie an. „Das finde ich wahnsinnig“, sagte sie bewundernd. „Das ist das Tollste überhaupt. Balletttanz! Kannst du gut tanzen?“

Sarah grinste hilflos. „Ich weiß nicht. Ich habe immer gedacht, ich kann gut tanzen. Aber jetzt habe ich wahnsinniges Lampenfieber, und das Kreuz habe ich mir auch verrenkt. Es geht bestimmt alles schief nachher.“

Die Kellnerin holte ein Körbchen mit Brot und stellte es auch auf den Tisch, dazu kleine Marmeladengläser und Milch. „Ich drück dir die Daumen“, sagte sie. „Du musst es schaffen. Ich finde es einfach toll, wenn Mädchen ganz allein etwas versuchen – ohne ihre Eltern. Wirklich, ich drück dir die Daumen.“

Sarah war eine halbe Stunde zu früh in der Akademie.

„Du musst eben warten“, sagte Frau Schickedanz mit einem Achselzucken. „Etwas anderes kann ich nicht für dich tun. Wo ist deine Mutter?“

„Sie ist wieder zurückgefahren“, sagte Sarah, während sie voller Staunen beobachtete, was um sie herum passierte.

Eine Frau, beladen mit Tüllkleidern, kam herein und redete aufgeregt französisch auf Frau Schickedanz ein.

Dann klingelte das Telefon, und der junge Mann, der den Hörer abnahm, rief: „Mary, it’s New York.“

Marie Schickedanz sprach hektisch mit der Garderobiere, winkte dann nervös ab und lief zum Telefon. Währenddessen schob jemand Sarah, die vor dem Bücherregal stand, zur Seite. „Pardon, aber du störst."

„Oh, Verzeihung." Sarah schaute sich um. Hinter ihr stand Sergej Uljanow! Sie wusste sofort, dass er es war. Er hatte dieses Gesicht, dieses ganz besondere Gesicht mit den leuchtend blauen Augen und dem traurigen Mund.

Er studierte das Bücherregal, nahm ein Buch heraus, klemmte es unter den Arm und drehte sich um. Er schaute sie an. „Wer bist du?"

Sarah bekam ganz weiche Knie. Sie musste sich räuspern, bevor sie antworten konnte. „Ich bin Sarah Goldstein."

Sergej Uljanow warf einen nervösen Blick auf Marie Schickedanz, die immer noch telefonierte, dann schaute er sie wieder an. „Welche Klasse? Ich erinnere mich nicht."

„Ich komme zum Vortanzen", flüsterte Sarah. Auch die Garderobiere hatte sich jetzt zu ihr gewandt. „Ich bin etwas zu früh."

„Ah", sagte die Garderobiere, „Schnupperwoche."

„Du kannst hier nicht warten", sagte Sergej ungeduldig, „du siehst doch, was hier los ist." Er ging zum Schreibtisch und tippte Marie Schickedanz auf die Schulter. Die drehte sich zu ihm um, strahlte, nickte und legte die Hand auf die Muschel. „Es ist New York!", wisperte sie. „Die Metropolitan Opera."

„Soll ich mit ihnen sprechen?", fragte Sergej. „Wer ist es? Barischnikow?"

„Nein. Tatjana Mandell. Willst du sie sprechen?"

Sergej schüttelte den Kopf. Er beugte sich vor, nahm einen Bonbon aus der Glasschale, die auf dem Schreibtisch stand, und steckte ihn in den Mund. „Ich hab keine Zeit. Ich muss zur Jury."

Plötzlich erinnerte er sich wieder an Sarah, die verlegen auf ihre Fußspitzen starrte. Er versenkte seine Hand wieder in der Glasschüssel und fragte: „Orange oder Zitrone?"

„Wie bitte?", flüsterte Sarah.

„Magst du lieber Bonbons mit Orangen- oder mit Zitronengeschmack?"

„Nimm Orange", sagte die Garderobiere, „die sind besser."

„Richtig, Anna. Ich nehm auch immer Orange." Sergej lächelte jetzt. Er reichte Sarah einen eingewickelten Bonbon. „Aber zum Beginn der Stunde musst du ihn heruntergeschluckt haben."

„Danke", flüsterte Sarah.

Er lächelte ihr noch einmal zu, wickelte das Handtuch, das er trug, etwas fester um den Hals und verschwand.

„Da hast du aber Glück gehabt", sagte die Garderobiere. „Erst fünf Minuten hier, und schon hast du mit ihm gesprochen. Manche sehen ihn einen ganzen Monat nicht. Er ist sehr nett, nicht wahr? Er ist immer so nett. Nur in den Stunden und mit der Compagnie – da ist er furchtbar streng." Sie warf einen Blick auf Marie Schickedanz und neigte sich zu Sarah. „Sie weinen immer, die armen Tänzerinnen. Er ist so hart zu ihnen. Er fordert immer alles. Manchmal tun die armen Dinger mir richtig Leid."

Sarah betrachtete den Bonbon in ihrer Hand. Sie lächelte unsicher „Vielleicht muss er so streng sein. Sonst wäre seine Compagnie schließlich nicht so berühmt geworden, oder?"

Die Garderobiere nickte. Sie schaute auf den Bonbon in Sarahs Hand. „Wetten, dass du ihn nicht isst? Wetten, dass du ihn wie einen Talisman aufbewahrst? Ich an deiner Stelle würde das jedenfalls tun. Vielleicht bringt dieser kleine Orangenbonbon dir Glück."

Sarah holte das Portmonee aus ihrem Sportsack und steckte den Bonbon hinein. „Wo sind die Kabinen?", fragte sie. „Vielleicht zieh ich mich besser um."

„Ich bring dich hin. Ich zeig es dir. Komm."

Sarah folgte ihr die Treppen hinauf in den ersten Stock. Sie betraten durch eine Glastür einen Anbau.

„Erst kommen die Waschräume, dann die Umkleideräume. Für Mädchen rechts, für Jungen links. Und da hinten ist der Mary-Wigman-Saal. Da musst du um Punkt zehn Uhr sein."

Um zwei Minuten vor zehn Uhr wurde die Tür zum Umkleideraum geöffnet.

„Die Gruppe A zum Vortanzen in den Ballettsaal Mary Wigman!", rief jemand und schlug die Tür wieder zu.

Sarah saß auf der Bank unter dem Garderobenhaken, an dem sie ihre Kleider aufgehängt hatte. Ihre Knie zitterten so, dass sie sie festhalten musste. Sie hatte Kopfschmerzen. Ihr Kopf glühte, als wenn sie Fieber hätte. Mit geschlossenen Augen saß sie da, die Schultern hochgezogen, und atmete tief und gleichmäßig.

Um sie herum war es still. Sie wusste nicht, wie viele Mädchen sich für die Gruppe A fertig machten. Sie hatte nicht gewagt genau hinzusehen.

Neben ihr saß ein Mädchen, das aussah wie eine Japanerin. Sie hatte offenbar Probleme mit ihren Gymnastikschuhen.

Immer wieder zog sie sie aus, prüfte die Nähte und zog sie wieder an. Sarah hatte ihr zugelächelt und „guten Morgen“ gesagt, aber das Mädchen hatte nur stumm zurückgelächelt und den Kopf sofort wieder gesenkt.

Gegenüber stand ein Mädchen in einem rosaroten Gymnastikanzug und dunkelblauen Wollsocken und übte die Positionen. Ihre blonden Haare reichten fast bis zur Schulter. Sarah fragte sich, ob sie die Haare noch hochbinden würde. Niemand tanzte mit offenen, langen Haaren, das war einfach nicht üblich. Bei Madame Béjard wäre es schlichtweg verboten gewesen.

Sarah schloss eine Zeitlang die Augen, und als sie sie wieder aufschlug, sah sie, dass die anderen schon den Umkleideraum verlassen hatten. Auch die Japanerin neben ihr ging gerade zur Tür.

Sarah sprang auf. Sie lief den anderen nach, die über den langen Flur auf die offenen Flügeltüren am Ende des Ganges zueilten.

Alle Mädchen waren schön und grazil und hatten wunderbare Bewegungen. Sie gingen aufrecht und trugen den Kopf hoch und die Schultern gerade.

Bestimmt können sie alle viel besser tanzen als ich, dachte Sarah verzweifelt, bestimmt werden sie mich auslachen. O mein Gott. Ich habe solche Angst.

Ihr Herz schlug bis zum Hals, als sie den Saal betrat. Es war ein wunderbarer Saal, doppelt so groß wie der Saal von Madame Béjard: an der Frontseite vollkommen verspiegelt, rechts mit raumhohen Flügelfenstern. Links stand der Flügel. Am Flügel saß ein sehr alter Mann mit einer Hakennase und schulterlangen, weißen Haaren. Er lächelte Sarah zu, als sie schüchtern den Raum betrat.

Sarah machte einen kleinen Knicks. Sergej Uljanow schaute sie an, und ein flüchtiges Lächeln huschte über sein Gesicht. Er senkte kurz zur Begrüßung den Kopf.

Er hat mich wieder erkannt, dachte Sarah. O Gott, hoffentlich blamiere ich mich nicht.

Rechts und links neben Sergej standen zwei Frauen. Sie sahen aus wie Tänzerinnen, aber sie waren bestimmt schon über dreißig. Sie trugen beide lange Röcke. Eine hatte kurze, rote Haare, die andere war blond. Beide redeten aus verschiedenen Richtungen auf den großen Meister ein, der von Zeit zu Zeit nickte und seine Augen nicht von den Mädchen ließ. Er beobachtete jede ihrer Bewegungen, jeden ihrer Schritte.

Sarah überlegte gerade, wo sie sich an die Stange stellen sollte, als jemand eine Hand auf ihre Schulter legte. „Wie heißt du?", fragte eine sympathische Stimme an ihrem Ohr. Sarah drehte sich um.

Vor ihr stand Tom Madsen! Sie erkannte ihn sofort. Tom Madsen war Solotänzer an der Staatsoper, ein Amerikaner, der in der *West Side Story* einen rauschenden Triumph erlebt hatte. Sarah hatte alles über die Ballettgala gelesen und alle Fotos gesehen. In der Schweiz waren Interviews in den Zeitungen erschienen. Madame Béjard schnitt immer alles für Sarah aus und legte es ihr hin, wenn sie zum Unterricht kam. Tom Madsen!

Tom Madsen lächelte. Er schaute ihr in die Augen. „Angst?", flüsterte er mitfühlend. „Lampenfieber?"

Sarah nickte. „Ich heiße Sarah Goldstein."

Tom Madsen schaute auf seiner Liste nach und machte ein Kreuz hinter ihren Namen. „Vierzehn Jahre alt, aus Zürich. Unterricht bei Véronique Béjard." Er lächelte. „Sie hat einen guten Namen."

„Ja?" Sarah wurde glühend rot. Sie lächelte. „Ich finde sie auch gut. Aber natürlich nicht so gut wie ..." Ihr Blick schweifte zu Sergej Uljanow.

Tom Madsen lachte. „Sergej ist ein Gott. Mit Sergej kann man niemanden vergleichen. Stell dich da drüben hin."

Sarah bekam einen Platz an der Stange zugewiesen, neben dem Mädchen mit den langen blonden Haaren. Sie schaute sich flüchtig um. Es waren vielleicht zwölf Mädchen im Saal.

Tom Madsen stand bei einem Mädchen, das Probleme mit ihrer Halskette hatte. Sie hatte sich offenbar mit den Nackenhaaren verhakt.

So etwas, dachte Sarah, passiert immer, wenn man aufgeregt ist. Sie war voller Mitgefühl für das Mädchen, das vor Scham ganz rot geworden war.

Dann flog die Tür auf, und plötzlich stand Moritz im Saal.

„Wir sind fertig!", rief er. „Hier kommen meine Schäfchen." Er trat zur Seite. Vier Jungen schritten im Gänsemarsch durch die Tür. Sie wandten sofort den Kopf nach rechts und grüßten formvollendet. Bestimmt hat Moritz ihnen das beigebracht, dachte Sarah. Das macht einen tollen Eindruck.

Sergej lächelte freundlich. Tom Madsen lief zu Moritz und kreuzte die vier Namen an. Dann zeigte er den Jungen die Plätze.

Moritz schaute sich um und entdeckte Sarah. Sie hob verschämt ein bisschen die Hand. Moritz lief zu ihr.

„Hallo", sagte er. „Ich habe dich sofort wieder erkannt. Ich wusste gar nicht, dass du in der A-Gruppe bist."

„Ist das etwas Gutes oder etwas Schlechtes?", fragte Sarah.

Moritz lächelte. „Etwas Gutes. In der A-Gruppe sind die Schüler, die aus sehr guten Ballettschulen kommen."

Tom Madsen schaute zu ihnen herüber. „Willst du da stehen bleiben, Moritz?", rief er.

Moritz nickte. „Wenn du keinen anderen Platz für mich hast."

„Das ist okay." Tom Madsen wedelte mit der Namensliste.

„Ich verstehe nicht, was du hier machst", flüsterte Sarah. „Du gehörst doch zum Internat, oder?"

Moritz nickte. „Ich bin gerade in die Theaterklasse gekommen." Er streckte die Brust raus. „Was meinst du, wie ich mich fühle. Die Theaterklasse ist die letzte Klasse. Danach bewerben wir uns schon für ein Engagement."

„Oh", flüsterte Sarah beeindruckt. „Toll." Sie zögerte. „Aber was machst du hier?"

„Ich tanze für die Jungen die Übungen vor. Das machen wir immer so." Er deutete auf eine junge Tänzerin am anderen Ende der Stange. „Das ist Yvanca. Sie tanzt eure Übungen vor. Sie ist sehr gut. Bestimmt wird sie einmal ein Star. Ich glaube, Sergej nimmt sie am Ende des Ausbildungsjahres in seine Compagnie auf."

Sarah betrachtete Yvanca verstohlen. Sie sah sehr dünn und sehr klein aus. Ihre Schultern wirkten mager, und die Knochen traten hervor. Sie hatte schwarze Haare, die zurückgebunden waren, und Ponyfransen in der blassen

Stirn. Sarah fand sie nicht besonders hübsch. Sie lehnte lässig an der Stange und betrachtete ihre Fingernägel.

„Sie sieht gar nicht aus, als wenn sie eine gute Tänzerin wäre", flüsterte Sarah.

Moritz schaute sie verblüfft an. „Glaubst du, das kann man sehen? Na, warte es ab."

Sarah hatte sich vorgestellt, dass Sergej Uljanow ein paar Worte an die vortanzenden Mädchen richten würde. Aber er sagte nichts. Er lehnte an der Stange, redete halblaut mit den beiden Tänzerinnen neben ihm und behielt alles im Auge.

Tom Madsen trat in die Mitte des Saales. Er räusperte sich. „Guten Tag", sagte er, „herzlich willkommen im Namen der Tanzakademie der Hamburgischen Staatsoper. Zum zwölften Mal führen wir jetzt diese Aufnahmeprüfung durch. Ihr wisst vielleicht, dass wir in diesem Jahr nur sehr wenig freie Plätze zur Verfügung haben. Deshalb werden noch höhere Anforderungen an euch gestellt. Das mag vielleicht ein bisschen ungerecht sein. Aber diese Ballettakademie lebt von der Unterstützung der Hansestadt Hamburg und ihren Sponsoren. Wenn sie nicht so großzügig unsere Arbeit unterstützen würden, könnten wir uns dieses wunderschöne Haus, diesen großartigen Ballettmeister und Pianisten" – er zeigte auf den Pianisten, der sich verbeugte – „überhaupt nicht leisten. Wir beginnen mit sehr einfachen Übungen an der Stange. Ich nehme an, man hat euch im Unterricht erklärt, dass die präzise Ausführung der einfachen Bewegungen, der Positionen, glissades und sissones der Grundstein für eine gute tänzerische Leistung sind. Wer am Anfang geschlampt hat, wird es nie zum Profi bringen." Er lächelte. „Und ich verspreche euch: Wir bemerken jede Schlamperei. Auch die kleinste." Er legte die Hände zusammen. „Wir beginnen mit der dritten Position. Dann pliés, dann Wechsel auf das linke Bein, vier frappés und dann die Arabeske. Bitte, Yvanca, mach das einmal vor."

Er nickte dem Pianisten zu, murmelte: „und ...", und schon begann das Klavierspiel. Es war eine einfache Melodie mit einem klaren Rhythmus. Yvanca tanzte die vorgeschriebenen Takte, die Hand leicht auf die Stange gelegt. Sie machte es so federleicht und mit so viel Grazie, dass Sarah ihr hingerissen zuschaute.

So sieht es bei mir nie aus, dachte sie verzweifelt. So kann ich mich nicht bewegen. Was hat sie mit dem Kopf gemacht? Wohin hat sie geschaut? Wie hat sie die linke Hand gehalten? O Gott, ich habe schon alles vergessen.

„Danke, Yvanca", sagte Tom. „Und jetzt alle. Auch die Jungen." Er nickte dem Pianisten zu, sagte: „und ...", und die Musik begann erneut.

Sarahs Kopf glühte. In den Beinen hatte sie überhaupt kein Gefühl. Ihre Muskeln waren wie mit einem Gift gelähmt, so schwer.

Sie starrte auf den Rücken der Blonden, die vor ihr an der Stange die Übungen machte. Sie versuchte, es genau gleichzeitig mit ihr zu machen. Beim Ballett kam es ganz besonders darauf an, dass alle Bewegungen synchron waren.

Der Klavierspieler hob die Hände von den Tasten, und Tom sagte: „Danke, wir wechseln das Standbein. Wir gehen in die vierte Position, machen zwei pliés ..." Er spulte seine Anweisungen ab und schloss wie üblich: „Bitte, Yvanca. Und ..."

Ein anderes Klavierstück setzte ein, ein leichtes Rondo. Sarah kannte das Stück. Unwillkürlich musste sie lächeln. Sie schaute genau hin, wie Yvanca sich bewegte, die Armhaltung, die Kopfhaltung. Sie konzentrierte sich. Als Tom Madsen das Zeichen für alle gab, verpasste die Blonde vor ihr den Einsatz.

Tom Madsen klatschte in die Hände, und alles begann von vorn. Ein anderes Mädchen verpasste den Einsatz. Sergej runzelte die Stirn.

Aber Moritz hinter Sarah an der Stange flüsterte: „Das ist immer so. Das ist die Aufregung. Wieso bist du nicht aufgeregt? Dein Einsatz ist perfekt."

„Ich kenne zufällig das Stück", flüsterte Sarah.

Tom Madsen schaute warnend zu ihnen herüber. Sie wusste, dass man beim Tanzen nicht redet. Aber was sollte sie tun, wenn Moritz ihr eine Frage stellte?

Beim dritten Mal klappte der Einsatz. Sarah fand, dass die ronds de jambe en l'air ihr besonders gut gelangen. Tom Madsen aber gab keinen Kommentar. Er machte einfach weiter im Programm.

Die Übungen steigerten sich, sie wurden immer ein bisschen schwerer. Nach einer halben Stunde mussten sie die Stange loslassen und sich in vier Gruppen in den vier Ecken des Ballettsaales aufstellen.

„Fünfte Position", sagte Tom Madsen. „Port de bras. Wir achten jetzt besonders auf die Armhaltung. Grand pas de basque." Er schaute sich um. „Das habt ihr alle schon getanzt, ja?"

Alle Mädchen nickten.

Yvanca tanzte vor, und dann, ohne dass die Musik aussetzte, musste die erste Gruppe es nachtanzen.

Tom Madsen gab den Einsatz. Sarah war in der zweiten Gruppe. Sie konzentrierte sich. Aber sie war vollkommen verkrampft, das spürte sie. Nur vier Tänzerinnen – jetzt konnte man jeden Fehler genau sehen. Sie wusste, sie würde einen Fehler machen.

Und schon passierte es. Sie verwechselte das Standbein, kam aus dem Rhythmus, ließ die Arme sinken und schüttelte verzweifelt den Kopf.

„Weitermachen, Sarah!“, rief Tom Madsen.

Sarah nahm sich zusammen. Sie fand den Rhythmus wieder und tanzte noch drei Takte. Dann war die nächste Gruppe dran.

Mit hochrotem Gesicht ging Sarah in ihre Ecke zurück. Sie suchte den Augenkontakt mit Moritz und hoffte, er würde ihr aufmunternd zunicken, aber Moritz schaute sie nicht an. Er stand bei den Jungen. Die Jungen tanzten die Figuren nicht mit, sie würden gleich ihren eigenen Auftritt haben. Bestimmt einen Sprung, dachte Sarah.

Sie fand die Sprünge der Tänzer immer rasend aufregend. Sie brauchten viel Kraft dafür, eine absolute Körperbeherrschung und viel Gefühl für das Gleichgewicht. Besonders schwierig war es, das richtige Bein aufzusetzen und sofort zu stehen, als wäre man aus Stein gemeißelt.

Als die vierte Gruppe die Schrittfolge beendet hatte, erklärte Tom Madsen Moritz, was er machen sollte: „Aus der fünften Position demi-plié, mit dem rechten Bein rond de jambe double en l'air, sauté, ausgeführt während einer halben Drehung en dehors ...“ Und so weiter und so weiter. Sarah schwirrte der Kopf.

Tom Madsen sprach eher leise, das Zwitschern der Spatzen draußen im Park war manchmal lauter als seine

Stimme. „... pas de bourrée en dehors, Ende. In der fünften Position auf ein Viertel, mit dem linken Bein brisé vorwärts in die fünfte Position auf ein Viertel. Auf vier Takte."

Moritz lächelte. Mit drei graziösen Tanzschritten war er mitten im Raum. Tom Madsen stellte sich zu Sergej Uljanow ans Fenster.

Sarah betrachtete zum ersten Mal die vier Jungen, die mit ihr in der Gruppe waren. Einer der Jungen war klein, aber sehr muskulös. Sarah schätzte ihn auf höchstens dreizehn Jahre. Dann gab es einen Schwarzen, groß und sehr schlank, der bestimmt schon vierzehn Jahre alt war. Einer der Jungen hatte sein pechschwarzes Haar zu einem kleinen Zopf im Nacken zusammengebunden. Der andere war blass, trug ein Muskelshirt und hatte unzählige Sommersprossen und rote Haare.

Moritz tanzte.

Sarah schaute atemlos zu. Sie fand, dass er es wunderbar machte, ohne den geringsten Fehler. Sie sah, wie Sergej sich zu Tom Madsen herüberbeugte und etwas sagte. Tom Madsen nickte.

Moritz drehte sich zu Sergej um. Sergej senkte kurz den Kopf, und Moritz trat zurück. Er atmete heftig. Es war eine komplizierte Schrittfolge gewesen.

Als Erstes musste der Schwarze vortanzen. Er verpasste den Einsatz. Tom Madsen gab ein Zeichen, und beim zweiten Mal klappte es. Er machte im dritten Takt einen Fehler: Er kam nicht auf ein Viertel zum Stehen. Sarah war stolz, dass sie es bemerkte. Aber den Rest tanzte er fehlerlos.

Tom Madsen nickte. Der Sommersprossige trat vor. Er räusperte sich und wartete auf den Einsatz.

Die ersten zwei Takte gelangen fehlerlos. Aber beim rond de jambe double en l'air verhedderte er sich im Sprung. Der Klavierspieler setzte aus.

„Was ist?", fragte Tom Madsen.

Der Sommersprossige räusperte sich erneut. Er wirkte total verlegen. „I am sorry", sagte er. „I have never danced this before in my live." Er hatte das alles offenbar noch nie getanzt.

Tom Madsen sprach mit Sergej. Der rief den Sommersprossigen zu sich und redete mit ihm. Das Gespräch dauerte vier Sekunden. Dann nickte der Schüler, verbeugte sich und ging. Leise fiel hinter ihm die Tür ins Schloss.

Sarahs Herz schlug heftig.

So geht das also, dachte sie. Man beherrscht etwas nicht, und schon muss man gehen. O Gott. Gleich komme ich wieder dran. Und es wird immer schwerer.

Am Ende der Stunde mussten alle Aufstellung nehmen.

Sergej Uljanow und die beiden Tänzerinnen, die zur Jury gehörten, verneigten sich stumm und verließen den Ballettsaal. Auch der Pianist verbeugte sich, klappte den Flügeldeckel zu, presste die Noten unter den Arm und ging. Moritz und Yvanca nahmen ihre Pullis, die sie auf die Fensterbank gelegt hatten, winkten einmal in die Runde und verschwanden auch.

Nur Tom Madsen war noch da. Er strichelte und malte auf der Liste herum. Er saß auf einem Hocker an der

Wand, die Knie geschlossen, die Füße nur mit den Spitzen aufsetzend, und schrieb.

Stumm warteten die Bewerber.

Sarah war so erschöpft wie noch nie in ihrem Leben. Ihre Muskeln schlackerten wie Pudding. Ihr Atem ging immer noch heftig, so heftig, dass sie glaubte, die anderen würden sich darüber amüsieren. Die Blonde neben ihr hockte im Schneidersitz auf dem Boden, die Hände vor dem Gesicht. Sie hatte dreimal den Einsatz verpasst und die Pirouette nicht geschafft. Sie hatte schon den Anfang der Pirouette nicht richtig angesetzt. Sarah hatte es genau gesehen.

„Also." Tom Madsen schaute über die Köpfe der Schüler hinweg. „Ich muss euch sagen, dass wir schon jetzt nach der ersten Probe eine Klassifizierung vornehmen. Wir müssen das einfach so machen, weil es zu viele Bewerber gibt. Natürlich können diejenigen, die wir jetzt sofort wieder nach Hause schicken, sich jederzeit in einer anderen Tanzakademie bewerben. Aber Sergej Uljanow bedauert, für sie ist kein Platz." Er räusperte sich.

Ein Ruck ging durch die Tänzerinnen und Tänzer, ein tiefes, angstvolles Einatmen.

„Ich lese jetzt die Namen", fuhr Tom Madsen fort. „Uta Steen, Ans Nermöllen, Tania Suzuko, Renée Troller ..."

Es geht nicht nach dem Abc, dachte Sarah verzweifelt. Wieso macht er es nicht der Reihe nach?

Das Blut rauschte in ihrem Kopf. Sie musste sich mit beiden Händen an der Stange festhalten. Sie schaute niemanden an. Sie wusste nicht, wer die Bewerber waren, deren Namen aufgerufen wurden. Aber als Tom Madsen sagte: „Sonja van Haften", da schluchzte die Blonde auf, warf sich auf den Boden und schlug mit den Fäusten auf das Parkett.

„Nein, nein, nein!“, schrie sie.

Es war schrecklich. Alle schauten zu ihr hin. Die anderen, deren Namen aufgerufen wurden, verließen stumm und mit einem Kopfnicken den Saal. Sarah schaute jedem hinterher. Ihr Herz schlug. Sie hatte noch nie in ihrem Leben so etwas gespürt. Es war einfach schrecklich, vor allen Leuten zu hören, dass man nicht gut genug war.

Tom lächelte jedem, der den Ballettsaal verließ, tröstend zu. Aber niemand hob den Kopf.

Sarah kniete neben der Blonden. „Nicht weinen“, flüsterte sie. „Bitte. Nicht weinen.“

Sonja drehte sich um. Ihr Gesicht war nass von Tränen. Sie schaute zu Sarah hoch. „Ich möchte in meinen Tränen ertrinken“, flüsterte sie. „Ich möchte sterben. Lass mich sterben, bitte.“

Sarah schloss die Augen. Sie legte ihre Hand auf Sonjas Arm. Sie wusste nicht, was sie tun sollte.

Tom Madsen kam dazu. „Wer bist du?“, fragte er.

„Es ist Sonja“, sagte Sarah, als sie merkte, dass Sonja nicht antworten konnte.

„Sonja van Haften.“ Tom Madsens Stimme war ruhig, fast kalt. „Bitte. Das geht nicht. Du darfst dich nicht so gehen lassen. Hat dir dein Ballettmeister nicht gesagt, dass Disziplin die oberste Tugend der Tänzer ist? Hat er dir nicht gesagt, dass ein Tänzer immer Haltung bewahrt? Bitte, steh auf. Schlag nicht auf das Parkett, es kann nichts dafür. Du beherrschst die Grundpositionen nicht, das ist es. Du hast kein Gefühl für deinen Körper. Du findest deine Mitte nicht. Du hast dich immer auf die Stange gestützt.

Das tun unsere Schüler in der Vorschule, aber nicht, wenn sie in die dritte Ballettklasse gehen wollen."

Sonja van Haften starrte Tom Madsen an. Sie strich ihre langen Haarsträhnen aus dem Gesicht. Langsam richtete sie sich auf. „Ich hasse euch", sagte sie leise. „Ich hasse diese verdammte Schule. Ich will überhaupt nicht in dieser Schule sein. Ich lege absolut keinen Wert darauf."

Sie stützte sich mit den Händen ab und stand auf. Ihr Gesicht war tränenüberströmt. Sarah merkte, wie auch ihr die Tränen aus den Augen liefen. Sie hätte Sonja am liebsten in den Arm genommen. Aber Tom Madsen zeigte kein Mitleid.

Er wartete, bis Sonja den Saal verlassen hatte. Dann holte er tief Luft. „Dieses", sagte er, „war ein gutes Beispiel dafür, warum manche Menschen nicht zum Tanzen geboren sind. Das Geheimnis heißt: Haltung. Auf Französisch: contenance. Wer das nicht beherrscht, hat den Tanz nicht begriffen. Ich mache weiter mit meiner Liste."

Er las noch andere Namen vor. Stumm, mit gesenktem Kopf, aber durchaus mit Haltung verließen die Angesprochenen den Ballettsaal.

Immer noch hatte er Sarahs Namen nicht genannt. Sie wartete. Wie scharfe Pfeile bohrten sich die Namen in ihren Körper. Jeder hätte ihrer sein können. Tom hob den Kopf und rollte die Liste zusammen. Es waren noch sechs Tänzer da: der Schwarze, der Kleine, die Japanerin und zwei andere Mädchen, die Sarah noch gar nicht beachtet hatte. Und Sarah.

Sarah schaute sich um. Auch die anderen blickten verstört um sich.

Tom Madsen lächelte nicht. Er nickte nur. „Wir machen

heute Nachmittag weiter“, sagte er, flüchtig auf die Uhr schauend. „In einer halben Stunde gibt es Mittagessen in der Kantine. Eine Einladung der Tanzakademie. Vielen Dank.“ Er verbeugte sich und ging.

Die Kantine war im Untergeschoss. Sarah hatte sich umgezogen und war den anderen gefolgt. Etwas unbeholfen und verlegen standen sie da und schauten zu, wie die Internatsschüler schwatzend und fröhlich einen Teller nahmen und sich an der Salatbar bedienten. Sprachfetzen flogen hin und her. Sarah hörte englische, französische und russische Laute, aber auch Sätze in Sprachen, die sie nie zuvor gehört hatte.

Eine Köchin im weißen Kittel sprach sie an: „Nimm einen Teller und wähl aus, was dir schmeckt. So viel du willst. Vitamine und Mineralien sind wichtig. Da drüben gibt es etwas zum Trinken.“ Sie zeigte auf eine Bar, an der Mineralwasser und Säfte standen. „Und dann suchst du dir einen Platz irgendwo hier im Raum. Der andere Raum ist nur für die Mitglieder der Compagnie. Es ist verboten, die Tänzer zu stören. Hast du das verstanden?“

Sarah nickte scheu. Sie lächelte. „Ja, ich habe verstanden.“

„Und nebenan in dem kleinen blauen Raum sitzen die Ballettlehrer und die Pianisten. Die wollen auch nicht gestört werden.“

„Ist gut“, flüsterte Sarah hilflos. Hier lief offenbar alles nach strengen Regeln ab.

Sie nahm etwas geraspelte Karotten, ein paar Tomatenviertel und Eisbergsalatblätter, träufelte Jogurtsoße darüber, nahm ein Stück Brot und suchte sich einen Platz. Eine junge Frau an einem der anderen Tische unter dem Fenster winkte ihr zu. „Hier ist noch Platz."

Sarah steuerte auf den Tisch zu. Die junge Frau nahm den Wollschal an sich, der über dem freien Stuhl hing. „Du warst beim Vortanzen?", fragte sie freundlich. „Du kennst dich noch nicht aus, das merkt man." Sie lachte. „Ich habe mich am Anfang auch bloß gewundert." Sie sah sich in dem kahlen Raum um. „Hier lebt man wie in einem Kloster."

Sarah lachte ungläubig. „Wie in einem Kloster?"

„Ja, das wirst du noch merken, wenn du zu uns kommst. Du willst doch hier im Internat studieren?"

„Wenn es geht", sagte Sarah. „Ich weiß ja nicht, ob ich gut genug bin."

„Überleg es dir lieber noch mal. Wenn du erst einmal hier bist, kannst du nicht mehr zurück. Dann darfst du dich nicht mehr beschweren. Nie schlechte Laune haben. Nie krank sein, nie müde sein, nie Schmerzen haben. Ich sage dir, die Leute, die Tänzer werden wollen, tun mir wahnsinnig Leid."

Sarah starrte sie an. „Tanzen Sie denn nicht?", fragte sie ungläubig.

Die junge Frau lächelte. „Sag ruhig du zu mir. Ich heiße Vera. Ich bin Erzieherin. Ich bin für die Internatsschüler zuständig." Sie lächelte. „So eine Art Ersatzmutter. Jedenfalls versuche ich es. Manchmal ist es ein bisschen schwierig." Sie deutete auf einen Jungen, der tief über seinen Teller gebeugt allein am Tisch saß. „Das ist Liu Hang. Er kommt aus Laos. Hast du eine Ahnung, wo das liegt?"

Sarah nickte. „In Asien, in der Nähe von Thailand."

„Und Kambodscha, ganz richtig. Liu ist vor fünf Monaten zu uns gekommen. Er spricht kaum ein Wort Deutsch, obwohl er jeden Tag Sprachunterricht hat."

„Und wie unterhaltet ihr euch?", fragte Sarah.

„Auf Englisch." Vera lachte hilflos. „Aber sein Englisch ist wahnsinnig schwer zu verstehen. Ich glaube, er hat Heimweh. Er wartet jeden Tag auf Post, aber es kommt kein Brief. Er tut mir so Leid. Er hat niemanden, bei dem er sich ausweinen kann. Sein Onkel hat ihn gebracht und ist dann nach New York weitergefahren." Sie hob die Schultern. „Du wirst sehen: Hier gibt es viele Tränen." Sie stand auf, legte Sarah die Hand auf die Schulter und trug ihren Teller zu dem Tisch, an dem Liu saß. Sarah beobachtete, wie sie Liu ansprach. Er lächelte, stand sofort höflich auf und rückte ihren Stuhl zurecht. Vera setzte sich. Liu senkte sofort wieder seinen Kopf über den Teller und aß stumm weiter.

„Ist hier noch ein Plätzchen frei?" Sarah schaute auf. Vor ihr stand Moritz mit einem Tablett.

Sarah wurde rot. „Klar", sagte sie. Sie rückte ein Stück zur Seite. Moritz stellte das Tablett auf den Tisch.

„Spagetti", sagte er. „Meine Lieblingsspeise. Obwohl die Tomatensoße nicht so toll ist. Manchmal gibt es Spagetti mit Gemüse, Zucchini und so. Das ist lecker. Wieso isst du nichts?" Er schaute auf Sarahs Salatteller, der noch unberührt war.

„Ich wollte gerade anfangen", sagte Sarah. „Aber ich habe mich noch unterhalten."

„Mit wem?" Moritz rollte die Nudeln auf seine Gabel.

„Sie heißt Vera."

„Ach, unsere Vera. Die ist klasse. Ohne die wären hier schon ein paar Leute kaputtgegangen."

Sarah starrte ihn an. „Ist es wahr, dass man hier wie in einem Kloster lebt?"

Moritz lachte. Er wischte sich mit dem Handrücken über den Mund und betrachtete die Tomatensoße, bevor er sie an der Serviette abwischte. Er gefiel Sarah immer besser. Er war so ungekünstelt, so natürlich.

„Kloster ist gut, echt. Hab ich noch gar nicht gehört, dass sie so was sagt. Stimmt: Hier beten alle zu einem Gott, und der heißt Sergej. Und hier zählt nichts anderes als der Tanz. Wenn du an einem Tag schlecht warst, ist es die Hölle. Wenn dein Lehrer dich lobt, schwebst du auf Wolken. So ist das." Er schaute sich um. „Was gibt es eigentlich für einen Nachtisch? Ich hab einen Bärenhunger. Wieso holst du dir keine Spagetti und guckst nach, was es als Dessert gibt?"

„Okay." Sarah stand auf. Sie nahm sich eine kleine Portion Nudeln und kam an den Tisch zurück. „Heidelbeereis", sagte sie.

„Oh, nicht schlecht." Moritz grinste. „Sie geben sich Mühe. Neulich haben wir einen Aufstand gemacht, weil das Essen so schlecht war. Aber seitdem ist es echt besser geworden." Er schob den leeren Teller von sich weg und schaute Sarah an. „Du bist gut."

Sarah wurde rot. „Wie meinst du das?"

„Du tanzt gut. Tom Madsen findet das auch."

„Und woher weißt du das?", fragte Sarah argwöhnisch.

„Er hat mir gesagt, du sollst heute Nachmittag in die Vier-Uhr-Gruppe." Er machte eine dramatische Pause. „Spitzentanz. Ich hoffe, das kannst du auch so gut?"

Sarah lächelte verwirrt. „Ich weiß nicht ... So gut wie Yvanca sicher nicht."

„Das ist doch logisch. Yvanca gehört zu den Absolventen, für sie ist die Schinderei in diesem Sommer zu Ende. Da macht sie Prüfung, und dann muss sie vortanzen und sehen, dass sie ein Engagement bekommt. Sie möchte gerne nach Dresden an die Oper. Oder nach Mailand. Aber ob das klappt, weiß man nicht." Er grinste und beugte sich vor. „Und du, Sarah? Wo möchtest du später tanzen?"

Sarah starrte ihn verwirrt an. „Wie meinst du das?"

„Na, später. Wenn du deine Prüfung gemacht hast. Auf welcher Bühne würdest du am liebsten tanzen?"

Sarah überlegte. Darüber hatte sie noch nie nachgedacht. „Zürich vielleicht", sagte sie zögernd.

„Zürich? Die haben doch kein berühmtes Ballettensemble."

„Paris?", fragte Sarah zögernd.

Moritz nickte anerkennend. „Schon besser. Viel besser. Aber ich will nach New York, an die Metropolitan Opera." Er lachte unbekümmert. „Ich bin einer von ungefähr tausend Balletttänzern auf der ganzen Welt, die nach New York wollen. Wie viel Prozent Chancen sind das?"

„Ein tausendstel Prozent", sagte Sarah lachend.

„Siehst du. So ist das Leben. Wir tanzen und schinden uns und verlangen von unserem Körper das Äußerste, wir gehen bis an die Schmerzgrenze und wissen nicht einmal, ob wir später überhaupt eine Chance haben. Wahnsinn." Er schaute sie an. „Wieso bist zu hergekommen? Warum machst du nicht zu Hause in Zürich Abitur, studierst etwas Nettes wie Kunstgeschichte oder Medizin und hast später einen angesehenen Beruf, in dem du viel Geld verdienen kannst?"

Sarah lachte. „Das haben meine Eltern mich auch gefragt."

„Und? Was hast du gesagt?"

Sarah hob die Schultern. „Mir ist nichts eingefallen."

„Dann will ich es dir sagen." Moritz schaute sie an. „Weil es ein Virus ist, das Tanzen. Eine Krankheit. Man ist infiziert. Man hat damit angefangen und kommt nicht mehr davon los. Egal, ob man später hungert oder Solotänzer wird – man muss es einfach machen."

Sarah schaute ihn fasziniert an. Dann nickte sie beklommen. „Über so etwas habe ich noch gar nicht nachgedacht. Ich weiß nur, dass mich auf der ganzen Welt nichts anderes interessiert als Tanzen."

Moritz lächelte. „Siehst du? Siehst du? Das meine ich. Du hast den Virus schon." Er legte die Hände dramatisch auf seine Brust. „Ich bete, dass du es schaffst." Er schaute Sarah an, die verlegen auf den Tisch blickte.

„Ich weiß, dass du es schaffst. Ich habe es schon in dem Augenblick gewusst, als ich dich mit deiner Mutter hinter der Glastür sah. Wo ist sie überhaupt?"

Plötzlich durchzuckte Sarah der Gedanke, dass sie nicht ein einziges Mal an Felix gedacht hatte. Der arme Felix lag jetzt in einem Krankenhaus, vielleicht wurde er gerade operiert, ihre armen Eltern saßen vielleicht in dem Krankenhausflur und zitterten und bangten um sein Leben.

Sarah stand auf. Sie war kalkweiß geworden. „Ich muss telefonieren", murmelte sie aufgeregt. „Wo ist ein Telefon? Ich muss sofort telefonieren."

Moritz starrte sie an. Er stellte keine Fragen. Er stand auf, legte die Hand auf ihre Schulter und führte sie aus dem Raum. „Die Treppe hoch, dann rechts und wieder rechts. Da gibt es zwei Münztelefone. Hast du Kleingeld? Ich meine Euro."

Sarah kramte in ihrer Tasche. Sie schüttelte den Kopf.

„Hier sind zwei Euro." Moritz drückte ihr das Geld in die Hand. „Nach Zürich ist es teuer. Kannst es mir irgendwann wiedergeben. Wir sehen uns noch, da bin ich ganz sicher. Viel Glück." Er ging in die Kantine zurück.

Sarah steckte das Geldstück in den Automatenschlitz und wählte die Nummer.

Felix, dachte sie mit geschlossenen Augen, armer Felix. Bitte entschuldige. Ich hab dich nicht wirklich vergessen. Nur für einen Moment, weißt du …

Das Telefon läutete. Sarah stellte sich die Wohnung vor: das große Wohnzimmer mit den gelben Seidengardinen, die ihre Mutter gerade erst hatte anfertigen lassen; das Esszimmer, in dem es immer irgendwie chaotisch aussah mit all den Zeitungen, die ihr Vater morgens beim Frühstück verstreute und die man bis abends nicht wegwerfen durfte. Sie stellte sich vor, wie Samson durch die leere Wohnung strich. Ob ihre Mutter im Schlafzimmer war? Dann brauchte sie eine Weile, bis sie ans Telefon gehen konnte, denn im Schlafzimmer hatten sie keinen Anschluss.

Sarah ließ es klingeln. Aber niemand nahm den Hörer ab. Sie wollte gerade enttäuscht auflegen, als jemand rief: „Hallo!"

„Daddy!", schrie Sarah. Sie umklammerte den Hörer mit beiden Händen. „Daddy, ich bin es, Sarah!"

„Ach, du." Sie hörte, wie ihr Vater aufatmete. „Ich

komme gerade zur Tür herein. Ich habe mir schon gedacht, dass du es vielleicht bist. Hast du schon oft angerufen?"

Sarah schloss die Augen. „Es geht", flüsterte sie. „Ein paar Mal." Das war eine Lüge, aber sie fand es nicht so schlimm. „Wie geht es Felix?"

„Besser", sagte ihr Vater. „Er liegt unter einem Sauerstoffzelt. Die Ärzte haben drei Stunden operiert. Das Bein war ziemlich kaputt, weißt du. Knochen, Sehnen, Muskeln – er musste richtig zusammengeflickt werden. Aber sie hoffen, dass es gut wird. Jetzt schläft er. Und ich packe ein paar Sachen für ihn, die ich ins Krankenhaus bringe. Deine Mutter ist natürlich bei ihm. Sie ist vom Flughafen direkt ins Krankenhaus gefahren."

„Ich bin so froh", flüsterte Sarah. Sie lächelte mit geschlossenen Augen. „Bestell ihm schöne Grüße, ja? Und gute Besserung."

„Er schläft", sagte der Vater. „Das ist noch die Narkose. Später bekommt er Schmerzmittel. Ich glaube nicht, dass ich ihm die Grüße so schnell ausrichten kann. Den armen Kerl hat es wirklich erwischt."

„Dann gib ihm einen Kuss. Sag, von seiner Schwester, die ihn ganz doll lieb hat, ja? Sagst du das?"

„Natürlich, Mäuschen. Ich muss jetzt wieder los, ich muss mich beeilen. Eigentlich habe ich am Nachmittag eine wichtige Konferenz, aber die werde ich wahrscheinlich doch absagen. Jetzt ist nur eines wichtig: dass Felix wieder gesund wird. Dass er erst einmal aus der Narkose aufwacht und wir sicher sein können, dass alles okay ist."

„Ich drück die Daumen", murmelte Sarah. „Ganz doll."

„Gut, Mädchen. Tu das." Ihr Vater zögerte. Dann stellte

er doch noch die Frage, auf die Sarah gewartet hatte: „Und bei dir?"

„Alles okay", sagte Sarah. „Heute Nachmittag ist Spitzentanz."

Ihr Vater schwieg einen Augenblick. Dann wiederholte er, als versuche er zu begreifen, was sie überhaupt meinte: „Spitzentanz."

Bestimmt waren seine Gedanken bei Felix, der jetzt unter einem Sauerstoffzelt lag und um sein Leben kämpfte. Und sie redete von Spitzentanz!

Sarah schämte sich plötzlich. „Es tut mir Leid, Daddy", flüsterte sie.

„Was tut dir Leid?", fragte ihr Vater streng.

„Ich ... ich weiß nicht ... Das mit Felix ... und dass ich hier bin ... Ich meine, dass ich hier geblieben bin."

Ihr Vater sagte nichts. Sarah wusste, er wartete darauf, dass sie sagen würde: „Ich nehme den nächsten Zug und komme zurück."

Ich kann es nicht sagen!, dachte sie verzweifelt. Ich kann es nicht sagen. Ich möchte hier bleiben. Ich möchte die Prüfung bis zu Ende machen. Versteh das doch! Bitte! Es ist der einzige Wunsch, den ich je im Leben hatte! Ich werde mir nie wieder etwas wünschen! Bitte, Daddy, versteh mich!

„Hast du etwas gesagt?", fragte ihr Vater.

Sarah räusperte sich. Die Tränen liefen über ihr Gesicht. „Daddy ...", flüsterte sie, „entschuldige ..."

Plötzlich war die Leitung tot. Sarah starrte den Hörer eine Weile mit blinden Augen an, dann hängte sie ein.

Um vier Uhr Spitzentanz, dachte sie. Um vier Uhr Spitzentanz.

Am Nachmittag waren nur acht Mädchen in ihrer Gruppe. Sergej und die beiden Tänzerinnen waren wieder da. Stumm beobachteten sie jeden Schritt, jede Kopfbewegung, jede Biegung des Rückens.

Tom Madsen gab die Schrittfolge vor, Yvanca tanzte, und alle mussten sich sofort die Kombination merken. Sarah hatte bei Madame Béjard gelernt, mit den Händen die Positionen und Schrittfolgen „mitzustenographieren", ein guter Trick, um sich nicht zu verhaspeln. Dennoch war es furchtbar schwierig. Sie schwitzte, sie atmete schwer und brauchte all ihre Kraft, um nicht einfach schlapp in sich zusammenzusinken.

Dann verließ Sergej den Saal. Alle hielten die Luft an. Tom Madsen blickte wieder auf eine der Listen. „Okay", sagte er. „Vielen Dank. Ihr könnt jetzt gehen."

Unsicher nahmen die Schülerinnen ihre Pullis und die Spitzenschuhe und verließen nacheinander den Saal.

Als Sarah an Tom Madsen vorbeiging, streckte er die Hand aus. „Sarah?"

Sarah blieb wie angewurzelt stehen. Ihr Herz begann wild zu klopfen, ihre Knie zitterten. „Ja?"

Tom lächelte. „Sergej Uljanow möchte dich sprechen, wenn du umgezogen bist. In seinem Zimmer."

Sarah spürte, wie das Blut in ihr Gesicht schoss. Sie starrte Tom an, als erwarte sie, er würde weitersprechen, aber er schwieg. „Wo ist sein Zimmer?", fragte Sarah.

„Im zweiten Stock. Die letzte Tür rechts hinter der Treppe."

Sarah nickte. „Danke", flüsterte sie.

Sie hatte keine Ahnung, was das alles bedeutete. Zitternd ging sie in die Umkleidekabine, zog ihren durchgeschwitzten Gymnastikanzug aus und ging in den Waschraum.

Sergej Uljanow will mich sprechen, dachte sie, in den Spiegel starrend. Warum?

Sergej stand auf dem schmalen Balkon, als Sarah sein Büro betrat, und redete über die Brüstung hinweg mit jemandem, der unten im Park war. Er sprach russisch. Sarah nahm jedenfalls an, dass es Russisch war. Sie verstand kein Wort, aber die Sprache gefiel ihr: ein weicher, dunkler Singsang.

Sergej lachte, rief noch etwas und drehte sich um. Da erst entdeckte er sie.

„Hallo", sagte er. „Du sprichst deutsch?"

Sarah nickte. „Ja. Ich bin Sarah Goldstein aus Zürich. Sie haben gesagt, Sie wollten mich sprechen?"

„Natürlich. Natürlich." Sergej schaute sie an. Sarah spürte, dass er sie genau studierte: ihre Kopfform, ihren Hals, die Schultern. Sie stand sehr gerade, die Füße in der ersten Position.

Sie schaute ihm in die Augen. Bei Madame Béjard hatte sie gelernt, dass man sein Gegenüber immer ansehen muss.

„Ich habe dich heute beobachtet", sagte Sergej. Er ging um den Schreibtisch herum und hängte ein Foto gerade, das ihn in einer *Dornröschen*-Aufführung zeigte. Sarah hatte das Foto sofort bemerkt – auch, dass es schief hing. Sarah hatte einen Blick für so etwas.

„Du musst an deinem Rücken arbeiten“, sagte Sergej. „Wenn du daran nicht arbeitest, wirst du später Probleme bekommen.“

Sarah machte ein erschrockenes Gesicht. „Was meinen Sie? Wie arbeiten?“

„Die Rückenmuskulatur stärken. Ich habe es bei der Arabeske gesehen. Und beim fouetté. Du hast da Probleme.“

Sarah wurde rot. Es stimmte, dass sie beim Vortanzen einen Schmerz im Rücken gespürt hatte und dabei wahrscheinlich das Gesicht verzogen hatte. Aber dass er das sofort gesehen hatte …

„Außerdem musst du an deiner Armhaltung arbeiten. Die ports de bras werden bei vielen meiner Kollegen nicht wichtig genug genommen. Dabei bedeuten die Arme den Ausdruck des Tanzes. Damit kann man die Wirkung erzeugen, die man braucht, um den Zuschauer zu rühren.“

Sarah hörte mit klopfendem Herzen zu. Was wollte er ihr eigentlich sagen? Ihr Rücken war schlecht, ihre Armhaltung war schlecht. War sie durchgefallen? Sie ballte die Fäuste, um die Finger ruhig zu halten.

„Madame Béjard“, sagte sie, „meine Lehrerin, legt sehr viel Wert auf die richtige Armhaltung.“

Sergej lächelte. „Auch auf die Hände? Deine Hände sehen wie abgebrochene Zweiglein aus. Du denkst nicht an die Haltung des Mittelfingers. Hat dir noch nie jemand die Bedeutung des Mittelfingers bei der Handhaltung erklärt?“

Sarah schüttelte verwirrt den Kopf.

„Nun“, sagte Sergej, während er wieder um den Schreibtisch herumging, „daran wirst du mit José da Silva arbeiten müssen.“ Er schaute sie an. „Du weißt, wer José da Silva ist?“

Sarah war feuerrot geworden. Bedeutete das, dass sie schon aufgenommen war? Dass sie schon bestanden hatte?

„Ja, ich weiß“, sagte sie. „José da Silva war Solotänzer in Mailand und Wien. Und dann haben Sie ihn nach Hamburg geholt, hier an die Staatsoper.“ Sie schluckte. „Ich finde ihn so toll ... Er tanzt ganz wunderbar.“

Sergej lächelte amüsiert. „Dann hat er ja schon wieder einen Fan gewonnen. Mit Frau Schickedanz habe ich schon gesprochen. Sie sagt, am fünfzehnten Mai kannst du kommen. Du wirst in einem Zweibettzimmer schlafen. Ich weiß nicht, wer deine Zimmernachbarin ist, aber das kann Frau Schickedanz dir alles sagen. Darum kümmere ich mich nicht. Ist der fünfzehnte Mai okay?“

Sarah schluckte. Sie nickte tapfer. „Ja. Ja, bestimmt. Ich muss mit meinen Eltern sprechen.“

Sergej runzelte die Stirn. „Da gibt es doch kein Problem? Das hast du doch abgesprochen, bevor du hier zum Vortanzen gekommen bist?“

Wieder nickte Sarah. Das Herz schlug ihr bis zum Hals. „Und mit der Schule muss ich auch sprechen.“

„Wir brauchen eine schriftliche Bestätigung deiner Schule darüber, in welcher Klasse du bist und welche Fächerkombinationen du hast, und wir brauchen ein Zwischenzeugnis. Dann werden wir versuchen, dich hier im Gymnasium in eine entsprechende Klasse einzugliedern. Du gehst morgens in die Schule, und am Nachmittag wird trainiert. Fünf Tage in der Woche. Samstags morgens, wenn keine Schule ist, gibt es gewöhnlich ein Sportprogramm. Wer am Wochenende nicht nach Hause fährt, muss sich am Programm beteiligen, das von den Erzieherinnen ausgearbeitet wird. Extratouren sehen wir nicht gern." Er schaute sie an. „Dies ist ein Haus, in dem Disziplin und strenge Regeln herrschen. Ich nehme an, das hat dir schon jemand gesagt?"

„Ja." Sarah erwiderte ruhig seinen Blick. Sie strahlte, ihr Gesicht glühte. Ich habe bestanden!, dachte sie. Ich habe bestanden! Sie konnte es immer noch nicht fassen.

Sergej streckte die Hand aus. „Ich hoffe, dass du die Erwartungen erfüllst, die ich in dich setze. Arbeite an deinem Rücken und an den Armen."

„Natürlich", sagte Sarah eifrig. „Ich fange sofort an!"

Sergej lächelte nachsichtig. „Sofort nicht. Aber vielleicht morgen. Möchtest du noch weiter an dem Probentraining teilnehmen oder gleich wieder nach Hause fahren?"

Sarah überlegte. Sie wäre für ihr Leben gern noch geblieben, aber dann fiel ihr Felix wieder ein – und das Telefongespräch mit ihrem Vater. „Ich glaube, es ist besser, wenn ich gleich nach Hause fahre", sagte sie. „Meine Mutter ist schon wieder in Zürich. Mein Bruder …"

Sergej hatte sich abgewandt und blätterte in einer Akte auf seinem Tisch. Sarah merkte, dass er schon nicht mehr zuhörte.

Sie machte einen Knicks. „Danke", flüsterte sie. „Danke sehr."

Sanft zog sie die Tür hinter sich ins Schloss.

Die Stadt war nicht mehr, was sie vorher gewesen war. Als Sarah nach Zürich zurückkehrte, kam es ihr vor, als wäre sie ewig fortgewesen. Dabei waren es nur ein paar Tage.

Ihre Eltern holten sie vom Bahnhof ab. Ihre Mutter sah noch bleicher aus als sonst, als sie Sarah in die Arme schloss. Sie lächelte, strich Sarahs Haare aus der Stirn und sagte: „Die hast du die ganze Zeit nicht gewaschen, oder?"

„Ich hatte keine Zeit, Mami", erwiderte Sarah.

Ihr Vater stand, die Arme vor der Brust verschränkt, neben ihnen auf dem Bahnsteig und bewachte Sarahs Gepäck. Sarah hatte am letzten Nachmittag eingekauft: einen Dinosaurier aus Stoff für Felix, weil er früher immer für Dinosaurier geschwärmt hatte, einen Tee aus dem Hanseatischen Tee-Contor für ihren Vater, der Tees sammelte, und für ihre Mutter zwei Bögen Briefpapier in Safrangelb mit passenden Umschlägen. Alles hatte sie in einer riesigen Papiertüte untergebracht, die jetzt an ihrem Koffer lehnte.

„Wie geht es Felix?", fragte Sarah. Sie warf ihrem Vater einen besorgten Blick zu. „Besser?"

Ihr Vater hob die Schultern. „Ein bisschen, ja."

„Ist er immer noch unter dem Sauerstoffzelt?"

Ihr Vater nickte.

„Aber wieso denn?", rief Sarah. „Wieso so lange?"

Ihre Mutter wandte den Kopf ab. Sarah sah, wie ihre Unterlippe zitterte, als sie sich um Haltung bemühte.

„Was ist los?“, schrie Sarah. „Warum macht ihr solche Gesichter?“

Ein Dienstmann mit roter Schirmmütze näherte sich. „Wünschen Sie Gepäckservice?“, fragte er.

Peter Goldstein nickte. „Ja, danke. Unser Wagen steht direkt vor dem Haupteingang. Ein dunkelblauer Rover.“

Der Dienstmann lud den Koffer und die Papiertüte auf seinen Karren. Sarah legte auch noch ihren Wintermantel darüber.

Auf einmal war in Zürich Frühling. Sarah hatte es schon vom Abteil aus gesehen. Die Weiden entlang der Flüsse waren grün, und die Narzissen blühten.

Sarahs Mutter hatte sich allerdings wie für eine Polarexpedition angezogen: Sie trug ein Wollkostüm und darüber ein bodenlanges, braunes Wollcape. Als sie dem Gepäckträger folgten, setzte Miriam Goldstein eine Sonnenbrille auf. Peter Goldstein nahm ihren Arm.

Sarah folgte ihnen scheu.

Ihre Eltern waren irgendwie merkwürdig, die ganze Begrüßung war seltsam gewesen. Niemand hatte Sarah gefragt, was sie in Hamburg erlebt hatte oder wie die Bahnfahrt gewesen war. Offenbar interessierte es die Eltern nicht.

Peter Goldstein öffnete die Kofferraumhaube. Sie verstauten den Koffer. „Was ist in der Tüte?“, fragte ihr Vater.

„Geschenke“, sagte Sarah schnell. „Sei bitte vorsichtig, damit nichts kaputtgeht.“

Sie stieg hinten ein. Ihre Mutter nahm vorn neben dem Vater Platz. „Ich hab Felix ein Stofftier gekauft“, sagte Sarah. „Einen Dinosaurier. Die liebt er doch so.“

Ihre Mutter nahm stumm die Sonnenbrille ab und steckte sie in die Handtasche. Sarah beobachtete, dass sie sekundenlang die Augen schloss und tief Luft holte.

„Ich weiß“, sagte Sarah hastig. „Er ist schon zu groß für so was. Aber wenn man krank ist ... Ich meine ... im Krankenhaus ..., da braucht man doch was zum Schmusen. Und weil sein Teddy schon so gammelig aussieht ...“

Sie redete und redete und verhedderte sich schließlich. Stumm schleuste ihr Vater den Wagen durch den dichten Verkehr. Ihre Mutter hatte den Kopf an die Nackenstütze gelehnt.

Sarah hörte auf zu reden. Schweigend saß sie auf der Rückbank und schaute nach vorn.

Schließlich, als sie es kaum noch aushalten konnte, sagte ihr Vater: „Felix ist nicht aus der Narkose aufgewacht.“

Sarah schluckte. Sie spürte, dass sie kurz davor war, in Panik auszubrechen. „Nicht aus der Narkose aufgewacht?“, flüsterte sie.

„Er liegt noch unterm Sauerstoffzelt. Sie wollen ihn heute noch einmal röntgen. Sie glauben, dass sein Gehirn vielleicht verletzt ist. Wenn man erst einmal weiß, was es ist, kann man ...“

„Peter“, sagte seine Frau müde, „daran glauben wir doch nicht. Wir wissen, dass die Ärzte bei der Operation einen Fehler gemacht haben.“

„Das kannst du doch nicht sagen!“, rief Peter Goldstein heftig. Er drückte auf die Hupe, um einen anderen Autofahrer zur Seite zu drängen. „Dafür haben wir keine Beweise!“

„Aber es stimmt trotzdem“, sagte Miriam Goldstein.

„Felix ist von den berühmtesten Chirurgen Zürichs operiert worden!“, rief Sarahs Vater.

Ihre Mutter ließ sich zurückfallen. „Was nützt das, wenn Felix nie mehr wieder aufwacht!“

Sarah glaubte, sie würde ohnmächtig werden. Sie fühlte sich einfach nicht imstande, diesen Druck auszuhalten. Am liebsten hätte sie sich auf das Polster geworfen, mit den Fäusten gegen die Rücklehnen geballert und geschrien.

Stattdessen rührte sie sich nicht, sondern saß mit hängenden Schultern da und hörte das Rauschen in ihrem Kopf.

Am Nachmittag fuhr sie mit den Eltern ins Krankenhaus.

Sarah musste sich bis auf die Unterwäsche ausziehen, einen weißen, sterilisierten Kittel anziehen und durch drei Schleusen gehen. Schließlich stand sie in einem weißen, neonbeleuchteten, fensterlosen Raum, in dem ihr kleiner Bruder unter einem Zeltdach schlief. Er hatte einen Schlauch in der Nase, einen im Mund, und aus den bandagierten Armen schauten Kanülen heraus, die durch Schläuche mit riesigen Apparaten verbunden waren, die immerzu tickten, summten und kleine, weiße Zahlenstreifen ausspuckten. Ein Arzt kontrollierte sie, der schweigend auf einem Hocker saß.

Sarah näherte sich schüchtern.

Der Arzt schaute nicht auf. Eine Krankenschwester hob die Bettdecke und rieb Felix' Füße mit einer Flüssigkeit ein, die wie Branntwein roch. Sie lächelte und sagte: „Damit er die Füße nicht wundliegt, der Arme. Er bewegt sich ja überhaupt nicht.“

Sarah konnte nicht zurücklächeln. Sie starrte auf das kleine, weiße Gesicht ihres Bruders. Er hatte die Augen geöffnet. Damit hatte Sarah nicht gerechnet. Er starrte auf irgendeinen Punkt an der Decke des Zeltdaches, das aus einer durchsichtigen Folie bestand.

„Geh nur näher", sagte die Schwester.

Sarah ging näher. Jeder Schritt war eine Qual. Wo waren ihre Eltern? Sie schaute sich um. Aber die Türe hinter ihr war verschlossen. Es gab Glasscheiben, durch die man vom Flur in das Zimmer sehen konnte, aber Sarah konnte durch das Glas niemanden erkennen.

Die Schwester öffnete den Reißverschluss des Zeltes und winkte Sarah. „Komm. Schnell."

Sarah schlüpfte in das Zelt. Jetzt stand sie ganz dicht neben ihrem Bruder. Er lag auf einem schmalen, weiß bezogenen Bett.

Wie eine Bahre, dachte Sarah erschrocken. Er liegt da wie ein Toter.

Die Schwester hatte das Zelt hinter ihr wieder verschlossen. Die Luft im Zelt war anders, leichter. Beim Atmen spürte man gar keinen Druck. Es war eigentlich sehr schön. Es roch nach nichts. Nicht nach Medikamenten, nicht nach Reinigungsmitteln, aber auch nicht nach Frühling – einfach nach gar nichts.

Vorsichtig beugte Sarah sich über ihren kleinen Bruder. „Hey, Felix", flüsterte sie, „hey, du Indianer. Ich war in Hamburg. Ich habe dir einen Dinosaurier mitgebracht."

Sie beobachtete sein Gesicht. Es war völlig ohne Regung. Der feine Schlauch, der aus seiner Nase kam, war angefüllt mit Schleim. Seine Lippen sahen sehr trocken und rissig aus. Er starrte nach oben.

„Der Dinosaurier hat noch keinen Namen. Kannst dir ja was überlegen, bis du hier rauskommst. Er ist so groß wie Samson. Nein, größer. Und ganz weich. Ich darf ihn hier nicht mit reinbringen, sagen die Ärzte, weil er nicht steril ist."

Sie richtete sich ein bisschen auf und schaute sich Hilfe suchend um. Es war niemand da. Der Arzt hatte das Zimmer verlassen. Die Apparate tickten weiter. Die Schwester nickte ihr zu und verließ auch den Raum.

„Hey, Indianer", flüsterte Sarah. „Du musst gesund werden. Hörst du? Wach doch einfach auf, ja? Kannst du vielleicht mal mit den Lidern zucken, nur damit ich sehe, dass du mich hörst?"

Sie starrte auf die reglosen, blassen Wimpern an seinen Lidern. Kein Zucken, kein Zittern.

Sarah atmete tief durch. „Ich hab die Prüfung bestanden, Indianer", sagte sie. „Sie haben mich genommen. Sergej persönlich hat es mir gesagt. Ist das nicht irre? Aber natürlich fahre ich nicht, bevor du wieder gesund bist, das ist klar. Das verspreche ich."

Seine Lippen wirkten plötzlich noch blasser, noch trockener.

„Hast du vielleicht Durst? Willst du was trinken?"

Sarah schaute sich um. Auf dem Nachttisch stand eine Schnabeltasse. Sie nahm die Tasse in die Hand und prüfte den Inhalt. „Tee", sagte sie. „Hagebutte. Das findest du bestimmt scheußlich." Sie stellte die Tasse zurück. Felix' Haare waren auf der Stirn verklebt. Sie beugte sich vor und strich die Haare weg.

Seine Stirn war weiß, fast durchsichtig. Man konnte die kleinen Äderchen unter der dünnen Haut sehen.

„Felix, Kleiner", flüsterte Sarah. „Wach auf. Bitte, wach auf. Mami hält das nicht länger aus, weißt du. Du bist doch ein Indianer! Du kannst doch kämpfen!"

Sie wollte Felix einen Kuss geben, aber irgendetwas hielt sie davon ab. Er war so anders. Er war nicht ihr Bruder. Nicht der verrückte Kerl, mit dem sie sich so oft gezankt und so oft gerauft hatte. Sie konnte ihn einfach nicht anfassen. Sie brachte es nicht über sich.

Plötzlich lag eine Hand auf ihrer Schulter. Sarah zuckte zusammen. Sie drehte sich um und sah in das ernste Gesicht des Professors.

„Du musst jetzt gehen", sagte er leise, nachdem er einen Blick auf Felix geworfen hatte. „Du musst uns jetzt allein lassen."

Sarah schaute sich um, der Raum war voller Leute. Ärzte in weißen Kitteln, Krankenschwestern.

Sarah nickte. Eilig verließ sie den Raum.

In der Nacht starb Felix. Er starb, ohne noch einmal aufzuwachen. Er starb, ohne den Dinosaurier gesehen zu haben. Er starb, ohne seiner Mutter adieu gesagt zu haben. Er wusste nicht einmal, dass Sarah die Prüfung für die Tanzakademie geschafft hatte.

Er war zwölf Jahre und drei Monate und vier Tage alt geworden.

Sarahs Mutter bekam vom Arzt eine Beruhigungsspritze. Ihr Mann saß die ganze Nacht in seiner Bibliothek unter der Lampe und blickte auf seine Hände, die er flach auf die Tischplatte gelegt hatte.

Sarah machte ihrer Mutter eine Wärmflasche, brühte ihrem Vater frischen Tee auf und legte sich den Kater auf den Bauch, um sich zu wärmen. Es war die schlimmste Nacht ihres Lebens.

Am nächsten Tag ging sie nicht zur Schule. Aber am Nachmittag stand Christine vor der Tür.

Sarah schaute sie an wie jemanden, der von einem anderen Stern kommt.

Christine lächelte. „Hallo“, sagte sie fröhlich. „Da bist du ja wieder. Ich habe mich gewundert, dass man von dir gar nichts mehr hört. Du wolltest doch mal anrufen.“

Erst jetzt bemerkte sie Sarahs gerötete Augen, ihre tiefen Augenränder, ihre blasse Haut. Sie schaute erschrocken. „Du hast nicht bestanden? Ist das wahr?“

Sarah öffnete stumm die Tür, damit Christine hereinkommen konnte. Christine umarmte sie. „O Sarah, das tut mir Leid. Ich habe dir so fest die Daumen gedrückt.“

„Komm“, sagte Sarah. Sie nahm Christines Hand und führte sie in ihr Zimmer. Dann schloss sie die Tür.

Christine setzte sich auf den Bettrand und schaute Sarah erwartungsvoll an. Christine trug rote Jeans und einen hellblauen Sweater. Sie hatte sich lustige bunte Bänder in die Haare geflochten und Herzen auf die Turnschuhe geklebt. Sie sah total fröhlich aus. Sarah konnte sich überhaupt nicht vorstellen, dass es auf der Welt auch noch fröhliche Leute gab.

„Felix ist tot“, sagte sie tonlos. Sie rutschte langsam, mit geradem Rücken, an der Tür hinunter, bis sie im Schneidersitz sitzen blieb. Sie schloss zitternd die Augen.

Christine starrte sie an. „Was?“

„Ja“, sagte Sarah. „Heute Nacht.“

„Felix ist tot?“ Christine schluckte. „Wieso sagst du das?“

Sarah öffnete die Augen. Eine Träne rollte aus ihren Wimpern. „O Christine“, flüsterte sie, „bitte hilf mir. Bitte. Ich bin so unglücklich. Ich weiß nicht, was ich machen soll. Keiner spricht mit mir. Mami ist im Schlafzimmer. Daddy ist heute Morgen weggefahren, ich weiß nicht wohin. Christine, hilf mir. Bitte.“

Christine kniete neben ihr, nahm sie in den Arm und schleppte sie auf das Bett. Sie zog Sarah die Sachen aus, die sie die ganze Nacht anbehalten hatte, und deckte sie zu. Sie brachte Zwieback und heiße Milch und fütterte Sarah damit.

Sarah ließ alles mit sich geschehen. Sie schaute ihre Freundin dankbar an. „Du bist so lieb“, sagte sie. „Du bist immer so freundlich. Entschuldige.“

Christine lächelte. „Wofür entschuldigst du dich?“

„Ich weiß nicht.“ Sarah holte tief Luft. „Dass ich immer nur an mich gedacht habe. Ich weiß auch nicht.“ Sie kroch aus dem Bett, öffnete die Papiertüte aus Hamburg und zog den Dinosaurier heraus. „Der ist für dich. Ich wollte ihn Felix schenken.“ Sie machte eine Pause. „Aber der braucht ihn ja nun nicht mehr. Bitte, nimm du ihn. Ich möchte, dass du dich immer an mich erinnerst, wenn ich in ein paar Wochen in Hamburg bin. Dass wir immer Freundinnen bleiben.“

Christine nahm den Dinosaurier, küsste ihn und presste ihn an sich. „Du hast also doch bestanden?“, fragte sie flüsternd. „Du hast die Prüfung bestanden?“

Sarah nickte.

Christine strahlte. „Aber das ist ja wunderbar!“

Sarah nickte wieder. Ein zaghaftes Lächeln flog über ihr Gesicht. „Ja“, murmelte sie, „eigentlich schon.“

„Wenn du nach Hamburg gehst“, sagte Miriam Goldstein, als sie von der Beerdigung zurückkamen und sich an den Tisch setzten, um etwas zu essen, „dann haben wir ja gar kein Kind mehr, dann sind wir ganz allein.“

„Ihr könnt mich doch besuchen“, meinte Sarah. „Sooft ihr wollt. Daddy kann doch einfach mit dem Flugzeug kommen.“

„So einfach ist das auch wieder nicht, Kind“, sagte ihr Vater milde. „Es kostet nämlich sehr viel Geld.“

„Das kann doch deine Firma bezahlen“, sagte Sarah.

Ihr Vater lächelte müde. „Du mit deiner heiligen Einfalt“, sagte er. Er schaute auf die Tomaten, den angerührten Quark, die Wurstscheiben und die aufgewärmte Quiche, die auf dem Tisch standen. „Ich glaube, ich habe keinen Hunger.“

„Du musst etwas essen, Peter“, sagte Miriam Goldstein eindringlich, „du hast seit Tagen nichts gegessen.“

„Doch. Eine warme Bouillon zu Mittag.“

„Soll ich noch etwas Suppe aufwärmen?“, fragte Sarah eifrig. „Es ist noch Suppe da.“

Miriam Goldstein hielt sie zurück. „Danke, Mäuschen“, sagte sie sanft. „Bleib hier am Tisch. Geh nicht weg. Ich kriege jedes Mal Herzschmerzen, wenn du das Zimmer verlässt.“

Sarah setzte sich still. Sie legte die Hände in den Schoß und wartete.

Ihre Mutter zerteilte gedankenverloren eine Tomate in immer kleinere Stücke. „So ist das Leben“, sagte sie leise, „man verliert immer das, was man am meisten liebt.“

„Mich verliert ihr doch nicht“, sagte Sarah nachdrücklich, „ich komm doch in allen Ferien. Wenn ich auf einem anderen Internat wäre, würdet ihr mich auch nur in den Ferien sehen!"

Ihr Vater seufzte. „Auf ein anderes Internat hätten wir dich aber nicht geschickt."

Miriam Goldstein hob den Kopf. Sie schaute über den Tisch hinweg Sarahs Vater an. „Peter", sagte sie ruhig, „ich glaube, wir dürfen Sarah nicht daran hindern, nach Hamburg zu gehen. Niemand weiß, wie kurz ein Leben ist. Wir dürfen sie nicht daran hindern, glücklich zu sein."

Peter Goldstein starrte seine Frau an.

Sarahs Herz schlug. Sie wagte nicht, ihre Mutter anzusehen. Sie wartete voller Panik, was ihr Vater dazu sagen würde.

Er nahm die Serviette, rollte sie zusammen und schob sie in den Serviettenring. „Vielleicht hast du Recht, Liebes. Ja, man darf niemanden daran hindern, das Leben zu führen, von dem er träumt." Er schaute Sarah an. „Hast du das gehört?"

Sarah hob den Kopf. Sie erwiderte den Blick ihres Vaters. „Ja", flüsterte sie.

„Und?", fragte ihr Vater. „Was sagst du dazu? Was sagst du zu so einem Opfer?"

Sarah räusperte sich. Sie fuhr sich mit der Hand an die Kehle, als müsse sie sich Luft machen. „Danke", flüsterte sie dankbar.

Dann sprang sie auf und warf sich ihrer Mutter an den Hals. Die Tränen flossen. „Mami, ich hab dich lieb", schluchzte sie. „Ich hab euch alle so lieb."

Einen Monat später reiste Sarah wieder nach Hamburg. Inzwischen war ihr alles vertraut: der Schlafwagen und der Schaffner, der das Bett richtete und eine gute Nacht wünschte.

Die anderen beiden Frauen, mit denen sie das Abteil teilte, kümmerten sich nicht um sie. Sarah war es nur recht.

Sie bezog das obere Bett, steckte die Kopfhörer auf und hörte die kleinen Menuette von Mozart. Danach hatte sie bei Madame Béjard einmal bei einer Weihnachtsgala getanzt. Sarah lächelte, als sie daran dachte. Wie ungelenk sie gewesen war! Kein Schritt war perfekt. Und nie war ihr Körper wirklich gerade gewesen, das war ihr jetzt vollkommen klar.

Aber bald würde sie alles lernen. Fouetté, Sprünge und dann schließlich den Pas de deux.

Sarah träumte, dass sie in einem weißen Chiffonkleid um einen schwarzen Sarg tanzte. Sie hielt eine rote Rose zwischen den Lippen. Am Ende der Musik sank sie neben dem Sarg nieder, legte die Wange auf das kalte Holz und breitete die Arme auf dem Sarg aus, als wolle sie den Körper, der darin lag, umarmen.

In Hamburg war strahlender Sonnenschein. Sarah schleppte ihre beiden Koffer und den Rucksack zum Taxistand.

Der Taxifahrer saß mit aufgekrempelten Ärmeln hinter dem Steuer und pulte mit einem Zahnstocher in den Zähnen. „Na, Deern", sagte er, „wo soll's denn hingehen?"

„Zur Tanzakademie", sagte Sarah und stieg ein.

Der Taxifahrer musterte sie neugierig. „Ah, eine Ballerina", meinte er, während er den Motor anließ. „Na, dann wollen wir mal."

Sarah kurbelte das Fenster herunter. Die frische Luft tat ihr gut. In Hamburg wehte immer ein frischer Wind, der ein bisschen nach Meer und Hafen roch. Das gefiel ihr. Die Leute trugen bereits Sommerkleider, und auf den Alsterwiesen lagen junge Leute in Badekleidung und sonnten sich.

Sarah lächelte, als sie an der glitzernden Alster entlangfuhren. Segelboote tanzten auf den Wellen, Leute mit Hüten und Sonnenbrillen leckten Eis, lasen Zeitung oder beobachteten das Treiben auf dem Wasser.

„Hamburg ist eine schöne Stadt, was?", fragte der Taxifahrer.

Sarah nickte. „Toll."

„Und Sergej Uljanow ist ein großer Meister."

Sarah lachte. „Hier scheint ihn jeder zu kennen. In Zürich, wo ich wohne, kennt man die Tänzer nicht."

„Sergej Uljanow ist ja auch nicht irgendein Tänzer", meinte der Taxifahrer empört, „sondern unser Nationalheld. Wir verehren ihn." Er bog in die Einfahrt der Tanzakademie ein. „Passen Sie nur auf, junges Fräulein, dass Sie sich nicht gleich in ihn verlieben."

Sarah lachte auf. „Er ist doch viel zu alt, und ich bin noch nicht einmal fünfzehn."

Der Taxifahrer bremste. Er drehte sich zu ihr um und

zwinkerte ihr zu. „Aber mit fünfzehn fängt die Liebe an, das weiß man doch."

„Meine Liebe ist das Tanzen." Sarah zählte das Geld ab und gab es ihm. „Für etwas anderes interessiere ich mich nicht."

Der Taxifahrer steckte das Geld ein und stieg aus, um die Koffer aus dem Kofferraum zu holen. Er schaute an der weißen Villa empor. „Hier lässt es sich bestimmt leben", meinte er. „So eine schöne Villa. Und dann der Park! Und einen eigenen Bootssteg habt ihr auch. Ob da überhaupt was aus dem Training wird?" Er trug die Koffer zum Eingang.

Von innen wurde die Tür geöffnet. Marie Schickedanz breitete lächelnd die Arme aus. „Sarah Goldstein!", rief sie. „Pünktlich auf die Minute! Eben hab ich zu Rita gesagt: Nun muss sie aber gleich kommen. Und da bist du schon." Sie nahm Sarah in die Arme.

Der Taxifahrer legte die Hand an die Mütze, stieg ein und fuhr rückwärts aus der Einfahrt.

„Herzlich willkommen, meine Liebe", murmelte Marie Schickedanz. Sie strich sanft über Sarahs Haar. „Ich habe gehört, was bei euch zu Hause passiert ist. Wie schrecklich. Madame Béjard hat bei uns angerufen."

Sarah machte sich los. Erschrocken schaute sie die Internatsleiterin an. „Warum hat sie das getan?"

„Um uns vorzubereiten, nehme ich an. Sind das deine Koffer?" Marie Schickedanz nahm einen Koffer und schleppte ihn ins Haus. „Damit wir dich gut behandeln." Sie lächelte Sarah zu. „Aber wir behandeln alle Schüler gut. Streng, aber gerecht. So ist das nun mal bei uns. Mit seinen Gefühlen, mit seinem Heimweh, seinen Hoffnun-

gen und Enttäuschungen muss jeder allein fertig werden."
„Ich weiß", sagte Sarah leise.
„Aber in deinem Fall ist das etwas anderes. Nur das Mädchen, mit dem du das Zimmer teilst, weiß noch nicht Bescheid. Es ist übrigens sehr nett. Es ist ein Jahr älter als du und besucht die dritte Tanzklasse. Es heißt Grazia und kommt aus Italien. Sprichst du italienisch?"
„Nur ganz wenig", sagte Sarah.
„Ach. Ich habe gedacht, in der Schweiz lernen alle Schüler Italienisch."
„Nur in der Südschweiz. Ich habe Französisch und Englisch in der Schule gelernt. Aber Italienisch kann ich ein bisschen, weil unsere Nachbarn Italiener sind."
Marie Schickedanz lächelte erfreut. „Gut. Das macht es einfacher. Wir haben hier ja so ein Kauderwelsch an Sprachen. Russisch, Serbokroatisch … Die arme Yvanca, dieser Krieg in Jugoslawien hat alles zerstört: ihr Elternhaus, die Stadt, in der sie gelebt hat. Sie kommt aus Sarajewo. Furchtbar. Und dann haben wir eine Japanerin und ein Mädchen aus Korea, eine Spanierin …"
„Und wer hat außer mir noch die Prüfung bestanden?", fragte Sarah.
„Außer dir haben noch vier andere bestanden: Melanie aus Flensburg – sie ist erst zwölf –, Amy aus Philadelphia – und Damian …" Sie lächelte. „Erinnerst du dich an den kleinen Jungen, der immer so gelacht hat bei den schwierigen Sprüngen?"
Sarah nickte. Sie erinnerte sich sofort.
„Sergej Uljanow meint, er sei eine große Begabung. Und der andere auch: Kevin Jones, der große Schwarze aus Jamaica."

Sarah erinnerte sich auch an ihn. Sie hatte kein einziges Wort mit ihm gewechselt, was sie nachher bedauert hatte. Aber sie hatte so viel Lampenfieber gehabt, und außerdem wusste man nie, in welcher Sprache man reden sollte.

„Kevin kommt aus Jamaica!", rief sie. „Da muss es toll sein. Mein kleiner Bruder hat immer Reggae gehört."

Marie Schickedanz stieg die Treppen hoch. „Einen Lift haben wir nicht", sagte sie. „Treppensteigen ist gutes Training für die Tänzer, aber für mich ist es schlimm. Ich bin immer ganz außer Atem. Das Internat ist im dritten Stock. Ich bin sehr gespannt, wie dir das Zimmer gefallen wird."

„Ist ... ist das Mädchen da, mit dem ich zusammen wohne?"

Marie Schickedanz nickte. „Grazia wartet auf dich. Sie wird dir alles zeigen und heute Mittag mit dir zusammen zum Essen gehen. Zuerst werden wir uns bei Angela melden."

Sie ließ den Koffer fallen, um Luft zu schnappen. „Warte." Sie ging den Flur entlang, öffnete eine Tür und schaute hinein. „René!", rief sie. „Komm, sei ein Kavalier und hilf ein paar ganz leichte Koffer zu tragen, ja?"

René kam aus der Tür. Er trug ein Muskelshirt, wollene Trainingshosen, die er bis unter die Achseln hochgezogen hatte, und rote Wollsocken.

„Hallo", sagte Sarah. „Tut mir Leid, das mit den Koffern."

„Ist schon in Ordnung." René hob den Koffer hoch und verdrehte die Augen. „Das nennst du leicht? Was ist da drin? Wackersteine?"

Sarah wurde rot. „Meine Schulbücher und noch ein paar Lieblingsbücher und CDs."

„CDs? Was für Musik hörst du?"

„Mozart", sagte Sarah, „und Corelli und Vivaldi – und Tschaikowsky natürlich."

„Ah. *Schwanensee.* René warf ihr einen abschätzigen Blick zu. „Hörst du nie Rockmusik? Nie Heavy Metal? Kein Techno?"

„René!" Die Internatsleiterin schüttelte empört den Kopf. „Wir sind hier nicht in der Disko!"

René grinste. „Wieso? Man kann doch beides mögen: Klassik und Rockmusik. Wenn ich erst mal achtzehn bin und hier abends raus darf, dann mach ich alle Diskotheken von Hamburg unsicher." Er zwinkerte Sarah zu. „Kommst du dann mit?"

Sarah lachte unsicher. „Das dauert noch ein bisschen, bis ich achtzehn bin."

René verdrehte die Augen. „Wie langweilig." Er schleppte den Koffer in den dritten Stock. „In welchem Zimmer schläfst du?"

„Sie schläft bei Grazia."

„Oh. Na, dann viel Vergnügen." René ließ den Koffer vor der geschlossenen Zimmertür fallen. „Weiter kriegt ihr mich nicht."

„Wieso? Was hast du gegen Grazia?"

„Gar nichts", rief René über die Schulter. „Ich hatte bloß eine winzigkleine Auseinandersetzung mit ihr. Echt nicht wichtig. Ciao! Wir sehen uns ja noch hundertmal."

Marie Schickedanz seufzte. „Er ist unser Sorgenkind. Wir wissen nicht recht, was aus ihm wird. Seit einem Monat hat er Probleme mit dem Knie und kann nicht tanzen. Er soll in dieser Zeit aber trotzdem beim Training zuschauen. Das Problem ist nur, dass er dazu keine Lust hat. Er hockt immer im Fernsehzimmer und sieht einen Film nach dem anderen." Sie schüttelte den Kopf. „Ich fürchte, wir werden ihn bald nach Hause schicken müssen."

Sarah starrte die Internatsleiterin an. „Deswegen schicken Sie ihn nach Hause? Aber er kann doch nichts dafür, wenn sein Knie verletzt ist."

„Man kann immer dafür, wenn man Probleme mit dem Körper hat, meine liebe Sarah", sagte Marie Schickedanz streng. „Ein Tänzer ist verpflichtet, auf seinen Körper zu achten. Er muss schonend und verantwortungsvoll damit umgehen. Weißt du, was René gemacht hat?"

Sarah schüttelte den Kopf.

„Er ist Skateboard gefahren und gegen die Gartenmauer geprallt. Er ist eben ein kleiner Idiot." Sie steuerte energisch auf eine Tür zu, an der *Angela* stand. Sie klopfte.

„Ja?"

Die Tür wurde von innen aufgerissen. Angela stand ihnen mit Strickzeug in der Hand gegenüber. Sie pustete eine Haarlocke aus der Stirn und schaute Sarah aufmerksam an.

„Hallo", sagte Sarah schüchtern. „Ich bin Sarah Goldstein."

„Klar, weiß ich doch, Sarah. Herzlich willkommen bei uns." Angela streckte ihr die Hand hin. „Ich hab auf dich gewartet. In der Zwischenzeit hab ich an den Wollsocken für Moritz gestrickt. Dieser verrückte Kerl hat mit mir gewettet, ich wüsste nicht, wie man Socken strickt." Sie hielt grün-schwarz geringelte Socken an den Stricknadeln hoch. „Sieht doch ziemlich gut aus, oder?"

„Angela", sagte Frau Schickedanz, „Sarah ist erschöpft

von der langen Fahrt mit dem Zug. Ich nehme an, sie möchte sich frisch machen und umziehen. Dann möchte sie bestimmt ihr Zimmer sehen und ihre Zimmerkollegin kennen lernen. Du hast alles vorbereitet?"

„Natürlich", sagte Angela. Sie legte das Strickzeug weg und umarmte Sarah. „Ich zeig dir dein Reich. Es ist klein und ziemlich einfach. Aber ich hoffe, du wirst dich daran gewöhnen." Sie lachte. „Die anderen haben sich jedenfalls alle daran gewöhnt."

Angela ging vor ihr den Flur entlang. Sie deutete auf die dritte Tür. „Da ist es."

Im Büro klingelte das Telefon. Angela seufzte. „Gehst du schon mal rein? Ich lauf nur schnell zum Telefon."

Sarah klopfte. Niemand antwortete.

Zaghaft drückte sie die Klinke herunter. Die Vorhänge waren zugezogen, das Zimmer lag im Halbdunkel. Sarah konnte zuerst gar nichts erkennen. Rechts schienen, durch einen Vorhang abgetrennt, das Waschbecken und die Garderobe zu sein.

„Hallo?", murmelte Sarah halblaut.

Wieder keine Reaktion. Sarah ließ ihr Gepäck fallen und trat ins Zimmer.

Links an der Wand stand ein unbezogenes Bett, ein einfaches Metallbett, das nicht gerade bequem aussah. Die Wand über dem Bett war kahl bis auf ein schmales Regal, auf dem man anscheinend private Dinge abstellen konnte. Auf dem Nachttisch eine kleine Lampe, in der Mitte des Zimmers ein Tisch mit zwei Sesseln, über denen Klamotten ausgebreitet waren.

Plötzlich hörte Sarah lautes Schluchzen. Sie starrte auf das zweite Bett. Ein Mädchen mit kurzen, schwarzen Haaren, nur mit einem Baumwollbody bekleidet, lag auf dem Bett, das Gesicht in den Kissen vergraben. Sie schlug mit den Fäusten auf das Kopfkissen.

Sarah starrte sie erschrocken an. „Grazia?“, fragte sie.

Grazia hob den Kopf. „Was willst du?“, schluchzte sie. „Lass mich in Ruhe.“

Sarah schaute sich verlegen um. Von Angela keine Spur. „Ich wohne hier“, flüsterte sie. „Angela hat gesagt, ich kann reingehen.“

Grazia richtete sich noch weiter auf. Sie wandte Sarah ihr tränenüberströmtes Gesicht zu. Sarah lächelte verlegen. Grazia schniefte und ließ den Kopf wieder fallen.

„Da drüben ist dein Bett“, knurrte sie. „Lass mich in Ruhe, ja? Ich nehme die Sachen später von dem Sessel.“

„Okay“, murmelte Sarah.

Auf Zehenspitzen lief sie durchs Zimmer und schaute sich alles an. Viel zu sehen gab es wirklich nicht. Das Waschbecken war klein, darunter gab es einen Lattenrost, auf dem Grazia ihre Schuhe abgestellt hatte. Für Sarahs Schuhe war kein Platz mehr. Das Glasbord über dem Waschbecken war voll gestellt mit Grazias Cremes und Haarshampoos und Bürsten und Nagelscheren.

Sarah setzte sich mutlos auf das unbezogene Bett und starrte Grazias Rücken an.

Grazia weinte nicht mehr. Sie lag ganz ruhig da.

Sarah räusperte sich. „Du?“, fragte sie. „Kann ich dich etwas fragen?“

Grazia fuhr wie elektrisiert hoch. Sie schrie: „Ich hab gesagt, du sollst mich in Ruhe lassen! Wieso kapierst du das nicht? Wieso kann man in diesem blöden Internat nicht mal eine halbe Stunde seine Ruhe haben?“

Sarah errötete. Sie erhob sich. „Okay", flüsterte sie. „Ich geh ja schon." Sie schlich lautlos zur Tür.

„Und komm ja nicht so bald wieder!", schrie Grazia ihr hinterher.

Sarah zögerte. „Und was ist mit dem Mittagessen?", fragte sie. „Frau Schickedanz hat gesagt, du würdest ..."

„Bist du vielleicht zu blöd, um allein den Speisesaal zu finden? Ich hab keinen Hunger. Ich esse nichts. Ich will in Ruhe gelassen werden, verdammt noch mal."

Sarah zog die Tür hinter sich zu. Sie blieb mitten im Flur stehen und schaute sich um. Es war merkwürdig still im Haus.

Langsam ging sie an den anderen Türen vorbei. Manche waren bemalt, neben manchen waren Schilder mit Namen angebracht.

Dann schaute sie sich die Bilder an den Wänden an. Es waren Fotos von Tänzern und Tänzerinnen des Ensembles, Werkstattfotos und Fotos von Ballettgalas. Alles sah so graziös, so leicht, so träumerisch aus.

Aber die Wirklichkeit ...

Sarah ging zu der Sitzgruppe am Ende des Flurs. Mit rotem Wollstoff bezogene Sessel, ein Teakholztisch, daneben zwei Tische, auf denen Zeitschriften lagen. Dann ein Regal mit Fächern, in das die Post gelegt wurde.

Sarah warf einen Blick in das Regal. In Grazias Fach lag ein aufgerissener Briefumschlag mit einer italienischen Briefmarke, die in der Mitte durchgerissen war. Sarah stellte sich vor, mit welcher Ungeduld Grazia den Brief geöffnet hatte. Ob sie schlechte Nachrichten von zu Hause hatte?

Sarah ging weiter. Die Tür zum Büro stand halb offen.

Angela war nicht da. Unschlüssig schaute Sarah sich um. Sie hatte keine Ahnung, was sie jetzt tun sollte. In ihr Zimmer konnte sie nicht gehen, zum Mittagessen war es noch zu früh, die Waschräume hatte sie noch gar nicht entdeckt.

Plötzlich hörte sie Klaviermusik. Sie richtete sich auf und lauschte: Das war Chopin, eine Nocturne. Sie erkannte das Stück sofort.

Sarah lächelte. Sie ging zum Treppenhaus und beugte sich über das Geländer, um in den zweiten Stock hinunterzuschauen. Die Musik kam aus dem linken Flügel. Sarah stieg die Treppen hinunter. Auch im Treppenhaus zeigte sich niemand.

Sie ging immer der Musik nach. Vor einer Tür, an der *John-Cranko-Saal* stand, blieb sie stehen.

Vorsichtig drückte sie die Klinke herunter. Der Saal war lichtdurchflutet. Die hohen Fenster gaben den Blick auf den Park und das Wasser frei. Das Sonnenlicht tanzte auf dem Wasser und wurde von den Spiegeln im Saal noch einmal zurückgeworfen. Weiße, bodenlange Gardinen hingen vor den Fenstern. Rechts stand ein schwarzer Flügel, an dem eine junge Frau saß. Sie schaute kurz auf, als Sarah eintrat, nickte und spielte weiter.

Am anderen Ende des Saales stand Moritz. Er stand in der fünften Position, die Arme über dem Kopf. Er konzentrierte sich auf die Musik. Die Pianistin zählte: „Un, deux, trois, quatre“, und da begann Moritz zu tanzen.

Sarah schloss lautlos die Tür und ließ sich in den Schneidersitz fallen. Sie schaute Moritz zu. Er tanzte wunderbar, mit unglaublich viel Kraft und Grazie, seine Sprünge waren traumhaft sicher. Sarah war beeindruckt.

Die Pianistin brach ab, und Moritz blieb schwer atmend in der zweiten Position stehen, die Hände an den Oberschenkeln. Jetzt erst entdeckte er Sarah. Er strahlte. „Sarah! Wie kommst du hier rein?“

„Durch die Tür“, lachte Sarah. „Stört es dich, wenn ich zusehe?“

Moritz schüttelte den Kopf. Er holte das Handtuch, das er auf dem Fensterbrett abgelegt hatte, rubbelte seine nassen Haare und kam zu ihr. Er ließ sich neben ihr auf den Boden fallen. „Stört mich überhaupt nicht. Aber ich bin gerade fertig. Ich war nicht sehr gut heute. Ich weiß nicht, es gibt da ein Problem mit den Bändern. Hier, am Knöchel.“ Er rieb seinen rechten Knöchel.

„Ich fand, du hast ganz toll getanzt“, meinte Sarah voller Bewunderung.

Moritz lachte. „Ha, das hört man gern. Wieso kommst du nicht jeden Tag, um mir zuzusehen?“

„Wenn ich darf, gerne“, gab Sarah zurück.

Sie schauten sich an. Moritz legte seine Hand auf ihre Schulter. „Ich freue mich, dass du es geschafft hast, dass du bei uns bist. Ich freue mich wirklich. Wie gefällt dir dein Zimmer?“

Sarahs Gesicht verdüsterte sich. „Ich weiß nicht genau. Ich kann da im Augenblick nicht rein.“

Moritz starrte sie an. „Was soll das denn heißen?“

Sarah erzählte von ihrem ersten Zusammentreffen mit Grazia.

Kopfschüttelnd hörte Moritz zu. „Die spinnt. Grazia ist ein bisschen verrückt. Seit Sergej ihr gesagt hat, dass sie wahrscheinlich durch die Prüfung fliegt, ist nichts mehr mit ihr los.“

„Sie fliegt durch die Prüfung?“, fragte Sarah entsetzt.

Moritz legte die Finger an die Lippen. „Von mir weißt du das nicht, klar?“ Er stand auf und zog Sarah hoch. „Hast du den Park schon gesehen? Und unseren Pavillon? Und den Bootssteg?“

Sarah schüttelte den Kopf. „Ich hab überhaupt noch nichts gesehen. Angela wollte mir alles zeigen, aber die …“, sie zuckte hilflos mit den Schultern, „… die ist auch plötzlich verschwunden.“

Moritz nickte. „Komischer Laden ist das hier. Alles kleine Egoisten, weißt du. Eigentlich sollten wir ein richtiges Ensemble sein, mit Solidarität und so. Aber natürlich denkt jeder nur an sich.“ Er grinste. „Bloß ich, ich denke an dich. Ich zieh mir schnell was an. Wartest du hier?“

Sarah nickte. Die Pianistin hatte ihre Noten zusammengepackt und den Deckel des Flügels heruntergeklappt. Sie ging mit wortlosem Kopfnicken an Sarah vorbei.

Sarah ging zum Fenster und schaute in den Park hinunter. Unten saßen drei Mädchen auf einer Parkbank und redeten intensiv miteinander. Ein Gärtner zupfte Unkraut aus einer Rhododendronrabatte. Jemand schob ein Fahrrad über den Kiesweg und verschwand aus dem Blickfeld. Weiße Wolken bauschten sich wie Wattebällchen am blauen Himmel.

Eigentlich, dachte Sarah, ist es ziemlich schön hier.

„Fertig.“ Moritz stand in der Tür. Er trug Jeans, Bastsandalen und ein Sweatshirt, auf dem *Harvard University* stand. „Darf ich Mademoiselle zu einer kleinen Tour einladen?“

„Aber klar doch.“ Sarah lachte.

Als sie neben ihm die Treppen hinunterging, sagte sie:

„Ich bin unheimlich froh, dass ich dich gleich beim ersten Mal getroffen habe. Ich schätze, wenn du jetzt nicht da wärst, würde ich schon …“

Moritz hielt ihr schnell die Hand vor den Mund. „Sag nichts von Heimweh. Das Wort ist tabu, hörst du?“

Er öffnete die Tür, die in den Park hinausführte. „Alle, die hierher kommen, haben ganz verrücktes Heimweh. Je weiter weg von zu Hause, desto größer das Heimweh. Das ist einfach so. Damit muss jeder allein fertig werden.“ Er schlenderte den Kiesweg entlang und schaute an der Hausfassade hoch. „Hier hilft dir keiner, Sarah. Hier kannst du dir nur selber helfen.“

Sarah nickte bedrückt. Sie fragte sich, ob sie das durchhalten würde, ob sie stark genug war. Sie hatte keine Ahnung.

„Ich bin noch nie von zu Hause weg gewesen“, sagte sie.

Moritz nahm ihre Hand. „Einmal ist immer das erste Mal. Warum bist du hierher gekommen?“

Sarah starrte ihn an. „Was soll denn die blöde Frage? Um tanzen zu lernen, natürlich.“

Moritz grinste. „Genau. Hab ich mir fast gedacht. Und dann?“

„Dann“, Sarah atmete tief durch, „dann will ich tanzen. Irgendwo auf dieser Welt.“

„Eben.“ Moritz pflückte eine blaue Ritterspornblüte und steckte sie Sarah ins Haar. Er trat einen Schritt zurück, um die Wirkung zu betrachten, nahm sie wieder heraus und steckte sie auf die andere Seite. Dann nickte er zufrieden. „Von jetzt an wirst du immer nur noch zu Besuch sein, wenn du nach Hause kommst. Du wirst dich immer fremder und fremder fühlen. Dein Elternhaus wird nicht mehr deine Welt sein. Deine Welt“, er breitete die Arme aus, „ist der Tanz. Das Ballett. Das Theater. Das Ensemble. Du wirst dir eine neue Familie suchen. Eine Familie von Tänzern.“

Sarah starrte ihn an. Ihr Herz schlug. „Aber wieso werde ich mich zu Hause fremd fühlen?“, fragte sie ungläubig.

„Weil es so ist. Weil es allen so geht.“ Er zog sie zum Bootssteg und starrte auf das Wasser. Entenfamilien schwammen gemächlich durch das Schilf am Ufer. „Wir sind immer nur da zu Hause, wo wir tanzen. Da ist unsere Heimat.“ Er wandte sich um und schaute sie an. „Eine andere Heimat haben wir nicht.“

Sarah nickte. Sie versuchte zu verstehen, was Moritz ihr sagte. Sie versuchte, nicht traurig zu sein.

Tief atmend drehte sie sich einmal um sich selbst. „Ich werde das schaffen“, murmelte sie. „Ich werde eine große Tänzerin werden.“ Sie wandte sich wieder Moritz zu: „Sergej Uljanow hat gesagt, ich bin begabt.“

Moritz grinste. „Hat er das? Sonst ist er mit Komplimenten immer sehr sparsam.“

„Hat er dir nie gesagt, dass du begabt bist?“

Moritz winkte einem Jungen zu, der über den Rasen lief und hinter dem Haus verschwand. „Doch. Das hat er gesagt.“ Er schaute Sarah an. „Aber das letzte Mal vor einem Jahr. Er ist wirklich sehr sparsam mit seinen Komplimenten. Man ist schon glücklich, wenn er einfach nur nickt oder einem die Hand auf die Schulter legt. Aber wenn er die Stirn runzelt, dann ist das eine Katastrophe. Dann kannst du nachts nicht schlafen und wälzt dich im Bett herum und denkst immer nur: Ich schaff es nicht. Ich schaff es nicht.“

Im Haus ertönte ein Gong.

„Mittag“, sagte Moritz. „Ich habe einen Bärenhunger. Gehen wir zusammen essen?“

Sarah hatte sich gerade mit ihrem Teller an den Tisch gesetzt, als Angela auftauchte. „Hallo, Sarah“, sagte sie fröhlich, „schon eingelebt?“

Sarah grinste verlegen. „Moritz hat mir den Park gezeigt.“

„Das habe ich gesehen. Ihr scheint euch ja gut zu verstehen.“

„Sie haben das gesehen?“, fragte Sarah.

„Ja, von oben.“ Angela lächelte. „Hier bleibt nichts verborgen, daran musst du dich gewöhnen. Außerdem duzen wir uns hier alle. Du kannst also ruhig Angela zu mir sagen.“

„Okay.“ Sarah lächelte unsicher. „Danke, Angela.“

Angela schaute sich um. „Und wo ist Grazia?“

„Ich glaube, sie will nicht zum Essen kommen.“

„Sie will nicht zum Essen kommen? Was heißt das?“

„Sie ist in ihrem Zimmer“, sagte Sarah. „Sie möchte nicht gestört werden.“ Sarah war nicht sicher, ob sie noch mehr erzählen sollte, aber Angela legte ihr die Hand auf den Scheitel. „Ich kümmere mich um sie“, murmelte sie beruhigend. „Mach dir keine Sorgen. Das kriegen wir schon hin.“

Als Angela weg war, nahm Moritz neben Sarah Platz. „Jetzt geht sie rauf und macht Zoff." Grinsend schaute er Angela hinterher. „Hier muss man unbedingt zum Essen erscheinen, weißt du. Es sei denn, man hat gerade eine Magenoperation hinter sich. Wer so viel Leistungssport treibt wie wir, der muss einfach genug Kalorien und Vitamine und Mineralien zu sich nehmen. Ich finde es okay, dass man mittags erscheinen soll." Er schob den nächsten Stuhl zur Seite. „Ich habe übrigens Kevin gesagt, er soll sich zu uns setzen. Hast du schon mit ihm geredet?"

Sarah schüttelte den Kopf. Sie strahlte, als Kevin Jones mit einem randvollen Teller auftauchte.

„Hi, Kevin", sagte sie, „I am Sarah. I saw you dancing. You are great."

Kevin Jones ließ sich auf seinen Stuhl fallen. „You should see me dancing my folk dances", sagte er fröhlich. „Wow!!!"

„Kevin kommt aus Jamaica", sagte Moritz.

Sarah nickte. „Ich weiß. Hätte ich mir fast denken können – bei seinen Rastalocken." Sie schaute Kevins wilde Frisur an. „Wie oft kämmst du die?"

Kevin lachte. „Kämmen? Was ist das? Meine Haare kennen keinen Kamm. Die werden gewaschen und getrocknet." Er zwinkerte ihr zu. „And that's it."

„Toll", sagte Sarah. „Mein kleiner Bruder schwärmte unheimlich für solche Frisuren. Er wollte sich immer solche Haare machen, aber meine Mutter hätte einen Herzinfarkt bekommen."

„Sie wohnen in Zürich, weißt du", erklärte Moritz.

Kevin grinste. „Aha, ich verstehe." Er schaute Sarah an. „Wo hast du so gut Englisch gelernt?"

„In Zürich“, sagte Sarah. Alle mussten lachen.

Plötzlich beugte Moritz sich vor. „Schau mal, wer da kommt.“

In der Tür stand Grazia – mit einem total verschwollenen Gesicht, die Augen auf den Boden geheftet. Angela schob sie vor sich her.

„So“, sagte sie. „Hier kommt jemand, der aufgeheitert werden will.“

Grazia ließ sich auf einen leeren Stuhl fallen und stützte den Kopf in die Hände. „Ich will überhaupt nicht aufgeheitert werden.“ Sie machte ein trotziges Gesicht und starrte die Wand an.

„O Mann, Grazia. Du bist wirklich eine Nervensäge.“ Angela zwinkerte Kevin zu. „Kannst du dich nicht um sie kümmern?“

„Klar“, sagte Kevin. Er stand sofort auf. „Was willst du essen? Es gibt Salat, gegrillten Fisch und Reis.“

„Igitt“, sagte Grazia schmollend. Sie wandte das Gesicht ab. „Ich habe keinen Hunger.“

Kevin ließ sich nicht aus der Ruhe bringen. „Dann gibt es noch rote Grütze mit Vanillesoße oder Schwarzbrot und frischen Schafskäse mit Oliven. Echt lecker.“

Grazia wandte langsam den Kopf und schaute Kevin an. „Wer bist du eigentlich? Ich kenne dich ja überhaupt nicht.“

Kevin streckte ihr fröhlich seine schwarze Hand hin. „Ich bin Kevin, Kevin Jones. Merk dir meinen Namen. Eines Tages werde ich Solotänzer an der New Yorker Met.“

Grazia überlegte einen Augenblick. Sie betrachtete Kevin genau. Er schien ihr zu gefallen. „Dann werden wir irgendwann zusammen tanzen“, sagte sie. „Denn ich hab mir vorgenommen, Primaballerina an der Met zu werden."

„Kinder", Angela stand zufrieden auf, „ich geh wieder ins Büro. Passt auf, dass sie auch was isst, ja?" Sie beugte sich zu Sarah hinunter und flüsterte ihr ins Ohr: „Sie hat Liebeskummer, nichts Schlimmes. Den hat sie alle drei Wochen."

Sarah schaute Angela nach.

„Was hat sie gesagt?", fragte Grazia argwöhnisch.

Sarah wurde rot. „Sie hat gesagt, dass du Liebeskummer hast."

Grazia schob ihren Stuhl zurück und streckte die Beine aus. Sie starrte an die Zimmerdecke. „In diesem verdammten Internat weiß wohl jeder alles."

Moritz lachte. Er stellte eine Flasche Mineralwasser und vier Gläser auf den Tisch. „Bei der Show, die du jedes Mal ablieferst, Grazia, ist das echt kein Wunder." Er schob Sarah ein Glas zu. „Trink. In zwei Stunden ist Training. Da verdurstet man, wenn man vorher nicht genug Flüssigkeit in sich reingeschüttet hat."

Als Sarah nach dem Essen wieder in den dritten Stock ging, traf sie Grazia auf dem Flur. Sie studierte gerade die Notizen am schwarzen Brett.

„Kann ich jetzt ins Zimmer?", fragte Sarah.

„Klar." Grazia nickte hoheitsvoll. „Aber rühr meine Sachen nicht an. Ich habe alles nach einem besonderen Schema geordnet."

Sarah schwieg. Sie ging ins Zimmer und begann ihre Koffer auszupacken. Sie legte ihr Stofflämmchen aufs Bett und räumte ihre Lieblingsbücher ins Regal. Dann den

Wecker, das Foto von ihren Eltern und ein Bild von Felix in einem besonders schönen Silberrahmen. Ihre Mutter hatte das Foto noch ganz zum Schluss oben auf den Koffer gelegt. „Damit du deinen Bruder nicht vergisst“, hatte sie gesagt.

Sarah packte gerade ihren Kulturbeutel am Waschbecken aus, als Grazia ins Zimmer kam.

„Hey“, sagte sie stirnrunzelnd. „Lass meine Sachen alle da stehen, wo sie sind, klar?“

„Ich fass nichts an“, sagte Sarah.

„Gut.“ Grazia warf sich auf ihr Bett. „Roberta hat immerzu meine Sachen weggestellt, das hat mich wahnsinnig gemacht.“

„Bestimmt, weil sie keinen Platz hatte für ihr Zeug“, sagte Sarah, „du hast wirklich jeden Zentimeter für dich.“ Sie schaute hinter dem Vorhang vor. „Können wir den Platz nicht gerecht aufteilen?“

Grazia fuhr hoch. „Aufteilen? Wieso aufteilen? Ich wohne hier seit einem Jahr. Weißt du überhaupt, wie das ist, ein Jahr lang in so einem winzigen Zimmer zu leben?“

Sarah sagte nichts. Erschrocken schaute sie Grazia an, die aufgesprungen war und unruhig im Zimmer hin und her lief.

„Nie ist man allein! Immerzu wird hinter einem her spioniert! Jeder weiß alles! Wenn ich nachts nicht schlafen kann, dann weiß es am nächsten Tag die ganze Schule. Ich hasse das!“ Sie schlug mit den Händen auf die Matratze. „Ich hasse das!“

Sarah kam langsam um den Vorhang herum. Sie setzte sich vorsichtig auf das Bett. „Bist du nicht gerne hier?“, fragte sie.

Grazia blitzte sie an. „Das ist vielleicht eine blöde Frage! Natürlich bin ich gerne hier! Weil ich gerne tanze!"

„Na, siehst du", sagte Sarah tröstend.

„Aber Sergej ist nicht mit mir zufrieden!", schrie Grazia. „Diese blöden Typen haben ja keine Ahnung, was mit mir los ist! Alle sagen immer, ich hätte Liebeskummer!" Sie schlug sich theatralisch mit der flachen Hand vor die Stirn. „Liebeskummer! Als wenn das alles im Leben wäre."

Plötzlich kniete sie sich vor Sarah auf den Boden und schaute sie aufmerksam an. „Tanzt du gut?"

„Ich weiß nicht", sagte Sarah verlegen.

„Natürlich weißt du es. Jeder weiß es. In welche Klasse kommst du?"

„Ich glaube, in die dritte."

„In die dritte? Gleich in die dritte? Wieso das denn? Wie alt bist du?"

„Ich werde fünfzehn."

„Und dann schon in die dritte? Ich bin sechzehn, und ich bin auch in der dritten." Grazia sprang auf und ließ sich neben Sarah aufs Bett fallen.

Erschrocken rutschte Sarah ein bisschen zur Seite. Ein so temperamentvolles Mädchen hatte sie noch nie getroffen.

„Ich glaube, ich falle bei der Prüfung durch", sagte Grazia. Sie betrachtete die Bücher im Regal. „Ich habe beim Grundstudium geschlampt. Ich bin einfach nicht korrekt genug in den Grundpositionen, das merkt man erst in der dritten Klasse. Man merkt es an der Balance. Hast du eine gute Balance?"

„Ich glaube."

„Du glaubst! Du glaubst! Meine Güte, *weißt* du es?"

Sarah schüttelte den Kopf.

„Na, dann mach dich auf was gefasst. Unsere Lehrerin – hast du die schon mal gesehen?"

„Nein. Wer ist es?"

„Es steht doch auf dem Plan. Sag mal, liest du nicht einmal die Pläne?"

Sarah errötete. „Ich weiß ja gar nicht, wo die liegen."

„Die liegen nicht, die hängen. Und zwar gleich vorn hinter der Glastür. Da steht alles drauf – auch in welchem Ballettsaal die einzelnen Klassen üben. Die dritte Klasse übt heute im Cranko-Saal. Und unsere Lehrerin ist Beatrice. Die ist streng. Da kannst du dich echt auf was gefasst machen. Die lässt uns tanzen, bis uns die Tränen kommen. Bekommst du leicht Blasen an den Füßen?"

Sarah hob die Schultern.

„Wetten, dass du heute Abend Blasen hast? Alle, die bei Beatrice mit dem Training anfangen, haben Blasen an den Füßen." Grazia nahm das Foto von Felix und betrachtete es. „Ist der süß. Wie heißt er?"

„Felix."

„Felix. Hmhm. Das heißt: der Glückliche, oder?"

Sarah nickte.

„Und wie heißt du eigentlich weiter?"

„Goldstein."

„Ist das ein jüdischer Name?"

Sarah schaute Grazia ruhig an. „Ja. Wieso?"

Grazia wurde rot. „Ich wollte es nur wissen. Und dieser Felix, ist der auch Jude?"

Sarah riss ihr das Foto aus der Hand. „Stell das weg."

„Meine Güte, du stellst dich an. Ich nehme dir deinen Schatz schon nicht weg."

„Er ist nicht mein Schatz."
„Was denn?"
„Mein Bruder." Sarah stand auf. Sie begann sich umzuziehen. Sie zog ihren langen Rock aus und stand in Strumpfhosen da.
„Ziemlich dicke Beine", stellte Grazia fest. „Ist das Speck oder Muskeln?"
Sarah warf den Rock auf das Bett. Langsam wurde sie wütend. Sie wusste einfach nicht, wie sie sich verhalten sollte. Am liebsten hätte sie Grazia aus dem Zimmer geworfen, aber das ging ja leider nicht.
„Mag dein Felix dicke Beine? Ist er verliebt in dicke Beine?"
„Felix ist nicht verliebt in mich."
„Nicht?" Grazia lächelte beinahe mitleidig. „Du Arme. Da haben wir ja schon wieder einen Fall von Liebeskummer. Warte nur, bis die anderen dich damit aufziehen. Damit du mal siehst, wie das hier zugeht." Sie grinste.
Sarah zog ihren Pulli aus und legte ihn sorgfältig zusammen. „Felix ist mein Bruder", sagte sie.
Grazia starrte sie an. „Wieso trägst du keinen BH?"
„Weil ich nie einen trage."
„Auch nicht beim Tanzen?"
Sarah lächelte. „Ich hab doch noch gar keinen Busen." Sie kramte in ihrem Koffer nach dem Gymnastikanzug und verschwand damit hinter dem Vorhang.
„Genier dich bloß nicht", sagte Grazia. „Mir macht das nichts aus, dich nackt zu sehen. Ich bin das gewöhnt. Wir sind das alle gewöhnt. Wir duschen ja zusammen."
„Aber ich bin das nicht gewöhnt." Sarah spähte durch den Vorhangschlitz, während sie sich umzog.

Grazia hatte sich das Foto von Felix genommen und sich wieder auf ihr Bett gelegt. „Der ist wirklich süß, dein Bruder", sagte sie. „Sieht aus wie ein Engel. Kann ich den bei mir hinstellen?"

„Nein", sagte Sarah. „Stell ihn wieder da hin, wo du ihn her hast. Sofort."

„Wieso denn? Ich tu ihm doch nichts. Ich schwör's dir. Ich will bloß die anderen ärgern."

Sarah schoss hinter dem Vorhang vor und riss Grazia das Bild aus der Hand. „Gib das her!"

„Mann! Wieso denn?" Grazia hielt den Rahmen fest.

Sarah versuchte, ihn ihr aus der Hand zu reißen, aber Grazia gab ihr einen heftigen Stoß: Sarah flog gegen den Tisch, das Bild fiel auf den Boden und zerbrach. Lauter winzige Glassplitter flogen durch den Raum.

Sarah kniete wie versteinert am Boden. Felix sah ganz merkwürdig aus, wie er da unter dem zersplitterten Glas hervorschaute.

Sarah nahm das Bild auf. Behutsam zog sie die Glassplitter, die noch im Rahmen festsaßen, heraus. Tränen traten ihr in die Augen.

Grazia hockte im Schneidersitz auf ihrem Bett. Sie war auf einmal ganz ruhig.

Sarah nahm das Foto und legte es an ihre Wange. „Mein kleiner Felix", wisperte sie, „entschuldige."

Grazia legte die Arme um ihre Knie und beobachtete Sarah. „Tut mir Leid", sagte sie. „Das wollte ich nicht. Wenn du willst, ruf ich deinen Bruder an und entschuldige mich." Sie lächelte. „Dann lern ich ihn gleich kennen."

„Du kannst ihn nicht anrufen." Sarah legte das Bild aufs

Bett und begann, die Glassplitter in die hohle Hand zu sammeln.

„Und warum nicht?"

Sarah schüttete die Glassplitter in die kleine Keramikschale auf dem Tisch. „Weil er tot ist", sagte sie.

Grazia starrte sie an. „Tot?"

Sarah nickte. „Vor einem Monat haben wir ihn begraben."

Grazia schluckte. Sie rutschte von ihrem Bett, kroch zu Sarah und umarmte sie von hinten. Sie schmiegte sich an Sarahs Rücken und streichelte sie. „Scusi", flüsterte sie, „bitte, entschuldige. Ich wusste ja nicht … Ich bin so ein Idiot. Ich wusste doch nicht …" Sie fand noch einen Glassplitter und legte ihn beinahe feierlich zu den anderen.

Sarah schüttelte sich. Sie versuchte zu lächeln, aber sie fühlte sich matt. „Wann beginnt das Training?"

Grazia schaute auf die Uhr und erstarrte. „O Gott! Es fängt in drei Minuten an! Schnell! Schnell!" Sie riss sich ihren Pulli über den Kopf und schleuderte ihn durchs Zimmer. „Wenn wir zu spät kommen, ist die Hölle los. Du kennst Beatrice nicht. O verdammt, wo ist mein Anzug?"

Grazia und Sarah kamen in der letzten Sekunde. Der Pianist hatte schon am Flügel Platz genommen, und die fünf anderen Eleven machten bereits die ersten Streckübungen an der Stange.

Beatrice Fromme, die Ballettlehrerin, stand in Gedanken versunken mitten im Raum. Sie hatte den Kopf gesenkt und schaute auf ihre Fußspitzen. Sie trug schwarze Leggins unter einem geblümten langen Rock. Um die Brust hatte sie ein Tuch mit langen, schwarzen Fransen geknotet. Beatrice Fromme war bestimmt schon fünfzig, aber immer noch eine wunderschöne, sehr zarte Frau.

Sarah und Grazia huschten lautlos zu einem leeren Platz an der Stange.

Beatrice schaute auf. Sie lächelte und nickte, als sie Grazia erkannte. Beim Anblick von Sarah runzelte sie die Stirn.

Sarah hatte sofort ein schlechtes Gewissen. Sie machte einen Knicks.

„Sarah Goldstein?", fragte die Ballettlehrerin.

Sarah nickte eifrig. „Ja, ich habe ..."

Sofort winkte Beatrice Fromme ab. „In Ordnung. Du hast schon einen Platz gefunden. Das ist gut. Wir fangen übrigens pünktlich an."

„Ja, ich wollte mich gerade entschuldigen ..."

„Pssst!", zischte das Mädchen, das vor ihr an der Stange stand. „Sie mag es nicht, wenn man während der Stunde spricht."

„Oh." Sarah schloss die Lippen.

Beatrice legte die Handflächen gegeneinander, schaute zur Decke des Ballettsaales und dann wieder auf die Eleven. „Wir beginnen wie immer mit den Grundpositionen an der Stange. Erste, zweite, dritte, vierte, fünfte Position. Dann glissade und frappé. Viermal." Sie nickte dem Pianisten zu, und er begann etwas Improvisiertes zu spielen.

Beatrice schaute eine Weile zu, wie Sarah sich abmühte. Sarah hatte das Gefühl, völlig steif zu sein. Ihre Knie zitterten und knackten wie alte Scharniere. Sie war feuerrot im Gesicht und schämte sich.

Beatrice trat hinter sie und korrigierte Sarahs Haltung.

Sarah glaubte durchbrechen zu müssen. Sie schwitzte vor Anstrengung, es richtig zu machen. Grazia, deren Rücken sie die ganze Zeit sah, machte es jedenfalls viel besser.

„Und nun die Arabeske“, sagte Beatrice. Aber eine schöne Arabeske, bitte.“

Sarah atmete tief durch. Sie konzentrierte sich auf jeden Muskel ihres Körpers.

Aber da hörte sie das ärgerliche Schnippen von Beatrice Frommes Fingern. Und schon war sie wieder neben ihr.

„Dein Kreuz, Mädchen, was ist mit deinem Kreuz?“, sagte sie ärgerlich. „Du musst viel biegsamer sein.“

Als Sarah versuchte, dem Druck ihrer Hände zu folgen, verlor sie das Gleichgewicht und musste sich an der Stange festhalten.

Beatrice schlug leicht mit dem Finger auf Sarahs Hand. „Was ist denn das? Die Stange soll unterstützen, aber keinen Halt geben. Hast du das nicht gelernt?“

„Doch“, flüsterte Sarah, „aber ich …“

„Psst“, sagte Beatrice und kümmerte sich um Grazia.

Sarah presste die Lippen noch fester zusammen. Während der ganzen Stunde wurde kein Wort gesprochen.

Beatrice beschäftigte sich lange mit Grazia. Sie war offenbar überhaupt nicht zufrieden. Aber dann ging sie weiter zu einer anderen Schülerin, und Grazia drehte sich kurz um, um Sarah zuzuwinken.

„Ich bin völlig fertig", flüsterte Sarah.

„Psst!", machte Grazia erschrocken.

Der Pianist spielte etwas lauter, als wollte er ihr Flüstern übertönen.

Beatrice ging in die Mitte zurück, das Klavierspiel verstummte. „Ich sehe immer falsche ports de bras", sagte Beatrice, „und falsche Kopfhaltungen. Wie wollt ihr je Anmut in eure Bewegungen bekommen, wenn ihr nicht auf mich hört? Ich habe euch gesagt, beim Adagio aus der fünften Position die Arme so", sie machte es vor. Der Pianist setzte mit der Musik ein.

Beatrice Fromme deutete die Tanzbewegungen nur an, aber alles war so leicht, so voller Grazie. Sarah schaute hingerissen zu.

„Das lerne ich nie", flüsterte sie Grazia ins Ohr. Beatrice hatte die Schrittfolge beendet. Sie lächelte dem Pianisten zu. „Danke."

Dann wandte sie sich wieder an die Eleven. „Habt ihr es gesehen? Ihr müsst es genauso machen. Ballett, das ist strenge Disziplin und strenge Regeln. Alle Bewegungen müssen hundertprozentig korrekt ausgeführt werden. Und wir werden diese Schrittfolge heute üben, bis jeder von euch sie in Fleisch und Blut hat. Vorher hören wir nicht auf."

Sarah sah, dass auch die anderen bereits völlig erschöpft waren. Ein Mädchen lief zu ihrem Platz und trocknete den Schweiß mit einem Handtuch ab. Eine andere band ihren Zopf neu. Alle atmeten schwer. Dabei tanzten sie erst fünfzig Minuten.

Sarah schaute immer wieder auf die Uhr. Sie wusste, sie würde das Tempo nicht ewig durchhalten. Madame

Béjard hatte nie so genau auf alles geachtet. Aber Beatrice Fromme bemerkte jede kleine Unachtsamkeit.

„Sarah!“, rief sie immer wieder. „Port de bras!“

Oder: „Sarah, das ist keine Arabeske!“

Oder: „Sarah, das Bein neunzig Grad hoch. Was du zeigst, sind höchstens siebzig. Das lernt man bei uns in der ersten Klasse. Höher.“

Sarah biss die Zähne zusammen.

„Noch höher!“

Sarah spürte, wie die Tränen ihr in die Augen traten. Aber Beatrice Fromme kümmerte das nicht.

Sie kam zu ihr, nahm Sarahs Bein, sagte: „Knie durchdrücken“, und hob es immer weiter nach oben. Immer weiter. Sarah glaubte, ihre Muskelfasern würden reißen. Der Schmerz fuhr ihr wie ein Messerstich durch den Körper. Am liebsten wäre sie zusammengesackt, aber sie hielt durch. Den Kopf gerade, die Lippen zusammengepresst, die Augen auf das Fenstierviereck gerichtet.

„Genau so“, sagte Beatrice nach einer endlosen Zeit und ließ Sarahs Bein los.

Sarah atmete tief durch. Sie schloss die Augen. In dem einen Bein hatte sie überhaupt kein Gefühl mehr. „Das ist der Wahnsinn“, flüsterte sie.

Beatrice wirbelte herum. „Was ist mit dir, Sarah?“, fragte sie. „Wieso führst du Selbstgespräche?“

Sarah wurde feuerrot. Sie senkte den Kopf.

„Tanzen“, sagte die Ballettlehrerin unerwartet sanft, „ist eine lautlose Disziplin. Hast du darüber nicht nachgedacht? Wenn du reden möchtest, musst du Schauspielunterricht nehmen.“

Die anderen grinsten.

Sarah wäre fast vor Scham im Erdboden versunken.

Nach hundertzehn Minuten war Beatrice Fromme endlich zufrieden. „Morgen üben wir das assemblé aus der fünften Position. Und zwar so lange, bis jeder von euch es beherrscht. Auch du, Grazia. Und ich möchte bei allen ein einwandfreies plié sehen. Ihr habt ja heute Abend Zeit, ihr könnt in euren Zimmern ein bisschen üben." Sie nickte kurz und ging zur Tür.

Sarah lehnte zitternd an der Wand. „Mir ist schlecht", flüsterte sie. „Ich kann nicht mehr."

Grazia schaute sie mitfühlend an. „Soll ich dir ein Glas Wasser holen?"

„Danke. Das hilft auch nicht." Sarah riss die Augen auf. „Ich schaff das nicht, Grazia, ich weiß, dass ich das nicht schaffe. Ich bin völlig kaputt. Sie hat mir alle Knochen aus den Gelenken gekugelt."

Grazia lachte. Sie trocknete sich mit einem Handtuch das schweißnasse Dekolleté. „So schlimm ist sie nun auch wieder nicht. Du wirst dich daran gewöhnen."

„Ich habe nichts richtig gemacht, überhaupt nichts. Sie ist nicht mit mir zufrieden. Sie wird mich wieder nach Hause schicken, Grazia!" Sarah ließ sich auf den Boden fallen. Sie zog die Gymnastikschuhe aus und massierte den Fußrücken. „Jeder Knochen tut mir weh."

„Und was ist mit den Blasen?", fragte Grazia neugierig. „Zieh mal die Strümpfe aus."

Sarah rollte die Strümpfe über die Fersen. „Keine Blase." Sie schaute zu Grazia auf. „Immerhin etwas."

Sarah verließ als Letzte den Ballettsaal, barfuß. Sie konnte kaum gehen.

Als sie an der offenen Tür vorbeikam, die zu einem

anderen Studio führte, rief jemand: „Sarah, einen Augenblick."

Es war Beatrice Fromme. Sarahs Herz klopfte wie verrückt. „Ja?", fragte sie ängstlich.

„Komm einen Moment herein, bitte. Ich möchte mit dir sprechen."

Sarah schlich sich barfuß heran. Beatrice Fromme saß an einem Tisch, der mit Tanzstudien bedeckt war. Alles Tuschezeichnungen.

„Schließ die Tür, bitte", sagte sie, als Sarah näher trat.

„Verzeihung." Sarah huschte zur Tür und zog sie hinter sich zu.

„Warum hast du deine Schuhe ausgezogen?", fragte die Lehrerin streng.

Sarah wurde rot. „Ich wollte sehen, ob ich eine Blase habe. Grazia hat gesagt …"

„Und?" Beatrice unterbrach sie mitten im Satz. „Hast du eine Blase?"

Sarah schüttelte den Kopf.

Jetzt lächelte Beatrice. Sie zeigte auf die Tuschezeichnungen, die überall verstreut lagen. „Wir bereiten einen Ballettkalender vor. Hier von unserer Akademie. Ich muss die Bilder auswählen. Das ist gar nicht so leicht."

Sarah lehnte sich an die Wand. Sie hatte Beine wie Pudding.

Beatrice sah es natürlich sofort und runzelte die Stirn. „Tanzen ist Disziplin", sagte sie. „Eine Tänzerin zeigt auch dann noch Disziplin, wenn ihre Kräfte versagen. Denn Tanz ist eine Sache, die im Kopf beginnt."

Sarah nickte gehorsam. Sie war so aufgeregt, dass sie den Sinn der Worte kaum verstand.

Warum hat sie mich gerufen?, dachte sie. Was will sie mir sagen? Warum redet sie so lange um den heißen Brei? Wenn ich schlecht bin, kann sie es doch gleich sagen. Ich weiß ja selbst, dass ich nicht gut genug bin …

„Also." Beatrice Fromme verschränkte die Arme vor der Brust. Sie schaute Sarah an. „Ich habe dich heute gründlich beobachtet."

Sarah hob den Blick. Ihre Augen waren groß vor Panik.

„Deine Lehrerin hat dir zu viel durchgehen lassen", sagte Beatrice. „Viele deiner Tanzfiguren sind nicht korrekt."

Sarah nickte beklommen. Das war es also.

„Aber", sagte Beatrice Fromme, „aber wir werden das schon hinbekommen, wenn wir kräftig daran arbeiten. In einem Vierteljahr wird deine Arabeske ganz anders aussehen. Und dein echappé", sie überlegte einen Moment, „na ja, dein echappé war gar nicht mal so schlecht. Du hast ein gutes Rhythmusgefühl. Du kennst deine Mitte, das ist wichtig. Die meisten sind entweder zu sehr nach vorn gebeugt oder nach hinten. Aber du stehst sehr gerade. Das ist immerhin etwas."

Sarah starrte sie an. Ihre Augen waren immer noch rund vor Angst.

Beatrice Fromme lachte, als sie Sarahs panisches Mienenspiel sah. „Was ist los?" Sie breitete die Arme aus. „Es ist in Ordnung. Wir werden zusammen arbeiten, jeden Tag in der Woche, und am Ende des Schuljahres werden wir sehen. Wer weiß, vielleicht bist du wirklich begabt. Vielleicht wird aus dir einmal eine große Ballerina. Nichts ist unmöglich."

Sarah starrte die Lehrerin ungläubig an. Sie atmete heftig. „Ist das … ist das Ihr Ernst? Ich darf bleiben?"

„Aber ja doch!“ Beatrice trat zu ihr und legte ihr leicht die Hände auf die Schultern. „Du hast die Aufnahmeprüfung bestanden und das Schulgeld bezahlt. Warum sollten wir dich am ersten Tag wieder nach Hause schicken? Wir haben mit der Arbeit doch noch gar nicht begonnen.“ Sie gab Sarah einen zarten Kuss auf die Stirn.

Sarahs Herz klopfte immer noch wie verrückt.

„Es wird ein hartes Leben“, sagte die Lehrerin leise, während sie eine Strähne aus Sarahs Stirn schob. „Aber ein schönes Leben. Denn für einen Tänzer gibt es kein Leben außer dem Tanz.“

Sarah nickte. Ihr Gesicht glühte. Zuerst lächelte sie zaghaft, dann begann sie zu strahlen. „Danke“, sagte sie und machte einen tiefen Knicks. „Danke.“ Sie nahm die Hand der Ballettlehrerin und drückte sie an ihre Wange. „Ich werde trainieren, ich werde üben. So lange, bis Sie mit mir zufrieden sind.“

Beatrice lächelte. „Das weiß ich doch, mein Kind. Das sieht man dir doch an der Nasenspitze an. Du willst es schaffen.“

Sarah schaute auf. „Ja“, sagte sie feierlich. „Ja, das stimmt. Ich will es schaffen.“

Die Traumtänzerin

Es war der Tag, für den die erste Kostümprobe angesagt war. Ein Donnerstag.

Die Bäume im Park der Tanzakademie blühten verschwenderisch. Sarah hockte auf ihrem ausgebreiteten Anorak mitten in einem Sonnenfleck auf dem Rasen und wartete. Um drei Uhr sollte die Kostümprobe beginnen, jetzt war es halb drei.

Sarah hatte Grazia seit dem Frühstück nicht mehr gesehen. Sie war nicht im Zimmer gewesen, als Sarah aus der Schule kam, und in der Kantine hatte sie sich auch nicht blicken lassen. Aber Sarah war sicher, dass Grazia jeden Augenblick auftauchen würde, denn auch sie war für die Kostümprobe um drei Uhr eingeteilt.

Marie Schickedanz, die Leiterin des Ballettinternats, hatte beiden einen Zettel ins Fach gelegt.

Liebe Sarah, stand auf Sarahs Zettel, *denk bitte daran, dass die Kostümprobe für die Gala am Donnerstag um 15 Uhr in der großen Garderobe im ersten Stock stattfindet. Vergiss nicht, dich bei Beatrice Fromme abzumelden.*

Marie Schickedanz

Natürlich hatte Sarah sich längst bei ihrer Ballettlehrerin abgemeldet. Als könnte sie die Kostümprobe vergessen!

Es war immerhin das wichtigste Ereignis, seit sie in das Ballettinternat aufgenommen wurde: eine Galavorstellung der Hamburgischen Staatsoper, getanzt nach Musik von Johannes Brahms. Sergej Uljanow, der Leiter der Tanzakademie, hatte die Choreographie dazu gemacht.

Und sie, Sarah Goldstein, würde eine winzig kleine Rolle tanzen! Zusammen mit Grazia würde sie über die Bühne im pas de courante laufen, von hinten links nach vorne rechts.

Was für eine göttliche Vorstellung, auf der Bühne der Hamburgischen Staatsoper zu stehen! Vor einem kritischen und festlich gekleideten Publikum!

Sarah konnte es immer noch nicht fassen. Manchmal, wenn sie morgens aufwachte und den fünften ungarischen Tanz von Brahms im Ohr hatte, musste sie sich kneifen, um sicher zu sein, dass sie nicht träumte. Sie wusste genau, dass es keine sehr große Kunst war, was Sergej Uljanow von ihr erwartete.

Natürlich würden Grazia und sie nicht Spitze tanzen und auch keinen Applaus bekommen. Sie würden sich nicht einmal mit dem Ensemble nach der Vorstellung mit einer révérence verbeugen; aber das war nicht schlimm. Immerhin hatten sie einen Auftritt.

Sarah zog ihr Adressbuch aus der Umhängetasche, in dem immer ein paar gefaltete Briefbögen steckten, schraubte ihren Kuli auf und glättete den Briefbogen auf ihren Knien.

Sie hatte mindestens zwei Wochen nicht mehr an ihre Freundin Christine geschrieben, und das schlechte Gewissen nagte in ihr.

Sarah winkte Liu Hang zu, der sich unten am Wasser auf die Steinmauer hockte und den Rest seines Schulbrotes an die fauchenden Schwäne verfütterte.

„Hast du Grazia gesehen?", rief sie quer über den Rasen. „Did you see Grazia?"

Liu Hang schüttelte den Kopf. „Maybe Glazia is still in school!", gab er zurück.

Sarah lächelte. Sie fand es zu witzig, dass Liu Hang das „R" nicht aussprechen konnte. Liu Hang kam aus Laos. Er war so klein wie ein Zwölfjähriger, obwohl er schon sechzehn war, aber seine Sprünge waren einfach großartig.

Alle waren überzeugt, dass Liu Hang einmal ein berühmter Solotänzer werden würde, wenn er durchhielt. Manchmal hatte er solche Anfälle von Heimweh, dass er ganz krank war und bewegungslos im Bett lag, unfähig, sich zu rühren. Dann aß er nichts, sprach mit niemandem und wischte nicht einmal die Tränen ab, die ihm unablässig über das Gesicht liefen.

Sarah mochte ihn gern, wenn sie es auch etwas anstrengend fand, immer englisch mit ihm zu reden. Aber die Ballettschüler kamen aus allen Ländern der Welt, und nur wenige sprachen deutsch.

Sarah trug fast immer ein kleines deutsch-englisches Wörterbuch mit sich herum, ebenso ein italienisches, weil

Grazia manchmal eine gewisse Vokabel nicht einfiel, obwohl sie sonst ziemlich gut deutsch sprach.

Komisch, dachte Sarah, dass Grazia immer noch nicht da ist. Sie schaute sich in dem Park um. Eine Gruppe von Eleven hatte sich am Bootssteg versammelt, sie standen eng beieinander, tuschelten und kicherten. Sarah fragte sich, was es dauernd zu tuscheln und zu kichern gab. Sie konnte sich kaum noch an die Zeit erinnern, als sie zwölf war. Vielleicht wäre sie ebenso ängstlich und scheu durch die Gänge der Tanzakademie gehuscht, wenn sie damals schon hier aufgenommen worden wäre.

Jetzt, mit vierzehn, fühlte Sarah sich schon irgendwie erwachsen. Sie war viel ernster geworden in der letzten Zeit. Sie wusste jetzt, wofür sie sich so anstrengte, ihr Leben hatte ein Ziel: Ballerina zu werden. Der Gedanke erfüllte sie mit einer großen Freude und Heiterkeit.

Eigentlich, dachte Sarah, geht es mir richtig gut. Eigentlich bin ich ein Glückskind.

Hallo, Christinchen, schrieb sie, *wie geht es dir? Mir geht es ganz toll. Habe ich dir schon geschrieben, dass Grazia und ich bei einer richtigen Ballettaufführung mitmachen? Wir haben natürlich keine große Rolle, aber wir sind trotzdem aufgeregt. Stell dir mal vor, ein Auftritt in der Hamburgischen Staatsoper! Auf einer richtigen Bühne! Und tausend Leute im Zuschauerraum! Ich hoffe, dass ich vor Lampenfieber nicht ohnmächtig werde. Drück mir die Daumen, ja? Wir haben nur eine ziemlich leichte Schrittkombination, einen Pas de courante, aber trotzdem: Du hast ja keine Ahnung, was man alles falsch machen kann. Ein Pas de courante ist ein Bewegungsmotiv, ein zusammengesetzter Tanzschritt, der alle Grundpositionen durchläuft …*

Plötzlich fiel ein Schatten auf den Briefbogen. Sarah schaute verwundert auf. Über ihr stand Grazia, aschfahl im Gesicht.

„O madonna“, flüsterte Grazia, während sie mit den Fingern durch ihre kurzen, schwarzen Locken fuhr. „Povera madonna.“ Sie ließ sich rücklings neben Sarah ins Gras fallen und schloss die Augen.

„Grazia! Was ist los?“ Sarah legte den Brief weg und beugte sich über Grazia. Sie nahm ihre Hand. „Was hast du?“

Grazia öffnete ganz vorsichtig die Augen. Sie blinzelte gegen die Helligkeit des strahlend blauen Himmels an. Ihre Wimpern waren lang und seidig und warfen Schatten auf ihre Wangen.

Sie sieht aus wie Schneewittchen, dachte Sarah. Schwarzes Haar, weiße Haut und blutrote Lippen. Sie sieht so schön aus, eine richtige heißblütige Italienerin.

Grazia lächelte. „Er ist hier, Sarah“, flüsterte sie. „In Hamburg.“ Sie richtete sich auf und stützte sich auf die Ellenbogen. „Was soll ich tun?“ Sie atmete tief durch. „Ich weiß wirklich nicht, was ich machen soll. Ich kam aus der Schule, ich habe mich noch nach dir umgesehen …“

„Ich hatte schon nach der vierten Stunde Schluss“, warf Sarah ein. „Erzähl. Was war dann?“

„Ich stand an der Bushaltestelle. Allein, weißt du, weil der andere Bus gerade weggefahren war. Ich hatte mir noch ein paar dolci gekauft, du weißt schon …“

Sarah nickte ungeduldig. „Weiter. Was ist passiert?“

„Ich stand da und schaute, ob der Bus kommt, und auf einmal legt mir jemand die Hände um den Kopf. So.“ Grazia richtete sich auf und legte Sarah von hinten die

Hände über die Augen. „Und dann sagte er: Ciao, Grazia. Buongiorno."

Grazia ließ Sarah los und warf sich wieder ins Gras. „Er ist hier, Sarah. In Hamburg! Er ist den ganzen Weg getrampt, und er hat überhaupt kein Geld. Er ist verrückt!" Sie tippte sich an die Stirn und seufzte. „Was soll ich nur machen? Wenn meine Eltern das erfahren, schlagen sie mich tot."

Sarah hockte sich auf die Knie. Sie nahm Grazias Hände und sah sie eindringlich an. „Von wem redest du eigentlich? Ich verstehe kein Wort. Null. Nichts. Wer ist gekommen?"

„Allessandro", sagte Grazia. Ihre Augen sprühten. „Aus Neapel. Stell dir mal vor: den ganzen Weg getrampt. Er hat vier Tage und vier Nächte gebraucht. Er sieht aus ..." Sie schüttelte sich. „Wie ein Penner. Wie ein Landstreicher. Er hat nicht einmal mehr ein frisches T-Shirt. Wenn du ihn sehen würdest ..." Sie stoppte plötzlich, wurde ernst und sah Sarah hilflos an. „Ich weiß nicht, was ich machen soll."

„Wer ist Allessandro?", fragte Sarah.

Grazia fuhr wieder mit den Fingern durch ihre Haare. Eine Geste, mit der sie immer ihre Verzweiflung anschaulich machte. „Er ist mein Freund. Er war mein Freund in Sizilien. Wir haben da ein Sommerhaus, weißt du, und ich habe in den Ferien mit ihm ..." Sie brach mitten im Satz ab. Sie lächelte hilflos. „Wir haben uns geliebt, weißt du."

Sarah nickte. Sie versuchte zu verstehen. Grazia hatte ihr nie etwas von Allessandro erzählt. Nie von einem Freund, nie von dem Sommerhaus in Sizilien. Wenn sie darüber nachdachte, lebte sie seit ein paar Wochen mit einem Mädchen zusammen, von dem sie eigentlich nicht viel wusste. Außer, dass Grazia genauso ehrgeizig war wie sie, dass sie von einer Karriere als Tänzerin träumte und dass sie sich wie ein Schneekönig auf die Aufführung in der Oper freute.

Verstohlen schaute Sarah auf die Uhr. Es war acht Minuten vor drei. Um drei Uhr war Kostümprobe! Sie durften nicht zu spät kommen. Sie erhob sich.

„Grazia“, sagte sie, „wir müssen zur Kostümprobe. Hast du die Nachricht von Frau Schickedanz bekommen?“

Grazia nickte gleichmütig. Sie war mit den Gedanken vollkommen woanders. „Und jetzt denkt er, er hat ein Recht, einfach herzukommen“, sagte sie, während sie auf das glitzernde Wasser der Alster schaute. „Er denkt, wir leben noch im vorigen Jahrhundert.“ Sie wandte Sarah ihr Gesicht zu. „Aber ich habe mich verändert, Sarah. Mi sono cambiata. Capisci?“

Sarah nickte. Sie verstand, was Grazia sagen wollte.

„Er will, dass ich mit ihm nach Neapel komme. Sofort.“ Grazia lachte hysterisch. „Er will, dass ich ihm in seiner Mopedwerkstatt helfe. Dass wir heiraten. Kannst du dir das vorstellen?“

Sarah schüttelte den Kopf. Sie schaute Grazia fassungslos an.

„Okay, okay. Wir haben zusammen geschlafen“, rief Grazia verzweifelt, „aber das war im Sommer, im vorigen Sommer, verstehst du? Wir waren zusammen schwimmen, jeden Tag, und abends waren wir auf der Piazza. Seine Eltern waren nicht da, sie hatten eine kleine Wohnung in der Altstadt, weißt du, und ich habe ihn da manchmal besucht, mit anderen Freunden. Allessandro hat Gitarre gespielt … Er kann wunderbar Gitarre spielen, und ich habe getanzt."

Sie lachte und schüttelte wild den Kopf. „Getanzt wie eine gitana, verstehst du? Eine Zigeunerin. Das war lustig, das hat mir Spaß gemacht. Alle haben gelacht und getrunken und geklatscht. Und dann sind die anderen gegangen, und ich bin geblieben, und dann …" Sie stockte und schaute Sarah prüfend an. „Hast du schon mal mit einem Jungen geschlafen? Hai fatto l'amore?"

Sarah schüttelte den Kopf. Sie versuchte sich vorzustellen, wie Grazia mit ihren sechzehn Jahren an einem Sommerabend auf Sizilien …

„Nein", murmelte Sarah. „Ich habe bloß mal einen Jungen geküsst." Sie lächelte verlegen. „Und das hat mir nicht besonders gefallen. Da hab ich es wieder sein lassen."

Grazia lachte. Sie warf Sarah ihre Arme um den Hals, küsste sie und lachte. „Einen Jungen geküsst. O Sarah. Und ich … ich …" Sie schluckte und atmete tief durch. „Wenn meine Eltern das erfahren, bringen sie mich um."

„Warum sollen das deine Eltern erfahren?", fragte Sarah. „Wenn du es ihnen nicht schreibst, erfahren sie es nicht."

Grazia packte Sarah an den Schultern. Ihre Augen funkelten. „Weißt du, was Allessandro gesagt hat? Wenn ich nicht mit ihm gehe, dann fährt er zu meinen Eltern nach Rom und erzählt ihnen alles! Mein Vater arbeitet im Vatikan, Sarah. Hast du eine Ahnung, was das bedeutet? Es wäre ein Skandal!"

„Grazia! Sarah!", rief Anna ungeduldig. „Beeilt euch!"

Sarah sammelte schnell ihre Sachen auf und lief hinter Grazia her. „Du musst mir alles erzählen", keuchte sie. „Alles, hörst du?"

Grazia antwortete nicht. Sie drehte sich im Laufen zu Sarah um und zog eine Grimasse.

Sarah hatte keine Ahnung, was sie damit sagen wollte.

Die Garderobe sah aus wie eine Gebirgslandschaft aus Tüll, Brokat und Spitze. An den Kleiderpuppen hingen halb fertige Kostüme. Im Hintergrund ratterten Nähmaschinen, die provisorisch in die Garderobe gestellt worden waren.

Anna scheuchte die beiden in den Raum. „Passt auf, dass ihr nirgendwo drauftretet!“, rief sie warnend, „das ist alles ganz empfindlich!“

„Und wieso liegt es dann auf dem Boden?“, fragte Sarah.

Anna, die Garderobiere, warf ihr einen ernsten Blick zu, und Sarahs Gesicht überzog sich mit einer tiefen Röte.

„Weil sonst kein Platz ist, Herzchen. Oder kannst du mir sagen, wo ich mit all den Fummeln hin soll? Sergej verlangt Wunder von uns, wahre Wunder.“ Sie stellte sich mitten zwischen die Tüllberge und breitete hilflos die Arme aus. „Wie sollen wir das nur schaffen bis zur Premiere? Unmöglich! Es ist einfach unmöglich.“

Eine Frau, die an der Nähmaschine vor dem Fenster saß, drehte sich um. Sie hatte den Mund voller Stecknadeln und konnte nur nuscheln.

„Du schaffst es doch immer, Anna“, sagte sie. „Seit acht Jahren schaffst du es immer rechtzeitig zur Premiere. Ganz egal, was der große Meister alles verlangt.“

Grazia bückte sich und hob mit spitzen Fingern ein blutrotes Spitzenkleid mit fünffachen Rüschen hoch. Es hatte eine Corsage, die vorn vor dem Busen geschnürt war.

„Das ist ja irre schön!“, rief sie. „Darf ich das mal anprobieren?“

„Untersteh dich!“, rief Anna. Sie nahm zwei hauchdünne, gerade geschnittene Chiffonkleider vom Ständer. „Das sind euere Kleider.“ Sie warf Sarah und Grazia die Kleider zu.

„Und wer zieht dies an?“, fragte Grazia, hielt das rote Spitzenkleid vor den Körper und drehte sich. „Für wen ist das, Anna?“

Anna nahm ihr das Kleid weg. „Das geht dich nichts an.“

„Es ist für Silvana, stimmt’s?“

Silvana war die Primaballerina an der Oper, eine wunderschöne, zarte junge Frau. Sie hatte ein Gesicht wie eine Porzellanpuppe, kastaniengroße, dunkle Augen und Haare, die bis zur Taille reichten.

„Nein, das Kleid ist nicht für Silvana“, sagte Anna streng. „Es geht euch nichts an.“

„Bitte!“, bettelte Grazia, die verlangende Blicke auf das Kleid warf. „Es sieht so wunderschön aus! Bitte, Anna!“

Anna aber blieb hart. „Das ist eine Uraufführung, Mädchen“, sagte sie streng. „Das heißt, es soll eine Überraschung sein. Alles soll eine Überraschung sein. Für die Presse, die Kritiker, die anderen Choreographen, die von überall her anreisen. Niemand hat bis jetzt die Kostüme gesehen – außer Sergej. Und natürlich Will Tompson.“

Will Tompson war für das Bühnenbild zuständig, und

er hatte auch die Kostüme entworfen. Das hatte Sarah in der Ankündigung gelesen. Will Tompson machte wunderbare Bühnenbilder, manchmal bizarr und wild und dann wieder romantisch und voller Seele.

„Probiert eure Kleider, Mädchen“, sagte Anna.

Gehorsam schlüpften die beiden in die hauchdünnen Fummel. Anna kniff kritisch die Augen zusammen.

„Du bist zu mager, Sarah“, sagte sie, als sie Sarahs hervorstehende Schulterknochen berührte. „Was sagt Beatrice dazu?“ Beatrice Fromme war Sarahs Ballettlehrerin, eine fünfzigjährige zarte, ätherische Dame.

Sarah lächelte. „Sie ist doch selbst so dünn und zart.“

„Aber du bist nicht zart, Sarah.“ Anna umfasste Sarahs Taille. Dann legte sie die Hände auf Sarahs Hüften. „Du hast einen kräftigen Körperbau.“

„Und einen schwachen Rücken“, fügte Sarah hinzu.

„Zu deiner Figur würde es besser passen, wenn du ein bis zwei Kilo mehr wiegen würdest. Und für deinen Busen wäre es auch schön.“

Sarah wurde rot. Grazia kicherte. „Ich will keinen Busen“, sagte Sarah trotzig. „Der stört bloß.“

Anna hob amüsiert die Augenbrauen. „Der stört? Wobei denn?“

„Beim Tanzen“, sagte Sarah. „Silvana hat auch einen kleinen Busen.“

Die Näherin legte die Hände in den Schoß und schüttelte den Kopf. „Ihr habt Probleme! Kinder, Kinder. Wieso verschwindet ihr nicht endlich und lasst mich in Ruhe arbeiten?“

Anna steckte Sarahs Kleid etwas enger und hob die Träger ein bisschen an.

Grazia machte ein klägliches Gesicht, als sie sich mit Anna vor den Spiegel stellte.

„Gefällt es dir nicht?“, fragte Anna.

Grazia schüttelte den Kopf. „Es sieht aus wie ein Sack, und es hat eine Farbe wie ein Sack. Warum bekommen wir kein tolles Kostüm? Warum ist es nicht aus Tüll? Ich wollte so gern ein richtiges Tutu.“

„Das müsst ihr Will Tompson fragen und nicht mich. So, zieht euch rasch wieder um und verschwindet.“

„Und wann sind die Kleider fertig?“, fragte Sarah, als sie wieder in ihren langen Baumwollrock schlüpfte und den überlangen Pulli über den Kopf stülpte.

„Rechtzeitig zur Premiere, keine Angst“, sagte Anna energisch.

Grazia warf noch einen verlangenden Blick auf das rote Spitzenkleid. Als sie mit Sarah die Garderobe verließ, sagte Grazia: „Einmal muss ich es anziehen. Nur einmal! Ich glaube, ich sehe phantastisch darin aus.“

„Es ist aber nicht für dich, sondern für Silvana.“

„Das ist noch gar nicht raus. Vielleicht ist es auch für jemand anders.“

Als sie am John-Cranko-Saal vorbeigingen, hörten sie Orchestermusik. Das war ungewöhnlich. Sonst erklang überall immer nur Klaviermusik. Sie blieben stehen und lauschten.

„Ich wette, das ist Brahms!“

Sie schlichen zur Tür und öffneten sie einen Spalt.

Sergej Uljanow stand an der CD-Anlage. Er hatte die Arme verschränkt, die Beine in der fünften Position, den Kopf lauschend zum Lautsprecher geneigt. Plötzlich hob er den rechten Arm und deutete auf zwei Tänzer am anderen Ende des Saales, die Sarah und Grazia durch den Türschlitz nicht sehen konnten.

„Und jetzt!“, rief Sergej. „Aber stolz! Aber groß! Und Pas de bourrée, jawohl, und nun ihr …“ Er nickte zwei Tänzerinnen zu, die sofort mit zwei Sprüngen bei ihm waren. Er legte ihnen die Arme um die Taille, wandte sich erst nach rechts und dann nach links. „Und jetzt die révérence.“

Sarah und Grazia schauten wie gebannt zu. Es waren wundervolle Tänzer und Tänzerinnen, alle Bewegungen genau, ausdrucksvoll und voller Kraft.

„Madonna“, flüsterte Grazia, „wir müssen noch viel lernen, Sarah. Mir wird ganz schlecht, wenn ich das sehe.“

In diesem Augenblick spürte Sarah Sergejs Blick. Er runzelte die Stirn und presste zornig die Lippen zusammen.

„Er hat uns gesehen“, flüsterte Sarah. Sanft zog sie die Tür ins Schloss. „Schnell weg hier.“

Sie rannten den Flur entlang.

Hinter ihnen wurde die Saaltür aufgerissen. Aber sie drehten sich nicht um. Sie hetzten die breite Treppe hinauf in den dritten Stock, rannten über den Flur in ihr Zimmer und warfen sich auf die Betten.

„Wenn er weiß, dass wir es waren, kriegen wir die Hölle“, keuchte Sarah, immer noch außer Atem, als sie ihre Schuhe auszog. „Er hat uns verboten zu spionieren.“

„Er soll sich nicht so anstellen. Wir haben ihn doch gar nicht gestört.“

„Marie Schickedanz sagt, ihn stört bei den Proben die Fliege an der Wand. Ich verstehe das auch. Er muss sich so unheimlich konzentrieren. Er hat sich die ganzen Figuren ausgedacht, die Handlung, jeden Pas de deux, und er muss sicher sein, dass die Tänzer alles so hinbekommen, wie er will." Sie richtete sich auf ihrem Bett auf. „Eines Tages, Grazia", sagte sie feierlich, „stehen wir auch da in dem Saal."

„Mit uns übt er da nicht. Um uns kümmert er sich doch nicht. Das macht alles Beatrice." Grazia zog ihre Strumpfhose aus. „Wir sind doch nur Statisten. Wir sind doch nur seine Alibi-Elevinnen."

Sarah kicherte. „Was soll das denn sein?"

„Er will doch nur zeigen, dass er sich um das Internat kümmert. Das steht dann im Programm, und die Leute, die für das Internat spenden, sind zufrieden. So funktioniert das."

Sarah schaute Grazia stirnrunzelnd an. „Trotzdem ist es schön, dass er uns ausgesucht hat. Er hätte auch Moritz und René nehmen können."

„Zwei Jungen? Er wollte doch Mädchen."

„Na gut. Dann eben Constance und Hillary. Irgendjemanden aus der dritten oder vierten Klasse. Was weiß ich."

Sarah drehte ihre Haare zu einem Knoten zusammen und steckte ihn mit Haarnadeln fest. Dann schaute sie Grazia an. „Du wolltest mir was erzählen."

„Was?"

„Das mit Allessandro."

„Was mit Allessandro?"

Sarah lachte verlegen. „Du weißt schon. Wie es war."

Grazia stand auf, ging zum Waschbecken und schaute in den Spiegel. „Du meinst, als wir zusammen geschlafen haben?"

Sarah stellte sich hinter Grazia und schaute sie im Spiegel an. „Genau."

„Es war schön."

„Wie schön? Ich meine, wie war es genau? Erzähl doch mal."

„Es ist wie tanzen." Grazia beugte sich vor und drückte einen Mitesser auf der Nase aus.

Es machte Sarah rasend, dass sie sich nicht auf das Gespräch konzentrierte. Sie wollte alles wissen, und zwar ganz genau. Sie wollte es nicht aus einem Liebesroman erfahren, von jemandem, der vielleicht schon sechzig Jahre alt war, als er das schrieb, sondern von jemandem, der so alt war wie sie selbst – oder ein bisschen älter.

Grazia war ein bisschen älter.

„Also." Grazia drehte sich um. „Es ist wie tanzen. Man ist ganz berauscht, weißt du, man hat Herzklopfen. Die Seele bekommt Flügel. Aber", sie schüttelte lächelnd den Kopf. „Es ist doch nicht ganz so schön wie tanzen."

„Nicht?", fragte Sarah enttäuscht. „Und wieso nicht?"

„Ich weiß nicht!" Grazia hob die Schultern. „Wenn man tanzt, ist man näher bei Gott."

Sarah starrte Grazia an. So etwas hatte sie noch nie gesagt. Wie meinte sie das?

„Frag nicht." Grazia ging an ihr vorbei und warf sich auf das Bett. „Du fragst zu viel, ich muss jetzt nachdenken." Sie legte die Hände über die Augen.

Sarah stand an der Tür und beobachtete Grazia. Sie versuchte sich vorzustellen, wie Allessandro und Grazia zusammen gewesen waren. Sie schaffte es nicht.

Leise schlich sie aus dem Zimmer.

In der Nacht wachte Sarah auf, weil ein kalter Luftzug ihr Gesicht streifte. Sie zog die Decke über den Kopf, warf sich auf die andere Seite und versuchte wieder einzuschlafen.

Sie hatte von Felix geträumt, ihrem toten kleinen Bruder. Sie träumte in der letzten Zeit nicht mehr so oft von ihm. Sie gewöhnte sich allmählich an den Gedanken, dass es Felix nicht mehr gab.

Manchmal überkam Sarah die Angst, dass sie eines Tages nicht mehr wissen würde, wie Felix ausgesehen hatte, wie er gelacht hatte, wie es war, wenn er wie ein Wirbelwind durch die Wohnung fegte, wie es war, sich mit ihm Kissenschlachten zu liefern oder beim Essen über irgendetwas Dummes in einen Streit zu geraten.

Sie versuchte dann, an etwas anderes zu denken, etwas Erfreuliches.

Auch in dieser Nacht presste Sarah die Lider fest zusammen und stellte sich etwas Schönes vor. Etwas, das nichts mit ihrem toten Bruder zu tun hatte. Zum Beispiel die Oper. Zum Beispiel die große Bühne der Hamburgischen Staatsoper.

Sergej Uljanow hatte ihnen noch nicht verraten, wann sie die erste Probe auf der richtigen Bühne haben würden. Aber Sarah rechnete jeden Augenblick damit.

Plötzlich war sie hellwach. Ihr war kalt, und sie hatte

einen trockenen Mund. Sie stand auf und tastete sich im Dunkeln zur Waschecke vor. Sie knipste das kleine Licht über dem Spiegel an und nahm ein Wasserglas, um es unter den Wasserhahn zu halten.

Plötzlich stutzte sie.

Man hörte den Verkehrslärm, ein Hund bellte direkt unter ihrem Fenster, und auf einmal war da das lang gezogene Heulen eines Krankenwagens.

Sarah schaltete das Deckenlicht ein.

Und erstarrte.

Grazias Bett war leer. Es war zerwühlt, und Grazias Stoffente lag auf dem Boden neben den Plüschpantoffeln.
„Grazia?“, fragte Sarah halblaut.

Das Fenster stand offen. Jetzt verstand sie, warum ihr so kalt war. Sonst schliefen sie immer bei geschlossenem Fenster, weil Grazia ständig fror. In Rom, sagte Grazia, sind manchmal schon über zwanzig Grad, wenn es in Hamburg noch schneit.

Sarah tappte auf bloßen Füßen zum Fenster und schaute hinaus. Das Fenster ging zur Straßenseite, nicht zum Park. Man konnte hinter dem Mauervorsprung den Eingang sehen, das verschnörkelte Tor, das abends immer verschlossen war, die großen Lampen, die die Garagen beleuchteten, und ein Stück vom Straßenpflaster.

Sarah beugte sich aus dem Fenster. Sie schaute an der Hauswand herunter. Einen Meter unter dem Fenster gab es einen Sims, der zum Balkon der Bibliothek führte. Von dort konnte man auf der Feuerleiter in den ersten Stock hinunter und dann über das Garagendach.

Sarah hielt die Luft an. War Grazia abgehauen?

Sie drehte sich um und schaute sich im Zimmer um.

Keine Nachricht für sie. Kein Hinweis. Grazias Koffer lag auf dem Schrank, ihre Reisetasche unter dem Bett, sie hatte ihre CDs dagelassen und all ihre Sachen. Ganz gewissenhaft schaute Sarah sich alles an.

Dann lief sie zum Fenster zurück und spähte hinaus. „Grazia!“, rief sie. „Grazia!“

Der Hund, der vorhin gekläfft hatte, schlug wieder an. Ein Mann rief: „Ruhig, Foxi.“

Sarah nahm den Bademantel vom Haken, schlüpfte hinein und schob den Sessel unter das Fenster. Dann lehnte sie das Fenster an, zog die Knie ans Kinn und wartete.

Sie musste eingeschlafen sein. Sie hatte von einem roten Spitzenkleid geträumt. Grazia tanzte in dem Spitzenkleid um einen Jungen herum, der am Strand lag und mit einem Strohhalm aus einer Coladose trank.

Plötzlich hörte Sarah ein Kratzen an der Fensterscheibe, und im gleichen Augenblick wäre ihr beinahe das Fenster an den Kopf geflogen. Instinktiv bückte sie sich. Als sie sich wieder aufrichtete, stieg Grazia über die Fensterbank.

Sarah riss die Augen auf. „Grazia! Bist du verrückt?“

„Wieso schläfst du nicht?“, zischte Grazia. „Es ist mitten in der Nacht.“

„Und wieso schläfst *du* nicht mitten in der Nacht?“, gab Sarah zurück.

Und dann sah sie den Schatten am Fenster. Grazia streckte die Arme aus, und Sekunden später hockte ein Junge mit pechschwarzen Locken und blauen Turnschuhen auf der Fensterbank und grinste Sarah verlegen an.

„Ciao“, sagte der Junge, „sono Allessandro.“

„Das habe ich mir gedacht“, murmelte Sarah. Sie schaute fassungslos von einem zum anderen. „Kannst du mir erklären, was das soll, Grazia?“, fragte sie schließlich.

Grazia rannte an Sarah vorbei zum Lichtschalter. „Es ist zu hell hier“, flüsterte sie, „und wir dürfen nicht so laut sprechen. Angela hat Nachtdienst. Du weißt, dass sie Ohren hat wie ein Luchs.“ Sie zog ihre Schuhe aus und lief auf Strümpfen zu Allessandro, der immer noch sprungbereit auf dem Fensterbrett hockte.

„Komm“, sagte sie. „Es ist alles in Ordnung.“

Sie schaute sich zu Sarah um. „Es ist doch okay, oder? Allessandro kann heute Nacht bei uns schlafen? Er ist so müde. Er hat kein Geld. Er weiß nicht, wo er schlafen soll. Im Bahnhof ist es schrecklich. Da sind lauter Betrunkene und Drogen-Kids. Die haben ihn immer nur dumm angeredet. Er hält das nicht aus, und es ist auch zu gefährlich. Wenn die Polizei eine Razzia macht …“

Sarah ließ sich erschüttert auf das Bett fallen. Die Worte wirbelten in ihrem Kopf herum. Bahnhof – Drogen-Kids – Polizei – Razzia. Sie starrte Allessandro an. Sein Gesicht war nur schwach beleuchtet von dem kleinen Lämpchen über dem Waschtisch. Er grinste immer noch verlegen und rieb seine Handflächen an den Jeans. Er sah müde aus. Er hatte ein ganz schmales Gesicht und dunkle Ringe unter den Augen.

Grazia drückte ihn in den Sessel und hockte sich auf die Lehne. Sie legte ihren Arm um seine Schultern.

„Hast du Hunger?“, fragte Sarah. Sie zog aus der Schublade eine Tafel Schokolade und reichte sie Allessandro. „Willst du was trinken? Wir haben einen Automaten auf dem Flur.“

„Bloß nicht!“, rief Grazia erschrocken, „geh nicht auf den Flur. Da machen wir uns nur verdächtig.“

Allessandro flüsterte Grazia etwas ins Ohr. Grazia verdrehte die Augen.

„Was ist?“, wollte Sarah wissen.

„Er muss aufs Klo. Wieso hast du das nicht früher gemerkt?“ Sie schlich zur Tür, öffnete sie einen Spalt und spähte hinaus. Der Flur war nur von der Notbeleuchtung erhellt. Alles war vollkommen ruhig.

„Komm!“, wisperte sie. Sie winkte ihm, und Allessandro spurtete hinter ihr her.

Sarah stand da, mit der Tafel Schokolade in der Hand, und schaute ihnen fassungslos hinterher.

In der Nacht tat Sarah kein Auge zu. Grazia und Allessandro lagen dicht aneinander geschmiegt im Bett, wagten aber nicht sich zu bewegen.

Sarah starrte mit offenen Augen gegen die Zimmerdecke. Sie fragte sich, was passieren würde, wenn jetzt Angela, die Erzieherin, ins Zimmer käme.

Natürlich wagten Grazia und Allessandro es nicht sich zu küssen. Es ist ihnen bestimmt peinlich, dachte Sarah. Und sie musste ein bisschen lächeln, halb aus Schadenfreude und halb aus Mitgefühl. Sie drehte den Kopf zur Wand und schloss die Augen.

Ich werde keine Minute schlafen, dachte sie, und morgen werde ich völlig verquollen und schrecklich aussehen. Im Unterricht schlafe ich ein, und nachmittags, beim Tanzen, werde ich einen Rüffel bekommen, weil ich so unkonzentriert bin. Und das alles hat Grazia mir eingebrockt! Noch einmal lasse ich das nicht zu.

Irgendwann gegen Morgen, als die Vögel schon im Park zwitscherten und der Verkehr bereits gleichmäßig dröhnte, war Sarah doch eingeschlafen. Als um sieben der Wecker klingelte und sie sich mit einem Ruck aufrichtete und auf Grazias Bett starrte, war Allessandro nicht mehr da.

Grazia saß auf der Bettkante und schnitt ihre Fingernägel. Sie lächelte Sarah an und sagte: „Hi. Gut geschlafen?"

Sarah warf die Decke zurück. „Ich habe überhaupt nicht geschlafen." Sie schaute sich um. „Wo ist er?"

„Weg natürlich", sagte Grazia.

Im gleichen Augenblick wurde die Tür geöffnet. Angela schaute herein. „Guten Morgen, ihr Süßen", rief sie fröhlich. „Die Sonne lacht schon längst vom Himmel. Habt ihr beide um halb neun Schule?"

Grazia und Sarah starrten Angela an. Sie kam doch sonst nie morgens früh ins Zimmer. Was bedeutete das? Hatte sie etwa Verdacht geschöpft?

Angela ging zum Fenster, öffnete es und schaute hinaus. Grazia und Sarah hielten die Luft an.

„Es riecht nach Sommer, Kinder", rief Angela. „Heute Abend spendier ich uns allen unten am Bootssteg ein Eis." Sie schaute die beiden an. „Was ist mit euch los? Warum macht ihr so erschreckte Gesichter?"

Grazia schloss die Augen. Ihre langen Wimpern zitterten. „Es ist alles in Ordnung", flüsterte sie.

Angela lehnte sich an die Fensterbank. „Ich habe gehört, ihr habt etwas Tolles vor", sagte sie. „Wieso sagt mir denn keiner was?"

Sarah wurde rot. „Wieso denn? Was denn?"

„Ihr habt einen Auftritt im neuen Ballett. Toll! Und ein unheimlicher Zufall."

„Was ist Zufall?", fragte Sarah misstrauisch.

„Dass es zwei aus demselben Zimmer und derselben Klasse getroffen hat. Sonst fällt das Los meistens auf Schüler, die sich nicht kennen.

Sarah riss die Augen auf. „Was denn für ein Los?"

„Na, das Los eben." Angela lachte. „Wisst ihr nicht, dass die Eleven für die Vorstellungen immer per Los ausgesucht werden? Sergej Uljanow will niemanden besonders hervorheben."

Sarah und Grazia schüttelten den Kopf.

Angela lachte. „Habt ihr gedacht, ihr seid ausgesucht worden, weil Sergej euch schon als Solistinnen auserkoren hat? Habt ihr das wirklich gedacht?"

Sarah blickte zu Boden. Sie hatte einen glühend heißen Kopf vor Scham. Natürlich hatte sie gedacht, sie seien aus einem besonderen Grund ausgewählt worden. Entweder weil sie besonders graziös oder besonders begabt waren oder weil Sergej sie einfach aus irgendeinem Grund in Erinnerung behalten hatte. Aber ein Los! Das bedeutete gar nichts. Nicht die geringste Auszeichnung. Das hätte ja genauso gut René oder Lui Hang oder irgendjemand anderen treffen können!

Die internationale Schule, die Grazia besuchte, seit sie in Hamburg war, lag in einem anderen Stadtviertel.

Grazia war müde und verzweifelt an diesem Vormittag. Zweimal wurde sie in Geographie aufgerufen, um eine Frage zu beantworten, und zweimal hatte sie kleinlaut zugeben müssen, dass sie überhaupt nicht zugehört hatte.

Nach der großen Pause holte sie der Mathelehrer gleich am Anfang der Stunde an die Tafel und bat sie eine Gleichung zu lösen.

Grazia hatte das Gefühl, dass alles vor ihren Augen verschwamm. Hinter ihrem Rücken hörte sie Wispern und Kichern. Florian bekam einen Hustenanfall, und jemand rief, dass man ein Fenster aufmachen solle.

Grazia zerkrümelte die Kreide in der Hand, während sie versuchte, sich auf die Tafel zu konzentrieren.

„Nun, Grazia?“ Der Mathelehrer stellte sich hinter sie. „Worauf warten Sie? Auf eine Erleuchtung?“

Ein paar Schüler kicherten. Grazia hasste es, wenn die anderen ihre Schadenfreude so deutlich zeigten.

„Sie warten auf den Einsatz?“ Der Mathelehrer lächelte ironisch. „Mathematik funktioniert nicht wie ein Tanz, Grazia. Haben Sie das nicht gewusst? Da gibt kein Ballettmeister den Takt an, da sagt niemand, welche Pirouetten man drehen muss.“ Er tippte sich leicht an die Stirn. „Mathematik, das ist Ästhetik des Gehirns und nicht des Körpers. Das ist ein kleiner Unterschied, nicht wahr?“ Er lächelte wieder. Aber es war kein freundliches Lächeln. Grazia wusste, dass der Mathelehrer es für eine verrückte Idee hielt, eine Ballettakademie zu besuchen.

Grazia biss sich auf die Unterlippe, während sie die Gleichung betrachtete. Hilflos hob sie die Arme. „Ich kann es nicht." Sie schaute den Lehrer an. „Ich kann es einfach nicht."

Der Lehrer nickte grimmig. „Das habe ich mir gedacht. Sie können es nicht. Aber Sie sollten es können. Denn das ist der Unterrichtsstoff für diesen Jahrgang. Oder haben Sie vor, die Klasse zu wiederholen?"

Grazia starrte ihn an. Ihre Augen verdunkelten sich. Ich hasse dich, dachte sie, ich hasse dich.

Sie schüttelte den Kopf, legte den Kreiderest in das Körbchen und ging stumm an ihren Platz zurück.

Der Mathelehrer wandte sich der Klasse zu. „Kann einer von Ihnen die Gleichung lösen?" Er deutete auf Tom, den Amerikaner. „Bitte, Tom."

Tom erhob sich und stapfte in seinen schweren Boots durch den Mittelgang. Er kratzte sich am Hinterkopf und ließ seinen Blick über die Klasse schweifen. „Tut mir Leid, folks", sagte er, „aber es ist wirklich ganz einfach." Er zwinkerte Grazia zu. „Bestimmt."

Grazia starrte ihn mit ausdruckslosem Gesicht an. Sie war müde, ihr war übel, und sie war verzweifelt.

So verzweifelt wie noch nie in ihrem Leben.

Allessandro wartete auf sie an der Straßenkreuzung. Er saß auf einer Gartenmauer, Grazias Kopfhörer übergestülpt, und trommelte mit den Fingern den Rhythmus der Musik.

Grazia kam mit drei Klassenkameradinnen aus der Schule. Sie wollte gerade in die Hauptstraße einbiegen, als sie ihn sah.

Wie gelähmt blieb sie stehen. Sie sagte den anderen, dass sie schon mal vorgehen sollten, wandte sich um und lief in entgegengesetzter Richtung davon.

„Was ist los?“, rief Rita ihr nach. „Hast du was vergessen?“

Grazia drehte sich um. In diesem Augenblick sah sie, wie Allessandro die Kopfhörer abnahm und von der Gartenmauer sprang. Er spurtete hinter ihr her.

O verdammt, dachte Grazia, o verdammt.

Sie blieb stehen. Aus den Augenwinkeln beobachtete sie Rita, Florentine und Jennifer. Die merkten offenbar nicht, welches Drama sich gerade anbahnte. Sie winkten noch einmal fröhlich und bogen um die Ecke, um im *Tizian* einen Espresso zu trinken. Das war freitags das heilige Ritual.

„Aspetta!“, rief Allessandro, als Grazia sich wieder umdrehen und weggehen wollte. „Ich will mit dir reden, Grazia!“

Grazia schloss die Augen. „Wir haben doch alles besprochen“, sagte sie müde. „Wieso bist du noch nicht weg?“

Allessandro stand mit hängenden Armen vor ihr. Er schaute sie aus todtraurigen Augen an. „Ich kann nicht“, sagte er hilflos, „ich kann nicht einfach wieder weg. Komm mit, Grazia.“

Grazia schluckte. „Bitte, Allessandro“, flüsterte sie, „wir haben doch alles besprochen. Alles. Ich will nicht wieder von vorn anfangen.“

Allessandro nickte grimmig. Er fasste ihre Schultern und schüttelte sie. „Und wieso hast du mich heute Nacht mit in dein Zimmer genommen? Wieso? Warum hast du das getan? Warum lässt du mich bei dir schlafen, wenn du nichts mehr von mir wissen willst?"

Grazia öffnete die Augen. Sie blickte ihn an, ruhig und entschlossen. „Weil du mir Leid getan hast, Allessandro."

„Leid, leid!" Allessandro ließ sie wütend los. Grazia taumelte ein paar Schritte zurück. „Ich will dir nicht Leid tun! Ich will, dass du mich liebst!" Er schlug die Faust gegen die Brust. „Weißt du, wie sehr ich dich liebe?" Er wartete. Grazia schaute auf den Boden. „Du weißt es. Natürlich. Ich bin aus Neapel gekommen. Ich habe kein Geld, ich bin müde, ich habe Hunger. Und trotzdem möchte ich lieber da sein, wo du bist." Er nickte grimmig. „Ich habe beschlossen, ich bleibe hier."

Grazia erstarrte. „Du bleibst hier?", flüsterte sie.

„Ja. Hier in dieser Stadt." Allessandro machte eine raumgreifende Armbewegung. „Irgendwo hier werde ich mir eine Arbeit suchen."

„Aber das geht nicht", sagte Grazia. „Du hast keine Arbeitserlaubnis. Du musst zurück."

„Wer fragt nach einer Arbeitserlaubnis? Ich werde schon jemanden finden, der mich aufnimmt und mir einen Job verschafft. Ich bin Kfz-Mechaniker, hast du das vergessen? Gute Kfz-Mechaniker werden überall gebraucht." Er ging auf einen Fiat zu, der am Bordstein parkte, und gab dem Kotflügel einen Tritt. „So schnell kann mit dem Auto was passieren. Siehst du? Da braucht man einen Mechaniker."

Grazia war wie gelähmt. Ihr Kopf schmerzte, als drückte jemand ein glühendes Eisen gegen ihre Stirn.

„Das geht nicht", murmelte sie. „Du kannst nicht hier

bleiben. Wir können nicht zusammen sein. Ich habe es dir doch erklärt."

Allessandro starrte sie an. „Du hast es mir erklärt, stimmt. Aber ich habe es nicht verstanden." Er wickelte die Schnur des Kopfhörers um seine Hand und zog daran. „Wir haben gesagt, wir bleiben zusammen. Weißt du das nicht mehr? In Sizilien? Im letzten August? Hast du das vergessen? Du hast gesagt, du liebst mich so, dass dein Herz davon wehtut. Und ich habe gesagt, dann müssen wir eben immer zusammen sein. Weißt du das nicht mehr?"

Grazia zitterte. „Hör auf. Hör auf. Mir tut der Kopf weh."

„Und mir tut der Bauch weh!", schrie Allessandro. „Du hast heute Morgen bestimmt gefrühstückt, Eier und Speck und frisches Brot. Aber weißt du, was ich gegessen habe? Nichts. Absolut nichts."

„Ich habe auch nicht gefrühstückt", erwiderte Grazia tonlos. „Ich hatte keinen Hunger."

„Aber ich habe Hunger. Ich habe bloß kein Geld."

„Und was ist mit dem Geld, das ich dir gegeben habe? Für die Fahrkarte?"

„Ich habe die Karte gekauft", knurrte Allessandro. Er war auf einmal verlegen. Er wandte sich ab und starrte auf den hohen Baukran, der hinter einer Gartenmauer emporragte. „Aber ich habe sie nicht mehr."

Grazia traute ihren Ohren nicht. Sie stellte sich hinter Allessandro, legte die Hand auf seine Schulter. „Wo ist die Fahrkarte? Ich habe dir mein letztes Geld gegeben."

„Ich weiß." Allessandro nickte. Er legte den Kopf in den Nacken. „Ich habe sie weggeworfen." Er schnellte herum.

„Ich will bei dir bleiben, verstehst du das nicht? Wieso kapierst du das nicht?“

Grazia fühlte sich auf einmal ganz schwer, ganz müde. Sie schleppte sich mit weichen Knien bis zu einem Mauervorsprung und setzte sich. Die Schulmappe rutschte ihr einfach von den Knien, platzte auf, und alle Bücher und Hefte ergossen sich auf den Bürgersteig. Sie schüttelte hilflos den Kopf. Eine Träne löste sich aus ihren Wimpern und rollte über ihr Gesicht. Sie wollte sich bücken, um die Sachen einzusammeln, aber sie schaffte es nicht.

Allessandro starrte sie an. „Was hast du? Was ist los?“

„Nichts“, murmelte Grazia. „Mir tut nur mein Kopf weh.“

Allessandro bückte sich und sammelte ihre Sachen auf. Dann tat er alles fein säuberlich in ihre Schulmappe zurück. Er lächelte, schüchtern, zärtlich – und hilflos. „Es tut mir Leid, Grazia.“

Sie schaute ihn an. Sie konnte nicht lächeln. „Mir tut es ja auch Leid.“

„Ich sterbe, wenn wir nicht zusammen sind“, sagte Allessandro. „Das ist mein Ernst. Ich weiß das. Ich weiß das genau.“

„Und ich sterbe, wenn ich nicht tanzen darf“, sagte Grazia. Sie riss sich zusammen und ihre Stimme wurde fest. Sie schaute Allessandro in die Augen. „Das Tanzen ist für mich das Wichtigste. Ich möchte Ballerina werden, verstehst du das nicht? Ich möchte einmal eine berühmte Solotänzerin sein, in New York, in Singapur oder irgendwo auf der Welt.“

Allessandro nickte. Er schaute sie mit großen Augen an.

Grazia atmete tief durch. „Und ich werde mich von niemandem daran hindern lassen. Von niemandem!“ Sie nahm die Schulmappe und stand auf. „Es ist mir egal, Allessandro, was du tust. Aber ich muss morgens in die Schule, und nachmittags muss ich trainieren. Jeden Tag."

Allessandro nickte. Er lief neben ihr her. „Auch samstags?"

„Auch samstags."

„Aber Sonntag hast du doch frei? Da können wir uns doch sehen?"

Grazia wandte sich ihm zu. „Wir dürfen die Tanzakademie nur mit Erlaubnis verlassen", sagte sie. „Und nie allein. Das habe ich dir doch erklärt. Wieso glaubst du das nicht?"

Allessandro starrte sie an. „Du lebst ja wie in einem Gefängnis."

Grazia schüttelte lächelnd den Kopf. „Nein. Aber wie in einem Kloster. Und weißt du was? Ich finde es okay."

Allessandro senkte den Kopf. „Du hast dich verändert seit dem letzten Sommer. Was ist passiert?"

„Nichts. Außer, dass ich ein Ziel habe. Wenn du ein Ziel hättest, dann wärst du auch anders."

„Ich habe ein Ziel." Allessandro schaute sie an. „Ich will dich. Ich will mit dir zusammen sein. Und ich werde es schaffen."

Gemeinsam gingen sie die Straße herunter, bogen um die Ecke, überquerten einen Platz. Wortlos blieben sie stehen, als ein kleines Mädchen mit einem Kinderfahrrad um sie herumkurvte.

Dann seufzte Grazia tief und sagte: „Ich habe Hunger."

„Ich auch."

„Okay. Da vorn ist ein McDonald's. Willst du einen Hamburger?"

Allessandro nickte. Er lachte. „Und eine große Portion Pommes. Ich sterbe vor Hunger." Er nahm ihre Schulmappe, schwenkte sie fröhlich und tänzelte vor ihr her.

Grazia lächelte hilflos. Sie hatte nicht die geringste Ahnung, was sie jetzt tun sollte.

Es fiel Sarah natürlich auf, dass Grazia überhaupt keine Zeit mehr hatte. Immerzu war sie in hektischer Eile, saß nervös an ihrem Tisch über den Schularbeiten, fluchte, wenn ihr etwas nicht auf Anhieb gelang, schleuderte die Hefte und Bücher auf den Boden und warf sich schluchzend auf das Bett.

Im nächsten Augenblick sprang sie wieder auf und rief laut und grimmig: „Ich werde Ballerina, Sarah, ich schwöre es bei der heiligen Jungfrau."

„Natürlich wirst du Ballerina", sagte Sarah gelassen, „das ist doch logisch. Warum sind wir sonst hier? Warum machen wir uns kaputt, wenn nicht deswegen? Schau mal ..." Sie streckte Grazia ihren nackten Fuß hin. „Ich habe schon wieder eine Blase. Das macht mich verrückt. Ob ich sie mit der Stecknadel aufpiekse?"

Grazia starrte sie entsetzt an. „Wehe! Wenn du das tust, entzündet es sich, und dann kannst du eine Woche nicht trainieren." Sie setzte sich neben Sarah aufs Bett, legte Sarahs Fuß in ihren Schoß und begutachtete die Blase. „Das sieht schlimm aus", meinte sie. „Ganz blutunterlaufen. Tut es weh?"

Sarah grinste gequält. „Klar tut es weh. Kommst du heute Nachmittag mit mir zur Anprobe? Mein Kostüm ist geändert worden."

Grazia schüttelte den Kopf. „Ich habe keine Zeit", sagte sie ausweichend.

„Schularbeiten? Wir haben heute um siebzehn Uhr Training, das weißt du."

Grazia schob Sarahs Bein weg und stand auf. Sie ging ans Fenster. Sie stützte die Hände auf das Fensterbrett und presste die Stirn gegen das Glas. „Ich muss noch weg."

„Weg?", fragte Sarah verblüfft. „Wohin denn?"

Grazia wandte sich um. „Sag mal, bist du mein Aufpasser, oder was? Muss ich dir alles sagen, was ich tue?"

Erschrocken hob Sarah die Hände. „Quatsch. Du brauchst mir überhaupt nichts zu sagen." Sie stand auf und humpelte zum Waschtisch, um aus der Schublade ein Heftpflaster zu nehmen. „Es ist mir völlig egal, was du machst."

Grazia reagierte nicht. Stumm starrte sie aus dem Fenster.

Sarah ging zur Anprobe, traf sich nachher mit René in der Cafeteria zu einer Tasse Tee und einem Mandelhörnchen und hörte sich seine Probleme an. René hing wieder mal durch. Zwar war seine Knieverletzung inzwischen geheilt, aber er hatte Heimweh. Und Kevin Jones, wie René ein Schwarzer, hatte offenbar keine Lust mehr, sich mit ihm zu treffen.

„Weißt du, was er mir neulich gesagt hat?" René stand auf, holte sich vom Nachbartisch eine Zuckerdose und kam wieder zurück. „Ich habe ihn angerufen, in seinem

Appartement. Ich wollte bloß wissen, ob er eventuell Zeit und Lust hätte, mit mir ins Kino zu gehen. Also, ich ruf ihn an." René schüttete sich Mengen von Zucker in seine Tasse. Sarah schaute fasziniert zu und fragte sich, wann er aufhören würde. „Und er sagt: ‚Hi, Jones hier.' Und ich sage: ‚Hi, hier ist René.' ‚Welcher René?', fragt Kevin. Ich sage: ‚Sag mal, was ist los, kennst du noch mehr Renés?' ‚Klar', sagt Kevin, ‚zum Beispiel ein Mädchen aus Lyon. Was willst du?'"

René schaute Sarah aus seinen schwarzen Augen an. Er sah wirklich sehr bekümmert aus. „Ich hatte keine Ahnung, dass in manchen Ländern René auch ein Mädchenname ist. Wenn du es genau wissen willst, ich glaube es immer noch nicht."

Sarah lehnte sich zurück. „Das spielt doch jetzt keine Rolle. Erzähl lieber, was mit Kevin war."

„Also gut." René nickte. „Ich frage ihn, ‚sag mal, hast du zufällig Lust, am Sonntag mit mir ins Kino zu gehen?' Ich habe echt ganz lieb gefragt, weißt du." Er breitete die Arme aus und rollte verzweifelt mit den Augen. „Und dann ging's los. Wie ein Donnerwetter. ‚Sag mal, was glaubst du eigentlich, wer du bist? Was glaubst du, wer ich bin?', schrie Kevin ins Telefon. ‚Ich bin doch nicht dein Babysitter. Wenn du jemanden brauchst, der mit dir ins Kino geht, dann frag doch deine Oma.' Und dann hat er aufgelegt." René schaute Sarah verzweifelt an. „Ich war total fertig nach dem Gespräch. Ich habe gedacht, ich spinne. Er war immer so freundlich. Und auf einmal sagt er mir, dass er mich zum Kotzen findet."

„Das hat er gesagt, dass er dich zum Kotzen findet?"

René schüttelte wild seinen Kopf. „Nein. Das nicht. Ich

habe dir doch erzählt, was er gesagt hat. Aber es kommt aufs selbe raus. Tatsache ist, dass er keine Lust hat, sich mit mir abzugeben. Tatsache ist, dass es überhaupt keinen Menschen gibt, mit dem ich reden kann."

Sarah lächelte. „Du redest zum Beispiel gerade mit mir."

René warf ihr einen verzweifelten Blick zu. „Ich meine was anderes. Ich habe Heimweh. Ich fühle mich hier nicht wohl. Weißt du, was passiert ist, als ich gestern in der U-Bahn fuhr? Soll ich es dir erzählen?"

Er rückte ein Stück näher, schaute, ob ihnen jemand von den Nachbartischen zuhörte, und begann zu erzählen.

René hatte wie üblich am Fensterplatz im U-Bahn-Wagen gesessen und gelesen, als eine Horde von Skinheads ins Abteil kam. Sie standen zuerst vorn im Gang, tranken Bier aus Dosen und pöbelten herum. Und dann entdeckten sie ihn, einen schwarzen, ziemlich verrückt gekleideten Jungen, der in seiner Ecke saß und las und sich nicht um sie scherte.

Einer von ihnen, einer mit einem über und über tätowierten Arm, war zu ihm gegangen und hatte gesagt: „Steh auf."

„Was?", hatte René verblüfft zurückgefragt.

„Du sollst aufstehen. Neger dürfen bei uns in der Bahn nicht mehr sitzen. Weißt du das nicht? Das ist ein neues Gesetz. Neger stehen." Er hatte René vom Sitz gezerrt und gegen die andere Bank geschleudert, hatte ihm vor die Füße gespuckt und gesagt: „Bald schmeißen wir euch sowieso alle raus. Dann gehört Deutschland wieder den Deutschen."

René erzählte die Geschichte mit unbewegtem Gesicht. Sarah konnte kaum glauben, was er sagte. Fassungslos nahm sie seine Hände und zwang ihn, ihr ins Gesicht zu sehen.

„Ist das wahr?“, fragte sie. „Ist das wirklich wahr?“

René nickte. Er lächelte tapfer. „Das waren vielleicht Arschlöcher. Aber ich konnte nichts machen. Einer gegen fünf.“

„War denn sonst niemand im Abteil?“

„Doch. Eine Frau und ein Pärchen und ein älterer Mann. Aber die haben so getan, als wenn sie nichts sehen. Ich schätze, die wollten sich nicht einmischen, damit sie nicht auch einen auf die Nase kriegen.“

Sarah schüttelte verzweifelt den Kopf. „Ach, René, das tut mir Leid. Das tut mir so unheimlich Leid.“

„Es ist dein Land“, sagte René.

Sarah schüttelte den Kopf. „Nicht mein Land. Ich komme aus der Schweiz.“

„Da ist es auch nicht besser“, sagte René. „Das hat mir Florence erzählt.“

Sarah erwiderte nichts. Sie versuchte sich vorzustellen, wie er sich von jetzt an fühlen würde, jedes Mal, wenn er einen Bahnsteig oder einen Laden betrat.

„Es ist Scheiße“, sagte René, „wenn man schwarz ist, und alle anderen sind weiß. Es ist echt Scheiße.“

„Du meinst, hier in der Tanzakademie?“

René lachte. „Hier doch nicht! Hier ist alles okay. Hier denke ich ja gar nicht an meine Hautfarbe. Hier sind ja alle durcheinander gewürfelt, aus allen Ländern der Welt. Das ist toll. Aber wenn ich das Haus verlasse ...“ Er schluckte und hob hilflos die Schultern. „Ich habe Heimweh, Sarah. Ich möchte zurück nach New Orleans. In New Orleans kümmert sich heutzutage kein Mensch darum, ob du schwarz bist oder weiß." Er hielt einen Augenblick inne und lächelte. Dann fügte er hinzu: „Na ja, manchmal doch. Aber dann ist es nicht wichtig, weil es so viele Schwarze gibt." Er trank mit geschlossenen Augen seinen zuckersüßen Tee. Als er die Tasse wieder abstellte, sagte er: „Kevin Jones war der Einzige, mit dem ich über so was sprechen konnte. Er hat mich immer verstanden."

„Wahrscheinlich war er nur nervös, weil er eine Prüfung hat oder so", sagte Sarah besänftigend. „Das musst du nicht so ernst nehmen."

René schaute sie an. „Ich nehme es aber ernst." Er sah auf die Uhr. „O verdammt. Zehn vor fünf."

„Was?" Sarah sprang auf. „Ich habe um fünf Training. Und anschließend Anatomie."

Sie gab René einen flüchtigen Kuss und wirbelte in der nächsten Sekunde schon durch die Tür.

Normalerweise saßen Grazia und Sarah im Anatomieunterricht immer hinten in der letzten Reihe, möglichst weit von dem Skelett entfernt, an dem Frau Dr. Hofer die Anatomie erklärte. Sie hatte einen kleinen Bambusstock, mit dem sie leicht gegen die schlenkernden Knochen stieß. Die Knochen wurden innen mit Drähten zusammengehalten, saßen ganz locker in den Gelenken, und bei dem leisesten Windhauch klirrte und bebte das Skelett.

Sarah fand es grausig.

Außerdem fiel es ihr unheimlich schwer, sich die lateinischen Namen für all die Knochen, Sehnen, Muskeln und Bänder zu merken. Sie hatte nie für möglich gehalten, dass der Mensch so viele Muskeln hat! Und dann erst das komplizierte Nervengeflecht … Aber sie sah ein, dass es wichtig war, den Körper und seine Funktionen genau zu kennen.

„Nur wenn ihr wisst, was alles in eurem Körper passiert, wenn ihr euch auf die Fußspitzen stellt, dann wisst ihr auch, welche Fehler ihr machen könnt. Nur wenn ihr den Aufbau der Wirbel kennt, wisst ihr, warum es so wichtig ist, eine gerade Körperhaltung zu haben."

Frau Dr. Hofer redete in einem merkwürdig einschläfernden Ton. Es war wirklich schwer, dabei wach und aufmerksam zu bleiben.

Sarah schaute sich um. Wieso war Grazia nicht gekommen? Nach dem Training hatte sie nur „Ciao" geflüstert und war weg gewesen, bevor Sarah irgendeine Frage stellen konnte.

Genau in diesem Augenblick sagte Frau Dr. Hofer: „Sarah Goldstein, wo ist Grazia? Wieso ist sie nicht erschienen?"

Sarah bekam vor Verlegenheit einen roten Kopf. „Ich … ich weiß nicht …", murmelte sie. Als sie sah, wie Frau Dr. Hofer interessiert den Kopf reckte, rief sie schnell: „Sie fühlt sich nicht gut. Sie hat Bauchschmerzen, schon den ganzen Tag. Das hat sie mir beim Training eben noch gesagt. Vielleicht hat sie sich hingelegt."

Frau Dr. Hofer nickte. „Dennoch wäre sicher Zeit gewesen, sich bei mir abzumelden. Höflichkeit ist eine Disziplin, die wir hier sehr hoch schätzen, das wisst ihr alle, nicht wahr?" Sie ließ ihre Augen über die Zuhörer gleiten. Alle nickten mit gesenkten Köpfen.

„Wer den Unterricht versäumt, muss sich abmelden, und zwar mit einer triftigen Begründung. Sag Grazia, ich werde mich nachher bei ihr erkundigen. Ich hoffe, dass diese Bauchschmerzen nicht nur ein Vorwand waren, um eine lästige Unterrichtsstunde zu versäumen." Sie hob die Stimme. „Mir ist sehr wohl bewusst, dass einige von euch das alles, was ich hier erzähle, für sehr medizinisch halten. Ich weiß, dass ihr nicht Medizin studieren, sondern tanzen wollt. Aber ihr könnt nur tanzen, wenn euer Körper gesund ist. Und euer Körper kann nur gesund sein, wenn ihr ihn richtig behandelt. Habe ich mich klar genug ausgedrückt, Sarah Goldstein?"

Sarah nickte eifrig. „Ja, natürlich", murmelte sie.

Sarah lief durch den Gang, stieß die Glastüren auf und nahm drei Stufen auf einmal. Sie wäre fast mit Sergej Uljanow zusammengestoßen, der gerade, flankiert von zwei wichtig aussehenden Damen, die Treppe herunterkam.

„Attention!", rief er streng.

Sarah zuckte zusammen. Sie wurde feuerrot. Automatisch machte sie einen tiefen Knicks und huschte dann zur Seite, um den Ballettdirektor und die beiden Damen durchzulassen.

„This isn't a runway", sagte Sergej.

„Ich weiß", flüsterte Sarah. „Entschuldigung." Oft genug hatte man ihr eingetrichtert, dass man sich immerzu, von morgens bis abends, ruhig und diszipliniert zu verhalten hatte. Trödeln war verpönt, aber Rennen genauso. Sie hatte ganz eindeutig die Hausordnung verletzt. Es war lächerlich, aber es war so. Deshalb blieb sie stehen, mit gesenktem Kopf, die Arme hinter dem Rücken verborgen, und wartete auf die Strafpredigt.

„What is your name?“, fragte Sergej.

„Sarah Goldstein“, wisperte Sarah.

„Kevin Haigen?“, fragte Sergej.

Sarah schüttelte den Kopf. „Nein. Beatrice Fromme.“ Schließlich wagte sie es doch, den Kopf zu heben.

„Reizend“, sagte eine der Damen, streckte die Hand aus und berührte sanft Sarahs Wange. „Ich wusste gar nicht, dass die jungen Dinger heute noch rot werden können.“

Die Dame trug ein elegantes Kostüm und war stark geschminkt. Sarah rechnete fest damit, dass die Puderschicht beim ersten Lächeln abblättern würde. An ihrer Hand hing ein schweres, goldenes Armband. Sie sah nicht nur nach viel Geld aus, sie roch sogar reich.

Sarah wartete stumm, was jetzt passieren würde. Die andere Dame schien nicht an ihr interessiert, sie war drei Schritte weiter nach unten gegangen und schaute aus dem Fenster in den Park. „Eine herrliche Aussicht, verehrter Meister“, rief sie enthusiastisch. „Wissen das Ihre Eleven überhaupt zu schätzen? Hier sollte man ein Restaurant bauen oder eine Galerie.“

Sergej ließ Sarah nicht aus den Augen. Eine steile Falte hatte sich auf seiner Stirn gebildet. „Wir sind sehr glücklich, dass wir in einer so schönen Umgebung arbeiten können, Madame“, sagte er in seinem russisch gefärbten Deutsch, „bitte nehmen Sie es uns nicht weg.“

Die Dame lachte. Sie hob die Arme. „Ich kann Ihnen doch nichts wegnehmen, lieber, verehrter Sergej! Das wissen Sie genau! Ich bin Ihnen doch ergeben! Was immer Sie wünschen: es ist mir Befehl.“

Sarah hörte zu, ohne etwas zu verstehen. Wer waren diese Frauen? Was wollten sie hier?

Bevor sie weiter darüber nachgrübeln konnte, machte Sergej einen Schritt auf sie zu. „Sarah Goldstein“, wiederholte er nachdenklich, „I know your name.“

Sarah lächelte schüchtern. „Ich mache mit beim ungarischen Tanz. Vielleicht deshalb.“

Sergejs Augenbrauen schoben sich noch mehr zusammen. „Ich erinnere mich nicht“, murmelte er. „Es waren doch zwei Mädchen.“

„Und Grazia Mandini!“, sagte Sarah schüchtern.

Sergej schien sich plötzlich zu erinnern. Er nickte. Er war mit irgendetwas unzufrieden. Die beiden Damen warteten auf der untersten Treppe.

„Do not run in this place“, sagte Sergej streng. „This is an academy and not a gym.“ Eine Akademie und keine Turnhalle.

Die Dame mit dem Goldarmband kicherte. „Sie sind wirklich streng, Meister. Junge Menschen laufen nun einmal.“

„Nicht an diesem Platz“, sagte Sergej. Er ging mit den beiden Frauen die Treppe herunter.

Sarah stand immer noch wie angenagelt auf der Stufe. Es war seit ihrer Aufnahmeprüfung das erste Mal, dass sie mit Sergej gesprochen hatte. Und es trieb ihr immer noch die Schamröte ins Gesicht, dass er sie bei einem Fehler erwischt hatte.

Sergej schaute ihr nach, als ob er sichergehen wollte, dass sie nicht wieder drei Stufen auf einmal nahm. „I want to see you“, rief er, „you and Grazia. On Monday.“ Er überlegte. „At two o'clock.“

Sarah nickte. „Ist gut“, sagte sie eifrig. „Um zwei Uhr.

Ich sage Grazia Bescheid." Ihr fiel zwar im gleichen Augenblick ein, dass sie gerade am Montag bis zur siebten Stunde Unterricht hatte, aber das spielte keine Rolle. Sie würde eben schwänzen. Sie würde alles schwänzen, wenn Sergej Uljanow mit ihr reden wollte.

„Ich will sehen, wie gut ihr seid", rief Sergej. „Ich muss mir das ansehen."

Sarah schloss die Augen.

O verdammt, dachte sie. Das ist es. Jetzt schmeißt er mich raus aus der Aufführung. Nur weil ich einmal die Treppe raufgerannt bin. Nur weil ich das Pech hatte, ihm und diesen blöden Ziegen mit ihren vielen Klunkern zu begegnen.

Sie richtete sich auf, hob den Kopf und schritt wie eine Prinzessin die letzten Stufen hinauf und über den Flur bis zu ihrer Zimmertür. Dann schaute sie sich noch einmal um, stellte fest, dass der Flur völlig menschenleer war und brüllte: „Grazia! Wir müssen Montag vortanzen vor Sergej Uljanow!"

Sie hatte die Zimmertür aufgerissen und stockte. Fassungslos starrte sie auf das Chaos in ihrem Zimmer. Alles war durcheinander. Grazias Sachen lagen wild verstreut auf beiden Betten: ihre Bücher, ihre Stofftiere, ihre Kleidungsstücke, ihre Schminksachen.

Sarah schluckte. Sie hielt sich an der Türklinke fest. „Grazia?", fragte sie.

Dabei wusste sie, dass niemand da war. In so einem Chaos hatte keine Fliege mehr Platz. Sie zog ihre Schuhe aus, stellte sie neben die Tür und stieg im Storchengang über die Klamotten. Seufzend ließ sie sich auf ihr Bett fallen.

„Das glaube ich nicht“, murmelte sie kopfschüttelnd, „das glaube ich einfach nicht. Was ist in diese blöde Kuh gefahren? Was stellt die sich vor? Dass ihr das Zimmer allein gehört? Dass sie aus unserem gemeinsamen Zimmer einen Saustall machen kann?“

Jemand ging pfeifend den Flur entlang. Sarah hielt die Luft an. Das musste Moritz sein. Sie hatte Moritz die ganze Woche nicht gesehen. Es hieß, er war mit seiner Klasse auf einer Prag-Reise. Sie wartete mit angehaltenem Atem. Das Pfeifen brach abrupt ab, und im nächsten Augenblick klopfte es an der Zimmertür.

„Sarah?“, fragte eine Stimme. „Kann ich reinkommen?“

„Nein!“, schrie Sarah. Sie schnellte vom Bett hoch und sprang zur Tür. Sie öffnete die Tür einen Spalt und starrte Moritz an.

Moritz sah wunderbar aus. Er schob einen langen, rosafarbenen, spiralförmigen Lolly durch den Türspalt. „Zum Zeichen, dass ich an dich gedacht habe, habe ich dir was mitgebracht.“

Sarah lächelte. Moritz war wahrscheinlich der netteste Tanzschüler an der ganzen Akademie. Sie hatte ihn in den letzten Tagen wirklich vermisst. Er brachte immer gute Laune mit. Auch wenn alle anderen apathisch und erschöpft in den Seilen hingen und sich den stupidesten Fernsehfilm reinzogen, machte Moritz noch Stimmung.

Sie lächelte. „Hi“, sagte sie. „Wieder zurück?“

Moritz schüttelte den Kopf. „Dies ist nur mein Geist. Und das ist kein Lolly, sondern der Rest eines spacelab.“

„Und was ist ein spacelab?“

Moritz grinste. „Ein Weltraumlabor. Probier mal, schmeckt echt geil.“

Sarah nahm den Riesenlolly und leckte dran. Sie verzog entzückt das Gesicht. „Der ist ja echt stark. Was ist das?"

„Himbeer und Pfefferminz." Moritz schob sich an ihr vorbei ins Zimmer. Er machte einen Schritt und trat genau auf einen Schuhkarton, der knirschend zusammenkrachte. Erschrocken hob er den Fuß und starrte auf das Ding am Boden. „Was ist das?"

„Ein Schuhkarton, schätze ich mal." Sarah bückte sich, hob den Karton auf und legte ihn auf Grazias Bett. „Geh ganz vorsichtig, okay? Vielleicht ist Kristall in den anderen Kartons."

„Klar. Oder Whisky." Moritz übte jetzt auch den Storchengang. „Was ist hier los? Hat eine Bombe eingeschlagen?"

Sarah ließ sich wieder auf das Bett fallen. „Ich habe keine Ahnung. Als ich um drei Uhr das Zimmer verließ, sah es noch bewohnbar aus. Irgendetwas ist in der Zwischenzeit passiert."

„Und wo ist Grazia?", fragte Moritz, sich behutsam neben ihr auf das Bett setzend.

„Keine Ahnung." Sarah hob die Schultern. Sie warf einen Blick zum Fenster. „Manchmal kommt sie durchs Fenster, aber das ist ja zu."

Moritz starrte sie an. Dann grinste er und schlug sich begeistert aufs Knie. „Das ist ja superstark. Wie heißt die Nummer, die ihr hier abzieht? Mann, da sind wir in Prag ja lahme Krieger gegen euch gewesen. Sie geht durchs Fenster, sagst du?"

Sarah nickte.

„Und warum tut sie das?"

Ich könnte ihm jetzt die Wahrheit sagen, dachte Sarah,

ich könnte ihm die Geschichte mit Allessandro erzählen, aber das werde ich nicht tun. Besser, er hält uns für ein bisschen bekloppt.

Sie schob die T-Shirts mit den Händen vom Bett. „Manchmal geht sie auch durch die Tür“, sagte sie lässig, „aber das ist lange nicht so spektakulär.“

„Und wieso nicht?“

„Weil es ihr überhaupt nichts ausmacht, durch eine geschlossene Tür zu gehen. Das hat ihre Großmutter schon gekonnt. Aber der Trick mit dem Fenster“, Sarah kicherte, als sie Moritz’ verblüfftes Gesicht sah, „der ist echt neu.“

Moritz schaute sie an. Dann nickte er. „Verstehe“, murmelte er. Er stand auf, zog seinen Pulli zurecht und stapfte zur Tür. „Ciao, bis später.“

„Wohin gehst du?“

„Zum Nervenarzt“, sagte Moritz und schloss behutsam die Tür hinter sich.

Hilflos starrte Sarah an die Decke. Das Chaos um sie herum machte sie ganz verrückt. Wo war Grazia? Was passierte hier?

Sie stand auf, zog unter einem Stapel von Leggins ihre Schulmappe heraus und ging damit in den Flur. Sie setzte sich draußen auf das rote Sofa, breitete die Schulsachen aus und begann zu arbeiten.

Angela kam aus dem Sekretariat. Verblüfft blieb sie stehen, als sie Sarah allein in der Diele bemerkte.

„Was ist los?“, fragte sie, vorsichtig näher kommend, „wieso sitzt du hier?“

Sarah hob die Schultern. Sie schaute nicht auf. „Ich mache Schularbeiten.“

„Hast du dich mit Grazia gestritten?“

Sarah schüttelte den Kopf.

„Du bist doch sonst immer in deinem Zimmer."

Sarah schaute auf. Sie warf Angela einen Blick zu, der ihr zeigen sollte, wie genervt sie von dem Gespräch war. „In unserem Zimmer ist es zu unordentlich, und ich würde mich jetzt gern auf Französisch konzentrieren. Okay?"

Angela biss sich auf die Unterlippe. „Und wie wär's, wenn du in deinem Zimmer Ordnung machen würdest?", fragte sie. „Dann musst du nicht im Flur sitzen. Du verdirbst dir die Augen."

Sarah seufzte. „Ich habe die Unordnung nicht gemacht, und ich räume auch nicht auf. Klar?"

Sie wusste selbst nicht, warum sie so aggressiv war. Es tat ihr im gleichen Augenblick schon Leid, als sie merkte, wie Angela zusammenzuckte.

Sie lächelte versöhnlich. „Ich geh nachher wieder rein. Ist schon gut. Ich hab's nicht so gemeint. Ich muss mich nur jetzt auf Französisch konzentrieren." Sie legte die Handflächen gegeneinander und schaute Angela flehend an. „Nicht böse sein."

Angela nickte bedächtig. Sie fuhr Sarah kurz durchs Haar, lächelte flüchtig und verschwand wieder im Sekretariat.

Grazia und Allessandro liefen durch die Straßen. Es war ein Viertel, in dem Grazia sich überhaupt nicht auskannte. Ein Viertel mit Kneipen und Stehimbissen und einem großen Parkplatz für Busse. Es gab Spielhallen und Waschsalons und junge Leute, die auf dem Bürgersteig saßen und sich einen Joint drehten, Autowerkstätten und Copyshops. Einen Supermarkt, vor dem ein Polizist stand, als müsse er dort Wache halten.

„He“, sagte Grazia, tief Luft holend. „Was machen wir hier eigentlich? Ich muss zurück. Es ist schon spät. Wenn die merken, dass ich nicht da bin …“

Allessandro nahm ihr Handgelenk und zog sie weiter. „Es muss hier irgendwo sein“, sagte er, die Häuserfassaden nach einer Hausnummer absuchend. „Ich weiß es. Nummer 112.“ Er blieb stehen, als oben im ersten Stock ein Fenster aufflog.

Eine dicke Frau mit rosigen Oberarmen lehnte sich heraus. Ihre Haare waren wasserstoffblond und der Lippenstift verschmiert. Grazia fand, dass sie schrecklich aussah, aber Allessandro grinste zu ihr hoch.

Er stieß Grazia an. „Du sprichst doch deutsch. Frag sie, ob das Nummer 112 ist.“

Grazia schluckte. „Ist das Nummer 112?“, rief sie nach oben.

Die Frau überlegte. Dann schüttelte sie den Kopf. „Was sucht ihr denn?“

„Eine Wäscherei. Ist in diesem Haus eine Wäscherei?“

Die Frau lachte. Sie drehte sich um, verschwand und kam mit einer Zigarette zurück.

„Hier ist keine Wäscherei, sondern ein Puff, Prinzessin“, sagte sie freundlich. „Die Wäscherei ist in der Nebenstraße. Da, wo der weiße Dampf aus den kleinen Schloten kommt.“

Allessandro winkte überschwänglich und verbeugte sich vor der Dicken. „Grazie. Grazie Tante!“, rief er und warf ihr eine Kusshand zu.

Die Frau lachte und ließ das Feuerzeug aufflammen.

„Allessandro!“, zischte Grazia, „hier gefällt es mir nicht. Das ist keine gute Gegend.“

„Wieso? Was hast du gegen die Gegend? Du musst mal nach Neapel kommen. Da sieht es anders aus.“ Er zog sie hinter sich her.

„Meine Füße tun weh“, rief Grazia. Sie war den Tränen nahe. „Ich müsste längst in der Anatomiestunde sein. Ich wette, sie suchen mich schon alle.“

„Die werden auch wieder aufhören, dich zu suchen“, meinte Allessandro ungerührt. „Und irgendwann gehst du da ja sowieso weg.“

Grazia riss sich los. Sie blieb stehen und starrte Allessandro an. „Was hast du gesagt?“

Allessandro lächelte. „Ich hab nur die Wahrheit gesagt. Irgendwann hörst du auf mit dieser blöden Tanzerei. Mehr habe ich nicht gesagt. Irgendwann wirst du wieder vernünftig.“

Er fasste ihre Schultern und schüttelte sie sanft. „Ich habe das auch zu Umberto gesagt: ‚Grazia wird wieder vernünftig. Ich werde dafür sorgen.'" Er wollte ihr einen Kuss geben, aber Grazia wich so heftig aus, dass er mit der Nase gegen ihre Schulter stieß und Nasenbluten bekam.

„Ich höre nie mit dem Tanzen auf!", schrie Grazia. „Ich werde Tänzerin! Ballerina! Wann geht das endlich in deinen blöden Schädel?"

„Okay, Baby. Okay, okay." Allessandro hob in einer Geste der Vergebung die Hände. „Du machst, was du willst. Aber jetzt gehen wir erst mal zu der Wäscherei."

„Und wieso soll ich da unbedingt mitkommen?"

„Das wirst du schon sehen." Er zerrte an ihrer Hand, und Grazia ließ sich widerstrebend weiterschleifen.

Von der nahen Kirchturmuhr schlug es sechs. Dröhnend donnerte ein Flugzeug im Tiefflug über sie hin. Automatisch duckte Grazia sich, als fürchte sie, das Flugzeug könne einfach auf sie herabstürzen.

Allessandro lachte. „Frauen haben immer Angst", sagte er fröhlich, „deshalb brauchen sie uns Männer. Damit wir sie beschützen." Er schlang seine Arme um sie. Zärtlich murmelte er: „Ich liebe dich, Grazia. Das weißt du doch."

Grazia schwieg, bis sie die Kantstraße erreicht hatten. Die kleinen Schlote sahen sie sofort. Sie ragten aus dem flachen Asbestdach eines Betonklotzes heraus, vor dem weiße VW-Transporter in Reih und Glied standen. Eine Schwenktür wurde aufgestoßen, und jemand schob einen vergitterten Karren mit Stapeln von weißer Wäsche heraus.

Allessandro strahlte. Er kniff Grazia in den Arm. „Das ist die Wäscherei!", rief er. „Wir haben sie gefunden."

Grazia schloss erschöpft die Augen. „Wurde auch Zeit", murmelte sie, „viel weiter wäre ich nicht mitgekommen."

Sie betraten die Wäscherei. Ein ohrenbetäubender Lärm ging von den riesigen Abzugschächten und Ventilatoren an der Decke aus. Leute in blauen Kitteln liefen zwischen überdimensionalen Waschmaschinen hin und her, Loren mit Blechkisten wurden durch den Mittelgang geschoben, Dämpfe legten einen Schleier über den ganzen Raum. Die Frauen hatten ihre Haare unter Plastikhauben versteckt. Sie arbeiteten stumm, ohne den beiden einen Blick zuzuwerfen.

Allessandro schaute sich um. Schließlich entdeckte er am Ende der großen Halle Männer in Geschäftsanzügen und Frauen ohne Plastikhauben, die an Computern arbeiteten oder hektisch telefonierten.

„Da müssen wir hin." Er zog sie hinter sich her. „Wie seh ich aus?"

Allessandro trug ein paar graue Jeans von Grazia, ein weites T-Shirt aus Jamaica und, um die Schultern geknotet, ein dunkelrotes Sweatshirt mit der Aufschrift *University of Chicago*. Das T-Shirt war okay, aber das Sweatshirt hätte gut eine Nummer größer sein können. Deshalb war es besser, er trug es jetzt auf die lässige Boris-Becker-Art.

Eine halbe Stunde später hatte Allessandro den Job. Er musste irgendwelche Behälter in irgendwelche Maschinen leeren, die Maschinen einstellen und das Zeug wieder herausnehmen. Es war offenbar ganz einfach, er brauchte nur einen Tag eingearbeitet zu werden. Und zwischendurch sollte er mit dem Elektrokarren zwischen den einzelnen Waschstraßen hin und her fahren und die Wäscheladungen verteilen. Allessandro strahlte. Der Stundenlohn war in Ordnung: zehn Euro.

Der Chef, ein Italiener, der seit zwanzig Jahren in Deutschland lebte, schob ihm einen Vertrag hin. „Das hier musst du ausfüllen", sagte er zu Allessandro. „Ich möchte keinen Ärger mit den Behörden."

„Ich mache keinen Ärger."

„Du hast einen festen Wohnsitz", sagte der Chef, „das ist das Wichtigste." Er tippte auf eine Zeile. „Schreib die Adresse da hin."

Allessandro stutzte. Er schraubte im Zeitlupentempo den Kuli auf und wandte sich an Grazia, die hinter ihm stand und ihr Gesicht zu einer verlegenen Maske hatte erstarren lassen.

„Wie ist noch mal die Adresse?", murmelte er zwischen halb geschlossenen Lippen.

„Welche Adresse?", fragte Grazia. Ihr Herz schlug heftig. Auf einmal verstand sie, weshalb Allessandro sie mitgenommen hatte. Ihr wurde ganz schwindelig.

Allessandro spürte den misstrauischen Blick des Chefs und lachte breit. „Wir sind gerade erst eingezogen", sagte er entschuldigend, „ich vergesse die Adresse manchmal." Er schob Grazia den Vertrag hin. „Sie spricht gut deutsch. Sie kann das besser schreiben. Hier." Er schaute sie flehend an.

Grazia konnte förmlich fühlen, wie Allessandro der Schweiß ausbrach.

„Die Adresse ist doch okay? Es ist doch alles in Ordnung?", fragte der Chef argwöhnisch.

Grazia lächelte. Sie nickte stumm.

„Und was arbeitest du?" Der Chef wandte sich zum ersten Mal an Grazia. Grazia hatte gemerkt, dass er sie vorher schon abschätzend betrachtet hatte. Sie machte mit ihrer ordentlichen Kleidung sicher einen besseren Eindruck als Allessandro.

Ich sehe eben aus wie ein Mädchen aus gutem Hause, dachte Grazia. Und in diesem Augenblick empfand sie das beinahe als Ironie.

„Ich bin Tänzerin“, sagte sie.

Der Chef lachte. „In einem Night-Club? Wie alt bist du denn?“

„Achtzehn“, sagte Grazia schnell. Sie wusste, dass Männer ab einem gewissen Alter nicht mehr einschätzen konnten, wie jung ein Mädchen war.

Der Chef nickte.

„Aber ich arbeite nicht in einem Nachtclub, sondern am Theater“, korrigierte Grazia. „Ich bin eine richtige Tänzerin.“ Sie wurde nicht einmal rot bei dieser Lüge.

„Ah. In einem Musical. Das ist schön. Da geh ich mit meiner Frau manchmal hin. Immer, wenn wir Besuch von Bekannten aus Italien haben. *Cats* ist toll, nicht? Und *Phantom of the opera*. Das haben wir zwei Mal gesehen.“

Grazia vermied es zu antworten. Sie beugte sich über den Vertrag und schrieb. Dann gab sie ihn Allessandro zurück.

Ihre Knie zitterten, als sie den Kuli weglegte. Sie hatte ihre Adresse angegeben, die Adresse der Tanzakademie. Wenn das jemals herauskam! Wenn irgendjemand erfuhr, dass sie die Adresse der Tanzakademie auf einem Vertrag eines Gelegenheitsarbeiters in einer Großwäscherei angegeben hatte!

Sie konnte nicht weiterdenken. Ihr war heiß und beinahe übel. „Beeil dich, Allessandro“, murmelte sie erschöpft, „ich habe keine Zeit mehr.“

Der Chef lächelte. Er war hoch zufrieden. Die beiden machten einen guten Eindruck. Allessandro sah aus wie ein Junge, der zupacken konnte und dem die Arbeit nicht schnell zu viel wurde. Solche Leute brauchte er.

Er nahm den Vertrag, schaute ihn flüchtig an und legte ihn dann seiner Sekretärin auf den Tisch. Er gab erst Grazia die Hand und dann Allessandro.

„Morgen früh um sechs beginnt die Schicht", sagte er. „Ich hoffe, du hast einen Wecker."

Sarah saß in der Bibliothek und schaute sich einen Videofilm einer John-Cranko-Ballettaufführung in Mailand an. Mitten in den tragisch aufwühlenden Pas de deux, getanzt von Margot Fonteyn und Anatoli Neznevich, platzte Grazia herein. Sie war totenbleich und wirkte vollkommen erschöpft. Sie musste sich an einer Stuhllehne festhalten, um das Zittern ihrer Hände zu verbergen.

„Hier bist du", sagte sie aufatmend, „ich hatte schon Panik."

„Psst! Könnt ihr euch nicht woanders unterhalten?" Zoran, ein Eleve aus der vierten Klasse, drehte sich wütend um. Er riss Sarah die Fernbedienung aus der Hand und stellte den Ton lauter. Tschaikowsky. Eine wunderbare Stelle. Sarah wandte die Augen nicht vom Bildschirm.

„Setz dich hin, Grazia", wisperte sie.

Grazia atmete tief durch. Sie fuhr sich mit den Händen

durch die Haare, schlüpfte dann aus ihren Schuhen und trug sie zu einem der Stühle, die an der Wand aufgereiht waren. Sie ließ sich in den Stuhl fallen.

Margot Fonteyn und Anatoli vereinigten sich gerade zu einem sterbenden Liebespaar. Noch einmal hob Anatoli die federleichte Margot hoch und trug sie über die Bühne, während sie mit riesengroßen Augen in die Kamera blickte. Als Anatoli sie herunterließ, stellte sie sich sofort auf die Spitzen und begann mit touren und attitude und arabesque, die immer schneller und immer wahnwitziger wurden, während Anatoli verzweifelt versuchte, sie festzuhalten, als wüsste er schon, dass sie im nächsten Augenblick zusammenbrechen und wie ein kleiner toter Vogel mitten auf der Bühne liegen bleiben würde.

„Wahnsinn", flüsterte Sarah ergriffen, „das ist einfach Wahnsinn. Wie leicht das bei ihr aussieht. Sie ist wie ein schwereloses Wesen. Ich finde es einfach göttlich."

Die Musik brandete auf. Anatoli hob Margot Fonteyn auf, beide atmeten heftig von der Anstrengung. Ihre Gesichter waren noch gezeichnet von dem dramatischen Ausdruckstanz, aber allmählich löste sich die Spannung, als sie ihre révérence machten und aus dem Publikum die ersten Bravorufe erschollen. Rosen flogen auf die Bühne, kleine Biedermeier-Sträußchen, nach denen Margot sich graziös bückte und die sie in einer Geste tiefer Dankbarkeit an den Busen drückte. Die Zuschauer drängten nach vorn, riefen lauter *Bravo*. Margot und Anatoli suchten sich mit den Händen, lächelten. Die Kamera fuhr dicht auf ihr Gesicht zu. Und da sah Sarah, dass Margot Tränen in den Augen hatte, die sie verschämt zu verbergen versuchte.

Sarah hielt die Luft an. Sie studierte fasziniert das Gesicht der großen Primaballerina. Warum weinte sie jetzt? War es Erschöpfung? Oder sollten das vielleicht Tränen der Freude sein, der Erleichterung darüber, dass diese Choreographie ein so großer Erfolg war?

John Cranko kam jetzt mit kurzen, leichten Schritten auf die Bühne, und der Applaus wurde noch stärker. Er nahm Margots Hand, verbeugte sich und gab ihr einen formvollendeten Handkuss. Margot legte leicht den Kopf zur Seite und lächelte.

Dann umarmte John Cranko den Tänzer, und beide gingen, eingehakt wie Sirtaki-Tänzer, bis zur Bühnenrampe und winkten dem Publikum zu.

Zoran drückte auf den Off-Knopf der Fernbedienung und seufzte tief. „Mann! Das könnte ich mir fünfmal hintereinander ansehen und würde trotzdem nicht kapieren, wieso sie das so leicht tanzen. Diese schweren Figuren!"

„Und solche komplizierten Schrittfolgen", sagte Sarah kopfschüttelnd. „Ich habe so etwas noch nie gesehen. Daran müssen die jahrelang gearbeitet haben."

„Die haben trainiert wie die Hunde", sagte Zoran. Er stand auf und streckte sich. „Da bekommt man richtig Komplexe, wenn man das sieht. Ob wir jemals so gut werden?"

Zum ersten Mal beteiligte Grazia sich an der Unterhaltung. Sie hatte ihre Strickjacke ausgezogen und die Ärmel ihres T-Shirts bis zur Schulterkugel aufgerollt. Ihr Gesicht war auch nicht mehr so wächsern, sie schien sich allmählich zu entspannen. „Die Margot Fonteyn", sagte sie, „war eine Ausnahmeerscheinung des britischen Balletts. Das habe ich in einem Buch gelesen. Nie wieder wird eine so tanzen können wie sie. Habt ihr mal das Video von dem Ballett gesehen, in dem sie mit Rudolf Nurejew tanzt? *Daphne und Chloë*? Das ist wahnsinnig gut. Da bekommt man eine Gänsehaut."

„Bei Rudolf Nurejew bekomme ich sowieso immer eine Gänsehaut", seufzte Zoran. „Als ich angefangen habe zu tanzen, in Sarajewo, habe ich zu meinem Ballettlehrer gesagt: Ich will werden wie Nurejew. Ich war acht Jahre alt, und ich hatte einen Film mit ihm im jugoslawischen Fernsehen gesehen." Er verzog sein Gesicht. „Damals gab es noch solche Filme im Fernsehen."

„Und was hat dein Ballettlehrer gesagt?"

Zoran grinste. „Er hat seine Hand an meine Stirn gelegt und gesagt: ‚Du hast Fieber, Zoran. Du musst zum Arzt.'"

Die beiden Mädchen lachten. Zoran warf den Kopf in den Nacken. „Aber ein Jahr später hat er zu mir gesagt: ‚Zoran, du bist wirklich begabt.' Und da wusste ich: Ich werde Tänzer. Es ist ein tolles Gefühl, wenn man etwas genau weiß."

Sarah nickte. Sie verstand genau, was Zoran sagen wollte.

Grazia zog ihre Schuhe wieder an. „Hast du inzwischen Nachricht von deiner Schwester?"

Zorans Gesicht verdunkelte sich. Er schüttelte den Kopf. „Sie haben sie verschleppt. In den Iran. Das habe ich von anderen Leuten aus Sarajewo gehört, die auch Moslems sind." Er lachte grimmig. „Früher hat uns die Religion nie groß interessiert. Aber jetzt ist meine Schwester eingesperrt in einem Haus irgendwo bei Teheran und muss einen schwarzen Schador tragen und fünfmal am Tag beten und darf mit niemandem reden. Und nichts tun – wie im Gefängnis. Und es gibt keine Chance, sie da rauszuholen. Meine Schwester war früher so lustig …"

„Wie alt ist sie jetzt?", fragte Grazia.

„Achtzehn."

„Und was will sie einmal werden?"

„Sie wollte Ärztin werden." Zoran atmete tief durch. „Aber wie soll das jetzt gehen? Ich glaube, sie darf dort nicht einmal eine Schule besuchen."

„Und wieso ist sie in den Iran gekommen?", fragte Grazia. „Ich verstehe das nicht. Ich weiß, dass in Jugoslawien dieser schreckliche Krieg war und …"

„Das war eine Sache unter den moslemischen Bruderstaaten", sagte Zoran. „Sie haben gesagt, sie wollen uns helfen und unsere Frauen und Töchter beschützen, und dann haben die sie einfach mitgenommen. Wir dachten, wenn es wieder ruhig ist in Sarajewo, können sie zurück. Aber das geht nicht. Sie sind jetzt Gefangene des Ajatollah."

Sarah stand auf. Sie trat ans Fenster und starrte hinaus. „Politik ist schrecklich", flüsterte sie. „Ich mag schon gar nicht mehr die Nachrichten im Fernsehen angucken. Immer nur Blut und Horrorgeschichten."

„Immer nur Leute mit Gewehren und Granaten." Grazia nickte. „Manchmal, wenn ich die Nachrichten sehe, komme ich mir ganz merkwürdig vor. Hier, im Ballettinternat, sind wir beschützt und behütet. Und wir reden die ganze Zeit von etwas, das eigentlich vollkommen unwichtig ist."

Zoran starrte sie an. „Unwichtig? Wie kannst du sagen, dass Ballett etwas Unwichtiges ist?"

Grazia lächelte hilflos. „Kommt es euch nicht so vor? In

Jugoslawien sterben die Kinder, in Somalia erschießen sich die Leute gegenseitig, wenn sie zum Brunnen gehen, in Mexiko gibt es arme Familien, die ihre Kinder für ein paar hundert Dollar verkaufen, und wir?" Sie schüttelte fassungslos den Kopf. „Wir sprechen hier über die richtige Körperhaltung beim ecarté und effacé!"

Sarah hatte ihr fassungslos zugehört. Was war auf einmal in Grazia gefahren? Wieso redete sie so? Grazia hatte sich nie für Politik interessiert. Nie. Nur für Kleider, ihr Aussehen, ihre Figur und ihren Tanz.

„Was ist los mit dir?", fragte Sarah verblüfft.

Grazia starrte sie an. Ihre Augen waren größer und dunkler als sonst. Sie öffnete den Mund, klappte ihn aber wieder zu. Sie nahm ihre Sachen und lief aus der Bibliothek, ohne sich die Mühe zu machen, die Tür hinter sich zu schließen.

Zoran sah Sarah erstaunt an. „Was ist mit ihr?"

Sarah hob die Schultern. „Keine Ahnung. Ich schätze, ich werde es herausfinden müssen." Sie lächelte Zoran zu. „Schlaf gut. Ich wünsche dir schöne Träume."

Zoran nickte. „Danke. Das kann ich brauchen."

„Grazia! Wir müssen am Montag bei Sergej Uljanow vortanzen!" Sarah hatte die Zimmertür hinter sich geschlossen. „Er will uns persönlich prüfen."

„Was?" Grazia starrte Sarah an. „Wieso will er uns prüfen?"

„Wegen der Gala."

Grazia ließ sich aufs Bett fallen. „Und das fällt ihm so plötzlich ein?"

„Nicht plötzlich. Ich bin sozusagen mit ihm zusammengestoßen. Er war gerade in Begleitung von zwei unheimlich aufgetakelten Frauen. Ich wette, die gehörten zu diesem Verein …"

„Was für einen Verein?"

„Du weißt schon: dem Förderkreis der Freunde der Tanzakademie. Das sind die Leute, die das Geld für die Stipendien zusammenbringen."

Grazia schloß die Augen. „O madonna", flüsterte sie.

„Wo bist du den ganzen Tag gewesen?", forschte Sarah. „Du warst nicht in der Anatomie. Frau Dr. Hofer hat nach dir gefragt."

Grazia sprang auf. „Sie hat nach mir gefragt? Wieso hat sie gemerkt, dass ich nicht da bin?"

„Sie merkt doch alles." Sarah sah zu Grazia auf. „Ich hatte keine Ahnung, was ich ihr sagen sollte. Ich wusste ja gar nicht, wo du warst!"

„Du hättest sagen können, es geht mir nicht gut."

„Das habe ich auch gesagt." Sarah schüttelte den Kopf. „Aber ich weiß nicht, ob sie es geglaubt hat. Sie denkt, dass du sowieso keine Lust zu ihrem Unterricht hast. Das hat man irgendwie gemerkt. Und dann hat sie gesagt, sie würde später nach dir sehen." Sarah lächelte hilflos. „Ich habe keine Ahnung, ob sie da gewesen ist. Wenn sie allerdings hier ins Zimmer geguckt hat, dann hat sie der Schlag getroffen." Sie hob mit der Fußspitze ein Hemd hoch und schleuderte es auf den Stuhl. „Es sieht hier aus, als wenn eine Bombe eingeschlagen hätte. Was ist passiert? Was hast du gemacht? Wo bist du gewesen?"

Grazia war hinter dem Schrank in der Waschecke verschwunden. Als sie wieder vorkam, war ihr Gesicht von einer rosa Puderschicht bedeckt. „Ich räume das gleich wieder auf“, sagte sie. „Tut mir Leid. Aber wir waren so in Eile.“

Sarah starrte sie an. „War Allessandro etwa auch schon wieder hier?“

Grazia nickte. Sie bückte sich, um die Kleidungsstücke aufzuheben.

Sarah schaute ihr ungerührt zu. „Sag mal, soll das jetzt ewig so gehen?“

Grazia öffnete die Schranktür und schleuderte die Sachen hinein. „Nein“, fauchte sie. „Stell nicht so blöde Fragen. Glaubst du, ich finde das gut? Aber was sein muss, muss eben sein.“

„Immerhin teilen wir uns das Zimmer“, sagte Sarah.

„Das weiß ich auch!“, zischte Grazia. Sie sammelte die Socken ein und warf sie in die Tischschublade. „Aber was soll ich denn machen?“ Sie starrte Sarah an. Plötzlich wurde ihr Gesicht ganz weich. Sie wischte mit der Hand die Puderschicht ab. „Er ist immer noch hier. Er fährt nicht wieder weg. Ich habe ihm Sachen von mir gegeben, er hatte nichts Sauberes anzuziehen. Wir mussten erst etwas finden, das ihm passt. Ach ja, falls du deinen roten Gürtel suchst, den mit der Adlerschnalle, den hat Allessandro sich ausgeliehen.“

„Was?“ Sarah stützte die Hände auf die Matratze, wie zum Sprung bereit. „Du hast ihm meinen besten Gürtel gegeben? Ohne mich zu fragen? Bist du bescheuert?“

„Er brauchte ihn. Er ist so dünn in der Taille, viel dünner als ich. Sonst sitzt die Hose nicht.“

Sarah konnte es einfach nicht fassen. „Und dann gibst du ihm einfach meinen besten Gürtel. Wieso hast du ihm nicht dieses Ding gegeben?“ Sie bückte sich nach dem schwarzen Plastikgürtel, der um ein Tischbein geschlungen war, und hielt ihn hoch.

„Ich weiß nicht." Hilflos zuckte Grazia mit den Schultern. „Wir haben ihn nicht gefunden. Es musste ja alles so schnell gehen. Ich hatte so wahnsinnige Angst, dass jemand reinkommt."

Sie kam auf Sarah zu, kniete vor ihr und nahm ihre Hände. Flehend schaute sie zu ihr hoch. „Bitte, sei nicht böse, Sarah, bitte! Ich bin mit den Nerven total am Ende." Sie legte ihren Kopf in Sarahs Schoß. Plötzlich begann sie zu zittern, und ihr Körper wurde von einem wilden Schluchzen geschüttelt. Eine Weile konnte sie nicht sprechen.

Betroffen strich Sarah ihr über die Haare. „Nicht weinen, Grazia", murmelte sie, „bitte, nicht weinen. Das halte ich nicht aus."

„Wenn du jetzt auch böse bist mit mir, dann weiß ich überhaupt nicht weiter", schluchzte Grazia.

„Ich bin doch nicht böse mit dir. Ich weiß nur nicht ..." Sarah brach den Satz einfach ab. Grazia kuschelte sich in Sarahs Schoß und ließ ihren Tränen freien Lauf. Sarah spürte, wie gut es Grazia tat, sich auszuweinen. Sanft streichelte sie ihren Rücken.

„Und wo ist er jetzt?"

Grazia hob den Kopf nicht. Ihre Stimme war kaum zu verstehen, als sie murmelte: „Im Bahnhof."

„Wo?" Sarah hob Grazias Kopf hoch. Sie starrte in das tränenverschmierte Gesicht mit der nassen Puderschicht. „Du hast dein ganzes Aknezeug auf meiner Hose verschmiert!", rief sie.

Grazia erhob sich sofort. „Entschuldige." Sie verschwand

in der Waschecke. Irgendwann tauchte Grazia, das Gesicht unter einem Handtuch versteckt, wieder auf.

„Allessandro ist am Bahnhof?“, fragte Sarah. „Fährt er zurück?“

Grazia schüttelte den Kopf. „Er schläft da.“

Sarah konnte es nicht glauben. „Er schläft da?“

„Ja. In der Bahnhofsmission. Wo soll er sonst hin?“ Grazia rutschte auf den Knien im Zimmer herum, um ihre Sachen zusammenzusuchen.

„Und wann fährt er wieder nach Italien?“, fragte Sarah.

Grazia legte einen Pulli zusammen, stand auf und ging zum Schrank. Sie schaute Sarah nicht an. „Ich weiß nicht. Ich glaube, er fährt überhaupt nicht zurück. Er will hier bleiben, bis ich mit ihm zurückgehe nach Italien.“

„Aber du gehst doch nicht zurück!“, rief Sarah verwirrt. „Ich meine, du musst mindestens noch zwei Jahre hier an der Tanzakademie bleiben.“

Grazia antwortete nicht. Sie ging wieder in die Knie, nahm einen anderen Pulli auf und legte ihn auf ihren Knien sorgfältig zusammen.

„Grazia!“, rief Sarah ungeduldig. „Sag was!“

Grazia hob den Kopf. Ihre großen Augen schauten Sarah traurig an. „Was soll ich sagen? Ich weiß nichts.“ Sie hob verzweifelt die Schultern. „Er arbeitet in einer Wäscherei, er bekommt zehn Euro die Stunde. Der Chef ist Italiener. Morgen früh um sechs Uhr muss er anfangen. Acht Stunden jeden Tag.“ Sie holte tief Luft. „So lange bin ich jedenfalls in Sicherheit.“

Sarah starrte sie an. „Du meinst, dann kommt er hierher?“

Grazia nickte. Ihr Kinn zitterte. Sie sah plötzlich hilflos

und verwirrt aus. Es gab Sarah einen Stich ins Herz, als sie Grazia, die stolze, wilde Grazia, so sah.

„Du musst irgendetwas unternehmen“, rief Sarah. „Das geht doch nicht so weiter! Du musst irgendetwas tun!“

„Das weiß ich auch“, sagte Grazia leise. Sie stand auf und trat ans Fenster. Ihre Schultern zuckten. „Aber was?“ Sie wandte sich um und starrte Sarah an. „Kannst du mir sagen, was ich tun soll?“

Am Montag um halb zwei saßen Grazia und Sarah in ihren Gymnastikanzügen vor dem John-Cranko-Saal und kämpften gegen das Lampenfieber an.

Beatrice Fromme, ihre Ballettlehrerin, würde jeden Augenblick kommen und den Saal aufschließen. Sie hatte den beiden eine Nachricht ins Fach gelegt, dass sie schon um halb zwei fertig sein sollten.

„Wenn wir uns blamieren“, sagte Sarah mit vor Aufregung heiserer Stimme, „dann ist es aus.“

„Unsinn. Dann ist es nicht aus.“ Grazia hatte ein schneeweißes Gesicht. Dass sie ihre Lippen geschminkt hatte, machte die Sache noch schockierender. In der Nacht zum Montag war sie erst gegen elf Uhr zurückgekommen.

Sarah hatte sie nicht gefragt, wo sie sich so lange aufgehalten hatte. Es war besser, nicht alles so genau zu wissen. Es belastete sie schon genug zu sehen, mit welcher Miene Grazia herumlief. Sie aß morgens fast nichts mehr und schaute sich immer nur um, als ob sie verfolgt wurde.

„Wir sind schließlich gut. Das hat Beatrice auch gesagt. Wir können das. Es ist ja auch ganz leicht." Grazia lachte. „Das habe ich schon bei Franca Libelli in Rom gekonnt."

„Aber wenn wir auf einer richtigen Bühne vor einem richtigen Gala-Publikum tanzen müssen, dann ist das etwas anderes. Ich habe jetzt schon ein grässliches Lampenfieber. Mir wird so schlecht sein, dass ich mich nicht bewegen kann."

„Hör auf, dir so viele Gedanken zu machen", sagte Grazia. „Du steckst mich richtig an mit deiner Panik. Ich habe schon genug andere Probleme."

Sarah warf ihr einen schnellen Seitenblick zu. „Ist mit Allessandro alles okay?", flüsterte sie.

Grazia verdrehte die Augen. „Nichts ist okay."

„Arbeitet er schon in der Wäscherei?"

„Klar. Aber in der Mission kann er nicht mehr schlafen. Er sucht heute bei der Arbeit jemanden, der ihn aufnimmt. Aber der Chef darf es nicht erfahren. Der Chef scheint ziemlich streng zu sein. Er will keinen Ärger mit den deutschen Behörden."

Sarah nickte. Sie versuchte sich das Leben von Allessandro vorzustellen. Das war kaum möglich. „Und was habt ihr gestern gemacht? Den ganzen Sonntag?"

Grazia hob die Schultern. „Wir sind spazieren gegangen. Wir waren im Kino. In einer Pizzeria. Was man so macht, um den Tag rumzukriegen. Dabei musste ich eigentlich für die Mathearbeit üben." Sie schloss die Augen. „Morgen schreiben wir die Arbeit, und ich weiß nichts." Sie schaute Sarah an. „Wirklich nichts."

In diesem Moment kam Beatrice Fromme auf die beiden zu. Sie trug einen knöchellangen, schwarzen Chiffonrock über roten Leggins, darüber ein langes, rotes Leinen-Männerhemd. Ihre Haare hatte sie mit einem schwarzen Samtband aus der Stirn geschoben, das eine große Brosche mit einer bunten Feder zierte.

Sarah fand, dass Beatrice immer irgendwie toll aussah. Man merkte sofort, dass sie Künstlerin war. Alles an ihr war auffällig und interessant: ihr Gesicht, ihre schmalen, langen Hände, die immerzu gestikulierten, und die winzigen Füße, die in flachen Ballerinas steckten und ihrem Gang etwas Leichtes, Jugendliches und Schwebendes verliehen, obwohl sie mindestens fünfzig war.

„Kinder!“, rief Beatrice fröhlich, „nun mal los, ich hoffe, ihr seid gut in Form? Habt das Richtige gegessen und getrunken? Habt ausgeschlafen? Na? Du siehst nicht gerade ausgeschlafen aus, Grazia.“ Sie beugte sich über Grazias Gesicht, die sofort errötete. „Ist alles okay, bella?“

Grazia schluckte, dann nickte sie. Beatrice strich fröhlich über ihre Wange. Sie nickte Sarah zu. „Wir proben noch ein paar Mal die Schrittkombinationen, bevor der Meister kommt. Ich möchte, dass ihr alles im Schlaf beherrscht.“

„Das beherrschen wir doch jetzt schon“, sagte Grazia.

Beatrice wandte sich um. Sie steckte gerade den Schlüssel ins Schloss. „Man kann nie genug üben, Grazia, niemals. Man trainiert bis zur Erschöpfung, wenn man eine gute Tänzerin werden will. Schau sie dir alle an, die Mitglieder der Compagnie. Es sind alles gute, weltberühmte Tänzer. Aber wie hart sie an sich arbeiten müssen! Jeden Tag fünf Stunden Training. Jeden Tag.“ Sie lächelte Sarah und Grazia an. „Das hört niemals auf, wisst ihr. Niemals.“

Beatrice Fromme schob die Kassette in den Rekorder

und richtete sich auf. Sie schaute Grazia und Sarah lächelnd an, die eben ihre Sachen auf dem Fensterbrett deponiert hatten und nach vorn kamen.

Ihr Lächeln gefror, als sie Grazia betrachtete. „Wieso hast du ein blaues Trikot an?“, fragte sie.

„Das andere ist in der Wäsche“, sagte Grazia. Sie schaute an sich herunter. Sie trug zu dem blauen Anzug rote Krempelsocken. „Ist etwas nicht in Ordnung?“

Beatrice schüttelte ärgerlich den Kopf. „Blau ist die Farbe der Theaterklasse. Das weißt du genau. In der dritten Klasse trägt man keine blauen Trikots. Ihr gehört nicht in die Theaterklasse, noch lange nicht.“

Unsicher schaute Grazia die Lehrerin an. „Was soll ich jetzt machen? Meine Strickhose darüber ziehen?“

Beatrice winkte ungeduldig ab. „Dazu haben wir jetzt keine Zeit. Du hättest vorher daran denken müssen.“ Sie drückte den Knopf, und das Probeband lief. Sarah und Grazia kannten den Musikauszug schon auswendig. Es waren nicht mehr als zehn Takte. Auf Takt drei mussten sie in der vierten Position stehen.

Beatrice schob die beiden auf die Ausgangsposition. „Ihr müsst die Balance halten.“ Sie hob Sarahs Arme noch ein bisschen höher und drehte ihren Hals so weit, dass Sarah glaubte, die Wirbel würden rausspringen. „Graziöser, Sarah, graziöser. Ihr seid doch junge Mädchen. Ihr seid doch Eleven. Dabei steht ihr stocksteif da.“

„Wir dürfen uns doch auch nicht bewegen!“, meinte Grazia, während sie trotzig versuchte, den Hals zu drehen.

„Ihr dürft euch nicht bewegen, aber ihr müsst trotzdem aussehen, als schwebtet ihr einen Zentimeter über dem Boden. Das ist die Kunst, Kinder. Balance halten. Bitte!“

Sie klatschte in die Hände und stellte den Ton ab. Sie schüttelte gereizt den Kopf. „Das sieht nach gar nichts aus, Kinder. Ihr müsst euch schon ein bisschen anstrengen. Ihr habt einen Auftritt von dreißig Sekunden, aber der ist wichtig, versteht ihr das nicht?"

Grazia ließ müde die Arme sinken. „Eigentlich verstehe ich es wirklich nicht. Warum lässt Sergej Uljanow immer zwei Eleven aus der Akademie auftreten? Das ist doch ein Risiko. Wir könnten alles verpatzen."

Beatrice Fromme starrte sie an. „Deshalb sind wir ja hier, damit ihr nicht alles verpatzt. Wir werden üben, üben, üben." Sie hob die Hand zum Zeichen, dass es gleich noch einmal von vorn losgehen würde.

„Und wenn ihr euch zu ungeschickt und hölzern anstellt, dann wird Sergej euch eben austauschen."

„Was?", rief Sarah erschrocken. Sie fuhr mit der Hand an den Mund, als sie merkte, wie laut sie gerufen hatte. „Austauschen?"

„Natürlich." Beatrice lächelte. „Was glaubt ihr, wie viele Eleven euch um diesen Auftritt beneiden. Es ist immerhin ein Auftritt im Rahmen einer großen Gala." Sie schaute Sarah an. „Vielleicht wirst du in deinem ganzen Leben nie wieder vor so einem verwöhnten und fachkundigen Publikum tanzen."

Sarah wurde feuerrot. Sie lief auf ihren Platz zurück, den Beatrice mit einem gelben Klebeband markiert hatte.

„Aufpassen!", rief Beatrice und drückte auf den Knopf. „Vierte Position. Die Arme! Denkt an die Arme! Sarah, dein Kopf. Dreh ihn weiter, weiter! Du musst das letzte Fenster noch mit dem rechten Auge erkennen. Und jetzt weiter!"

Sarah und Grazia konzentrierten sich. Sarah spürte, wie ihr der Schweiß ausbrach.

„Attitude!" Beatrice stellte das Band wieder ab. Sie blickte kopfschüttelnd auf die beiden heftig atmenden Mädchen. „So ist es todlangweilig, Kinder. Ihr tanzt, als tätet ihr es mit letzter Kraft, du besonders, Grazia." Sie ging auf Grazia zu. „Bist du müde? Oder krank?"

Grazia bekam einen roten Kopf. Sie verneinte heftig.

„Hast du sonst irgendein Problem?" Sie stellte sich hinter Grazia und hob mit ihren Händen Grazias Ellenbogen an. „So musst du die Arme halten im dritten Takt. So hoch. Ja. Und schau der Bewegung der Hand hinterher. Schau ihr nach, als beschriebe sie eine wunderbare Geschichte. Es ist kein Leben in dieser Hand. Achte auf die Fingerhaltung. Deine Hand sieht aus wie abgebrochen."

Grazia schloss die Augen. Sie konzentrierte sich. Sie versuchte, sich mit ihrem inneren Auge die Körperhaltung vorzustellen. Die rechte Ferse. Der linke Fuß. Die Zehen nach außen. Das Knie nach außen. Die Oberschenkel sehr gespannt, sehr gerade. Bauch einziehen. Die Wirbelsäule gerade und gleichzeitig graziös. Und die Arme …

In diesem Augenblick ging die Tür auf, und Sergej Uljanow kam händereibend herein. Er schaute die beiden Mädchen wohlwollend an. „Bonjour", sagte er fröhlich, „buongiorno, hallo und guten Tag. Was seid ihr? Amerikanerinnen? Schwedinnen? Russinnen?"

„Sarah kommt aus der Schweiz", sagte Beatrice, während sie auf Sarah deutete, „und Grazia ist Italienerin."

„Gut, gut." Sergej rieb immer noch seine Hände, als sei ihm kalt. Er lächelte Beatrice zu. „Haben sie es verstanden? Machen sie es gut? Bist du zufrieden, chérie?"

Beatrice lächelte zurück. „Ich bin erst zufrieden, wenn der große Meister zufrieden ist."

Sergej ging zum Fenster, lehnte sich ans Fensterbrett und sagte: „Okay. Let's go."

Sarah atmete tief durch. Sie zitterte am ganzen Körper. Sie spürte Sergejs lauernden, aufmerksamen Blick auf sich gerichtet. Als starrte er auf ihre Finger, auf ihre gehobenen Arme. Während er sie anschaute, wurden ihre Arme bleischwer.

„Denkt daran, girls", rief Beatrice, während sie die Musik einschaltete, „was ich eben gesagt habe. Und los."

Ich bin schlecht, dachte Sarah verzweifelt, ich bin miserabel. Ich krieg die Beine überhaupt nicht vom Boden, ich muss den Kopf mehr drehen. Meine Arme. Ich muss an die Arme denken. Die Knie mehr nach außen. Mein Gott, wie weh diese verdammten Beine tun, wenn man sie so mit durchgedrückten Knien nach außen biegen muss.

Nebeneinander, parallel, im Abstand von einer Armlänge tanzten Sarah und Grazia die Schrittkombination.

Es war wirklich ganz einfach. Total einfach. Grazia hatte recht. Komplizierte Schrittfolgen wurden nicht verlangt. Sie mussten nicht alles zeigen, was sie inzwischen gelernt hatten. Aber es war schwer genug, wenn der Ballettdirektor zuschaute.

Endlich war es geschafft. Beatrice stellte den Rekorder ab, und die beiden ließen sich völlig fertig in ihre Grundposition fallen.

„Hoppla", rief Sergej, „was ist denn das? Schon erschöpft?" Er schaute Sarah an. „So erschöpft nach dreißig Takten?"

Sarah wurde rot. Sie schüttelte den Kopf.

„Also dann, das Gleiche noch einmal. Aber jetzt mit etwas mehr attitude, etwas mehr Leichtigkeit und Eleganz."

Sergej ging auf Sarah zu und schob mit seiner Fußspitze ihre rechte Fußspitze noch weiter nach außen. Es tat so weh, dass Sarah die Luft anhielt. „Geht das?", fragte Sergej.

Sarah biss sich auf die Lippen und nickte.

Dann trat Sergej hinter sie und zog ihre Schulterblätter zusammen. Es knackte. Sergej lächelte. „Da bist du nicht geschmeidig genug. Deshalb gelingt dir keine gute vierte Position." Er klopfte mit dem Fingerknöchel auf die schmerzende Stelle. Sarah schloss die Augen. „Daran musst du arbeiten, Mädchen", sagte er freundlich.

Er ging zu Grazia, korrigierte ihre Haltung und nickte dann Beatrice zu. „Wir machen das noch mal. Wir machen das jetzt so oft, bis ich zufrieden bin. Also!" Er klatschte in die Hände. „Un, deux, trois, auf acht hebt ihr den Kopf, und auf neun geht es los."

Noch niemals war eine halbe Stunde Training so anstrengend gewesen. Sarah tanzten glühende Sterne vor den Augen, als Sergej in die Hände klatschte und rief: „Noch einmal. Ein letztes Mal."

Sie warf Grazia einen schnellen Blick zu. Grazia war kreidebleich. Ihr Kinn zitterte vor Erschöpfung. Sie hatte die Augen ganz weit aufgerissen, starrte ins Leere und bog den Kopf so weit zur Seite, wie es eben ging.

Beatrice Fromme stellte die Musik an, und es ging schon wieder los.

Und dann war die halbe Stunde vorbei. Mit letzter Kraft und dem Rest von anmutiger Haltung, die sie sich gerade noch abringen konnten, warteten sie auf Sergejs Urteil.

Er fuhr sich durch die Haare, ging ans Fenster, schaute hinaus, öffnete das Fenster, streckte die Hand hinaus und drehte sie, schloss das Fenster wieder, krempelte seine aufgerollten Hosenbeine herunter und richtete sich dann kerzengerade auf.

„Das war nicht schlecht", sagte er und lächelte.

Sarah und Grazia atmeten erleichtert auf.

Aber Sergej hob den Arm. „Es war aber auch nicht besonders gut." Er wandte sich an Beatrice. „Du weißt, wo die Schwächen der beiden sind. Ihr müsst noch mehr trainieren."

Beatrice nickte. „Okay, Sergej. Wir werden jeden Tag eine halbe Stunde zusätzlich üben."

Grazia entfuhr ein tiefer, verzweifelter Seufzer. „O nein!", flüsterte sie.

Sergej fuhr herum. „Was ist?", fragte er, die Augenbrauen hochgezogen. „Was hast du gegen das Training?"

Grazia schüttelte den Kopf. „Nichts", murmelte sie, „nichts. Das ist mir nur so herausgerutscht."

Sergej schaute sie lange nachdenklich an. Dann sagte er: „Du trägst die Uniform der Theaterklasse. Warum? Du gehörst nicht in die Theaterklasse."

Grazia wurde vor Verlegenheit rot. „Das andere Trikot ist noch in der Wäsche."

„Okay. Dann nimm ein rotes. Oder ein gelbes. Aber kein blaues. Das ist das Privileg der Theaterklasse." Er lächelte sie an. „Worauf willst du dich freuen in zwei Jahren, wenn du jetzt schon diese Uniform trägst?" Er winkte ihnen zu und ging.

Grazia war wortkarg geworden. Sie saß, den Kopf in die Hände gestützt, über ihren Schulbüchern, als ob sie lernte. Es dauerte eine Weile, bis Sarah merkte, dass Grazia sich überhaupt nicht auf die Schulbücher konzentrierte. Es war nur eine Möglichkeit, um die Leute von sich fern zu halten. Denn es war ein ehernes Gesetz: Wer lernte, der durfte nicht gestört werden.

Und da Grazia jetzt immer lernte, wurde sie überhaupt nicht gestört. Beim Anziehen morgens wechselten die beiden ein paar Worte: Grazia war freundlich, aber mehr nicht. Sarah sah ihr an der Nasenspitze an, dass ihre Probleme immer unerträglicher wurden.

„Du baust eine Wand vor dir auf, Grazia", sagte Sarah eines Morgens, als sie beim Frühstück saßen. Sie waren die Letzten im Frühstücksraum, zufällig mussten sie beide erst zur dritten Stunde. Bei Sarah fielen zwei Stunden aus, und Grazia hatte an diesem Tag immer erst zur dritten Stunde.

„Was für eine Wand?" Grazia schnaubte verächtlich, stand auf und holte die Zuckerdose vom Nachbartisch. Sie ließ sich wieder auf ihren Stuhl fallen. „Ich sehe keine Wand. Ich weiß überhaupt nicht, was du meinst."

„Früher haben wir mehr zusammen geredet", sagte Sarah. Sie biss in ein Brötchen, bis sie merkte, dass sie eigentlich gar keinen Hunger mehr hatte.

„Früher hatten wir uns vielleicht einfach mehr zu sagen", meinte Grazia.

„Das stimmt doch gar nicht." Sarah wurde allmählich wütend. Immer, wenn sie versuchte, an Grazia heranzukommen, blitzte sie ab. „Im Gegenteil: Es gibt eine Menge zu reden."

Grazia umschloss die weiße Kaffeetasse mit ihren Händen und pustete, bis die Milch kleine Schaumwölkchen bildete. „Jetzt sieht der Kaffee fast aus wie Cappuccino." Sie hielt Sarah die Tasse hin. „Echter Cappuccino."

Sarah schwieg. Sie hob nur gleichmütig die Schultern.

„Vielleicht fahre ich nie wieder nach Italien zurück", sagte Grazia ganz unvermittelt. „Vielleicht geh ich nie wieder ins *Venice,* um meinen geliebten Cappuccino zu trinken." Sie lächelte. „Hab ich dir schon erzählt, dass es ganz in der Nähe, wo meine Eltern wohnen, ein unheimlich tolles Café gibt? Da kommen immer die Leute aus dem Teatro Piccolo hin, und das Uni-Viertel ist auch ganz in der Nähe. Da ist immer eine unheimlich gute Stimmung, wirklich. Wie viel ich da schon gelacht habe ..." Sie setzte die Tasse ab und schob die Haare aus der Stirn. „Hier gibt es so etwas überhaupt nicht. Hier sind die Leute immer nur ernst. Sogar, wenn sie im Café sitzen." Sie schaute nach draußen. Es würde wieder einer von diesen verregneten Sommertagen werden. „Das liegt bestimmt am Wetter."

„Ich habe schon viele Leute im Café lachen sehen", sagte Sarah. „Vielleicht liegt es nur an deiner Stimmung."

„Meine Stimmung ist okay."

Sarah schaute sie zweifelnd an. „Und Allessandro?"

Grazia wurde blass. Sarah merkte, wie ihr Kinn zitterte, als sie hastig an ihrem Kaffee nippte. „Was soll mit ihm sein?"

„Arbeitet er noch?"
„Klar."
„Und siehst du ihn manchmal?"
Grazia warf Sarah einen flüchtigen Blick zu. „Kommt drauf an, was du unter manchmal verstehst."
„Wann hast du ihn zuletzt gesehen?"
Grazia schloss die Augen. „Gestern", sagte sie mürrisch. „Und morgen sehe ich ihn auch. Heute nicht. Heute sucht er eine Wohnung. Ich habe gesagt, ich kann nicht mitkommen. Ich will nicht noch einmal in die Verlegenheit kommen, dass ich meine Unterschrift ..." Sie verstummte plötzlich mitten im Satz.
Sarah hob den Kopf. „Was für eine Unterschrift?", fragte sie. „Wovon redest du?"
Grazia schüttelte den Kopf. Sie starrte ins Leere. Eben war es ihr zum ersten Mal wieder eingefallen, dass die Adresse der Tanzakademie immer noch unter Allessandros Arbeitsvertrag stand.
Sie schloss die Augen. Eine steile Falte bildete sich auf ihrer Stirn. Allessandro musste bestimmt seinen Arbeitsvertrag vorlegen, wenn er eine Wohnung suchte. Und wenn jemand die Adresse las? Eine Adresse im vornehmsten Viertel von Hamburg, direkt an der Alster ... Jeder, der in Hamburg eine Wohnung zu vermieten hatte, würde Verdacht schöpfen.
„Was hast du?", fragte Sarah erschrocken.
„Ich muss nachdenken. Ich muss mich konzentrieren." Grazia wehrte ungeduldig mit der Hand ab, als Sarah um den Tisch herum kommen wollte. „Lass mich. Lass mich, ja?"
Sarah blieb wie angewurzelt stehen. Grazias Ton war

streng und abweisend gewesen. Beinahe eisig. „Sag mal, jetzt spinnst du aber komplett. Hab ich dir was getan? Wie redest du mit mir? Was ist los, verdammt noch mal?"

Grazia wandte langsam den Kopf. Sie schaute Sarah an. Ihre Augen waren wach und klar. Auf ihrem Gesicht war nicht die geringste Spur eines Lächelns. „Kannst du mir einen Gefallen tun, Sarah?"

Sarah hob die Schultern. „Klar."

„Kannst du mich endlich in Ruhe lassen?"

Sarah öffnete den Mund, um nach Luft zu schnappen.

„Ich habe es nämlich satt ..." Grazia knallte die Tasse auf die Untertasse, schob ihren Stuhl zurück und stand auf. Ihre Bewegungen waren so heftig, dass der Tisch schwankte. „Ich will, verdammt noch mal, nicht meine ganzen Probleme mit dir bereden, merkst du das nicht? Du verstehst sie sowieso nicht. Du bist so ein verwöhntes, kleines Ding. Kommst aus einer Familie, in der alle brav und lieb sind. Du hast es gut. Wenn dir was wehtut, rennst du zum Telefon und rufst deine Mami an, und die setzt sich sofort in das nächste Flugzeug und eilt herbei." Grazias Augen sprühten vor Wut und Neid.

Sarah stand fassungslos neben dem Frühstückstisch und starrte Grazia an. Sie verstand nichts, überhaupt nichts. „Das ist doch alles nicht wahr!", rief sie, nachdem sie sich von ihrem Schrecken erholt hatte. „Wann habe ich meine Mami angerufen? Wann? Ich war überhaupt nicht krank. Und meine Mami ist kein einziges Mal im Flugzeug hergekommen. Du spinnst total." Sie wandte sich ab, zog ihre Schultern hoch und ging steifbeinig vor Empörung zur Tür.

Grazia holte tief Luft. „Außerdem bist du viel zu naiv!“, rief sie. „Mit jemandem wie dir kann man ja gar nicht reden! Du hast ja noch nicht mal einen Jungen geküsst! Du wirst ja schon rot, wenn du über so was nur redest!“

Sarah blieb stehen. Aber sie drehte sich nicht um. Sie atmete tief durch. „Wie du meinst“, sagte sie leise. So leise, dass Grazia es vielleicht nicht einmal verstand. „Dann reden wir eben überhaupt nicht mehr. Dann frage ich dich nichts mehr. Dann bist du mir vollkommen gleichgültig. Wenn du es so willst – bitte.“ Sie schlug die Tür so heftig hinter sich zu, dass es in dem leeren Flur hallte.

Als Sarah nach der Schule in der Straßenbahn saß, schaute sie träumerisch auf die vorbeihuschende Landschaft. Plötzlich tippte ihr jemand auf die Schulter. Erschrocken riss Sarah die Augen auf. Vor ihr stand John, ein Schüler aus der Theaterklasse. Er grinste.

„Unsere Haltestelle“, sagte er, nach draußen deutend. „Ich dachte, du kriegst das vielleicht nicht mit.“

Sarah stand hastig auf und kletterte hinter John aus der Straßenbahn. Er ging vor ihr her, mit den leichten, geschmeidigen Schritten eines ausgebildeten Tänzers. John war Kanadier, ein kleiner, aber muskulöser Tänzer, der ideale Voraussetzungen für die Hebefiguren beim Pas de deux bot.

Sarah hatte ihm einmal zugesehen, bei einem Pas-de-deux-Kursus der Theaterklasse. Es war fantastisch gewesen. Sie hätte nie geglaubt, dass er sie überhaupt kannte, dass er wusste, wer sie war. Immerhin besuchte sie erst seit ein paar Wochen die dritte Tanzklasse, und Leute wie John, die in der Theaterklasse waren, also in der letzten

Ausbildungsstufe, kümmerten sich gewöhnlich nicht um die „Kleinen".

Sie ging mit respektvollem Abstand hinter ihm her.

Er drehte sich unvermittelt um. „Hast du geweint, weil du Schmerzen hast?"

Sarah schüttelte den Kopf. „Das war nichts", murmelte sie, rot vor Verlegenheit.

Er schaute sie an. Dann nickte er und ging weiter. „Ich hab das auch manchmal", murmelte er. „Dann bin ich total deprimiert und weiß überhaupt nicht, warum. Aber wenn ich so eine Phase habe, dann weiß ich ein Heilmittel."

Sarah schaute ihn an. „Und was ist das?"

Er lächelte, hob die Arme und schaute seinen Händen zu, die die Bewegung von Vogelschwingen machten. „Ich tanze", sagte John. Er lächelte wieder. „Tanzen hilft gegen alles. Gegen jeden Schmerz. Liebeskummer, Weltschmerz, Heimweh, Trauer. Es gibt nichts Besseres gegen einen Schmerz des Herzens als das Tanzen. Nimm Mozart." Er legte seine Hand auf ihre Schulter. „Nimm die kleine Nachtmusik. Denk dir irgendwelche Schrittkompositionen aus. Tanz einfach, was dir in den Sinn kommt und so lange du magst. Wenn du aufhörst, ist der Schmerz weg." Er ließ sie los. „Ich weiß, wovon ich rede."

Sarah nickte. „Bist du oft traurig?", fragte sie.

„Natürlich. Wie sollte man nicht oft traurig sein, wenn man in dieser Welt lebt."

Gemeinsam betraten sie das Haus. Sarah wollte sofort in ihr Zimmer. Als sie die Treppe in den dritten Stock hinaufstieg, lächelte sie bei dem Gedanken an Johns Rezept gegen die Traurigkeit.

Ihr Lächeln erstarb, als sie sich plötzlich der Internatsleiterin gegenüber sah.

Marie Schickedanz, gekleidet wie ein schwarzer Rabe, mit einer straff aus dem Gesicht gekämmten Frisur, schwebte lautlos auf ihren Espandrillos auf Sarah zu. Ihr Gesicht war streng und zornig. „Gut, dass ich dich treffe, Sarah", sagte sie scharf.

Sarah erstarrte. Wenn Marie Schickedanz so mit einem sprach, bedeutete das nichts Gutes. „Was ist passiert?", fragte sie.

Marie Schickedanz schnaubte ärgerlich. „Das wüsste ich gern von dir. Wo ist Grazia? Ich muss sie sprechen."

Sarah hob hilflos die Schultern. „Ist sie nicht im Zimmer?"

„Nein, da ist sie nicht. Und zum Mittagessen in der Kantine ist sie auch nicht erschienen." Sie fasste Sarahs Handgelenk. „Komm! Wir sehen noch mal in euerm Zimmer nach."

Sarah ging neben der Internatsleiterin her. Sie hatte das Gefühl, dass sich irgendein Unheil über ihrem Kopf zusammenbraute.

Marie Schickedanz drückte die Klinke herunter und stieß die Tür auf. Sie schaute sich in dem Zimmer um, rümpfte die Nase und öffnete das Fenster. „Schlechte Luft. Wer benutzt denn dieses grässliche Parfum?"

„Grazia", flüsterte Sarah. Sie hatte mit einem Blick die wüste Unordnung zur Kenntnis genommen. Die Betten waren nicht gemacht, obwohl alle die Weisung hatten, das Zimmer morgens vor der Schule in aufgeräumtem Zustand zu hinterlassen. Das Einzige, was sie tröstete: Grazias Zimmerhälfte war noch viel chaotischer.

„Es sieht aus, als wäre hier eine Bombe explodiert", sagte Marie Schickedanz empört. „Verlasst ihr euer Zimmer morgens immer so? Wieso hat Angela euch noch nicht ermahnt? Wieso lässt sie das durchgehen? Kontrolliert sie nicht jeden Tag?"

Sarah wollte Angela nicht anschwärzen. „Doch", sagte sie, „aber heute Morgen war eine Ausnahme." Hastig ließ sie ihre Sachen im Schrank verschwinden, zog die Bettdecke glatt und setzte sich.

Marie Schickedanz hob mit spitzen Fingern die Schminkutensilien auf, die Grazia auf ihrem Bett ausgebreitet hatte. „Lippenstift, Puder, Make-up. Und was ist das? Gegen Akne? Und das?" Sie drehte sich um, eine Tube in der Hand. „Färbt Grazia sich die Haare?"

„Das ist Gel", sagte Sarah schnell. „Ein Feuchtigkeitsgel."

„Und wozu soll das gut sein?" Marie Schickedanz ließ die Tube wieder fallen.

„Damit formt Grazia manchmal ihre Frisur. Das machen viele Mädchen. Dagegen ist doch nichts einzuwenden."

Marie Schickedanz warf ihr einen schnellen Blick zu. „Du musst sie nicht verteidigen, das kann sie dann selbst tun." Sie zog den Schreibtischstuhl zu sich heran und setzte sich.

„Kennst du einen Allessandro Ferrari?", fragte sie.

Sarah wurde feuerrot. Sie schloss für einen Bruchteil von Sekunden die Augen. In ihren Schläfen pochte es wie wild. Sie schüttelte den Kopf, war aber unfähig, etwas zu sagen.

Marie Schickedanz beobachtete sie genau. „Ja oder nein?"

„Nein", flüsterte Sarah mit sterbender Stimme.

„Nie den Namen gehört?“

Sarah schüttelte heftig den Kopf, wagte aber nicht, die Internatsleiterin anzusehen.

„Das glaube ich dir nicht“, sagte Marie Schickedanz. Sie stand auf und ging zur Tür. „Ich merke, ich bringe dich mit diesen Fragen in eine dumme Situation. Das wollte ich nicht. Ich muss Grazia fragen. Sie ist zur Zeit die einzige Italienerin bei uns. Grazia wird mir Rede und Antwort stehen, wenn sie auftaucht, ja? Ich bin bis sieben im Büro.“

Sarah presste die Hände zwischen die Knie. Sie schluckte. Dann nickte sie und murmelte. „Ja. Ich sag's ihr.“

Als die Tür hinter Marie Schickedanz ins Schloss fiel, ließ Sarah sich auf das Bett fallen und starrte mit leeren Augen gegen die Decke.

Ich hab's gewusst, dachte sie, irgendetwas Schlimmes wird heute noch passieren. Ich hab's doch geahnt.

Grazia hatte es auch gewusst. Sie hatte damit gerechnet, dass es ein Problem geben würde, seit sie die Adresse der Tanzakademie unter Allessandros Arbeitsvertrag gesetzt hatte. Sie konnte deswegen schon nicht mehr schlafen.

Wieso war ausgerechnet sie so vom Pech verfolgt? Wieso passierte es nicht anderen?

Andere hatten auch mal in den Ferien mit einem Jungen geschlafen, andere hatten sich im Zustand des Verliebtseins alles Mögliche versprochen, hatten sich geschworen, sich ewig zu lieben und so. Das war doch normal.

Wieso verstand Allessandro das nicht? Wieso verstand er nicht, dass sie ihn zwar im letzten Sommer geliebt hatte, aber jetzt nicht mehr? Dass sie ihn während der letzten Monate in Hamburg fast vergessen hatte? Und dass sie niemals – niemals! – seinetwegen das Tanzstudium aufgeben würde?

Grazia wusste, dass er auf der anderen Straßenseite stehen würde, als sie die Schule verließ. Sie kam als Letzte aus dem Klassenzimmer, sie hatte extra noch getrödelt.

Der Gang war leer. Oben schlug irgendwo eine Tür, und dann hörte sie, wie Rudi, der Deutschlehrer, im Vorbeigehen freundlich zu ihr sagte: „Ich wünsche dir einen schönen Nachmittag, Grazia."

„Danke", sagte sie überrascht.

Er blieb stehen. „Was macht das Ballett?"

„Oh, danke, sehr gut", erwiderte sie.

„Macht es immer noch so viel Spaß?"

„Klar", sagte Grazia. Sie lachte. „Das wäre ja schlimm, wenn ich jetzt schon keine Lust mehr hätte."

„Ich habe mir sagen lassen, dass es in dem Ballettinternat unheimlich streng zugeht. Wie in einem Kloster."

„Stimmt." Grazia lachte, während sie neben dem Deutschlehrer zum Ausgang schlenderte. „Das spricht sich langsam rum."

„Wie viele Stunden am Tag trainiert ihr denn?"

„Ungefähr drei, manchmal auch vier."

Rudi schüttelte bewundernd den Kopf. „Wahnsinn. Und außerdem noch Schularbeiten." Er zwinkerte ihr zu. „Da bleibt für Diskos und Kino wohl keine Zeit?"

Grazia schüttelte den Kopf.

„Und für die Liebe auch nicht, was?"

Grazia wurde rot und schüttelte heftig den Kopf. „Ganz bestimmt nicht."

Rudi knöpfte sein Cordsakko zu, als er durch die Tür ins Freie trat. Er nickte ihr aufmunternd zu. „Also, bis morgen."

„Bis morgen", sagte Grazia. Im gleichen Augenblick entdeckte sie Allessandro. Er stand auf der anderen Straßenseite, an den Kotflügel eines grauen Volvo gelehnt, und rauchte eine Zigarette.

Als er Grazia bemerkte, warf er die Zigarette weg, steckte die Hände in die Hosentaschen und schaute nach rechts und links, bevor er die Straße überquerte und auf sie zukam.

Grazia starrte Allessandro an. „Wieso arbeitest du nicht?"

Allessandro hob die Schultern. Er lächelte. „Sie haben mich rausgeworfen."

„Sie haben dich rausgeworfen? Wieso?"

Allessandro machte ein schuldbewusstes Gesicht. „Ich glaube, ich habe einen Fehler gemacht."

Grazia war es, als hätte ihr jemand einen Schlag in die Magengrube versetzt. „Was für einen Fehler?", fragte sie tonlos. Sofort fiel ihr die Adresse wieder ein. Sie wusste, dass es mit dieser Adresse zu tun hatte.

Allessandro lächelte. „Ich habe mir ein Zimmer angesehen. Bei einer Frau. Es sollte nur hundert im Monat kosten."

„Euro?", fragte Grazia.

Allessandro lachte. „Natürlich Euro, was hast du denn

gedacht? Einhundert Euro. Aber das wäre okay gewesen. Ich verdiene ja genug, echt."

„Ich denke, sie haben dich rausgeschmissen." Grazia ging jetzt schneller, so als wolle sie ihren Begleiter abschütteln. Eigentlich wollte sie überhaupt nicht mehr zuhören, eigentlich wünschte sie, er würde einfach verschwinden, sich in Luft auflösen. Aber in letzter Zeit geschah nie das, was sie sich wünschte, sondern immer genau das Gegenteil.

Allessandro lief neben ihr her. „Die Frau kennt sich gut in Hamburg aus."

„Ach ja?", sagte Grazia hohl. „Wieso?"

„Sie hat gesagt, sie nimmt nur einen Mieter, der Arbeit hat. Weil sie sonst nie ihr Geld kriegt." Er stand jetzt neben ihr an der Ampel. Die Ampel zeigte Rot. Grazia starrte auf das rote Licht, als käme von dort die Erlösung.

Als die Ampel auf Grün sprang, sagte Allessandro: „Ich habe ihr den Arbeitsvertrag gezeigt, und sie hat sich die Adresse angesehen und gesagt: ‚Da wohnt doch keiner. Das ist doch das Ballettinternat von Sergej Uljanow!'"

Grazia blieb mitten auf der Straße stehen. „Und?", fragte sie.

Allessandro zog sie auf den Bürgersteig. „Ich habe gesagt, ich habe bei meiner Freundin gewohnt."

Grazia wirbelte herum. „Du hast ihr meinen Namen genannt?", schrie sie. „Bist du verrückt?"

Allessandro legte ihr beschwichtigend die Hand auf die Lippen. Er lächelte einer jungen Frau zu, die einen Kinderwagen schob und erschrocken und neugierig zu ihnen herübersah. „Natürlich habe ich deinen Namen nicht genannt. Sie hat keine Ahnung. Wirklich."

Grazia schloss die Augen. „Und was ist dann passiert?"

„Dann hat sie den Chef angerufen und gesagt, die Adresse auf meinem Arbeitsvertrag ist keine richtige Adresse. Und als ich heute Morgen in die Wäscherei gekommen bin, hat Sabine gesagt: ‚Du kannst gleich wieder gehen, Sandro.'" Er verzog sein Gesicht. Er sah aus, als wenn er jeden Augenblick in Tränen ausbrechen könnte.

„Madonna mia", seufzte Grazia. Sie steuerte eine Parkbank an und setzte sich, ihre Knie waren ganz weich. „Dann musst du jetzt zurück nach Italien."

Allessandro nickte. Er kaute an seiner Unterlippe herum. „Vielleicht krieg ich einen anderen Job in einer Autowerkstatt. Ich habe gestern Abend einen Typen kennen gelernt, einen Italiener. Dino hat gesagt, sein Chef fragt nicht nach Papieren und auch nicht nach der Adresse. Da arbeiten unheimlich viele illegal. Wenn ich gut bin, dann nimmt er mich." Er lächelte tapfer. „Und ich bin ja gut. Ich kann den Motor eines Rolls-Royce auseinander nehmen und wieder zusammensetzen."

Grazia schloss die Augen. „Das ist ja bestimmt eine Werkstatt, in der jeden Tag ein Rolls-Royce repariert werden muss."

„Du bist sauer", stellte Allessandro fest.

Grazia starrte ihn an. „Was glaubst du?"

Er lächelte. „Ich dachte, du würdest irgendetwas Nettes sagen."

Grazia schaute ihn verbittert an. „Etwas Nettes?" Sie hob die Schultern. „Mir fällt nichts Nettes ein. Glaubst du, dass diese Frau in der Tanzakademie anruft?"

„Nein. Warum sollte sie das tun?"

„Wenn sie ein Ekel ist, dann tut sie es." Grazia stand auf.

Energisch fasste sie ihre Schultasche. „In einer halben Stunde weiß ich es. Besser, ich mache mich schon darauf gefasst."

Allessandro erschrak. „Grazia, prego … bitte."

„Was denn noch, Allessandro? Lass mich in Ruhe. Ich bin müde. Ich bin völlig durcheinander und kaputt. Ich muss nach Hause."

Allessandro war kreidebleich. Er versuchte ruhig und gelassen zu wirken. Aber es gelang ihm nicht. „Ich habe kein Geld mehr, Grazia", flüsterte er. „Keinen Pfennig."

Grazia starrte ihn an. „Kein Geld? Und was ist mit dem Geld, das du in der Wäscherei verdient hast?"

„Das kann ich erst nächste Woche bekommen." Er hob die Schultern. „Frag mich nicht, wieso, aber Zahltag ist bei denen immer am Fünfzehnten. Da geh ich dann gleich morgens um sieben hin und hol mir das Geld, aber bis dahin … Ich brauche nicht viel. Aber ich muss heute Nacht irgendwo schlafen. Und ich muss was essen."

„Ich habe dir letzte Woche Geld gegeben", sagte Grazia, „das war alles, was ich hatte. Ich habe nichts mehr. Woher soll ich Geld haben? Meine Eltern bezahlen so viel für das Internat, ich bekomme nur ganz wenig Taschengeld. Und meine Oma liegt im Krankenhaus. Sonst hätte sie mir bestimmt etwas geschickt."

Allessandro nickte. Er senkte den Kopf und schob mit den Fußspitzen einen Kieselstein hin und her. Dann hob er ruckartig den Kopf und sah sie an. „Okay. Ist in Ordnung." Er lächelte. „Ciao, Grazia. Arrivederci." Er hob lässig die Hand zum Gruß und schlenderte davon.

Grazia starrte ihm nach. „He!", rief sie. „Allessandro! Was soll das?" Er wandte sich nicht um.

Grazia fluchte. Sie rannte hinter ihm her. Allessandro ging schneller. Sie keuchte.

„Aspetta! Warte, verdammt noch mal!", schrie sie. „Du sollst auf mich warten!"

Allessandro blieb mit hochgezogenen Schultern stehen. Er drehte sich nicht zu ihr um. Als Grazia ihn erreicht hatte, sagte er: „Es ist okay. Ich habe verstanden."

„Was hast du verstanden?", schrie Grazia, außer sich vor Wut und Verzweiflung. „Du hast überhaupt nichts verstanden!"

Allessandro legte den Kopf in den Nacken und schaute einem Flugzeug nach, das einen weißen Kondensstreifen hinter sich herzog. „Ich habe verstanden, dass du mich nicht mehr liebst. Dass du mich zum Teufel wünschst." Er sah sie an. „Stimmt doch, oder?"

Grazia schüttelte hilflos den Kopf. „Du bist verrückt." Sie nahm seine Hand. „Ich besorge Geld. Ist doch klar. Ich weiß doch, dass du Geld brauchst. Aber du musst mir auch einen Augenblick Zeit geben, um zu überlegen, verdammt noch mal. Ich wollte doch nur überlegen."

Langsam wurde Allessandros Mienenspiel milder. Schließlich lächelte er versöhnlich. „Ich kann dich ja begleiten", sagte er, „bis nach Hause. Ich habe sowieso nichts vor. Vielleicht fällt uns auf dem Weg etwas ein."

Grazia nickte. Sie wühlte in dem Seitenfach ihrer Schulmappe. „Ich habe irgendwo noch zwei Euro", sagte sie, „davon kaufen wir erst mal ein Stück Pizza, okay?"

Allessandro lächelte. Aber er hätte ebenso gut weinen können. Er sah aus, als wenn seine Nerven das alles nicht mehr lange mitmachen würden. „Okay", flüsterte er.

Sarah war pünktlich zum Trainingsbeginn im John-Cranko-Saal. Sie zerrte an ihrem Trikot, das offenbar bei der Wäsche eingelaufen war. Neben ihr zog Katharina, eine externe Schülerin, im Sitzen die Gymnastikschuhe an.

Die Fenster des Saales waren weit geöffnet. Der John-Cranko-Saal lag zum Park hin, er war einer der schönsten Ballettsäle der Tanzakademie. Sarah freute sich immer, wenn sie in diesem Saal Training hatte. Hier stand auch der schönste Flügel, ein Bechstein aus dem Jahr 1897. Der Pianist saß schon am Klavier. Es war ein alter Herr mit langen grauen Locken, der immer mit geschlossenen Augen zu spielen schien. Sarah liebte seinen leichten, fast schwebenden Anschlag.

Sie setzte sich neben Katharina, um ihre Krempelsocken anzuziehen. Die Socken waren leuchtend rot, ihre Mutter hatte sie im letzten Paket mitgeschickt.

„Tolle Socken“, sagte Katharina anerkennend. „Neu?“

Sarah nickte. „Von meiner Mami.“

„Du hast es gut“, Katharina seufzte. „Meine Mutter schickt mir nie etwas.“

„Hat sie sich immer noch nicht damit abgefunden, dass du Tänzerin werden willst?“

Katharina schüttelte den Kopf. „Sie will es einfach nicht verstehen. Sie ist richtig verbohrt. Sie sagt, tanzen sei eine brotlose Kunst. Dabei kenne ich wahnsinnig viele Tänzer, die ein tolles Leben haben.“

Sarah lächelte. „Und mindestens dreimal so viele, die jetzt als Kassiererin oder Garderobiere an irgendwelchen Theatern arbeiten."

Die Tür flog auf, und Beatrice Fromme schwebte herein. „Hallo, allerseits!", rief sie fröhlich. „Wunderbarer Tag, nicht? Sind alle Fenster geöffnet? Seid ihr bereit? Wir wollen uns heute ausschließlich mit den Pirouetten beschäftigen. Ich habe das Gefühl, da fehlt es bei euch allen noch an Technik. Und nachher ...", sie schaute sich um, entdeckte Sarah und nickte ihr zu, „nachher bleiben Sarah und Grazia noch da." Sie runzelte die Stirn. „Wo ist Grazia?"

Sarah, die sich angesprochen fühlte, hob die Schultern. „Keine Ahnung."

„Hast du sie heute noch nicht gesehen?"

„Doch. Heute Morgen. Vor der Schule."

„Danach nicht mehr? Wo war sie heute Mittag?" Beatrice Fromme schüttelte ärgerlich den Kopf. „Was ist das für eine Antwort: keine Ahnung?"

„Ich weiß es wirklich nicht", sagte Sarah.

Beatrice Fromme seufzte. Sie besprach sich mit dem Pianisten, während die Eleven ihre gewohnte Aufstellung nahmen.

Beatrice klatschte in die Hände. „Also, wir haben über die Pirouette schon gesprochen. Wir haben sie schon mehrfach versucht. Beim Erlernen der Pirouette beginnt man in der vierten Position, nehmt also alle die vierte Position ein. Man führt erst ein viertel und eine halbe Drehung aus, um die Bewegung beherrschen zu lernen, bevor man die ganze Drehung probiert. Die Halbdrehung haben wir schon geübt. Fangen wir damit an. Vierte Position also, und dann als Nächstes den Schwerpunkt finden. Sucht alle bitte euer Gleichgewichtszentrum." Sie klatschte in die Hände, nickte dem Pianisten zu, und der begann mit einer kleinen Fuge.

Sarah konzentrierte sich. Sie spürte immer wieder den Blick der Lehrerin auf sich gerichtet. Plötzlich runzelte Beatrice die Stirn, klatschte in die Hände und sagte: „Halt."

Der Pianist legte die Hände in den Schoß und schloss die Augen.

Beatrice stellte sich hinter Sarah und korrigierte ihre Haltung. „Die vierte Position, Sarah, das ist die Position, die du unbedingt beherrschen musst, nicht wahr?"

„Ich weiß", presste Sarah unter Anstrengung hervor.

„Also, dein port de bras. Ich sage immer wieder, achte auf die Arme, Kind. Deine Arme wirken wie lahme Flügel." Sie klopfte mit den Fingerknöcheln gegen Sarahs Ellenbogen, und ein pfeilschneller Schmerz durchzuckte Sarah. Sie presste die Lippen aufeinander.

„War das der Musikknochen?", fragte Beatrice aufmerksam, während sie sich vorbeugte, um in Sarahs Gesicht zu schauen.

Sarah nickte und lächelte tapfer. Sie hatte schon gelernt, dass man im Training niemals Schmerz zeigen durfte, niemals das Gesicht verziehen. Immer lächeln, hatte Sergej gesagt, auch wenn das Blut aus den Spitzenschuhen tropft.

Die Tür ging auf.

Grazia schlüpfte herein. Sie machte eine zerknirschte Miene und war feuerrot vor Verlegenheit, während sie sich ihre Gymnastikschuhe anzog.

Beatrice Fromme warf ihr einen vorwurfsvollen Blick zu, sagte aber zunächst nichts.

Grazia lief zu Sarah und stellte sich neben sie. Erst als Beatrice wieder vorn beim Flügel stand, flüsterte sie: „Was trainieren wir?"

„Pirouette aus der vierten Position", flüsterte Sarah mit kaum bewegten Lippen, „und dann Halbdrehung. Gleichgewicht finden. Achte auf deine Arme, sonst flippt sie sofort aus."

Grazia nahm die vierte Position ein, hob die Arme, da klopfte Beatrice schon ärgerlich auf den Flügel und rief: „Nein, nein! So geht das nicht, Grazia. Soll das die vierte Position sein! Es sieht eher aus wie eine alte Frau beim Stricken."

Die anderen kicherten verhalten, Grazia wurde bleich. Sie bemühte sich um eine bessere Haltung.

Beatrice schaute aus der Entfernung zu. „Du keuchst ja noch", sagte sie, während sie beobachtete, wie Grazias Brust sich hob und senkte. „So erschöpft kann man doch nicht zum Training kommen. Du hältst nur den Unterricht auf." Sie klatschte in die Hände und gab Anweisungen.

Als Grazia die Anweisungen, die sie allen gegeben hatte, befolgen wollte, rief Beatrice Fromme: „Du nicht, Grazia. Du gehst erst einmal ans Fenster und erholst dich. Wenn deine Beine nicht mehr zittern und du deine Atmung kontrollieren kannst, darfst du zurückkommen."

Wie ein geprügelter Hund schlich Grazia mit gesenktem Kopf in die Ecke und hockte sich hin, die Arme um die Knie geschlungen, und schaute schmollend den anderen zu, wie sie ihre ersten Pirouetten übten.

Sarah lächelte ihr verstohlen zu, aber auch das konnte Grazia nicht aufmuntern.

Eine halbe Stunde lang versuchte sie immer wieder, sich einzureihen, doch jedes Mal schickte Beatrice sie wieder in ihre Ecke zurück.

Sarah zwang sich, nicht auf Grazia zu achten. Sie wollte sich auf das Training konzentrieren. In der Tat erreichte sie es auch zweimal, dass Beatrice ihr von weitem anerkennend zunickte und rief: „Gut so, Sarah, bravo."

Grazia saß immer noch schmollend in der Ecke, rieb sich die Fesseln und starrte vor sich hin. Aber keiner der Eleven wagte, zu ihr zu gehen und sie zu trösten. So etwas tat man einfach während des Unterrichts nicht. Da musste man sich ausschließlich auf die Aufgaben konzentrieren und an nichts anderes denken.

Beatrice ging ein paar Schritte auf und ab, die Handflächen gegeneinander gepresst, den Kopf zurückgeworfen, und schaute grübelnd gegen die Zimmerdecke. Sie überlegte sich ein paar Schrittfolgen, in die sie leicht eine Pirouette einfügen konnte. Schließlich nickte sie, straffte sich und schaute die Tänzer an.

„Ein großes Adagio", sagte sie, während sie die Bewegungen andeutete. Die Eleven folgten gebannt und konzentriert ihren Ausführungen.

„Fünfte Position, demi-plié, rechtes Bein wieder zur zweiten Position in Höhe von 45 Grad geführt, pas de bourrée en tournant en dehors, die Bewegung schließt in der fünften Position demi-plié, rechter Fuß vor." Sie nickte dem Pianisten zu, der den Kopf gehorsam senkte, die Hände auf die Tasten legte und zu spielen begann.

Dann sprach sie weiter, dabei mit sparsamen Bewegungen die Tanzschritte vorführend: „Erster Takt auf ein Viertel zwei Touren sur le coud-de-pied en dedans, auf ein Viertel Halt in attitude effacée mit dem linken Bein, auf ein Viertel eine halbe tour en dedans zur rückwärtigen Stellung ..."

Sarah hatte gelernt, die Tanzschritte mit den Händen zu begleiten, um sich genau die Körperhaltung und die Kombination einzuprägen. Das hatte ihr schon ihre Züricher Ballettmeisterin eingeimpft. Sie hatte ein gutes Gedächtnis für Schrittkombinationen, auch dann noch, wenn sie immer komplizierter wurden.

Angestrengt und konzentriert, mit den Lippen leise die Worte der Ballettlehrerin nachformend und mit den Händen geheime Zeichen malend, prägte sie sich alles genau ein.

Als Beatrice Fromme geendet hatte, gab sie dem Pianisten ein Zeichen, der hob die Hände von den Tasten und wartete mit geschlossenen Augen.

„Sarah, würdest du das bitte für alle noch einmal wiederholen."

Sarahs Herz schlug. Sie trat eilig ein paar Schritte vor, auf den Punkt, von dem aus Beatrice Fromme begonnen hatte. „Hast du es dir gemerkt?", fragte die Lehrerin.

Sarah nickte nur. Sie konzentrierte sich und fuhr sich mit der Zunge über die trockenen Lippen. Wenn sie aufgeregt war, hatte sie immer trockene Lippen. Sie steckte den Haarknoten etwas fester und nahm die fünfte Position ein.

Beatrice gab dem Pianisten ein Zeichen, und das Adagio perlte gefällig dahin.

Sarah tanzte. Konzentriert und gewissenhaft, ohne auf

Grazia zu achten. Sie wollte nur erst einmal die Tanzschritte richtig aufeinander folgen lassen.

Als die vier Takte beendet waren, sagte Beatrice: „Sarah, das war sehr gut. Danke.“

Sarah errötete vor Freude. Sie senkte scheu den Kopf, um nicht zu stolz zu scheinen, denn das war verpönt, und trat auf Zehenspitzen in ihre Reihe zurück.

„Toll“, flüsterte Katharina.

Beatrice Fromme ging zum Flügel. Sie legte eine Hand auf das glatte Holz und sagte: „Grazia, würdest du das Adagio nun auch einmal vortanzen.“

Grazia, die nach wie vor in der Ecke hockte, hob den Kopf. „Ich?“, fragte sie verwundert.

„Ja. Bitte komm hierher.“

Grazia stand auf. Ihre Bewegungen waren irgendwie schleppend. Sarah beobachtete sie. Sie kannte Grazia. Wenn sie erst einmal schmollte, dann war mit ihr nicht viel anzufangen.

„Erst soll ich nicht mittanzen, und dann auf einmal das“, sagte Grazia, als sie vor der Lehrerin stand.

Die anderen hielten die Luft an. Es war nicht üblich, dass man Kritik übte. Es wurde einfach nicht gern gesehen.

Beatrice reagierte nicht. Sie sagte nur: „Du beginnst auf Punkt sechs.“

Grazia trat zwei Schritte zurück und einen Schritt nach rechts. Die Lehrerin gab dem Pianisten das Zeichen, und er begann.

Grazia begann in der fünften Position, schaffte ein demiplié, aber dann verwechselte sie das Bein, wollte das linke zur zweiten Position zur Höhe von 45 Grad führen und merkte im gleichen Augenblick, dass es falsch war.

„Scheiße“, fluchte sie leise.

Der Pianist brach ab. Beatrice Fromme runzelte die Stirn. „Was hast du gesagt?“

„Entschuldigung. Ich habe nur ... Ich weiß die Schritte nicht mehr.“ Sie schüttelte wild und missmutig den Kopf. „Ich hab’s vergessen.“

„So schnell vergessen? Das war noch nicht einmal der Auftakt.“

„Ich habe nicht aufgepasst“, brummte Grazia. Sie bückte sich, um ihre Wadenwärmer hochzuziehen.

„Und wieso hast du nicht aufgepasst?“, fragte Beatrice Fromme scharf.

„Weil ich dachte, ich darf sowieso nicht mittanzen.“ Grazia erwiderte, ohne mit der Wimper zu zucken, den Blick der Lehrerin.

Oh, dachte Sarah, das gibt gleich eine Explosion.

Aber Beatrice Fromme explodierte nicht. Sie schaute Grazia nur an, lächelte und sagte: „Dann ist für heute der Unterricht für dich beendet. Vielen Dank, Grazia.“

Die anderen hielten den Atem an.

Grazia zuckte nur mit den Schultern, ging in die Ecke, hob ihre Sachen auf, warf sie über die Schulter und schritt aufrecht, mit erhobenem Kopf aus dem Saal.

Beatrice wartete, bis sie die Tür hinter sich geschlossen hatte, und sagte: „Wir beginnen noch einmal von vorn. Ich zeige noch einmal kurz die Schrittfolge, und dann, ohne Pause, folgen Jenny und Francis, und dann Marcia und Katharina ...“

Die Stunde nahm ihren Lauf.

Sarah war hin- und hergerissen zwischen der Begeisterung für den Tanz und dem Mitleid mit Grazia. Irgendetwas war passiert, das spürte sie. Grazia hatte keine Schuld. Grazia hatte einfach eine schlechte Phase. Zu viele Probleme.

Als das Training beendet war, wollte Sarah sofort in den Umkleideraum stürzen, aber Beatrice Fromme hielt sie zurück. „Wohin so schnell, Sarah“, rief sie überrascht.

Sarah blieb stehen. Verwirrt hob sie die Schultern. „Ich wollte mich umziehen.“

„Und was ist mit unserem ungarischen Tanz? Ich hatte doch gesagt, dass wir anschließend noch trainieren.“

Sarah zögerte. Sie kam vorsichtig durch den Raum, während die anderen an ihr vorbei zum Ausgang schlenderten. „Und Grazia?“, fragte sie.

„Darüber will ich im Augenblick nicht nachdenken. Grazia darf nicht glauben, dass sie mit ihren Mätzchen etwas erreicht. Alle sind pünktlich zum Unterricht, nur Grazia tanzt immer aus der Reihe. Ich werde mir etwas einfallen lassen, wie man ihr eine Lektion erteilen kann.“

Sarah wurde rot. Sie stotterte. „Ich glaube, sie hat Probleme. Sie meint das nicht so. Sie … Sie freut sich doch immer so auf das Training.“

„Ach ja?“ Beatrice Fromme hob gleichmütig die Schultern. „In letzter Zeit hatte ich eher den Eindruck, dass es ihr lästig ist.“ Unvermittelt wandte sie den Kopf und schaute Sarah in die Augen. „Was sind das denn für Probleme?“

Sarah schluckte. Sie wollte Grazia nicht verraten, sie wollte ihr ja nur helfen. Aber was sagt man in einem solchen Moment? „Ich weiß es selbst nicht genau. Sie spricht nicht darüber", sagte Sarah zögernd, „aber ich merke, dass sie Probleme hat."

Beatrice Fromme zeigte nicht, was sie von dieser Auskunft hielt. Sie schob Sarah mitten in den Raum, tippte mit dem Fuß an ihr rechtes Knie, und bog mit ihren Händen die Arme zurecht. Dann stellte sie sich hinter Sarah, legte die Hände an ihre Hüften und sagte: „So musst du stehen bei der Ausgangsposition. Schaffst du das? Spannt das im Oberschenkel?"

Sarah lächelte tapfer. „Es geht schon."

„Okay. Ich lege das Band ein. Bleib ruhig eine Weile so stehen, konzentrier dich auf deine Mitte, und achte auf die ports de bras. Keine lahmen Flügelchen, verstanden?"

Sarah konzentrierte sich. Ich will es schaffen, dachte sie. Ich muss es einfach schaffen.

Grazia lag schluchzend auf dem Bett. Um sie herum Häuflein von gebrauchten Papiertaschentüchern und eine aufgerissene Tafel Schokolade, deren Staniolpapierfetzen sich dekorativ auf dem Webteppich verteilten. Sarah stellte als Erstes fest, dass es sich um die Tafel Nougatschokolade handelte, die ihre Mutter ihr geschickt hatte. Aber sie sagte nichts. Es war irgendwie der falsche Moment, um Grazia auf ihren lässigen Umgang mit den Sachen anderer Leute anzusprechen.

Als Grazia hörte, wie hinter Sarah die Tür ins Schloss schnappte, hob sie den Kopf. Ihr Gesicht war vom Heulen ganz verquollen, die Augenlider waren geschwollen und sie hatte hektische rote Flecken am Hals. Den Pulli hatte sie ausgezogen und umgestülpt auf den Stuhl geschleudert.

„Was ist bloß mit dir los?“, fragte Sarah verzweifelt. Sie zog einen Stuhl an Grazias Bett, setzte sich rittlings drauf und betrachtete das heulende Elend. „Ich würde dir ja gerne helfen, aber du willst ja nicht mit mir über deine Probleme sprechen.“

Grazia angelte sich ein frisches Papiertaschentuch, schnäuzte sich ausgiebig und brummte: „Hab ich gar nicht gesagt.“

Sarah hatte keine Lust, deswegen mit ihr einen Streit anzufangen. Sie wartete einfach ab.

Grazia knüllte das Taschentuch zusammen und schob es unter das Kopfkissen. Dann holte sie tief Luft, schaute gegen die Zimmerwand und sagte: „Ich brauche dringend einen Haufen Geld, Sarah. Kannst du mir was leihen?“

Sarah hatte mit vielem gerechnet: mit einem wilden Geständnis ihrer Liebe zu Allessandro oder damit, dass Grazia ihr irgendwann berichten würde, sie sei schwanger – aber stattdessen brauchte Grazia Geld.

„Wozu brauchst du einen Haufen Geld?“, fragte Sarah.

Grazia seufzte. „Muss ich das sagen?“

„Musst du nicht.“ Sarah stand auf und ging in die Waschecke. Sie kämmte die Haare zurück, setzte sich hin und begann die Nadeln aus dem Knoten zu ziehen. Sie steckte die Haarnadeln zwischen die Lippen und bürstete die Locken, Strähne für Strähne.

Grazia sah ihr zu, als sei es ein besonderes Schauspiel. Es kostete sie offenbar Überwindung zu reden. Sarah spürte das und drang nicht in sie. Irgendwann, dachte Sarah, wird sie es mir erzählen.

„Ich brauche mindestens hundert Euro“, sagte Grazia verzweifelt.

Die Haarnadeln purzelten aus Sarahs Mund. Sie starrte Grazia an: „Hundert Euro?"

„Wenn das überhaupt reicht." Grazia setzte sich auf. „Mir ist ganz schlecht", flüsterte sie. „Am liebsten würde ich krank werden und mit Blaulicht in ein Krankenhaus gefahren werden, wo mich niemand kennt. Da würde ich in einem schönen weißen Bett liegen, von der Krankenschwester umsorgt, und alle würden mich in Ruhe lassen. Alle."

„Du bist verrückt", sagte Sarah. „Man wünscht sich doch nicht krank zu sein."

„Wenn es einem so dreckig geht wie mir, dann schon."

Grazia stand auf, ging zum Kleiderschrank und starrte auf die Fächer. Sie runzelte die Stirn, zog ein paar gebrauchte T-Shirts heraus und warf sie auf den Boden. „Verdammter Mist, ich habe schon wieder vergessen, meine Sachen in die Wäsche zu geben." Sie stellte sich auf die Zehenspitzen und lugte in Sarahs Fach. „Kann ich heute mal deinen Nicky anziehen? Den dunkelroten? Mir ist so kalt."

„Wieso ziehst du nicht einen Pulli von dir an?"

„Weil ich meine guten Pullis alle Allessandro gegeben habe. Kannst du dir vorstellen, dass dieser Clown ohne irgendwelche Klamotten nach Deutschland gekommen ist? Kannst du dir das vorstellen?"

Sarah schüttelte den Kopf.

„Und jetzt hat er keine Wohnung und keinen Job. Und verlangt von mir, dass ich mich um alles kümmere."

„Wieso hat er keinen Job? Gestern hast du noch gesagt, er arbeitet in einer Wäscherei."

„Sie haben ihn rausgeschmissen. Weil er eine falsche

Adresse angegeben hat." Grazia presste die Hände gegen die Schläfen. Immer, wenn sie an diesen dummen Arbeitsvertrag dachte, bekam sie Kopfschmerzen. Sie spürte, dass das noch Probleme geben würde.

„Und was für eine Adresse hatte er angegeben?" Sarah bückte sich nach den Haarnadeln und legte sie säuberlich nebeneinander auf das Tischchen.

„Diese", sagte Grazia.

„Was?"

„Na, unsere eben."

Sarah erstarrte. „Die Adresse der Tanzakademie?"

„Genau." Grazia holte tief Luft. „Und irgendjemand, dem er den Vertrag gezeigt hat, wusste sofort, dass er da nicht wohnen kann."

Grazia legte den dunkelroten Nicky auf Sarahs Bett, strich ihn mit den Händen glatt und schlüpfte dann hinein. Sie stellte sich vor den Spiegel. „Steht mir. Oder? Ich finde, dunkelrot ist eine tolle Farbe für mich."

„Dass du jetzt noch an Klamotten denken kannst." Sarah zwängte sich an ihr vorbei zur Waschecke. Sie legte die Bürste hin, schüttelte ihre Haare und sagte: „Und wozu brauchst du nun tatsächlich das Geld?"

„Ich will ihm eine Fahrkarte nach Neapel kaufen. Du hast ja keine Ahnung, was die kostet."

Grazia warf sich wieder auf ihr Bett.

„Pass auf meinen Pulli auf!", schrie Sarah wütend, „da ist doch lauter Schokolade im Bett." Etwas leiser, aber grimmig, fügte sie hinzu: „Das war übrigens auch meine Schokolade."

Grazia machte ein schuldbewusstes Gesicht. „Tut mir Leid, Sarah. Echt. Aber ich hatte auf einmal so einen

Heißhunger auf was Süßes. Ich konnte mich einfach nicht beherrschen."

„Das sind die Nerven", sagte Sarah. „Dann hat man immer Hunger auf was Süßes."

„Allessandro hat heute Mittag mein Pizzastück auch noch aufgegessen. Der war völlig ausgehungert." Grazia schüttelte hilflos den Kopf. „Ich weiß überhaupt nicht, was ich machen soll. Der Allessandro … Der ist so …" Sie hob mutlos die Schultern. „Ich weiß auch nicht …"

„Wie ist er denn?"

Grazia seufzte. „Er liebt mich." Sie lächelte verzweifelt, während sie Sarah mit den Augen folgte, die immer hin und her lief wie ein Tiger im Käfig. „Ich glaube, er liebt mich tatsächlich. Er will nicht wieder nach Italien zurück. Jedenfalls nicht alleine. Wenn ich nicht mitkomme, sagt er, dann bleibt er auch hier." Sie atmete tief durch. „Er sagt, er kriegt einen Job in einer Autoreparaturwerkstatt."

Sarah blieb stehen. „Das darfst du nicht zulassen. Er muss wieder nach Hause."

„Ich weiß." Grazia nickte.

„Wundern sich seine Eltern nicht, wo er ist?"

Grazia hob die Schultern. „Keine Ahnung. Sein Vater ist irgendwo in Saudi-Arabien auf Montage, und mit seiner Mutter versteht er sich nicht besonders. Ich schätze, die ist froh, dass er nicht da ist. Da kann sie ungestört ihre Liebhaber empfangen. Der Allessandro tut mir manchmal richtig Leid."

Sie beugte sich vor und stützte ihr Kinn auf ihre Hände. „Der klammert sich so an mich, weißt du. Als wenn ich ihm die Familie ersetzen könnte, die er nicht hat." Sie lächelte bitter. „Ich könnte bloß kotzen, wenn er mir mit seinen Heile-Welt-Vorstellungen kommt. Papi rackert sich in seinem Job ab, und Mami bekocht die süße Kinderschar. Das gibt es doch überhaupt nicht mehr. Ist doch alles nur eine verlogene und geheuchelte Scheiße.“

Plötzlich brach sie wieder in Tränen aus, vergrub ihr Gesicht im Kopfkissen und schluchzte hemmungslos.

Sarah setzte sich neben sie und streichelte ihren Rücken. „Ich könnte meine Mami anrufen“, sagte sie. „Und ich könnte sie bitten, mir Geld zu schicken.“

Grazia schüttelte den Kopf. „Das dauert zu lange. So lange halte ich das nicht mehr aus.“ Sie hob den Kopf. „Er muss weg, Sarah. Er muss zurück nach Italien. Ich kann mich doch überhaupt nicht mehr konzentrieren. Ich komme zu spät, die Ballettlehrerin ist sauer, und in der Schule schreibe ich eine schlechte Arbeit nach der anderen.“ Sie schlug verzweifelt mit den Fäusten auf das Kopfkissen. „Das ist doch Scheiße!“

„Pssst! Nicht so laut“, wisperte Sarah mit einem ängstlichen Blick zur Tür. „Ich muss dir übrigens noch etwas sagen.“

„Sag schon.“ Grazia warf sich herum und schaute Sarah aus tränennassen Augen an. „Sag, dass du die Nase voll hast von mir. Soll ich den Pulli wieder ausziehen? Ich weiß, dass Allessandro dir den Gürtel noch nicht zurückgegeben hat. Ich weiß, dass ich deine ganze Schokolade aufgegessen habe.“ Sie richtete sich auf, schlang die Arme um Sarahs Hals und küsste sie.

„Es tut mir Leid. Es tut mir so wahnsinnig Leid, Sarah. Ich bin gemein zu dir. Ich nutze dich aus. Ich nutze deine Gutmütigkeit aus, das weiß ich. Schon vom ersten Tag an. Aber ich bin so durcheinander, verstehst du das?“

Sarah nickte. Sie konnte dazu nichts sagen. Es stimmte alles, was Grazia aufzählte. Alles. Sie fühlte sich manchmal ausgenutzt und überfahren. Diese Nacht zum Beispiel, als Allessandro in ihrem Zimmer übernachtet hatte, in Grazias Bett ... Grazia hatte sich nie dafür entschuldigt, hatte Sarah nie gefragt, wie *sie* sich dabei gefühlt hatte.

Sarah schloss die Augen. „Marie Schickedanz war heute Mittag hier im Zimmer."

„Und? Hat sie gemeckert wegen der Unordnung?"

„Das auch", sagte Sarah. „Aber eigentlich wollte sie wissen, ob ich einen Allessandro Ferrari kenne."

Grazia hielt die Luft an. „Was?", hauchte sie. „Was?"

Als Sarah hilflos die Schultern hob, sprang Grazia auf. Sie raufte sich die Haare. Ihre Augen sprühten.

Sie sieht jetzt wirklich aus wie eine italienische Schauspielerin, dachte Sarah. Wie dramatisch alle Bewegungen und Gesten bei ihr wirken!

„Die Schickedanz will, dass du zu ihr ins Büro kommst."

Grazia hielt mitten in der Bewegung inne. „Heute noch?", flüsterte sie.

Sarah nickte. „Sie ist bis sieben im Büro."

Grazia warf einen Blick auf die Uhr. „O Gott", wisperte sie tonlos. „Ich habe es ja gewusst. Ich hab es gewusst."

Sie ließ sich aufs Bett fallen. „Das ist das Ende", flüsterte sie. „Sie werfen mich raus, ich spüre es. Sie werfen mich aus dem Internat. Es ist aus! Ich darf nicht mehr tanzen. Ich kann keine Tänzerin werden, keine Primaballerina. Es ist aus, Sarah. Aus."

Sarah schüttelte heftig den Kopf. „Unsinn, Grazia. Du musst ihr nur irgendetwas sagen. Du musst dir was überlegen."

Grazia sackte immer mehr in sich zusammen. Sie war jetzt keine dramatische Schauspielerin mehr, sondern nur noch ein hilfloses Häuflein Elend.

„Ich weiß es", murmelte sie mit weißen Lippen. „Ich hatte es irgendwie im Gefühl, als du ins Zimmer gekommen bist: Du wirst eines Tages eine große Ballerina sein, und ich werde ein Nichts sein." Sie hob den Kopf. Sie weinte nicht mehr. „Ein Nobody. Eine blöde Hausfrau in Italien, die Spagetti für ihre Familie kocht. Genau so wird es sein."

Marie Schickedanz saß in ihrem aufgeräumten schneeweißen Büro zwischen Chromregalen und weißen Kunstledersesseln an ihrem Schreibtisch und telefonierte, als Grazia schüchtern den Kopf in die Tür steckte.

Marie Schickedanz nickte ihr zu und sagte ins Telefon: „Ich ruf dich später an, Chérie. Ich habe gerade ein etwas unangenehmes Gespräch vor mir."

Grazias Herz schlug. Sie wartete an der Tür in vorbildlicher Körperhaltung und widerstand der Versuchung, sich am Türrahmen etwas abzustützen, um die zitternden Knie zu entlasten.

Marie Schickedanz hasste es, wenn man Schwäche zeigte. „In eurem Alter", sagte sie immer, „gibt es überhaupt keinen Grund, sich irgendwo anzulehnen oder aufzustützen. Wenn ihr die richtige Körperhaltung gelernt habt, wenn ihr wisst, wo eure Mitte ist, dann findet ihr immer eine Balance, in der ihr stundenlang bewegungslos verharren könnt, ohne zu ermüden."

Grazia glaubte ihr kein Wort. Sie war oft erschöpft nach dem Training, und das waren die anderen auch. Vielleicht lag es einfach daran, dass sie wirklich ihr Gleichgewicht noch nicht gefunden hatten. Es stimmte, dass die Mitglieder der Compagnie immer einen federnden, leichten Gang hatten, immer graziös aussahen, wenn sie irgendwo herumstanden, der Musik lauschten oder miteinander sprachen. Bei ihnen wirkte jede Körperhaltung selbstverständlich, leicht und elegant.

„Grazia", sagte Marie Schickedanz, den Hörer auf die Gabel legend. „Komm näher."

Schüchtern trat Grazia einen Schritt vor. Marie Schickedanz musterte sie über den Rand ihrer Brille. Sie hatte einen Blick, dem nichts entging. „Du siehst angestrengt aus, Mädchen", sagte sie. „Müde."

Grazia errötete. „Ich habe nicht so gut geschlafen."

„Bist du krank?"

„Nein, überhaupt nicht." Grazia lachte tapfer. „Es geht mir prima."

„Du siehst aber nicht aus wie ein junges Mädchen, dem es prima geht. Komm einen Schritt näher."

Grazia trat mit klopfendem Herzen an den Schreibtischstuhl heran.

Marie Schickedanz sah wie immer tadellos aus. Die Puderschicht war gerade so dick, dass sie ihrer Haut einen Pfirsichglanz verlieh, die Wimpern in zartem Braun getuscht, die Lippen hellrot geschminkt, ein bisschen Rouge auf den Wangen. Sie trug eine Perlenkette, ein safrangelbes Baumwollkleid, das fast bis auf den Boden reichte und nur ihre Hanfsandaletten zeigte. Marie Schickedanz war eine alterslose Schönheit, eine Frau, vor der man automatisch Respekt hatte.

„Ich war heute in deinem Zimmer", sagte sie. „Da sieht es ja aus wie nach einem Hurrikan."

Grazia fuhr mit der Zunge über die Lippen. „Sarah und ich haben schon ein bisschen aufgeräumt."

„Ein bisschen wird nicht reichen, meine Liebe. Ich habe Angela angewiesen, ein schärferes Auge auf die Ordnung in eurem Zimmer zu werfen." Sie legte ihre schönen Hände auf den Schreibtisch. Ihre Fingernägel waren mit einer blassrosa Perlmuttfarbe lackiert. Sie trug keinen Schmuck. Zum ersten Mal fiel Grazia all dies auf, während sie auf das wartete, was unweigerlich kommen würde.

„Kennst du einen Allessandro?", fragte Marie Schickedanz unvermittelt. Sie heftete ihren forschenden Blick auf Grazias Gesicht.

Grazia schlug ganz kurz die Augen nieder, um dann den Kopf zu schütteln. „Nein", flüsterte sie.

„Wirklich nicht?"

Grazia atmete tief durch. Wieder schüttelte sie den Kopf. Wieder sagte sie: „Nein. Kenne ich nicht."

„Ich habe hier nämlich", Marie Schickedanz kramte auf ihrem Schreibtisch und griff nach einem Block, auf dem sie etwas notiert hatte, „ich habe einen Anruf erhalten von einer Frau aus Hamburg-Eiderstedt." Marie Schickedanz lächelte. „Bei ihr hat sich ein gewisser Allessandro Ferrari um ein Zimmer beworben."

Grazia fixierte einen Punkt an der Wand. Ein Foto von John Cranko und Marcia Haydée beim Pas de deux. Grazia glaubte, dass es sich um eine *Nußknacker*-Aufführung handelte, aber sie war nicht sicher. Sie runzelte die Stirn, während sie das Foto betrachtete. Besser das Foto anschauen, als in die Augen von Marie Schickedanz blicken.

„Im Leben", sagte Marie Schickedanz jetzt, „gibt es ja merkwürdige Zufälle. Diese Frau hat nämlich vor ein paar Jahren mal bei uns in der Küche ausgeholfen. Deshalb ist ihr sofort die Adresse aufgefallen, die auf dem Arbeitsvertrag von diesem Allessandro stand."

„Was für ein Arbeitsvertrag?", fragte Grazia. Ihr war ganz schlecht.

„Allessandro hat offensichtlich in einer Großwäscherei gearbeitet."

„Und was habe ich damit zu tun?", fragte Grazia mit dem letzten Rest ihrer Kraft.

„Das eben würde ich gern wissen." Marie Schickedanz ließ den Notizblock fallen und musterte Grazia. „Du bist zur Zeit die einzige Italienerin hier an der Tanzakademie."

„Deshalb muss ich doch keinen Italiener kennen, der in einer Wäscherei arbeitet!" Grazias Empörung klang echt.

Wenn sie rausbekommt, dass ich sie belüge, dachte Grazia verzweifelt, dann fliege ich sofort. Dann ist alles aus. Aber ich muss es versuchen. Ich muss es einfach versuchen …

Marie Schickedanz lächelte. „Natürlich nicht."

„Es gibt mindestens zehntausend Italiener in Hamburg!", rief Grazia mit dem Mut der Verzweiflung. Sie wollte so schnell wie möglich das strahlende Büro verlassen. Sie glaubte, dass sie keine Luft mehr bekommen und unter den misstrauischen Blicken von Marie Schickedanz einfach in Ohnmacht fallen würde.

Marie Schickedanz nickte und schaute nachdenklich durch das Fenster in den Park. „Ich dachte, vielleicht hast du eine kleine Liebesgeschichte mit diesem Jungen."

Grazia wurde leichenblass. „Ich habe keine Liebesgeschichten."

„Nein?" Marie Schickedanz wandte sich ihr wieder zu. „Wirklich nicht?"

„Wirklich nicht", brummte Grazia. „Kann ich jetzt gehen? Ich muss noch für die Schule arbeiten."

Die Leiterin nickte. Sie beugte sich wieder über ihre Arbeit. „Gut. Danke, dass du gekommen bist, Grazia. Ich glaube dir." Sie hob kurz den Kopf und schob die Brille zurecht. „Ich kann mir nicht vorstellen, warum du mich belügen solltest."

Grazia wich rückwärts zur Tür. Als sie den kalten Metallgriff der Türklinke spürte, fühlte sie sich schon ein bisschen sicherer. Sie lächelte.

„Denn jede Lüge", sagte Marie Schickedanz, „wird früher oder später entlarvt. Wir haben ein Sprichwort in Deutschland: Lügen haben kurze Beine." Sie lächelte. „Und das wäre für eine Tänzerin ganz schlecht, oder? Du kannst jetzt gehen."

Grazia atmete erleichtert auf. Sie zwang sich zu einem Lächeln, murmelte: „Auf Wiedersehen" und öffnete die Tür.

„Ach, noch etwas, Grazia!" Die Leiterin blickte schon wieder auf. „Es ist verboten, abends das Internat zu verlassen. Es ist generell verboten. Aber ganz besonders verstößt es gegen die Regeln, wenn man heimlich, und ohne eine Adresse zu hinterlassen, verschwindet. Hast du mich verstanden?"

Grazia wurde rot. „Ich habe verstanden“, flüsterte sie.

Grazia ging wie betäubt durch die endlosen hohen Flure der Tanzakademie. Erst als sie fast mit einem Mädchen aus der ersten Tanzklasse zusammengestoßen wäre, kam sie wieder zu sich.

Plötzlich schlug sie sich an die Stirn. Mein Kostüm!, dachte sie. O Scheiße, ich habe die Anprobe vergessen!

Gehetzt schaute sie auf die Uhr und rannte im selben Augenblick los.

Die Garderobe war verschlossen. Außen klebte ein Zettel: *Komm morgen um fünfzehn Uhr, Anna.*

Grazia fluchte innerlich. Schon wieder war sie zu spät gekommen.

Als sie in den dritten Stock hinaufstieg, kam ihr Beatrice Fromme entgegen.

Grazia wollte ihr wortlos ausweichen, aber Beatrice stellte sich ihr in den Weg.

„Grazia“, sagte sie, „ich muss mit dir sprechen.“

„Ja?“ Grazia hob den Kopf.

„Nicht jetzt.“ Beatrice Fromme warf einen Blick auf die Uhr. „Nicht so zwischen Tür und Angel. Ich habe eine Besprechung mit Sergej. Ich will ihn nicht warten lassen. Er hat jetzt, so kurz vor den Ballettwochen, zu viel um die Ohren.“ Sie schaute Grazia an. „Aber es ist wichtig, dass wir miteinander reden. Und zwar bald.“

Grazia wartete.

„Ich fürchte“, sagte Beatrice, „es wird dir nicht gefallen, was ich dir zu sagen habe.“

Grazia hielt die Luft an und starrte die Lehrerin wie gebannt an.

Beatrice Fromme lächelte kühl. „Aber womöglich weißt du schon, was ich dir zu sagen habe."

Grazia schüttelte den Kopf, stumm vor Aufregung. Ein dicker Kloß bildete sich in ihrem Hals.

Beatrice seufzte. „Okay. Sagen wir morgen. Morgen um …" Sie zögerte. „Du gehst in die internationale Schule in Niendorf, nicht?"

Grazia nickte.

„Und wann hast du morgen frei?"

„Um ein Uhr. Ich bin so gegen halb zwei wieder da."

„In Ordnung. Ich schlage vor, du gehst nach der Schule erst in die Kantine zum Essen, und um zwei Uhr meldest du dich in Frau Schickedanz' Büro. Sie lächelte und legte Grazia flüchtig die Hand auf die Schulter. „In Ordnung?"

„Ja", hauchte Grazia. „Natürlich."

„Ich muss jetzt zum Meister", sagte Beatrice Fromme, während sie ihren Chiffonschal mit einer dramatischen Geste um den Hals drapierte. „Ich kann ihn nicht länger warten lassen. Wir haben so viel zu besprechen."

Du blöde Kuh, dachte Grazia, als sie der Ballettmeisterin hinterherschaute. Sag doch gleich, was du von mir hältst. Ich kann es mir sowieso denken. Du brauchst mich nicht auf die Folter zu spannen.

Als sie den Flur mit den Schlafräumen betrat, kam Angela ihr entgegen. Sie blieb sofort stehen, als sie Grazia sah.

„Grazia! Marie Schickedanz hat sich bei mir beschwert."

Auch das noch, dachte Grazia. Sie schloss sekundenlang die Augen. „Ich war schon bei ihr."

„Dann weißt du es also.“

Grazia öffnete die Augen wieder. „Was?“ Ihre Stimme zitterte.

„Dass ihr eure Bude aufräumen sollt. Morgen früh um sieben Uhr ist Inspektion. Ich bin beauftragt, jede Schublade und jeden Schrank zu kontrollieren.“ Sie schaute Grazia kopfschüttelnd an. „Es sieht bei euch wirklich wie in einem Saustall aus.“

Grazia erwiderte trotzig den Blick. „Bis gestern hat es dich nicht gestört. Aber jetzt, wo die Schickedanz zufällig einmal ihren Kopf in unser Zimmer gesteckt hat ...“

„Es hat mich immer gestört. Aber ich habe gedacht, es kommt der Augenblick, wo ihr das Chaos in eurem Zimmer selber nicht mehr ertragt.“ Angela grinste. „Offenbar kommt der Zeitpunkt nie. Ihr werdet sicher auch noch unter einem Müllberg gut schlafen. Ich kapiere das nicht. Wie hältst du die Unordnung aus?“

Grazia hob die Schultern. „Ich finde es okay so. Aber wenn du willst, räume ich auf.“

„Ich will es nicht nur, es wird sogar verlangt.“ Angela schob Grazia den Flur entlang bis zu ihrer Tür. „Mach es am besten gleich, dann hast du es hinter dir.“

Als Grazia die Tür öffnete, sprang Sarah vom Bett auf. „Da bist du ja endlich!“, rief sie. „Ich habe mir schon Sorgen gemacht.“

Grazia schloss die Tür. „Was denn für Sorgen?“, knurrte sie, während sie einen Blick durchs Zimmer warf.

„Ich weiß nicht. Sorgen eben.“

„So schlimm sieht es doch überhaupt nicht aus“, sagte Grazia.

„Ich habe schon ein bisschen angefangen. Meine Sachen

sind alle okay." Sarah lächelte, ging zu ihrem Schreibtisch und nahm ein paar Geldscheine heraus. „Hier. Das Geld."

Grazia starrte sie an. „Was?"

Sarah lächelte. „Hundert Euro." Sie streckte Grazia das Geld hin.

Zögernd, mit klopfendem Herzen nahm Grazia das Geld. „Woher hast du das?"

„Von meinem Sparbuch." Sarah lachte verlegen. „Jetzt sind nur noch zehn Euro drauf. Aber macht nichts, ich brauche im Augenblick ja nichts."

Ungläubig schaute Grazia auf das Geld. „Das kann nicht wahr sein! Du hast es von deinem Sparbuch genommen?"

„Klar. Wenn du es brauchst." Sarah lächelte schüchtern. „Ich hoffe, es reicht für die Fahrkarte."

Grazia wagte immer noch nicht das Geld einzustecken. „Ich habe ihm schon einmal Geld für eine Fahrkarte gegeben. Aber da ist er auch nicht gefahren."

„Hatte er keine Fahrkarte gekauft?"

Grazia runzelte die Stirn. „Doch. Ich glaube, er hat sie weggeworfen. Ich weiß es nicht mehr so genau." Sie seufzte. „Ich bin völlig durcheinander, Sarah." Sie ließ sich auf das Bett fallen, und die Geldscheine flatterten aus ihrer schlaffen Hand.

Erschrocken bückte Sarah sich, sammelte das Geld wieder auf und schob es in Grazias Hosentasche. „Hier. Pass aber auf! Lass es nicht irgendwo liegen. Mehr habe ich nicht, es ist mein letztes Geld."

Grazia öffnete die Augen. Sie lächelte. Beinahe hätte sie vor Rührung geweint. „Du bist immer so nett", sagte sie. „Ich verstehe das gar nicht. Ich habe das überhaupt nicht verdient."

„Natürlich hast du das verdient!"

„Nein. Habe ich nicht. Ich bin höchstens einmal nett zu dir gewesen. Und du warst hundertmal nett zu mir. Es ist nicht fair von mir." Sie lächelte traurig. „Es tut mir Leid. Entschuldige."

„Quatsch. Du musst dich nicht entschuldigen. Wann gibst du Allessandro das Geld?"

„Ich weiß nicht. Am liebsten heute Abend."

„Oder willst *du* lieber die Fahrkarte kaufen?"

Grazia überlegte. „Das ist vielleicht besser. Aber dann muss ich erst zum Hauptbahnhof."

„Bist du denn mit Allessandro verabredet?"

Grazia nickte. „Hoffentlich kriegst du jetzt keinen Schreck." Sie holte tief Luft, um sich Mut zu machen. „Er kommt hierher. Ich wusste nicht, was ich machen soll. Wenn ich abhaue, gibt es Ärger. Die Schickedanz hat irgendetwas gemerkt."

Grazia berichtete von dem Gespräch. „Und Beatrice Fromme hat auch schon Andeutungen gemacht. Ich glaube, sie will heute mit Sergej über mich reden." Grazia rieb verzweifelt ihre Stirn. „Ich hab solche wahnsinnigen Kopfschmerzen. Ich weiß einfach nicht, was ich machen soll."

„Als Erstes aufräumen", sagte Sarah energisch. „Morgen früh um sieben Uhr kommen sie, um unser Zimmer zu kontrollieren. Wenn es dann nicht ordentlich ist, kriegen wir einen Riesenärger. Also los. Raff dich auf."

Grazia befühlte von außen ihre Hosentasche. Die Geldscheine knisterten. Als wenn es ihr Kraft gäbe, erhob sie sich sofort, schlug die Handflächen gegeneinander und sagte: „Okay. Cominciamo."

Nach dem gemeinsamen Abendessen gingen Sarah und Grazia nicht in den Fernsehraum oder in die Bibliothek, sondern gleich in ihr Zimmer.

Es war acht Uhr. Grazia hatte auf einem Teller belegte Brote, ein paar Tomatenscheiben und zwei Hälften eines gekochten Eis ins Zimmer mitgenommen. Sarah hatte unauffällig etwas zu trinken organisiert. Angela hatte an diesem Abend frei, und Ursel Ziegler führte Aufsicht.

„Wir müssen sie unbedingt davon abhalten, heute Abend noch einmal bei uns ins Zimmer zu kommen", flüsterte Grazia.

„Ich gehe nachher zu ihr", sagte Sarah beruhigend. „Mir fällt schon was ein."

Grazia sprang zum Fenster, stieß es auf und schaute hinaus. „Alles in Ordnung", wisperte sie. „Er ist noch nicht da. O Gott, ist mir schlecht."

Sarah presste ihre Lippen zusammen, um gar nicht erst in Versuchung zu kommen, ihren Kommentar abzugeben. Sie fand es ungeheuerlich, dass Grazia ihren Allessandro ein zweites Mal hier im Zimmer empfangen wollte. Nie im Leben wäre Sarah auf eine solche Idee gekommen. Am liebsten hätte sie sich aus dem Staub gemacht und zu Grazia gesagt: „Das ist dein Problem. Ich will damit nichts zu tun haben." Aber Grazia klammerte sich wie eine Ertrinkende an sie, und sie konnte sie einfach nicht im Stich lassen.

Wie ein Tiger im Käfig ging Grazia im Zimmer auf und ab. „Du gehst bestimmt nicht zur Schickedanz? Du verpetzt mich nicht?“ Ihre Stimme war nur noch ein verzweifeltes Wispern.

„Natürlich nicht, Grazia. Warum sollte ich dich verpetzen? Wir müssen nur diesen Abend noch durchstehen, dann ist es vorbei.“ Sarah lächelte und berührte Grazias heiße Wange mit ihren kühlen Fingern. Sie fühlte sich plötzlich viel erwachsener, viel reifer und besonnener als Grazia. „Es wird alles wieder gut. Bald kannst du dich wieder aufs Tanzen konzentrieren. Und auf die Gala.“ Sie lächelte Grazia zu. „Vergiss nicht: Bald stehen wir auf der Bühne der Staatsoper! Und im Parkett sitzt das Premierenpublikum.“

Grazia starrte Sarah an. Sie schüttelte langsam den Kopf. „Ich glaube nicht, dass ich da auf der Bühne stehen werde. Ich glaube es einfach nicht.“

„Natürlich! Wir werden tanzen!“

„Du ja. Aber ich nicht!“, flüsterte Grazia. „Ich werde rausgeschmissen. Ich weiß es. Ich fühle es einfach.“

Und dann beruhigte sich Grazia wieder ein bisschen. Sie setzte sich auf ihr Bett.

Sie tat Sarah unendlich Leid, und gleichzeitig machte sie Sarah wütend.

Als Sarah auf die Toilette gehen wollte, hechtete Grazia hinter ihr her und riss sie am Arm zurück. „Wo willst du hin? Bleib hier!“

Sarah wurde richtig zornig. „Was ist los, Grazia!“, schrie sie. „Ich werde gleich sauer, wenn du so ein Theater machst.“

Grazia war wachsbleich und zitterte. „Wohin gehst du?“,

flüsterte sie wieder. „Ich habe solche Angst. Ich weiß nicht wieso. Ich glaube, heute Abend passiert etwas Schreckliches!"

„Und um das zu verhindern, gehe ich zu Ursel", sagte Sarah eindringlich. Sie schob Grazia einfach von sich weg und verließ das Zimmer.

Zehn Minuten später kam sie wieder zurück. „Alles in Ordnung, Grazia. Ich habe Ursel gesagt, dass wir beide todmüde sind und morgen ganz früh aufstehen wollen, um uns noch auf zwei Arbeiten in der Schule vorzubereiten. Und dass wir jetzt schlafen gehen. Sie hat es geschluckt."

Grazia nickte. „Okay", flüsterte sie. „Okay."

Sie schnappte sich ihr Algebraheft und versuchte, sich in eine Aufgabe zu vertiefen. Aber alle fünf Sekunden warf sie einen ängstlichen Blick auf das Fenster.

Sarah schaute ärgerlich von ihrem Englischbuch auf und warf den Stift weg. „Mein Gott, du machst mich nervös. Ich gehe in die Bibliothek." Sie kramte ihre Sachen zusammen und schob energisch den Stuhl zurück.

„Nein, bitte", flehte Grazia. „Ich mach doch nichts. Ich mach doch überhaupt nichts."

„Dann guck auch nicht immer zum Fenster."

„Okay. Versprochen."

Eine Weile arbeiteten sie schweigend. Grazia legte das Algebraheft weg und holte sich einen Roman, den sie vor einer Woche begonnen hatte. Sie schob die Schulsachen zur Seite, rollte sich auf dem Bett zusammen und las, während Sarah für die Englischarbeit übte.

Die Zeit verging.

Irgendwann stand Sarah auf, um sich etwas zu trinken

zu holen. Grazia bemerkte es nicht einmal, so vertieft war sie in den Roman. Sarah schaute auf die Uhr. Schon halb elf. Sie ging zum Fenster und schaute hinaus.

Sofort warf Grazia das Buch weg. „Ist er da?“

Sarah schüttelte den Kopf. „Alles ruhig.“

„Vielleicht kommt er nicht in den Garten!“, flüsterte Grazia.

„Natürlich kommt er in den Garten. Das ist doch ein Kinderspiel.“ Sie zog die Gardine wieder zu. „Ich glaube, er kommt heute überhaupt nicht mehr.“ Sie gähnte. Die Nervosität und Aufregung der letzten Stunden hatten sie irgendwie erschöpft.

Sie setzte sich auf ihr Bett und zog die Socken aus, ließ die Füße und die Arme kreisen und bog den Kopf von der rechten zur linken Schulter. Sie lächelte. „Hörst du, wie es knackt? Das sind meine Halswirbel.“

Grazia nickte. „Wahnsinn. Soll ich deinen Nacken massieren?“

„O ja.“ Sarah lächelte dankbar. „Das wär toll.“ Sie warf sich bäuchlings auf ihr Bett und zerrte an dem Halsausschnitt ihres T-Shirts, bis ihre Schultern frei waren und versuchte sich zu entspannen.

Grazia kniete neben ihr. Langsam und kraftvoll begann sie zu massieren.

Sarah schloss die Augen. Sie liebte diese Massagen. Es war das Beste, was Grazia ihr antun konnte. „Mhmh“, murmelte sie wohlig, „das tut vielleicht gut.“

Als Grazia fertig war, fühlte Sarah sich schläfrig und müde, sodass sie sich wortlos auszog, unter die Decke kroch, die Nachttischlampe löschte und in der nächsten Minute eingeschlafen war.

Mitten in der Nacht wachte sie auf. Sofort war sie hellwach. Der Mond schien ins Fenster. Die Gardinen waren zurückgezogen, das Fenster halb geöffnet.

Sarah richtete sich vorsichtig auf und spähte in Grazias Bett. Nichts rührte sich.

Vorsichtig schlüpfte sie unter der Decke hervor und tappste auf bloßen Füßen zu Grazias Bett.

Grazia lag auf dem Rücken, das Gesicht zur Wand gedreht, die Arme angewinkelt, und schlief tief und fest. Ihre Lippen bewegten sich, als würde sie im Traum reden.

Sarah ging wieder zum Fenster. Der Mond schien auf das Garagendach, ein Käuzchen schrie. Mit leisem Rascheln strich der Zweig der Ulme gegen das Balkongeländer. Weit und breit war niemand zu sehen.

Auf dem Tisch standen unangerührt die belegten Brote. Sarah runzelte die Stirn.

Er ist nicht gekommen, dachte sie. Wie komisch.

Und im gleichen Augenblick war sie ungeheuer erleichtert. Sie krabbelte wieder ins Bett und war im nächsten Augenblick eingeschlafen.

„Er ist nicht gekommen!“ Grazia beugte sich über Sarah und rüttelte sie wach. „Hörst du? Er ist nicht gekommen!“

Schläfrig richtete Sarah sich auf und schaute sich um. Grazia hatte die Gardinen zurückgezogen. Der Teller war verschwunden. Das Zimmer sah wunderbar ordentlich aus. Nicht einmal schmutzige Wäsche vom Vortag lag irgendwo herum.

„Ich weiß, dass er nicht gekommen ist“, murmelte sie, während sie nach ihrer Armbanduhr angelte. „Ich bin heute Nacht aufgewacht, und da habe ich es gemerkt.

Wieso weckst du mich jetzt?“ Sie riss die Augen ungläubig auf, während sie auf das Zifferblatt starrte. „Es ist erst sechs Uhr!“

„Ich weiß.“ Grazia ließ sich auf ihr Bett fallen. „Aber ich muss mit irgendjemandem sprechen.“ Sie schaute auf. „Wieso ist er nicht gekommen? Verstehst du das?“

Sarah lächelte. „Ich verstehe überhaupt nicht, was Allessandro macht. Ich kapiere es einfach nicht. Und ich will auch nicht. Wieso soll ich denn wissen, warum er nicht gekommen ist? Vielleicht hat ihm sein Verstand gesagt, dass es klüger ist, einfach nach Italien zurückzufahren.“

Grazia starrte sie an. „Ohne sich zu verabschieden?“ Sie schüttelte den Kopf. „Das würde er nie tun. Du kennst Allessandro nicht. Er liebt mich. Er kann ohne mich nicht leben.“

Sarah grinste. „Vielleicht redest du dir das nur ein.“

„Nein, ich weiß es.“ Sie sah Sarah an. „Er hat es mir gesagt. Er kommt aus Napoli, weißt du. Das sagt alles.“

Allessandro wartete nicht auf Grazia an der Bushaltestelle, und er stand auch nicht vor der Schule. Er tauchte einfach nicht auf.

Grazia war fassungslos.

Verwirrt betrat sie die Schule, ging in das Klassenzimmer und starrte auf die große Kreuzung hinunter.

Die Schüler stürmten in das Klassenzimmer, riefen sich etwas zu, sangen, scharrten mit den Stuhlbeinen auf dem Steinboden, aber Grazia saß reglos da und dachte nach.

Allessandro war nicht gekommen. Vielleicht war er schon abgereist nach Italien? Vielleicht hatte er eine Wohnung gefunden? Vielleicht hatte er schon diesen neuen Job in der Autowerkstatt? Alles war möglich.

Vielleicht hatte ihn ja auch die Polizei festgenommen. Oder er war in eine Gruppe von Skinheads geraten. Oder in eine Kneipe, in der Leute sich voll laufen lassen, die immer nur „Ausländer raus!“ brüllen.

Allessandro sprach kein Wort Deutsch. Er sprach auch nur sehr schlecht Englisch. Wie konnte er sich überhaupt verständigen, wenn er allein eine Wohnung suchte? Grazia presste die Hände gegen die Schläfen.

In diesem Moment betrat der Biolehrer den Raum. Grazia nahm ihn kaum wahr. Irgendwie ging der ganze Schulvormittag total an ihr vorbei.

Als Grazia aus der Schule in die Tanzakademie zurückkam, traf sie Sarah unten in der Eingangshalle. Sarah hockte im Schneidersitz auf dem Kanapee, das eigentlich für angemeldete Besucher reserviert war, und blätterte in einer Theaterzeitschrift.

Als Grazia durch die Tür kam, sprang sie auf, warf die Zeitschrift auf den Boden und rannte ihr entgegen. „Endlich! Ich dachte schon, du kommst heute überhaupt nicht mehr nach Hause.“

Grazia seufzte. „Ich muss um zwei bei Beatrice Fromme sein. Was ist denn los?“

„Nichts. Ich dachte nur ...“ Sarah zögerte. „Ich dachte, es ist vielleicht etwas passiert. Ich hatte so ein komisches Gefühl, nach all dem, was du mir heute Morgen gesagt hast.“

„Wieso? Was habe ich gesagt?“ Grazia studierte aufmerksam die Mitteilungen am schwarzen Brett. Es wurden

Statisten für eine *La-Traviata*-Aufführung gesucht. Aber leider keine Schüler, sondern Leute über sechzig.

„Wieso hängen die so was hier aus?" Grazia klopfte auf den Zettel. „Hier arbeiten doch keine Menschen über sechzig."

„Grazia!" Sarah schaute sie flehend an. „Erzähl mir, was passiert ist. Was hat Allessandro gesagt?"

„Nichts." Grazia hatte Mühe, sich vom schwarzen Brett loszureißen. Dann ging sie mit Sarah Richtung Kantine.

Sie runzelte die Stirn. „Sag bloß, es gibt Blumenkohl?"

„Ja, mit Käse überbacken", sagte Sarah.

„Ich hasse Blumenkohl. Mir wird bei dem Geruch schon schlecht." Grazia schaute auf die Uhr. „Ich habe sowieso nicht genug Zeit, um zu essen. Hast du Beatrice gesehen?"

Sarah schüttelte den Kopf.

„Heute Morgen ist niemand gekommen, um unser Zimmer zu inspizieren. Das war nur eine leere Drohung, damit wir endlich mal aufräumen, was?" Grazia lächelte. Ein Hoffnungsschimmer leuchtete in ihrem Gesicht auf. „Vielleicht ist alles halb so schlimm. Das Gespräch gleich, vielleicht ist das auch nur eine leere Drohung. Was gibt es als Nachtisch?"

„Eine Kiwi."

Grazia rollte mit den Augen. „Eine Kiwi! Nicht zu fassen. Ist das alles?"

„Ich glaube, ja. Wieso hast du heute so einen Hunger?"

„Keine Ahnung." Grazia hob die Schultern. „Ich bin ein bisschen durcheinander, glaube ich. Mein Magen spielt verrückt. Entweder ist mir schlecht, oder ich hab einen Bärenhunger."

„Vielleicht bist du schwanger", sagte Sarah leichthin.

Grazia blieb stehen. Sie stemmte die Arme in die Hüften und starrte Sarah an. „Sag mal, spinnst du? Wieso soll ich schwanger sein?"

Sarah grinste verlegen. „Wieso nicht?"

„Du glaubst echt ..., ich habe ..." Grazia schluckte. Dann schüttelte sie heftig den Kopf. „Das ist nicht dein Ernst! Du glaubst nicht im Ernst, dass ich, ich meine, in der Nacht, als Allessandro bei uns im Zimmer geschlafen hat ... Glaubst du wirklich ..."

„Ich glaube überhaupt nichts", unterbrach Sarah. „Reg dich bloß nicht gleich auf. Das war nur ein Witz."

„Du machst vielleicht komische Witze." Kopfschüttelnd ging Grazia neben Sarah her. Ein paar Schüler aus der Theaterklasse kamen ihnen entgegen. Grazia schaute kaum hoch, als sie „hallo" sagten.

Sie stieß die Tür zum Speisesaal auf. Der übliche Lärmpegel schlug ihnen entgegen: das Klappern von Geschirr und das Scharren von Stuhlbeinen, das Stimmengewirr, Lachen und Rufen, Stimmen und Wortfetzen in mindestens zwanzig verschiedenen Sprachen.

Sarah blieb stehen. Sie schaute sich um und lächelte glücklich.

Es gefällt mir hier, dachte sie. Es ist ein tolles Leben. Egal, was passiert: Ich werde nie vergessen, dass ich einmal zu dieser Gemeinschaft gehört habe. Zu einer internationalen Gemeinschaft von Ballett-Fanatikern. Das ist etwas Tolles. Etwas ganz Besonderes.

Auch Grazia schaute sich um. Sie atmete tief durch. Sarah fragte sich, woran sie wohl gerade dachte. Eine steile Falte hatte sich auf ihrer Stirn gebildet. Sie war sehr blass. „Ich hasse Blumenkohl", wisperte Grazia, als sie sich vor der Essensausgabe einreihten und einen vorgewärmten Teller und das Besteck nahmen, das in eine Papierserviette eingerollt war. „Ich hoffe, es gibt noch irgendetwas anderes."

„Bestell dir doch Rührei", schlug Sarah vor. „Oder Omelette mit Champignon. Das machen sie dir bestimmt. Ich glaube, Nadja hat heute Dienst. Von Nadja kannst du alles haben."

Grazia nickte. Sie schaute sich in dem Speisesaal nach einem leeren Tisch um. Am Fenster saßen Moritz und René. Beide trugen ihre Tanztrikots und Pullis, die sie um die Schultern geknotet hatten. Sie saßen sich gegenüber, stocherten mit der Gabel in ihrem Essen und redeten pausenlos aufeinander ein.

Dann wanderte Grazias Blick zum Fenster, und im gleichen Augenblick erstarrte sie.

Vor dem Souterrainfenster in der oberen Hälfte der Wand hockte Allessandro. Das heißt, er hockte neben dem Fenster und steckte den Kopf herein. Sein Körper war hinter dem Rhododendronbusch verborgen, der halb ins Fenster ragte.

„Da ist er", wisperte Grazia tonlos.

Sarah hatte gerade der Köchin den Teller gereicht. Sie lud eine Kelle voll Blumenkohlauflauf darauf und gab ihn Sarah zurück. Danke", murmelte Sarah. Dann wandte sie sich um. „Wer?"

Grazia deutete wortlos auf das Fenster.

In diesem Augenblick sah Sarah ihn auch. „O Mann", flüsterte sie. „Der spinnt doch."

Grazia biss sich auf die Unterlippe. „Was soll ich machen? Ich muss gleich zu Beatrice."

„Ich habe keine Ahnung, wirklich nicht."

Allessandro hatte die beiden in diesem Augenblick entdeckt. Er kam ganz aus seiner Deckung hervor und wedelte eindringlich mit den Armen, als wolle er Grazia bedeuten, nach vorn zum Eingang zu kommen.

Grazia nickte automatisch. Sie stellte ihren Teller wieder hin. „Ich bring es hinter mich", sagte sie, „ich bin in zehn Minuten zurück. Ich gebe ihm das Geld, und dann sage ich, er soll verschwinden, und ich will ihn nie wieder sehen."

Allessandro blutete aus der Nase. Er hielt ein Taschentuch in der Hand, das blutdurchtränkt war. Blut war auch auf seinem Pulli und seinen Jeans. Er wartete vorn neben dem Eingang. Als Grazia herauskam, lächelte er tapfer. „Hallo, Grazia."

Sie wollte ihm eigentlich einen Vortrag darüber halten, wie wahnsinnig es war, in die Tanzakademie zu kommen. Aber als sie sein Gesicht sah, rief sie entsetzt: „Allessandro! Du blutest ja!"

Er lächelte. Er steckte schnell das Taschentuch weg, aber sofort lief wieder ein dünnes Rinnsal von Blut aus seinem rechten Nasenloch. „Nicht so schlimm. Ehrlich. Tut überhaupt nicht mehr weh."

Jetzt erst sah Grazia, dass sein Auge geschwollen war und er einen tiefblauen Fleck am Hals hatte.

„Was ist denn nur passiert?", schrie sie. Sie nahm seine

Hand und zog ihn vom Eingang weg. „Was ist los, Alles-sandro?"

Er versuchte wieder zu lächeln. Aber sein Gesicht war schmerzverzerrt.

Grazia holte ein Papiertaschentuch aus ihrer Jackentasche und tupfte vorsichtig das Blut ab. „Wer war das?", flüsterte sie, den Tränen nahe. „Was haben sie mit dir gemacht? Warum?"

„Ich weiß nicht." Allessandro nahm dankbar das frische Taschentuch und presste es gegen die Nase. „Ich habe keine Ahnung."

„Was ist denn passiert?"

„Ich sag doch, ich weiß es nicht."

Grazia starrte ihn an. Kopfschüttelnd sagte sie: „Das gibt es doch nicht. So was passiert doch nicht einfach nur so."

„Doch." Allessandro seufzte. „Offenbar doch."

Und dann erzählte er, dass er die Stadt nach einem Zimmer abgeklappert hatte. Aber er hatte keins gefunden. Da sei er zu dem Typen gegangen, der ihm den Job in der Werkstatt versprochen hatte, und der hatte gesagt: „Okay, du kannst in der Werkstatt schlafen. Aber nur diese Nacht. Dann musst du dir was suchen. Das geht nicht, dass ich Leute in der Werkstatt schlafen lasse. Wenn die Polizei kontrolliert, merken die sofort, dass ich illegal Leute beschäftige. Und dann bin ich dran."

„Dran?", fragte Grazia. „Wieso? Was heißt das?"

„Woher soll ich das wissen, was das heißt? Arbeiten darf man hier offenbar nur, wenn man eine Arbeitserlaubnis hat. Und dann muss der Typ, der einen einstellt, eine Lohnsteuerkarte beantragen und Versicherung und Sozialabgaben und alles Mögliche zahlen. Aber das will mein Chef offenbar nicht." Er grinste hilflos. „Er will das Geld sparen. So einfach ist das."

Grazia sagte nichts. Sie suchte verzweifelt nach einem weiteren Papiertuch.

„Aber mir ist das ja nur recht, weißt du. Ich habe ja keine Arbeitserlaubnis. Ich könnte ja theoretisch bei einem seriösen Typen gar nicht arbeiten, das ist mein Problem."

„Du musst nach Italien zurück", sagte Grazia. „Das ist die einzig vernünftige Lösung."

Allessandro schaute sie an. „Kommst du mit?"

Grazia seufzte. Dann schüttelte sie den Kopf.

„Siehst du." Allessandro warf das blutige Taschentuch auf den Boden. „Dann gehe ich auch nicht zurück. Willst du wissen, wie es weiterging?"

Als Grazia nickte, erzählte er, dass er in dem kleinen Büro der Werkstatt auf einem Klappbett geschlafen hatte. „Ich habe das Gefühl", sagte Allessandro, „dass da schon ganz andere Typen drauf geschlafen haben. Aber das geht mich ja nichts an."

„Was für andere Typen?", fragte Grazia.

„Weiß ich doch nicht. Andere Typen eben." Allessandro legte den Kopf in den Nacken, um das Blut zum Stillstand zu bringen. „Es gab da auch ein Klo, da konnte man sich waschen, und sonst war alles ganz okay. Ich war ja hundemüde. Ich hatte mir etwas zu essen besorgt und bin ziemlich schnell eingeschlafen."

Grazia starrte ihn an. „Und dann?"

„Mitten in der Nacht wachte ich auf, und da kniete schon ein Typ auf meiner Brust und drückte mir die Kehle zu und sagte: ‚Wo ist es?'"

„Was?“

„Das Geld offenbar. Die glaubten, dass irgendwo Geld war. In einem Safe, oder so.“ Er lächelte. „Aber ich hatte ja keine Ahnung, ich wusste es wirklich nicht. Das war mein Problem. Die Typen dachten, ich sei irgendwie der Boss und ich müsste doch wissen, wo das Geld ist. Die haben mich geknebelt, geschlagen. Mich fast erwürgt.“ Er berührte mit zitternden Händen die blutunterlaufenen Stellen am Hals. „Ich hätte ihnen wahnsinnig gern gesagt, wo das Geld ist, aber ich wusste es doch nicht. Da haben sie angefangen, alles kaputtzuschlagen.“

„Madonna“, stöhnte Grazia. Sie raufte sich die Haare. „Das ist ja Wahnsinn!“

„Genau. Wahnsinn. Mein Kopf tat so weh, meine Beine waren eingeschlafen. Sie hatten mich zu stark gefesselt, weißt du. Ich war fast ohnmächtig. Aber ich wusste nun mal nicht, wo das verdammte Geld ist. Und dann haben sie es durch Zufall gefunden. Es war in einem Eisenkasten in der Werkstatt. Weiß der Teufel, wieso der Barbini da so viel Geld aufbewahrt.“ Er schaute Grazia an. „Es waren ein paar Tausender, weißt du. Die bewahrt der Typ in der Werkstatt auf! Der muss verrückt sein!

„Bestimmt ist er verrückt“, sagte Grazia. „Und was ist dann passiert?“

„Dann sind sie weggefahren. Ich habe ihre Maschinen gehört.“

„Allessandro, du musst zur Polizei.“

Allessandro wollte lachen, aber das schmerzte zu sehr. Er verzog das Gesicht zu einer schiefen Fratze. „Polizei? Ich? Weißt du, was ich gemacht habe? Ich bin abgehauen. Ich hatte doch keine Chance.“

„Abgehauen?", flüsterte Grazia. Sie schloss die Augen.

„Natürlich. Was sollte ich denn machen? Der Barbini hätte mir die Story nie geglaubt. Der hätte gedacht, ich hätte die ganze Show nur inszeniert, um von mir abzulenken."

„Du hast einen Knall", sagte Grazia.

Allessandro hob die Schultern. „Was weiß ich. Vielleicht habe ich wirklich einen Knall. Kannst du mir ein Pflaster oder so was besorgen? Ich glaube, mein Nasenbein ist gebrochen. Es tut so höllisch weh."

„Dann musst du zum Arzt."

„Ich kann nicht zum Arzt."

„Natürlich kannst du zu einem Arzt. Du erfindest irgendeine Geschichte. Du bist aus der Straßenbahn gefallen, oder was weiß ich. Du hast doch einen Pass."

Allessandro schüttelte den Kopf. „Ich habe eben keinen Pass."

„Und wieso nicht?"

„Weil diese verdammten Typen mir alles geklaut haben. Alles. Verstehst du?" Er lächelte. Er versuchte, spitzbübisch mit den Augen zu zwinkern, aber das gelang ihm nicht. „Ich kann also gar nicht mehr nach Italien zurück. Ohne Pass lassen die mich doch gar nicht über die Grenze. Und zur Polizei kann ich auch nicht. Wenn ich die richtige Geschichte erzähle, dann nehmen die mich sofort fest. Ich wette, dass Barbini längst den Diebstahl gemeldet hat. Und natürlich hat er auch meinen Namen angegeben. Der muss ja denken, dass ich das Geld geklaut habe. Ich an seiner Stelle würde das auch denken."

Grazia seufzte erschöpft. Sie schaute auf die Uhr. „O Scheiße", flüsterte sie. „Ich bin schon zehn Minuten zu spät." Sie schaute sich hektisch um. „Kannst du hier warten, Allessandro? Ich habe eine wichtige Besprechung mit meiner Ballettlehrerin. Nachher besorge ich dir alles, Pflaster und so. Und dann überlegen wir, was wir machen, ja?" Sie lächelte ihn an. Er tat ihr so Leid, dass ihr Herz davon wehtat.

Sie wollte ihn am liebsten los sein, das stimmte. Aber wie er jetzt so vor ihr stand, ein Häuflein Elend, zusammengeschlagen, ausgeraubt, ohne Pass, ohne Ziel ... Es zerriss ihr das Herz. Am liebsten hätte sie ihn in den Arm genommen und geküsst und gestreichelt. Aber das ging nicht. Sie standen schließlich vor dem Eingang zur Tanzakademie. Jeden Augenblick konnte ein Lehrer oder eine Erzieherin vorbeikommen.

„Warte hier auf mich, ja?", rief Grazia beschwörend. „Ich bin bald wieder da."

„Wann?"

„Ich weiß nicht. In einer Viertelstunde? In einer halben Stunde? Ich habe keine Ahnung, wie lange es dauert, aber ich komme zurück."

„Ich habe keine Taschentücher mehr", sagte Allessandro. „Ich brauche ein Pflaster und Watte und Jod. Außerdem ist mir ganz schlecht. Sie haben mir auch in den Magen getreten, weißt du. Man sieht sogar den Abdruck von einem Schuh auf meinem Bauch." Er verzog das Gesicht. „Willst du mal sehen?"

Grazia war leichenblass. Sie schüttelte den Kopf. „Bitte nicht. Diese Schweinehunde! Diese gemeinen Schweine ..." Sie atmete tief durch. „Wir müssen überlegen, Allessandro. Ich komm gleich zurück. Ich verspreche es dir."

Allessandro nickte. Er war erschöpft. Krank, müde und verzweifelt. Er schaute sich nach einer Sitzgelegenheit um, entdeckte einen kleinen Mauervorsprung in der Sonne und schleppte sich dahin, setzte sich und nickte Grazia zu.

„Bist du okay so?“, fragte Grazia.

Er nickte. Er bedeutete ihr mit einer Handbewegung, dass sie ruhig gehen könne. Dann lehnte er den Kopf an die sonnenwarme Mauer und schloss die Augen.

Grazia warf ihm noch einen unsicheren Blick zu, und dann lief sie zurück ins Haus.

Als sie an die Tür von Marie Schickedanz’ Büro klopfte, war es Viertel nach zwei.

Grazias Herz schlug wie wild. Sie war vollkommen durcheinander.

„Herein!“, rief Beatrice Fromme.

Grazia kam schüchtern herein. „Verzeihung“, murmelte sie, „tut mir Leid.“

Beatrice Fromme schaute auf. Sie betrachtete gerade die Fotos der letzten Tanzprobe unter einer Lupe. Sie ließ die Lupe sinken. „Was tut dir Leid?“

„Dass ich zu spät bin.“

Beatrice hob gleichgültig die Schultern. „Das macht nun auch nichts mehr, Grazia. Ganz im Gegenteil: Es passt ins Bild und bestätigt das, was ich zu Sergej Uljanow gesagt habe. Es bestätigt mich voll und ganz.“

Grazia fuhr mit der Zunge über ihre trockenen, heißen Lippen. Sie versuchte sich auf das Gespräch zu konzentrieren. Vor ihren Augen war immer noch das verquollene, blutende Gesicht von Allessandro.

„Ich habe Sergej gesagt, dass du unzuverlässig bist. Unkonzentriert, schlampig und undiszipliniert." Sie schaute Grazia traurig an. „Und unpünktlich. Das außerdem."

Grazia sagte nichts. Sie atmete tief. Sie zwang sich, gerade zu stehen, die Füße in der richtigen Position zu halten, die Finger ruhig, den Kopf anmutig geneigt. Disziplin war das Zauberwort. Haltung und Disziplin, Höflichkeit und Respekt vor den Erwachsenen. Und zwar immer. Zu jeder Zeit und bei jeder Gelegenheit.

Beatrice Fromme trat ganz dicht vor Grazia hin und schaute ihr in die Augen. Grazia zwang sich, nicht zu zwinkern. Sie hasste es, wenn ein Erwachsener ihr so streng und scharf in die Augen sah. Sie wollte dann immer das Gesicht abwenden, aber sie wusste, dass sie sich diese Schwäche jetzt nicht erlauben durfte.

„Möchtest du nicht wissen, wie der Meister darauf reagiert hat?"

Grazia nickte. Sie konnte nicht sprechen. Ihr Herz schlug heftig.

„Er hat gesagt", Beatrice seufzte und holte tief Luft, „er hat gesagt, er bedauert sehr, das zu hören. Er hat gesagt, es sei ein Jammer, wenn die wenigen kostbaren Ausbildungsplätze hier an der Akademie von Schülern besetzt werden, die diese Ehre nicht verdienen. Die das Glück nicht zu schätzen wissen, dass man sie ausgewählt hat. Sergej möchte, dass alle Schüler mit Leib und Seele bei der Sache sind. Dass sie nicht rechts und nicht links sehen, sondern nur auf dieses eine Ziel konzentriert sind: dass sie gute Tänzer werden."

„Ich konzentriere mich doch", sagte Grazia mit kleinlautem Protest. „Ich möchte doch eine gute Tänzerin werden."

„Das mag schon sein. Aber du tust nicht genug dafür. Deine Gedanken sind immer woanders. Ich merke das doch. Du bist beim Training nie bei der Sache, und im Anatomie-Unterricht hast du ganz gefehlt. Ohne Entschuldigung."

„Das war eine Ausnahme", flüsterte Grazia.

„Und zum Vortanzen hattest du das falsche Trikot an. Daran konnte der Meister sich gut erinnern. Ein Trikot der Theaterklasse! Das ist nicht üblich, Grazia. Das weißt du."

„Es war mein altes Trikot. Das andere war gerade in der Wäsche. Ich kann doch nichts dafür, dass es zufällig die gleiche Farbe hat wie die Trikots der Theaterklasse!" Sie war jetzt den Tränen nahe. Sie ahnte, dass gleich etwas Furchtbares kommen würde, etwas Entsetzliches, Unwiderbringliches. Sie wusste nur nicht, wie sie es verhindern konnte. Sollte sie sich vor Beatrice Fromme auf den Boden werfen, ihre Knie umklammern wie in einer großen Pose der Demut aus dem Ballett *Giselle*? Sollte sie Beatrice die Hände küssen wie Marcia Haydée in dem Ballett von Mahler? Sollte sie in Tränen ausbrechen und aus dem Zimmer laufen?

Was, verdammt noch mal, kann ich tun?, dachte Grazia verzweifelt.

Aber da geschah es schon: Beatrice Fromme räusperte sich, ging um den Schreibtisch herum und setzte sich. „Sergej Uljanow hat beschlossen, dich bei der Gala zu streichen", sagte sie in einem emotionslosen Ton, der das Ganze noch verschlimmerte. „Du brauchst also nicht mehr zu den Proben mit Sarah zu kommen, ab sofort nicht mehr." Sie wandte sich um und schaute auf den

Stundenplan, der hinter ihr an der Wand hing. „Wie ich sehe, hättest du um fünfzehn Uhr Probe für die Aufführung." Sie lächelte Grazia kühl an. „Um fünfzehn Uhr hast du also frei. Das wäre alles für heute." Sie nickte. „Du bist entlassen."

Grazia schwieg. Sie konnte nichts sagen.

Sie werfen mich raus, dachte sie. Sie haben mir erst die Rolle gegeben, und nun nehmen sie sie mir wieder weg. Das ist unfair. Das ist gemein. Das können die nicht tun!

Sie starrte die Lehrerin an. Sie konnte sich immer noch nicht bewegen.

Ungeduldig hob Beatrice Fromme den Kopf. „Ist noch was?"

Grazia bewegte die Lippen, aber sie brachte keinen Ton heraus. Sie wollte fragen, ob man es nicht noch einmal mit ihr versuchen könne, ob man ihr nicht noch eine Chance geben könnte. Sie wollte Beatrice Fromme sagen: Ich habe Probleme gehabt. Ich habe immer noch Probleme, aber die werde ich lösen. Bald. Und dann konzentriere ich mich wieder vollkommen auf das Training. Auf das Tanzen. Ich will doch tanzen. Tanzen ist doch mein Leben!

Aber sie konnte nichts sagen. Es war wie ein Alptraum. Ihre Augen waren groß und trocken, und sie brannten.

„Ich habe zu tun", sagte Beatrice Fromme, während sie die Lupe wieder in die Hand nahm. „Und ich nehme an, du hast auch zu tun. Auf Wiedersehen, Grazia."

Grazia senkte den Kopf. Sie wandte sich um. Ihre Knie zitterten und waren weich wie Pudding. Sie zitterte am ganzen Körper, als habe sie einen Anfall von Schüttelfrost. Sie konnte kaum die Türklinke herunterdrücken. Ihr war so elend, dass sie glaubte, auf der Türschwelle zusammenbrechen zu müssen.

„Mach die Tür bitte leise auf und zu. Ich habe Kopfschmerzen“, rief Beatrice Fromme ihr nach.

Grazia zog die Tür lautlos hinter sich ins Schloss.

Auf dem Weg in ihr Zimmer sah Grazia durch jeden hindurch, der ihr entgegenkam. Sie überhörte Moritz’ freundliches Hallo, und sie hastete grußlos an Angela vorbei.

In ihrem Zimmer angekommen, leerte sie sofort alle Schubladen, fluchte, ging zum Schrank und warf ihre Kleider, die Wäsche, die Strümpfe heraus.

Sarah, die auf dem Bett lag und Französisch paukte, schaute sie fassungslos an. „Sag mal, bist du übergeschnappt?“

Grazia wirbelte herum. „Ich brauche Pflaster“, sagte sie. „Heftpflaster. Hast du welches?“

Sarah schwang ihre Beine über die Bettkante. „Im Krankenzimmer ist welches. Jede Menge sogar.“ Sie stand auf und kramte in ihrer Kosmetiktasche. „Neulich hatte ich noch ein Stück, von meiner blöden Blase am Fuß.“ Sie schüttelte den Kopf. „Ich habe den Rest wahrscheinlich zurückgebracht. Wofür brauchst du das?“

„Für Allessandro“, sagte Grazia. „Verdammt, ich kann doch nicht einfach ins Krankenzimmer gehen und für ihn …“

„Allessandro ist da?“, rief Sarah aufgeregt. „Seit wann? Wo ist er?“

„Draußen, auf der Straße. Er wartet auf mich.“ Grazia schleuderte die Sachen in den Schrank zurück und stemmte sich gegen die Tür, um den Riegel vorzuschieben. „Tust du mir einen Gefallen?"

Sarah hob die Schultern. „Klar. Wenn ich kann."

„Holst du für mich das Pflaster? Und ein Fläschchen Jod? Und Watte? Und ein paar Aspirin oder irgendwelche Schmerztabletten? Bitte!"

Sarah starrte sie an. „Wozu brauchst du Jod und Schmerztabletten? Was ist passiert? Wieso redest du nicht?"

„Ich rede doch die ganze Zeit." Grazia fuhr sich mit den Händen über das Gesicht. „Ich rede doch pausenlos." Sie ließ die Arme sinken und schaute Sarah an. „Ich kann nicht mehr. Ich bin vollkommen kaputt. Ich möchte einfach tot sein."

Sarah sagte nichts. Wortlos nahm sie Grazia in die Arme. „Sag das nicht, bitte. So etwas sagt man nicht …"

„Ich möchte aber tot sein." Grazia riss sich los. Sie starrte Sarah an. „Ich wünsche dir viel Spaß beim ungarischen Tanz. Bestimmt wird es ein toller Erfolg für dich. Bestimmt bekommst du einen Extra-Applaus. Du tanzt ja auch wirklich toll. Und das Kostüm steht dir supergut. Und überhaupt: deine Haltung. Du bist echt viel besser als ich. Du warst von Anfang an besser. Ich verstehe schon, dass sie mich von der Liste gestrichen haben."

Sarah riss die Augen auf. „Was haben sie?"

„Mich von der Liste gestrichen." Grazia schaute sich ratlos im Zimmer um. Sie hatte das Gefühl, sie müsste irgendwelche Sachen zusammenpacken, wusste aber nicht, was. Ihr Kopf schmerzte, als stecke er in einem Schraubstock. „Ich darf nicht mehr mittanzen. Sie nehmen eine andere."

„Das glaube ich nicht."
„Kannst du ruhig glauben. Weil es die Wahrheit ist."
„Wer hat das gesagt?"
„Beatrice Fromme. Und die muss es ja schließlich wissen. Du musst nachher zur Probe. Vergiss es nicht. Ich werde schon nicht mehr dabei sein." Sie lächelte grimmig. „Jede ist austauschbar. Ist ja auch logisch. Sie können machen, was sie wollen. Sie denken, ich hätte keinen Spaß am Ballett. Sie denken, ich würde mich nicht voll dafür einsetzen. Ich hätte zu viele andere Dinge im Kopf. Ja, verdammt noch mal, habe ich mir das vielleicht ausgesucht? Habe ich Allessandro vielleicht gebeten, hierher nach Hamburg zu kommen und sich zusammenschlagen zu lassen? War das vielleicht meine Idee?"
Sarah schluckte. „Was?", flüsterte sie. „Was ist Allessandro passiert?"
„Sie haben ihn zusammengeschlagen. Letzte Nacht. In der Werkstatt."
„In was für einer Werkstatt?"
„Weiß ich doch nicht. Wo er arbeiten wollte. Die Werkstatt gehört einem Italiener, einer von denen, die nicht nach Papieren fragen. Das war wohl ganz okay." Grazia hatte sich besonnen. Sie wollte für Allessandro ein frisches T-Shirt und Socken einpacken. Dann fiel ihr das Geld ein. Verzweifelt suchte sie alle Taschen ihrer Latzhose ab. „Das Geld", murmelte sie. „Wo ist das Geld?" Plötzlich fühlte sie die knisternden Scheine in der Brusttasche. Sie seufzte erleichtert. Es hätte sie nicht verwundert, wenn ihr heute auch noch das Geld abhanden gekommen wäre.
„Kannst du das Pflaster besorgen? Jetzt gleich? Und alles andere, was ich dir gesagt habe?"

Sarah nickte stumm und ging zur Tür. Sie war völlig ratlos. Die Dinge überschlugen sich. Sie hatte keine Ahnung, was zu tun war. Sollte sie die Heimleiterin informieren? Würde sie Grazia damit helfen? Oder würde es alles nur noch schlimmer machen?

„Ich hol das Zeug", murmelte Sarah. „Ich beeil mich."

Als sie zurückkam, stand Grazia mitten im Zimmer. Sie hatte ein wachsbleiches Gesicht. Ihre Miene drückte äußerste Entschlossenheit aus. Sie hatte die wichtigsten Utensilien in eine Plastiktüte gestopft. Als Sarah ihr das Pflaster, die Watte, das Jodfläschchen reichte, nickte sie nur und warf es in die Tüte. „Und die Tabletten?"

„Das war schwierig", sagte Sarah. „Angela wollte sie mir erst nicht geben. Du weißt ja, wie sie ist. Sie denkt, die meisten Schmerzen kann man mit Kamille und Salbei kurieren."

„Hast du die Tabletten, oder nicht?", fragte Grazia kalt.

Sarah nicke. „Ich habe sie einfach genommen, als Angela nicht hingesehen hat. Ich hoffe, sie zählen das nicht nach."

„Tun sie bestimmt", sagte Grazia ungerührt. „So wie ich den Laden hier kenne, führen sie Buch über jede einzelne Aspirintablette." Sie bedankte sich nicht. Sie nahm die Tabletten, ließ sie in ihrer Hosentasche verschwinden und ging zur Tür.

„Grazia", flüsterte Sarah hilflos.

Grazia drehte sich um. Sie musterte Sarah mit kalten Augen. „Ja?"

„Es tut mir Leid", flüsterte Sarah.

Grazia hob die Schultern. „Dafür kann ich mir auch nichts kaufen. Ich muss da jetzt durch. Wer weiß, wenn

Allessandro erst im Zug sitzt, wenn ich die Sorgen erst mal los bin, vielleicht wird dann alles wieder gut."

„Bestimmt", flüsterte Sarah.

„Ich habe gedacht, mir kann nichts passieren. Immer habe ich gedacht, die Leute, die so viele Probleme haben, die sind selber schuld. Wenn man etwas wirklich will, habe ich gedacht, dann schafft man es auch." Sie schaute zur Zimmerdecke. „Aber inzwischen bin ich mir nicht mehr so sicher. Ich glaube, es gibt Zeiten, in denen man die ganze Welt gegen sich hat."

Sie löste den Blick von der Zimmerdecke und schaute Sarah an. Ihre Stimme war jetzt nicht mehr eisig. Ihre Augen schwammen in Tränen, ohne dass sie den Versuch machte, sie wegzuwischen.

„Vielleicht kann ich ja hier bleiben. Vielleicht wird ja alles gut. Vielleicht bestehe ich die nächste Prüfung, und dann kommen wir zusammen in die vierte Klasse." Sie versuchte zu lächeln. Aber es war ein kläglicher Versuch.

Sarah wollte etwas sagen, aber da wandte Grazia sich um und war auch schon verschwunden. Sarah stand wie versteinert und schaute auf die verschlossene Tür.

Ich muss etwas tun, dachte sie. Ich muss ihr helfen.

In ihrem Kopf drehte sich alles. Aber wie konnte sie Grazia helfen?

Sie schaute auf die Uhr. In einer Viertelstunde war Probe. Das durfte sie nicht verpassen. Sie durfte die Probe nicht versäumen, sie durfte Beatrice Fromme nicht enttäuschen.

Sie wollte so gerne an dieser Aufführung teilnehmen. Sie wollte so graziös und liebenswürdig wie nur irgend möglich wirken.

Sie träumte nachts von nichts anderem mehr als von dem aufbrausenden Applaus.

Sie wollte ihre Eltern bitten, sich Karten für die Gala zu besorgen. Sie wollte, dass ihre Mutter und ihr Vater zuschauten. Sie wollte, dass ihre Eltern stolz auf sie waren. Sie wollte ihnen zeigen: Seht her, dafür bezahlt ihr jeden Monat so viel Geld. Dafür habt ihr mich nach Hamburg ziehen lassen. Das hat sich doch gelohnt, oder?

Sarah setzte sich aufs Bett und zog sich für die Probe um. Sie würde tanzen. Egal, was noch alles passierte.

Beatrice Fromme kam aufgeräumt und strahlend in den kleinen Ballettsaal, in dem sie immer für die Aufführung probten. Mit einem leichten Prusten zog sie ihren Poncho über den Kopf. „Heute Morgen dachte ich, es wird einer dieser ekligen Regentage, und jetzt ist es auf einmal so warm und schön geworden."

Sie wandte sich zu Sarah um, die in ihrem Trikot und den Gymnastikschuhen schon an der Stange die ersten Dehnungen und Streckübungen machte. „Hast du es schon gehört?"

Sarah hatte gerade ihr rechtes Bein auf die Stange gelegt und versuchte die Fußspitze mit beiden Händen zu umfassen. Sie antwortete nicht.

„Hast du schon gehört", wiederholte Beatrice, während sie zu ihr ging und das Knie so weit durchbog, dass Sarah vor Schmerzen laut aufstöhnte, „dass Grazia nicht mittanzen darf bei der Gala? Du musst das Knie vollkommen durchdrücken, Sarah. Vollkommen. Das ist nur halber Kram."

„Aber es ist doch ganz gerade."

„Nicht gerade genug. Es geht noch einen Zentimeter. Was wollen wir wetten?" Unbarmherzig drückte Beatrice ihr Knie auf die Ballettstange. Dann lächelte sie. „Siehst du, es geht. Sehr schön, Sarah. Nun üben wir schnell einmal die Positionen an der Stange, glissade und frappé, und dann geht es gleich los. Ich habe heute nicht viel Zeit."

Sie kramte das Tonband hervor und legte es in den Kassettenrekorder. „Ich muss nachher mit Sergej Uljanow sprechen, wer Grazia ersetzen soll. Das ist eine ziemlich lästige Geschichte. Wir hatten schon alles so gut im Griff, nicht? Du kennst die Schritte schon auswendig."

Sarah nickte. Sie wartete, bis sie mit einer Übung fertig war, bevor sie antwortete. „Schade, dass Grazia nicht mittanzen darf."

„Es ist ihre eigene Schuld. Grazia macht zu viele Fehler. Sie vergisst immer wieder, dass sie sich anstrengen muss. Tänzerin wird man nicht im Schlaf." Beatrice Fromme warf einen Blick in den großen Bodenspiegel und korrigierte ihre Schulterhaltung. Sie war schon mindestens fünfzig, aber sie korrigierte noch immer ihre Haltung. Das war etwas, das Sarah faszinierte.

„Grazia ist nicht fleißig und nicht diszipliniert", fuhr Beatrice fort, „und sie verstößt immer wieder gegen die Hausordnung. Das können wir nicht auch noch belohnen, indem wir sie an einer so wichtigen Aufführung teilnehmen lassen."

Sie nickte Sarah zu. „Das war sehr gut. Jetzt stell dich bitte hierher, und schon beginnen wir. Denk an deine Armhaltung, denk daran, dass du im vierten Takt den Kopf kraftvoll herumdrehen musst, um so den Schwung für den Oberkörper und die Arme zu haben. Achte auf die Finger. Lass die Hände nicht wieder so herunterfallen, als habe man mit einem Beil deine Sehnen durchgetrennt. Die Füße etwas mehr zusammen, Sarah. Ja, so ist es gut." Sie stellte die Musik an, dirigierte den Takt, nickte und sagte: „Eins und zwei und drei und ..."

Bei vier begann Sarah zu tanzen. Sie konzentrierte sich vollkommen. Sie lauschte in sich hinein, als gäbe es in ihrem Körper ein Echo, das die Musik wiedergab. Sie wusste, dass sie heute gut war. Ihre Körperhaltung war vollkommen, die Schritte erst schleifend und gelassen, und dann scharf und pointiert im vierten Takt, genau so, wie Beatrice Fromme es immer forderte.

Als die Musik endete, klatschte Beatrice spontan in die Hände. „Bravo, Sarah. Das war wirklich gut." Sie lachte und breitete die Arme aus. „Ich habe nichts auszusetzen. Wie findest du das? Ich habe ganz einfach nichts zu verbessern. Wir machen das Ganze sofort noch einmal."

Sarah nickte. Sie war etwas außer Atem, und das Blut stieg ihr schon wieder in den Kopf, wie immer, wenn sie sich besonders anstrengte. Aber sie spürte selbst, dass es heute besonders leicht und gut ging. Es war eine Lust zu tanzen, es war eine Lust, diagonal durch den Raum zu schweben, sekundengenau im Takt der Musik. Beatrice Fromme folgte ihr Schritt für Schritt, die Arme ausgestreckt, um einzugreifen, wenn es nötig war, und ihre Haltung zu verbessern.

„Gut", sagte sie am Ende. „Wirklich gut. Du könntest den Kopf im vierten Takt noch etwas mehr drehen, zehn Grad weiter, nicht mehr. Du müsstest aus den Augenwinkeln gerade noch die Tür sehen." Sie stellte sich neben Sarah und machte es vor. „So. Siehst du? Schau meinen Hals an. Fühl meine Schultermuskeln. Hier. Hier musst du den Schmerz fühlen. Dann erst ist es weit genug."

Sarah nickte. Sie war vollkommen bei der Sache. Sie atmete tief und heftig. Ihr Brustkorb weitete sich bei jedem Atemzug. Sie lächelte, während sie trainierte. Sie lächelte, als Beatrice ihre Wirbelsäule noch weiter verbog, die Fußspitzen noch mehr nach außen schob, die Innenseite der Knie gegeneinander drückte. Sie lächelte, nickte, hörte sich die Ermahnungen von Beatrice Fromme an und tanzte.

Es waren nur diese zehn Takte, aber es war wunderbar. Für einen winzigen Augenblick spürte Sarah, wie es später sein würde, wenn sie als Primaballerina allein die Bühne beherrschte, wenn sie allein tanzte und Pirouetten drehte, wenn sie schwebte und sprang und unten die vom Bühnenlicht erleuchteten Gesichter der Zuschauer sah, deren Augen nur auf sie gerichtet waren, während im Orchestergraben der Dirigent seinen Taktstock wirbelte und das Orchester zum großen Fortissimo ausholte.

Als es vorbei war, ließ Sarah sich erschöpft an der Ballettstange herunter auf den Boden gleiten und blieb im Schneidersitz hocken, die Schultern gerade, den Kopf gegen die Wand gelehnt, die Augen geschlossen. Schweißperlen liefen an ihrer Nase herunter über den Mund. Sie dampfte vor Hitze.

Beatrice holte die Kassette aus dem Rekorder, nahm

ihren Poncho, schaute auf die Uhr und ging lächelnd an ihr vorbei. „Es war gut, Sarah“, sagte sie anerkennend. „Sehr gut. Ich werde Sergej vorschlagen, dass du diesen Part alleine tanzt. Ich glaube nicht, dass ich in dieser kurzen Zeit noch jemanden finden werde, der es zu solcher Perfektion bringt wie du. Und die Szene wäre verdorben, wenn ihr beide nicht gleich gut seid. Bis morgen.“

Sarah konnte nichts sagen. Sie saß benommen da und starrte auf das gleißende Sonnenlicht, das durch die alten Bäume flimmerte und kleine, helle Flecken auf das Parkett malte.

Das Fenster stand offen. Jetzt erst hörte sie das Zwitschern der Vögel. Von weither kam das Tuten eines Alsterdampfers. Und dann hörte sie Lachen und Stimmen draußen im Park. Sie lächelte.

Ich tanze allein, dachte sie. Ich tanze allein auf einer Gala.

Sie stand auf, nahm ihre Wollleggins und zog sie an. Auf bloßen Füßen ging sie zum Fenster und schaute hinaus.

Katharina saß am Bootssteg und meditierte. Zoran und Liu Hang schlenderten die Kieswege auf und ab, blieben manchmal stehen und machten sich gegenseitig Übungen und Schrittfolgen vor, die sie wohl für die nächste Stunde probten. Eine Schneiderin trug einen Berg von Tüllkleidern mit Satinkorsagen in Silber und Rot ins Haus. Jemand kam mit einem Becher in der Hand auf die Terrasse und schrie: „Schokolade! Es gibt Schokolade. Die köstliche von Regine!“

Sarah lehnte sich auf die Fensterbank und schaute hinunter. Es war Moritz, der die Kaffeetasse in der Hand hielt. Sie riss ein Blatt ab und ließ es herunterflattern. Es landete wie ein Deckel auf der Kaffeetasse. Verblüfft schaute Moritz hoch.

„Sarah!", rief er freudig, „was machst du da oben?"

„Ich hatte Probe", sagte sie. „Aber sie ist gerade vorbei. Wieso gibt es Kakao?"

„Weil ich Regine darum gebeten habe. Sie ist ein Schatz. Wie war die Probe?"

„Gut", sagte Sarah mit einem glücklichen Lächeln. „Sehr gut. Ich komm runter. Warte auf mich."

Sie schlug das Fenster zu, schnappte ihre Sachen und lief aus dem Zimmer. Sie lächelte. Ihr Kopf war ganz leicht.

Zum ersten Mal seit langer Zeit fühlte sie wieder so etwas wie Glück. Sie war angefüllt mit Freude und Musik. Es war irgendwie ein Wunder geschehen.

Als sie aus der großen Terrassentür nach draußen trat, stand Moritz schon da und streckte ihr einen Becher entgegen. „Ihr Kakao, Mademoiselle Sarah", sagte er feierlich mit einer übertriebenen Verbeugung. „Le chocolat pour la ballerine. Voilà."

Sarah lachte. Sie warf den Kopf in den Nacken und breitete die Arme aus. „Moritz", rief sie. „Ich bin heute so glücklich. Das Leben ist doch schön, oder?"

Moritz grinste. „Ich habe nie daran gezweifelt. Ich bin nicht wie du."

Sarah sah ihn an. „Wie bin ich denn?"

Moritz hob die Schultern. „Ich weiß nicht, wie ich es erklären soll. Du grübelst zu viel. Du machst dir zu viele Sorgen. Um alles. Auch um Dinge, die dich nichts angehen."

Sarah schaute ihn nachdenklich an. Dann schüttelte sie

den Kopf. „Das stimmt nicht“, sagte sie. „Ich finde, man muss sich Sorgen machen, auch um andere. Man kann doch nicht immer nur für sich selbst leben und an sich denken!“

„Künstler sind aber so“, beharrte Moritz. „Künstler sind schreckliche Egoisten.“ Er drückte ihr den Becher in die Hand. „Besser, du findest dich bald damit ab. Wann ist die Aufführung?“

„In zehn Tagen.“ Sarah schlürfte genüsslich die Schokolade, die eine köstliche Sahnehaube hatte. „Ich bin schon wahnsinnig aufgeregt. Kommst du auch?“

Moritz lachte. „Du hast Humor! Glaubst du, wir bekommen für die Gala Eintrittskarten? Die werden in die ganze Welt verkauft, und zwar zu Höchstpreisen. Die teuersten Karten kosten hundertfünfzig Euro. Für eine einzige Eintrittskarte in einer Ballettaufführung.“

Wahnsinn. Und Sarah war dabei. Es war einfach wunderbar.

Grazia entdeckte Allessandro auf der Kühlerhaube eines Combi. Er hatte sich zusammengerollt und schützte das Gesicht vor den Sonnenstrahlen mit den Händen. Er schaute nicht auf, als Grazia an den Wagen trat und leise „Ciao“ rief. Er krümmte sich nur noch ein bisschen mehr zusammen.

„Was hast du?“, fragte Grazia angstvoll. „Geht es dir schlechter?“

Allessandro knurrte. Er rollte sich auf die andere Seite, wobei das Blech gefährliche Geräusche von sich gab.

„Pass auf!", schrie Grazia. „Das Auto geht kaputt!"

Allessandro richtete sich langsam auf. Seine Augen waren noch mehr zugeschwollen. Er sah schlimm aus. „Und wenn schon", meinte er cool. „Was macht das schon? Es ist doch sowieso alles im Eimer." Er ließ die Füße herunterbaumeln, stützte sich ab und sprang von der Kühlerhaube. Im nächsten Augenblick hielt er sich den schmerzenden Kopf. „Verdammt", fluchte er, „das tut höllisch weh. Hast du Schmerztabletten mitgebracht?" Er streckte Grazia die Hand hin, ohne sie anzusehen.

Grazia drückte eine Tablette aus der Folie und gab sie ihm.

Allessandro betrachtete das Ding angewidert. „Und wie soll ich das schlucken? Hast du nichts zu trinken mitgebracht? Wie stellst du dir das vor?"

Grazia glaubte, im nächsten Augenblick einen Anfall zu bekommen. Ihr Kopf wurde knallrot. „Sag mal, bist du verrückt, oder was? Du kommst her, beschimpfst mich, stellst wer weiß was für Forderungen … Wo soll ich jetzt etwas zu trinken für dich herbekommen?"

Allessandro legte die Tablette auf die Zunge und versuchte sie herunterzuschlucken. Er würgte, spuckte sie wieder in die Hand, verzog das Gesicht und legte sie auf die Zunge zurück. „Ich kann keine Tabletten schlucken, ohne was zu trinken", nuschelte er.

Grazia seufzte. „Ich habe aber nichts. Dann müssen wir eben in ein Café gehen."

„Ihr habt doch eine Cafeteria", sagte Allessandro und warf einen sehnsüchtigen Blick auf die weiße Villa, in der das Ballettinternat untergebracht war. „Wieso nimmst du mich nicht mit in die Cafeteria?"

„Weil es nicht geht!", zischte Grazia. Sie schaute sich unentwegt ängstlich um. Sie wartete nur darauf, dass plötzlich jemand auftauchte und sie erkannte.

„Und wieso geht es nicht? Du kannst doch sagen, ich sei überfallen worden und brauche ein Glas Wasser."

„Allessandro! Hör auf!"

„Was ist so schlimm an einem Glas Wasser?" Allessandro spuckte die Tablette auf den Boden. „Ich kapier das nicht. Das Zeug ist zu bitter. Ich kriege nichts runter." Er presste die Hände an die Schläfen. „Oh, dieser verdammte Schmerz."

Grazia schloss die Augen. Sie war vollkommen verzweifelt. Sie hasste Allessandro in diesem Augenblick. Sie hasste ihn für alles, was er ihr antat. „Allessandro", flüsterte sie, „du machst alles kaputt. Merkst du das nicht?"

„Was mache ich kaputt?" Er schaute sie an, lächelte gequält und nahm ihre Hand. „Hast du auch Jod mitgebracht? Und Pflaster? Dann lass uns in das Café da drüben gehen. Du kannst mich in der Toilette verarzten. Okay? Ich will ja gar nicht in deine schicke Villa. Ich will mich ja gar nicht einmischen. Du kannst doch machen, was du willst, das weißt du doch."

Grazia starrte ihn an. „Danke", zischte sie. „Vielen Dank."

Sie stapfte neben ihm her. Das Café wurde nachmittags vornehmlich von alten Leuten aus dem benachbarten Seniorenheim besucht. Als Grazia die Tür zum Gastraum aufmachte, schauten alle Leute neugierig von ihren Sahnetorten hoch. Grazia zwang sich zu einem Lächeln, aber sie war nicht sicher, ob es eine gute Vorstellung war. Sie schob Allessandro vor sich her. Allessandro sah zum Erbarmen aus mit dem getrockneten Blut auf der Unterlippe, dem blauen Auge, den Würgemalen am Hals.

Und schon tauchte eine resolute, dicke Kellnerin auf, musterte die beiden und fragte eisig: „Was wollt ihr?"

„Ein Glas Wasser", sagte Grazia flehend. „Es geht ihm nicht gut. Er muss eine Tablette nehmen."

„Er soll dahin gehen, wo man sich um solche Leute kümmert", sagte die Kellnerin und schob sie zur Tür. „Wir wollen nichts mit euch zu tun haben."

Grazia wandte sich empört um. „Hören Sie mal ... Wir haben ... Wir wollen nur ..."

Allessandro runzelte die Stirn. Er verstand kein Wort. „Was will die Frau?", fragte er Grazia auf Italienisch.

„Sie sagt, wir sollen abhauen."

Grazia zog mit dem Mut der Verzweiflung das Geld aus der Tasche und wedelte damit vor dem Gesicht der Kellnerin herum. „Wir wollen Kaffee trinken. Ist das verboten? Aber vorher muss er eine Tablette nehmen. Wo sind die Waschräume?"

Die Kellnerin musterte Allessandro immer noch misstrauisch. Dann schaute sie Grazia genauer an. Irgendwie dämmerte ihr wohl, dass Grazia ganz in Ordnung war. Sie knurrte etwas und deutete auf den dunklen Gang hinter der Garderobe.

Grazia schob Allessandro wortlos den Gang entlang. „Die Tante hat eine Meise", murmelte sie. „Ich hasse solche Leute."

„Was hat sie gesagt?"

„Weiß ich nicht." Grazia stieß die Tür mit der Aufschrift

Damen auf. „Sie hat gesagt, du sollst dahin gehen, wo du hingehörst."

„Und wo ist das?", fragte Allessandro. Er trat in den Waschraum und starrte sein Spiegelbild an. „Madonna", wisperte er entsetzt. Er drehte sich zu Grazia um. „So bin ich rumgelaufen? Das sieht ja furchtbar aus. Ich sehe aus wie ein Zombie."

„Genau", sagte Grazia. Energisch stellte sie den Wasserhahn an, riss ein paar Blätter von der Zellstoffrolle und begann, Allessandros Gesicht zu waschen. Er verzog das Gesicht, wenn es zu sehr brannte, aber er sagte nichts.

„Vielleicht hättest du so zur Polizei gehen sollen", sagte Grazia. „Die haben dich ja wahnsinnig zugerichtet."

„Sie haben mich mit einem Punchingball verwechselt." Allessandro grinste. Seit Grazia sich um ihn kümmerte, ging es ihm sichtlich besser. „Das waren ganz gemeine Hunde, weißt du. Ich habe gedacht, die machen mich fertig."

Grazia träufelte Jod auf einen Wattebausch und behandelte die aufgeplatzten Stellen. Das Nasenbein war inzwischen blutunterlaufen und wurde zusehends dicker. „Ich glaube auch, dass das Nasenbein gebrochen ist", sagte sie erschrocken, „es sieht furchtbar aus."

„Jetzt werden mich alle für einen Boxer halten." Allessandro beugte sich über das Waschbecken, um sich näher im Spiegel zu betrachten. „Schrecklich. Und dabei haben die früher immer gesagt, ich sei ein hübscher Kerl."

Er schaute Grazia an. „Tut mir Leid, Baby. Echt. Ich wollte dir keine Probleme machen." Er hob die Schultern. „War wohl keine gute Idee nach Hamburg zu kommen."

„Wenn du es genau wissen willst: Es war eine bekloppte

Idee." Grazia löste das Pflaster von der Folie und klebte es auf die Jodstelle. „Es war eine total bekloppte Idee."

„Was hat deine Ballettlehrerin dir gesagt?", fragte Allessandro, während er seine Hände unter dem laufenden Wasser einseifte. „War sie wenigstens nett zu dir?"

Grazia hatte für einen Moment das Gespräch mit Beatrice Fromme vergessen. Als es ihr wieder einfiel, wurde ihr augenblicklich schlecht. „Ich bin raus", sagte sie.

Allessandro starrte sie an. „Raus?"

„Ja, raus aus der Aufführung. Sie haben mich gestrichen. Ich darf nicht mittanzen." Grazia verdrehte die Augen. „Weil ich zweimal zu spät gekommen bin und weil ich disziplinlos bin und unordentlich und undankbar und so weiter. Eine lange Latte." Sie schaute Allessandro an. „Das ist eine Katastrophe."

Allessandro nickte. Seine Augen verdüsterten sich vor Mitleid. „Ich weiß, was das heißt, ich kann es mir denken." Er war plötzlich ganz schuldbewusst. Vielleicht begriff er in diesem Augenblick zum ersten Mal, in welche Schwierigkeiten er Grazia gebracht hatte.

„Wenn ich ihren Vorstellungen nicht genüge, dann", Grazia machte eine wegwerfende Handbewegung, „dann schmeißen sie mich einfach raus und basta. Ende der Karriere. Schluss mit Ballett und den tollen Träumen von der Metropolitan Opera in New York." Sie lehnte sich gegen die kalte gekachelte Wand. „Ich könnte heulen vor Wut."

Allessandro trocknete seine Hände unter dem Heißluftapparat ab. Dann ging er zu ihr und legte die warmen Hände um ihr Gesicht. „Ich haue ab", flüsterte er. „Ich gehe. Ciao, Grazia. Ciao, amore."

Grazia starrte ihn an. „Was?"

„Ich gehe. Ich fahre nach Napoli zurück. Ich gehe zurück zu meiner Schule und zu meiner Arbeit. Es ist besser so.“ Er wollte sie küssen, besann sich aber im letzten Augenblick.

„Und ich?“, fragte Grazia. Sie war vollkommen durcheinander. Sie konnte keinen klaren Gedanken mehr fassen.

„Du bleibst hier. Du tust, was du tun wolltest: trainieren, tanzen, lernen. Eines Tages wirst du eine große Ballerina.“ Allessandro versuchte zu lächeln, aber das schmerzte zu sehr. „Und ich werde mir eine Karte für die erste Reihe kaufen und werde einen Rosenstrauß auf dem Schoß haben und dir zusehen. Und am Ende, wenn alle bravo rufen und in die Hände klatschen, werfe ich dir den Rosenstrauß auf die Bühne. Genau vor deine Füße.“ Wieder versuchte er zu lächeln. Er sah, dass Grazia die Tränen über das Gesicht liefen. Er wollte sie aufheitern, aber er wusste nicht wie. „Und dann bückst du dich und drückst die Blumen an deine Brust und schaust zu mir hinunter ins Parkett. Und dann erkennst du mich.“ Er nahm ihre Hand und rieb sie zwischen seinen Händen. „Das ist doch toll, oder? Wie in einem Hollywood-Film.“ Er schaute sie an. „Warum sagst du nichts?“

Grazia schüttelte den Kopf. Die Tränen liefen immer noch.

„Warum weinst du? Was ist denn jetzt los? Ich sage dir doch: Alles ist gut, Grazia. Ich gehe nach Italien, und du bleibst hier. Alles ist gut. Ich lasse dich allein. Ich bin okay, alles ist okay. Du musst tanzen, ich verstehe das. Ich verstehe es ja.“

Grazia schüttelte hilflos den Kopf. Sie war erschöpft

und müde, und gleichzeitig war sie so verzweifelt, dass sie sich wünschte, nicht mehr zu leben.

„Ich schaffe es nicht, Allessandro."

„Was schaffst du nicht?"

„Ich bin nicht gut genug."

Allessandro starrte sie an. „Was? Nicht gut genug? Du bist die beste Tänzerin unter der Sonne! Ich weiß das! Ich habe dich tanzen gesehen! Hast du vergessen, wie du für uns getanzt hast, an dem Abend damals, bei uns zu Hause? Weißt du das nicht mehr?"

Grazia lächelte. Sie schüttelte den Kopf. Es war sinnlos, mit ihm darüber zu reden. Er konnte es nicht verstehen, er wusste nicht, welche Sorgen und Ängste sie quälten. Er wusste es einfach nicht.

Plötzlich schlug jemand von außen gegen die Tür. Grazia und Allessandro stoben auseinander. Die Tür flog auf. Es war die Kellnerin. Misstrauisch starrte sie die beiden an. „Was macht ihr hier? Das ist eine Damentoilette. Wir wollen hier keine Leute, die solche Sachen machen. Wir erlauben das nicht, verstanden? Wenn ihr nicht sofort geht, rufe ich die Polizei."

„Wir haben nichts gemacht", flüsterte Grazia. Sie wischte die Tränen von den Wangen. „Er hat nur die Tablette genommen, und ich habe seine Wunden verarztet."

„Was für Wunden? Wieso hat er überhaupt Wunden? Ach was, ich will es gar nicht wissen." Sie ließ argwöhnisch ihre Blicke durch den Waschraum schweifen, konnte aber nichts Verdächtiges entdecken. Energisch schob sie die beiden an den Schultern nach draußen. „Verschwindet. Ohne Kaffee. Sofort. Und kommt ja nicht noch einmal zurück. Verstanden?!"

„Was sagt sie?“, fragte Allessandro verstört, während er neben Grazia zum Ausgang ging. „Was redet sie?“

„Vergiss es“, gab Grazia auf Italienisch zurück. „Vergiss es einfach. Ich höre auch nicht zu.“

Als sie draußen standen, war die Sonne verschwunden. Ein kalter Wind fegte Papierfetzen und abgerissene Blätter vor sich her. Sie standen ratlos vor der Gaststätte und schauten auf die Alster, auf der sich kleine Schaumkronen bildeten. Die Segler lagen schief im Wind, die Wetterfahnen knatterten, am Bootssteg schlugen die Takelagen gegen die Masten. Die Leute schlugen ihre Kragen hoch und liefen mit eingezogenem Kopf über den Bürgersteig.

„Es gibt ein Gewitter“, sagte Grazia. „Ich bringe dich zum Bahnhof.“

Grazia kam erst kurz vor Mitternacht zurück. Da der Eingang längst verschlossen und alle Tore abgesperrt waren, nahm sie den Weg über das Dach, genau wie Allessandro bei seinem ersten nächtlichen Besuch.

Sarah konnte sie nicht warnen. Sarah lag in ihrem Bett, starr vor Anspannung und Angst, während Angela es sich in dem kleinen, gemütlichen Sessel bequem gemacht hatte, den sie aus ihrem Büro geholt hatte, und im Schein der Schreibtischlampe einen Liebesroman las.

Verstohlen schaute Sarah alle Viertelstunde auf die Uhr. Um halb zwölf war sie schließlich sicher, dass Grazia überhaupt nicht mehr kommen würde. Sie drehte sich zur

Wand und begann Schäfchen zu zählen. Das war ein alter Trick aus der Kinderzeit, mit dem sie sich früher in den Schlaf lullen konnte.

Als sie bei vierhundertfünfundzwanzig war, gab es plötzlich ein kratzendes Geräusch an der Scheibe. Angela löschte sofort das Licht.

Sarah richtete sich kerzengerade auf.

„Pssst“, machte Angela.

Sarah wagte nicht, ein Geräusch zu machen. Sie zog die Decke bis ans Kinn und starrte auf das Fenster, in dem plötzlich die Umrisse von Grazia sichtbar wurden.

Grazia klopfte an die Scheibe. „Sarah!“, wisperte sie, die Lippen an die Scheibe gepresst, „Sarah mach auf!“

Angela stand auf. Im Dunkeln ging sie zum Fenster, öffnete es und sagte: „Guten Abend, Grazia.“

Im nächsten Augenblick knipste Sarah das Licht an und sprang aus dem Bett. Sie rannte zum Fenster. „Grazia!“, rief sie. „Ich konnte nicht ...“

Grazia taumelte zurück. Fassungslos starrte sie auf die Erzieherin in ihrem karierten Morgenrock, den sie über der Brust zusammengerafft hatte. Angela trug rosa Socken und Hausschuhe, sie war ungeschminkt und sah auf einmal sehr jung aus, fast wie ein Kind.

„Ich bin das Begrüßungskomitee“, sagte Angela freundlich. Sie trat einen Schritt zur Seite. „Steig nur ein. Für Leute, die so ungewöhnliche Eingänge wählen, bilden wir immer ein Begrüßungskomitee.“

Stumm kletterte Grazia ins Zimmer. Als ihr Gesicht beleuchtet wurde, sah Sarah, wie bleich sie war. Die Wimperntusche war verlaufen und ließ ihre Augen schwarz und riesengroß wirken in dem weißen Gesicht.

„Was ist los?“, flüsterte Grazia, mit einem hilflosen verwirrten Blick zu Sarah. „Wieso bist du hier, Angela? Ist Sarah krank?“

Angela lachte. „Keiner ist krank, mein Herzchen. Nur du machst uns Sorgen.“ Ihre Stimme wurde strenger. Energisch schob sie Grazia zum Bett und zwang sie sich zu setzen.

Sie musterte Grazia von oben bis unten. „Wo bist du gewesen?“

Grazia erwiderte ihren Blick trotzig und tapfer. „Das sag ich nicht.“

Angela lächelte. „Meinst du nicht, dass wir es herausfinden werden? Wir haben unsere Methode. Vor uns bleibt nichts geheim.“

„Ich habe nichts gesagt!“, wisperte Sarah hastig. Im nächsten Augenblick traf sie der scharfe Blick von Angela.

„Du willst es nicht sagen?“, fragte sie, wieder an Grazia gewandt.

Grazia schüttelte den Kopf. Sie ließ sich rücklings gegen die Wand fallen und schloss die Augen. Ihre Finger verkrampften sich ineinander.

„Gut.“ Angela stand auf. „Wenigstens bist du wieder zu Hause. Wenigstens brauchen wir nicht die Polizei anzurufen und eine Vermisstenanzeige aufzugeben.“ Sie schaute von oben auf Grazia herab. „Wo treibst du dich nachts herum? Gehst du in Diskotheken? In Bars? Triffst du dich mit Dealern?“

Grazia hob den Blick. „Mit Dealern?“, fragte sie entsetzt.

„Ja. Irgendetwas Verbotenes musst du doch tun. Wir sind keine geschlossene Anstalt, Grazia. Auch wenn du manchmal so tust. Wir gewähren euch Schülern viele Freiheiten."

Grazia schnaubte verächtlich. Freiheiten!, dachte sie. Was sind das schon für Freiheiten!

„Aber wir haben eine Aufsichtspflicht. Deshalb müssen wir immer wissen, wo ihr euch befindet. Wer abends ausgehen möchte, muss sich offiziell abmelden und gegebenenfalls Adresse und Telefonnummer hinterlassen. Das weißt du, nicht wahr?"

Grazia seufzte. „Klar."

„Und wem hast du deine Adresse und die Telefonnummer gegeben? Bei wem hast du dich abgemeldet? Wen hast du um Erlaubnis gefragt, bis Mitternacht wegzubleiben?"

„Ich habe niemanden gefragt", sagte Grazia, „weil ich sowieso wusste, dass man es mir nicht erlauben würde."

„Und warum hast du nicht wenigstens Sarah eine Adresse oder eine Nummer hinterlassen?"

Grazia raufte sich die Haare. Sie sprang auf und lief im Zimmer auf und ab. Sie schaute auf Sarah, die ein hilfloses und schuldbewusstes Gesicht machte, und dann auf Angela. „Ist das ein Verhör, oder was?"

Angela lächelte. „Nein", sagte sie sanft. „Ich will nur versuchen, den Schaden so gering wie möglich zu halten. Wenn du mir jetzt sagst, warum du dich nicht abgemeldet hast, wenn du einen triftigen Grund dafür angeben kannst, dass du dich um Mitternacht wie ein Dieb über die Dächer schleichst", sie hob die Schultern, „dann könnte ich vielleicht ein gutes Wort für dich einlegen."

Grazia überlegte. Sie schaute Angela an. „Aber melden würdest du es sowieso, oder?"

„Natürlich. Das ist meine Aufgabe. Natürlich muss ich das melden."

„Und was sollen das dann für mildernde Umstände sein? Wenn die Schickedanz das erfährt ... und Beatrice Fromme nach dem Gespräch, das ich heute mit ihr hatte ..., dann krieg ich sowieso keine mildernden Umstände. Ach, Scheiße." Sie ballte die Fäuste und schlug sich gegen die Stirn. „Dabei ist alles gerade vorbei."

„Was ist vorbei?", fragte Angela sanft.

Grazia schüttelte den Kopf. Sie presste die Lippen zusammen und warf sich auf ihr Bett, vergrub das Gesicht in den Kissen.

Sarah lief zu ihr, schmiegte sich an sie und begann ihren Rücken zu streicheln. „Ich finde es besser", flüsterte sie, „wenn du Angela alles erklärst."

Grazia schüttelte den Kopf.

Sarah hob verzweifelt die Schultern, als sie sich an Angela wandte. Angela stand auf. Sie nahm ihr Buch, ihre Brille und das Weinglas, das sie auf dem Schreibtisch abgestellt hatte.

Sie ging zur Tür. „Okay", sagte sie. „Du willst es so."

Grazia fuhr hoch. Ihre Augen waren vor Müdigkeit, Verzweiflung und Erschöpfung gerötet.

„Was soll ich denn für eine Adresse angeben, wenn ich auf dem Bahnhof bin! Was soll denn das für eine Telefonnummer sein, auf dem Bahnhof! Der Zug hatte zwei Stunden Verspätung! Kann ich etwas dafür? Ist das etwa auch meine Schuld?" Sie starrte Angela mit unverhohlener Wut an. „Aber ihr habt euch ja vorgenommen, mich fertig zu machen. Ihr wollt mich ja los haben. Jemand anders soll meinen Platz bekommen. Jemand, der dankbarer ist." Sie schnaubte verächtlich. „Ich würde auch dankbar sein. Aber ich kann ja nicht. Diese ganze blöde Scheiße …“

Angela kam zurück. Sie schaute auf Grazia herunter. „Jetzt hast du schon dreimal Scheiße gesagt, aber ich weiß immer noch nicht, was los ist. Was hast du auf dem Bahnhof gemacht? Welcher Zug hatte zwei Stunden Verspätung?“

„Der Zug nach Neapel“, knurrte Grazia.

„Du wolltest nach Neapel?“

Grazia schüttelte den Kopf. „Ich doch nicht. Allessandro.“

Angela runzelte die Stirn. „Wenn du mir jetzt auch noch sagst, wer Allessandro ist … So langsam setzt sich das Puzzle zusammen.“ Sie stellte ihr Weinglas ab und legte das Buch auf den Stuhl. „Also?“

Grazia seufzte. Sie fuhr sich mit den Händen über das Gesicht. „Sarah hat mir Geld geliehen“, sagte sie, „damit Allessandro zurückfahren kann. Nach Neapel. Das kostet hundert Euro. Ich habe nicht so viel Geld. Aber ich habe ihm die Fahrkarte gekauft. Und ich konnte doch nicht eher weg, bis der Zug wirklich losfuhr.“ Sie schüttelte hilflos den Kopf. „Ich bin sicher, er wäre sonst überhaupt nicht eingestiegen. Ich bin sicher, er wäre immer noch hier.“

Sarah nahm Grazias Hand und hielt sie an ihre Wange. „War es schlimm?“, flüsterte sie mitleidig.

„Natürlich war es schlimm.“

„Hat er geweint?“

Grazia schaute sie an. Es war, als könnte sie sich in Sarahs Augen fallen lassen. So erschöpft war sie, so traurig, so verzweifelt. „Es war furchtbar. Ich möchte das nicht noch einmal erleben. Er hat mich beschimpft. Er hat gesagt, ich bin eine Verräterin."

„Wieso denn eine Verräterin?"

„Ich hätte unsere Liebe verraten. Ich hätte unsere Pläne verraten." Sie seufzte. „Er hat gesagt, ich habe sein Leben kaputtgemacht." Sie wischte eine Träne aus den Augen. „Vielleicht ist das sogar wahr. Wenn er zurückkommt nach Neapel, wird er einen Riesenärger bekommen. Vielleicht werfen sie ihn aus der Berufsschule. Vielleicht verliert er seine Lehrstelle. Da unten gibt es genug Jugendliche ohne Job und ohne Lehrstelle. Die finden sofort einen Ersatz."

Angela schaute von einer zur anderen. Sie sah zu, wie Sarah Grazia streichelte und besänftigte. „Ich verstehe kein Wort", murmelte sie.

Grazia und Sarah kümmerten sich nicht um sie.

„Okay." Angela nahm wieder ihre Sachen und ging zur Tür. „Ich lasse euch jetzt allein. Ich kann ja davon ausgehen, dass ihr heute Abend keine Dummheiten mehr macht, oder? Morgen sehen wir weiter." Sie zog die Tür hinter sich ins Schloss.

Eine Weile war es still im Zimmer. Grazia durchstöberte die Schubladen nach einem Taschentuch, um sich gründlich zu schnäuzen. Sarah saß, die Hände zwischen den Knien, auf der Bettkante und verfolgte jede ihrer Bewegungen.

Schließlich fuhr Grazia herum und schrie: „Sie behandeln uns wie bambini! Wir sind doch keine Babys, Mann! Wir sind Erwachsene!"

Sarah lächelte. „Ich bin vierzehn."

„Buono. Und ich bin sechzehn! Weißt du, wie man in

Italien als Mädchen behandelt wird, wenn man sechzehn ist? Okay. Ich sag es dir: Man kann Kinder kriegen, man kann heiraten, und ich kenne einen Haufen Sechzehnjährige, die von zu Hause ausgezogen sind, um eine Wohngemeinschaft zu gründen. Aber hier?" Sie ballte die Fäuste und schlug gegen die Wand. „Hier leben wir wie im Kloster. Sie behandeln uns wie Dreijährige!" Sie ließ sich neben Sarah aufs Bett fallen. „Ich habe keine Lust, denen meine Story zu erzählen. Ich habe einfach keine Lust, verstehst du das?"

Sarah nickte hilflos.

„Ich bin müde. Ich will schlafen." Grazia streifte die Schuhe ab und zerrte die Klamotten vom Körper. Sie lächelte Sarah zu. „Morgen erzähle ich dir alles. Heute kann ich nicht mehr reden. Ich bin zu traurig."

Sarah deckte Grazia liebevoll zu. „Ist Allessandro wirklich gefahren?"

„Ja. Ich habe die Schlusslichter des Zuges gesehen." Sie seufzte. „Er schickt mir das Geld für die Fahrkarte. Du bekommst es zurück. Ich schwöre es."

Sarah ging zu ihrem Bett. „Und? Wie fühlst du dich jetzt?"

Grazia hob den Kopf. „Willst du es genau wissen? Ich fühle mich beschissen."

„Du liebst ihn also doch."

Grazia starrte an die Zimmerdecke, die Arme unter dem Kopf verschränkt. „Woher soll ich das wissen? Wie weiß man, ob man jemanden liebt? Ich weiß nur, dass mir alles wehtut. Der ganze Körper. Alles." Sie drehte sich zur Wand. „Ich will jetzt schlafen. Machst du bitte das Licht aus? Ich kann mich nicht mehr rühren."

Sie warfen Grazia nicht raus. Es gab nicht einmal eine Untersuchung. Keiner sprach sie auf das nächtliche Abenteuer an, niemand machte eine Bemerkung – alles war ruhig.

Grazia ging morgens in die Schule, kam zum Essen zurück, war pünktlich im Ballettsaal, trainierte konzentriert und ehrgeizig, fehlte nie beim Anatomiekurs und meldete sich sogar oft zu Wort, wenn sie Dramatikunterricht hatten. Es war – fast – alles wie vorher.

„Ich verstehe das nicht“, sagte Grazia, als sie abends mit Sarah vor dem Fernseher saß und sich eine Tafel Schokolade mit ihr teilte. „Ich rechne jeden Tag mit dem großen Donnerwetter, aber es kommt nicht.“

„Vielleicht kommt es ja nie“, sagte Sarah.

Sarah schwebte in den Wolken. Sie hatte zum ersten Mal die Bühne der Oper gesehen. Sie durfte zusammen mit dem Ballettensemble die Bühne inspizieren und die Kulissen für den ungarischen Tanz anschauen.

Sarah wusste nicht genau, was sie sich vorgestellt hatte, aber dass die Bühne so groß war und dass der Schnürboden über der Bühne, von dem aus die Kulissen und die Scheinwerfer heruntergelassen werden konnten, so hoch war – mindestens vierzig Meter –, das hätte sie nie gedacht.

Ehrfürchtig war sie auf Zehenspitzen herumgegangen, während Sergej und die Dramaturgin das Ensemble dirigierten, und hatte sich alles angeschaut. Sie durften einen Blick in die Garderoben werfen, auch in die Garderobe der Primaballerina. Es war ein karg möblierter Raum: ein Stuhl vor einem Spiegel, ein Sofa, ein Tischchen, ein Schrank, ein Fenster. Es roch nach Schminke und Puder, überall im Rahmen des Spiegels steckten kleine Kärtchen mit Zeichnungen und Fotos, Probenaufnahmen und Skizzen der Kostüme, die die Primaballerina bei der Aufführung tragen würde. Auf dem Garderobenständer hingen die Kostüme: das rote Spitzenkleid mit der Seidencorsage, das Tüllhemdchen, die Hüte und Haarbänder, die Trikots, fleischfarben, rot und weiß, und ein Stapel von Schuhkartons, in denen die Spitzenschuhe waren. Rot, weiß und beige.

Sarah ging herum wie im Traum.

Eines Tages, dachte sie, werde ich auch so eine Garderobe haben. Eines Tages.

Als sie von hinten wieder auf die Bühne trat, rief Sergej: „Sarah, komm her! Zeig uns deine Schritte. Ohne Musik."

„Ohne Musik?", fragte Sarah erschrocken. Sie hatte Angst, dass sie das Tempo nicht hinbekommen würde. Sie stellte sich aber folgsam in der vierten Position hin und Sergej klatschte in die Hände.

Er gab das Tempo an. „Du tanzt auf vier", sagte er, und dann begann er zu klatschen. Sie sah wie durch einen Nebelschleier die roten Samtsitze, die weißen Logen, den riesigen Deckenleuchter. Die Mitglieder des Ballettensembles bildeten einen großen Kreis um sie herum.

Als Sarah in der Diagonale tanzte und zum Stehen kam, nickte Sergej zufrieden. „Ja. Das kommt genau hin", sagte er, ohne auf ihre Vorstellung einzugehen, „du musst an diesem Punkt ankommen.“ Er winkte einem Bühnenarbeiter. „Klaus, mach hier ein gelbes Kreuz, bitte.“

Klaus kam mit einer Kleberolle, riss zwei Schnipsel ab und klebte sie auf den Boden. Sergej legte den Arm um Sarahs Schultern. „Hier tanzt du los, einmal die Diagonale, und dort kommst du an. Genau auf dem Punkt. Du darfst dich nicht beirren lassen. Mach es so, wie du es mit Beatrice geübt hast. Dann wird es klappen.“ Er schaute ihr in die Augen. „Lampenfieber?“, fragte er mitfühlend.

Sarah wurde rot. Sie nickte.

„Das macht nichts. Lampenfieber ist gesund. Werden deine Eltern kommen und sich deine erste Aufführung ansehen?“

Sarah schluckte. Ihr Herz schlug ein wenig schneller. „Wenn sie dürfen …“

„Aber ich bitte dich!“ Sergej lachte und schaute sich im Ensemble um. „Das haben wir doch alle gemacht bei unserem ersten Auftritt: die Eltern eingeladen.“ Er zwinkerte ihr zu. „Sprich mit Louisa. Sie kümmert sich um die verbilligten Karten. Natürlich bekommen deine Eltern Sonderpreise. Wo wohnen sie?“

„In Zürich.“

„Oh“, sagte Sergej, „das ist weit. Meinst du, sie werden trotzdem kommen?“

Sarah lächelte und nickte heftig. „Bestimmt.“

Sergej hörte schon gar nicht mehr zu. Er legte die Hände zusammen wie ein Buddha und ging auf der Bühne herum. Dann wandte er sich an eine Tänzerin. „Tanja!“, murmelte er, „komm mal her. Ich will etwas probieren. Stell dich hier hin. Stell dir vor …“ Er ging, Tanja umfassend, mit ihr dicht an den Bühnenrand. Sarah konnte nicht verstehen, was die beiden sprachen. Sie hatte immer noch einen heißen Kopf.

Klaus kam zu ihr und nickte ihr anerkennend zu. „Das war gut", sagte er.

„Wirklich?", rief Sarah glücklich.

„Ja, sehr gut. Du bist noch in der Ausbildung, oder?"

Sarah nickte.

„Welche Klasse?"

„Dritte."

„Sehr gut." Klaus schaute sie an. „Sonst nimmt er immer ein Pärchen. Wieso bist du allein?"

Sarah hob die Schultern. Ihr Gesicht verschloss sich. „Das ist eine lange Geschichte", murmelte sie. „Ich möchte nicht darüber reden."

Klaus grinste. „Okay. Ich weiß schon: Bei euch im Internat geht es zu wie in einem Haifischbecken."

Sarah schaute ihn an. „Wie meinst du das?"

„Einer ist des anderen Feind. Stimmt doch, oder? Jeder Freund ist gleichzeitig der große Konkurrent." Er grinste und schüttelte den Kopf. „Das muss komisch sein. Ich kann mir das nicht vorstellen."

Sarah wandte sich ab. „Du bist eben auch kein Tänzer", sagte sie. „Tänzer müssen das können. Sie müssen im Team arbeiten und trainieren können."

Als hätte die Dramaturgin das Gespräch mit angehört, wandte sie sich plötzlich an Sarah. „Du tanzt allein, nicht?"

Sarah nickte.

Die Dramaturgin blätterte in ihrem Regiebuch. „Und Grazia?"

„Sie ist raus", murmelte Sarah. „Sergej Uljanow hat gesagt …"

„Ich weiß, was er gesagt hat“, unterbrach die Dramaturgin barsch. „Ich wollte nur wissen, wie sie es aufgenommen hat.“ Sie schaute Sarah abwartend an.

Sarah wand sich ein wenig. „Sie war natürlich traurig. Sie hätte gern mitgetanzt.“

„Das glaube ich.“ Tatjanas Lippen kräuselten sich verächtlich. „Aber sie hat uns nicht gezeigt, dass sie ehrgeizig genug ist, nicht wahr? Sie hatte zu viele andere Dinge im Kopf. Ihr schlaft in einem Zimmer?“

Sarah nickte.

„Und das geht gut?“

„Natürlich.“ Sarah schaute die Dramaturgin herausfordernd an. „Wieso nicht?“

„Nun“, die Dramaturgin klappte das Regiebuch zu. „Manchmal gibt es bei solchen Geschichten Schwierigkeiten. Neid. Eifersucht. Alle diese Dinge. Wenn Grazia Probleme macht, musst du das sofort melden.“

„Aber sie macht keine Probleme!“, rief Sarah.

Die Dramaturgin ging zu einem der Bühnenbilder und kontrollierte den Winkel. „Das kann noch kommen“, murmelte sie. „Der Druck wird mit jedem Tag stärker, bis zur Premiere. Sag mir sofort Bescheid, wenn etwas ist.“

Sarah sagte nichts. Sie starrte die Dramaturgin bloß an. Sie hatte keine Ahnung, was sie gemeint hatte.

Grazia folgte Angela in ihr Büro. Die Erzieherin setzte sich an den Schreibtisch und holte aus der Schublade ein Radiergummi und einen Bleistift, um den Stundenplan zu korrigieren. Grazia stand an der Tür, schaute zu und wartete.

„Ja?", fragte Angela.

„Nichts", murmelte Grazia. Sie schlenderte heran und beugte sich über Angelas Schulter. „Was ist das für ein Plan?"

„Die Trainingsstunden."

„Und das hier?" Grazia deutete auf eine Stunde, jeweils 17 Uhr täglich, die rot umrandet war.

„Das ist Sarahs neuer Termin", sagte Angela. „Sie probt jetzt mit den anderen auf der Bühne."

„In der Oper?", rief Grazia. Sie musste die Hand vor den Mund nehmen, um nicht zu schreien.

„Ja", sagte Angela ungerührt.

„Jeden Tag Proben in der Oper?" Grazia konnte es nicht fassen. „Und wie kommt sie dahin?"

„Der Bus holt sie ab, zusammen mit den Ensemblemitgliedern, die hier noch Einzeltraining haben. Das ist nur diese Woche so. Samstag ist Premiere." Angela ließ den Stundenplan fallen und schaute Grazia an. „Das hast du dir selber vermasselt."

Grazia sagte nichts. Sie starrte nur auf den Plan.

„Weshalb bist du gekommen?", fragte Angela. „Was wolltest du?"

Grazia konnte ihren Blick nicht von dem Plan nehmen. Sie versuchte sich die Bühne vorzustellen, den Orchestergraben, den Zuschauerraum, die Ränge, die Logen. Die Beleuchtung, das Summen der Stimmen, die Nervosität und Hektik vor einer Premiere.

„Eigentlich", sagte Grazia langsam, „wollte ich dich nur fragen, wieso keiner was sagt wegen neulich."

Angela lächelte. Sie lehnte sich in ihrem Stuhl zurück. „Was glaubst du?"

Grazia wandte sich um und betrachtete die Bücher im Regal. Fast alles pädagogische Fachliteratur. „Keine Ahnung!", murmelte sie, während sie ein Buch herauszog und so tat, als interessiere sie sich brennend für den Inhalt.

„Weil ich dich nicht verpetzt habe", sagte Angela. Sie stand auf und stellte sich neben Grazia. „Ich habe es niemandem erzählt. Wenn du also klug bist, hältst du auch den Mund."

Grazia schaute Angela an. Forschend. Argwöhnisch. „Und warum hast du das gemacht?"

Angela hob die Schultern. „Keine Ahnung. Ich bin kein Typ, der gerne seine Leute verpetzt. Ich finde das schrecklich."

Grazias Gesicht entspannte sich allmählich. Sie beugte sich vor und küsste Angela. „Danke. Das vergesse ich dir nicht. Ich hatte schon grauenvolle Angst, die werfen mich raus."

„Das können sie immer noch", sagte Angela. „Das weißt du."

Als Grazia sie erschrocken anschaute, sagte Angela: „Morgen wird wieder geprüft. Ich habe gehört, fünf Leute werden wahrscheinlich nicht bestehen."

Grazia wurde blass. „Morgen? Fünf Leute? Hast du Namen gehört?"

Angela lächelte. „Du kennst den Laden doch. Wir sind Erzieherinnen. Wir haben von Ballett doch keine Ahnung. Uns informiert man keine Minute eher als euch." Sie klopfte Grazia auf die Schulter. „Wird schon schief gehen. In der letzten Zeit hast du doch brav trainiert."

Grazia sagte nichts.

„Weißt du, dass wir morgen geprüft werden?“ Grazia stürzte sich auf Sarah, als sie von der Probe aus der Oper zurückkam. „Und ich hatte keine Ahnung! Wieso hast du nichts gesagt?“

„Weil ich es auch nicht wusste. Die kündigen diese Prüfungen doch nicht an.“ Sarah ließ ihre Sachen auf den Boden fallen. Sie war immer noch außer Atem. Es war so eine wundervolle Erfahrung gewesen, auf der Bühne der Hamburgischen Staatsoper zu stehen! Zusammen mit Sergej Uljanow, einem der berühmtesten Choreographen der Welt! Sie wollte sofort ins Erzieherinnen-Zimmer, um ein Gespräch mit ihren Eltern nach Zürich anzumelden, aber Grazia hielt sie fest.

„Die lassen fünf durchfallen“, sagte sie.

Sarah lachte. Sie war sicher, dass sie nicht zu diesen fünf gehörte.

„Na und?“, fragte sie fröhlich. „Lass mich durch. Ich muss meine Mami anrufen.“

„Man weiß noch keine Namen.“ Grazia versperrte mit ihrem Körper die Tür. Sie stützte sich rechts und links am Türrahmen ab. „Hast du Namen gehört?“

Sarah schüttelte den Kopf. „Nein, natürlich nicht. Ich wusste ja nicht einmal, dass morgen geprüft wird.“ Sie schaute Grazia an. „Wer hat es dir erzählt?“

„Angela.“ Grazia ließ die Arme sinken. „Ich habe ein komisches Gefühl“, murmelte sie. „Alle sind so gleichgültig mir gegenüber. Keiner regt sich auf, dass ich um Mitternacht nach Hause gekommen bin, beim Training werde ich nicht gelobt und nicht getadelt. Ich habe das Gefühl, ich bin Luft.“

„Quatsch!“, murmelte Sarah. Aber wenn sie ehrlich war,

hatte sie das auch schon bemerkt. Und es hatte sie beunruhigt, dass niemand sich um Grazia kümmerte.

„Die lassen mich durchfallen“, flüsterte Grazia. Ihre Augen waren vor Panik geweitet, ihre Nasenflügel bebten vor Erregung. „Ich spüre es, Sarah. Ich fühle es.“

Sarah versuchte Grazia zur Seite zu schieben. „Du malst den Teufel an die Wand. Das ist Unsinn. Lass mich durch. Ich muss meine Mami anrufen.“

Zögernd gab Grazia den Weg frei. „Weswegen willst du telefonieren?“, fragte sie argwöhnisch.

„Wegen Samstag. Sergej hat gesagt, ich soll meine Eltern zur Gala einladen ...“ Sie brach ab. Sie hatte in Grazias Gesicht geschaut und ihre Augen gesehen, einen winzigen Augenblick hatte sie in diesen Augen Neid gesehen. Genau diesen Neid, von dem die Dramaturgin gesprochen hatte.

Wieso ist mir das nicht vorher eingefallen?, dachte Sarah. Sie wollte aus dem Zimmer, aber Grazia folgte ihr.

„Aha. Sergej persönlich hat gesagt, dass deine Eltern kommen sollen. Ist ja Wahnsinn. Und jetzt rufst du sie an und sagst: ‚Ciao, Mama, ich tanze Samstag bei der Gala in der Oper, und ihr sollt kommen. Schöne Grüße von Sergej, vom Ballettdirektor.‘“ Grazias Stimme war bitter vor Verzweiflung und Eifersucht.

Sarah spürte jedes ihrer Worte wie einen Nadelstich im Nacken. Sie blieb stehen und wandte sich seufzend um. „Es ist nicht meine Schuld, Grazia.“

„Was ist nicht deine Schuld?“

„Dass du nicht mittanzt.“

„Hab ich das gesagt?“ Grazias Stimme klang schrill, als habe sie sich kaum in der Gewalt.

„Ich weiß, dass es auch nicht deine Schuld ist“, sagte Sarah sanft. Sie streckte die Hand aus, um zärtlich Grazias Gesicht zu berühren, so wie sie das sonst immer getan hatte. Aber Grazia wandte sich brüsk ab. „Du wirst die Prüfung bestehen“, murmelte Sarah eindringlich. „Ich weiß es.“

Grazia schnaubte. „So! Und wieso weißt du es? Hat man es dir vielleicht gesagt? Hast du meinen Namen auf einer Liste gesehen? Hast du mit Sergej über mich gesprochen?“

Sarah schüttelte hilflos lächelnd den Kopf.

„Wieso weißt du es dann?“, schrie Grazia.

Hinten im Gang wurde eine Tür geöffnet. Es war Zoran, der den Kopf neugierig herausstreckte. Aber Grazia bemerkte es gar nicht.

„Weil du begabt bist“, sagte Sarah leise.

„Ich?“, schrie Grazia. „Begabt? Das ist doch nicht wahr! Das ist eine Lüge! Du bist begabt, du bist gut! Ja, das weiß ich. Das sagen alle. Darüber reden sie hier.“

Sarah erstarrte. Ob das stimmte? Ob es wahr war, dass die anderen über sie redeten? Sie hatte sich überhaupt nie Gedanken darüber gemacht.

Grazia schrie weiter. Sie zitterte. „Aber ich bin nicht gut genug! Sie wollen, dass jemand anders an meiner Stelle tanzt. Jemand, der sich mehr zusammenreißt als ich. Irgendjemand …“

„Grazia, hör auf. Hör sofort auf.“ Angela war plötzlich aufgetaucht und hatte Grazias Schultern umklammert. „Beruhige dich. Du schreist noch das ganze Haus zusammen.“

Grazia weinte. „Es können ruhig alle hören!“, schluchzte sie, während sie verzweifelt gegen Angelas Klammergriff kämpfte. „Es ist mir egal! Alle können es hören!"

Sarah flüchtete in das Zimmer der Erzieherin, zog die Tür hinter sich zu und lehnte sich zitternd dagegen.

Ich muss meine Eltern anrufen, dachte sie, während ihr Atem flog und ihr Kopf dröhnte. Ich muss ihnen sagen, dass sie Samstag kommen sollen. Ich freue mich doch so. Ich bin doch so glücklich. Ich lasse mir das nicht vermiesen. Von niemandem.

Es wurde nur die dritte und vierte Klasse geprüft. Die Prüfung begann am Nachmittag um zwei und war um fünf Uhr schon zu Ende.

Sarah musste nicht vortanzen. Es war ja klar, dass sie die Prüfung bestehen würde. Schließlich sollte sie am Samstag auf der großen Bühne tanzen. Niemand wusste, warum diese Prüfung so plötzlich angesetzt wurde.

Es hieß, ein paar sehr begabte Schüler sollten aufgenommen werden, einer aus Jugoslawien und einer aus Argentinien. Aber es gab keinen Platz im Internat. Deshalb sollten sehr scharfe Prüfungen stattfinden, um den Begabten eine Chance zu geben, wie es immer hieß, und den weniger Begabten die Möglichkeit zu geben, sich rechtzeitig von ihrem Traumberuf zu verabschieden und etwas anderes zu lernen. Etwas „Vernünftiges".

Grazia hatte die ganze Nacht vor der Prüfung kein Auge zugetan, hatte während der Schulstunden nicht gehört, wovon die Lehrer sprachen, war wie in Trance zurückgekehrt, hatte in der Kantine in ihrem Essen gestochert und dann dumpf in ihrem Zimmer gewartet, bis es Zeit war.

Sie hatte ihr hellgraues Trikot angezogen und die roten Wollleggins und sich auf den Weg zum John-Cranko-Saal gemacht, in dem die Prüfung stattfinden sollte.

Alle Ballettlehrer waren da. Sie saßen auf Holzstühlen vor der großen Spiegelwand, der Pianist spielte immer die gleichen Etüden von Tschaikowsky, und die Eleven mussten nacheinander die Schrittfolge nachtanzen, die Yannis vormachte.

Als Grazia an der Reihe war, trat sie vor und verbeugte sich. Ihr Gesicht war leichenblass, aber gefasst. Sie schaute über die Köpfe der Jury hinweg.

Yannis fragte sie, was sie zuletzt trainiert hätte, und sie sagte: „Die Pirouette."

„Also gut", meinte Yannis, „dann die Pirouette. Aber vielleicht mit einem Pas chassé und einem Pas glissade." Er machte es vor. „Ungefähr so." Er lächelte. Er ging zum Flügel und besprach sich mit dem Pianisten. „Du beginnst in der fünften Position", sagte er, nickte und gab dem Pianisten das Zeichen.

Grazia war immer noch kalkweiß. Sie presste die Lippen zusammen, auf ihrer Stirn entstand eine steile Falte der Konzentration.

Sie tanzte, so gut sie konnte. Aber sie wusste, dass es nicht gut genug war. Ohne Harmonie, ohne Eleganz, ohne Schwung. Sie fühlte es. Aber es ging nicht besser. Sie war wie gelähmt. Sie wusste ganz sicher, dass man sie durchfallen lassen würde.

Als sie geendet hatte, verbeugte sie sich, griff nach dem Schal, den sie über eine Stuhllehne gelegt hatte, und huschte aus dem Saal.

Eine Stunde später wurde sie gerufen, und man sagte

ihr, dass ihre Begabung leider nicht ausreiche, um weiter an dieser berühmten Ballettakademie zu studieren. Es sei, sagte man ihr, in ihrem Alter leicht, etwas anderes, etwas „Vernünftiges“ zu lernen.

Grazia hörte mit unbewegter Miene zu und kehrte in ihr Zimmer zurück. Sie begann sofort ihre Sachen zu packen.

Sie verabschiedete sich von niemandem. Sie packte alles in zwei Koffer und trug diese Koffer über die Gänge und das Treppenhaus zum Ausgang. Der Portier rief ihr zu, dass er für sie ein Taxi bestellen würde, aber sie schüttelte nur den Kopf und trat in das gleißende Sonnenlicht hinaus.

Sie ging mit ihren beiden Koffern bis zur Straßenbahnhaltestelle, setzte sich auf einen Koffer, den Rücken gerade, den Kopf zurückgeworfen, und wartete auf die Straßenbahn.

Sie weinte nicht. Sie hatte es kommen sehen. Die ganze Zeit.

Später wusste niemand, woher sie das Geld für die Heimfahrt hatte. Und Sarah wusste nicht, ob sie die hundert Euro, die sie Grazia für Allessandros Fahrkarte geliehen hatte, jemals wiedersehen würde.

Aber auf dem Kopfkissen in ihrem Zimmer fand Sarah Grazias Brief.

Liebste Sarah,

sie haben mich durchfallen lassen. Ich bin nicht gut genug. Ich kann dazu jetzt nichts sagen. Vielleicht haben sie Recht, vielleicht auch nicht. Ich weiß nicht, was ich jetzt machen werde. Ich fahre erst einmal nach Hause. Und dann werde ich Ferien machen und nachdenken. Wenn es mir wieder besser geht, schreibe ich dir vielleicht mal, oder ich rufe dich an. Im Augenblick kann ich nicht mit dir reden. Ich bin einfach traurig. Aber natürlich wünsche ich dir, dass dein Leben so schön wird, wie du es dir erträumst.

In Liebe

Grazia

Bjarne Dalsgaard Svendsen

Netz aus Lügen

Jim durchlebt einen Albtraum: Er soll eine alte Dame ermordet haben. Obwohl er unschuldig ist, sprechen die Indizien gegen ihn. Jim hat nur eine Chance: Er muss den wahren Mörder finden. Dabei wollen ihm Freunde helfen. Doch bei ihren Nachforschungen stoßen sie auf ein undurchdringliches Netz aus Lügen. Wer etwas weiß, der schweigt, denn die wahren Verbrecher sind mächtig. Aber nicht nur von ihnen droht Jim Gefahr - aufgebrachte Bürger wollen ihn lynchen ...

240 Seiten, ab 12

Schneider Buch